김현승의 시세계와
기독교적 상상력

기독교적인

관점에서

이해하고

해석한

김현승의

시세계

김현승의 시세계와 기독교적 상상력

금동철 지음

한 시인의 시세계를 온전히 이해한다는 것은 지난한 작업임이 분명하지만, 그가 남긴 작품들을 통해 독자는 최대한 그가 사고하고 살아간 방식들을 유추하고 상상해 볼 수 있다. 하나하나의 작품들이 품고 있는 세계를 이해하고 그것들을 통해 그의 시세계 전체를 파악하며, 이를 바탕으로 자신의 시대를 살다 간 한 시인의 정신적 궤적과 삶의 방식을 올올히 해부하고 파악할 수 있게 될 때, 우리는 그 시인을 이해했다고 할 수 있을 것이다. 문학 작품을 이해하는 과정의 종착점은 그 작품을 생산해 낸 작가를 이해하는 것이 아닐까. 우리가 접하는 시를 통해 시인의 고뇌 등 하나 세상을 이해하는 방식을 이해하고, 그러한 이해를 바탕으로 독자 자신이 가진 세계를 다시 한 번 되돌아보는 것이 우리가 문학을 읽는 중요한 이유 중의 하나일 것이다.

● 연암사

김현승의 시세계와
기독교적 상상력

초판 발행 2015년 2월 24일

지은이   금동철
발행인   권윤삼
발행처   도서출판 연암사

등록번호   제10-2339호
주소   121-826 서울시 마포구 월드컵로 165-4
전화   02-3142-7594
팩스   02-3142-9784

ISBN 979-11-5558-014-1 93800

값은 뒤표지에 있습니다. 잘못된 책은 바꿔드립니다.

연암사의 책은 독자가 만듭니다.
독자 여러분들의 소중한 의견을 기다립니다.
트위터   @yeonamsa
이메일   yeonamsa@gmail.com

이 도서의 국립중앙도서관 출판시도서목록(CIP)은
서지정보유통지원시스템 홈페이지(http://seoji.nl.go.kr)와
국가자료공동목록시스템(http://www.nl.go.kr/kolisnet)에서
이용하실 수 있습니다.
(CIP제어번호: CIP2015007728)

서문

    한 시인의 시세계를 온전히 이해한다는 것은 지난한 작업임이 분명하지만, 그가 남긴 작품들을 통해 독자는 최대한 그가 사고하고 살아간 방식들을 유추하고 상상해 볼 수 있다. 하나하나의 작품들이 품고 있는 세계를 이해하고 그것들을 통해 그의 시세계 전체를 파악하며, 이를 바탕으로 자신의 시대를 살다 간 한 시인의 정신적 궤적과 삶의 방식을 올올히 해부하고 파악할 수 있게 될 때, 우리는 그 시인을 이해했다고 할 수 있을 것이다. 문학 작품을 이해하는 과정의 종착점은 그 작품을 생산해 낸 작가를 이해하는 것이 아닐까. 우리가 접하는 시를 통해 시인의 사유 방식과 세상을 바라보는 방식을 이해하고, 그러한 이해를 바탕으로 독자 자신이 가진 세계를 다시 한 번 되돌아보는 것이 우리가 문학을 읽는 중요한 이유 중의 하나일 것이다.

    문학 연구자는 한 시인의 시세계 속을 여행하는 한 여행자이면서, 그러한 여행을 시도하는 또 다른 독자들을 위한 안내자의 역할을 감당하는 것. 그러므로 연구자 스스로가 시인의 시세계를 적극적으로 탐색하는 여행자의 자리에 충실하게 서는 것이 연구하는 행위의 중요한 출발점이 아

5

닐까. 연구결과물은 그러한 과정을 자세하게 풀어줌으로써 다른 여행자들을 위한 참고자료가 되어 주는 것으로 그 의미와 가치가 주어지는 것이리라.

이 책에서 필자는 이러한 관점에서 김현승의 시를 한 편 한 편 정성스럽게 읽어 내렸던 기록들을 담고 싶었다. 연구자의 논점을 앞세워 시를 분해하고 자르는 것이 아니라, 한 편의 시를 온전히 전체로서 이해하고 읽어 내리는 가운데 김현승 시인의 시세계 전체를 짚어 내려가고 싶었던 것이다. 그러므로 시를 인용할 때에도 항상 시 전체를 인용하여 하나의 전체로서 분석하고자 노력하였으며, 시를 분석하기 위한 이론보다는 작품 자체에 주목하고 집중하여 감상하였다. 이러한 작업과 함께 이 책 전체를 통해서 김현승이라는 한 시인의 시세계 전체의 그림이 그려지고, 그의 사유 방식이나 세계를 인식하는 방식이 드러날 수 있기를 바라는 것이다.

이 책이 김현승의 시세계를 온전히 이해하는 데에는 부족한 부분이 있겠지만, 그의 시세계를 기독교적인 관점에서 이해하고 해석함으로써 가

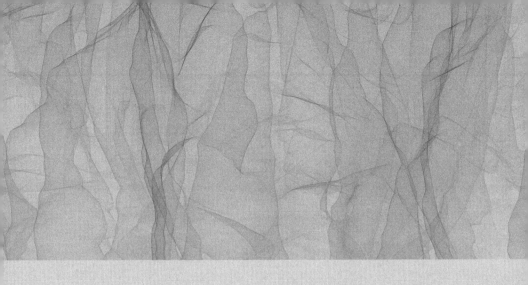

장 중요한 줄기를 읽어내려고 했다. 따라서 이 책이 기독교적 관점에서 한국의 현대시를 연구하는 하나의 실적물이 될 수 있다면 이것 또한 매우 의미 있는 일이 될 것이다.

　이 책을 기획하고 저술할 수 있는 연구년의 기회를 허락해 준 학교에 진심으로 큰 감사를 표하며, 부족한 책을 출간하느라 쫓기는 시간에도 좋은 책을 만들어 주신 연암사 사장님과 편집부에 깊은 감사를 표한다.

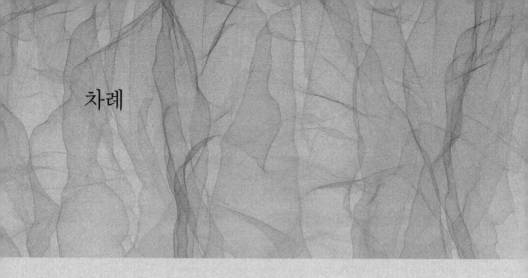

차례

*****

한 시인의 시세계를 온전히 이해한다는 것은 지난한 작업임이 분명하지만,
그가 남긴 작품들을 통해 독자는 최대한 그가 사고하고 살아간 방식들을 유추하고 상상해 볼 수 있다.

*****

Chapter 1

서론

김현승의 삶과 기독교

　김현승은 박두진, 박목월 등과 함께 한국 현대시사에서 대표적인 기독교적 시인 중의 한 명으로 분류된다. 그는 한국 현대시가 본격적으로 개화하기 시작하는 1930년대 초에 등단하여 1970년대 중반에 사망하기까지 지속적으로 수준 높은 시를 창작하여, 한국 현대 시사에서 중요한 한 줄기를 형성하고 있는 시인으로 인정받고 있다. 그는 1930년대 초에 등단하면서 당대의 시단에서 새롭게 소개되고 흐름을 만들어 가기 시작한 모더니즘의 영향을 강하게 받고 있는 것이 사실이다. 특히 그의 시에 나타나는 이미지즘적인 경향은 그의 시가 당대의 흐름에 민감하게 반응하고 있었음을 보여준다는 점에서 중요하다.

　그의 시세계[1]는 초기부터 후기까지 지속적으로 기독교적인 사유와의 상관관계를 형성하고 있는 기독교적 시인이기도 하다. 그는 목회를 하는 목사의 집안에서 태어나 어린 시절부터 기독교적인 문화를 접했으며, 그가 다닌 대부분의 학교들 또한 기독교 계통의 학교였다는 점은 그의 사유의 형성 과정에서 기독교가 어떠한 역할을 했을지 추정해 볼 수 있게 한다. 그의 부친 김창국이 목사가 되기 위해 신학을 공부하고 있던 평양에서 1913년에 오남매 중 둘째 아들로 태어난[2] 그는, 부친의 첫 목회지인 제주도에서 6세까지 성장하다가 1919년에 부친이 광주에서 교회를 개척하여 사역하게 됨에 따라 광주에서 성장하게 된다.

목사의 아들로 태어나 부친의 목회지를 따라다니며 어린 시절을 보냈다는 것은 그의 사유의 틀을 결정하는 데 있어서 매우 주요한 의미를 지닌다. 그의 유년기의 경험 대부분이 교회와 기독교와 관련된 이미지와 상징, 사유 방식 등으로 구성되었음을 의미하기 때문이다. 이것은 그의 시세계에 등장하는 다양한 이미지들이 대부분 기독교적인 의미나 상징성을 지니게 되는 것과 무관하지 않다고 하겠다.

게다가 그가 성장하는 데 있어서 기독교적인 세계관이 중요한 역할을 하는 또 다른 이유 중의 하나는 그가 수학하는 학교가 대부분 기독교 계통의 학교였다는 점이다. 그는 먼저 광주에 있는 미선계 학교인 숭일학교 초등과에 1919년 입학하여 1926년에 졸업하였으며, 1927년에는 평양의 숭실중학교에 입학하였고, 졸업 이후 숭실전문학교 문과에 입학하는 것을 확인할 수 있다.[3] 이러한 학교들은 모두 기독교 계통의 학교들인바, 학교에서도 기독교적인 교육과 분위기가 형성되어 있었음을 고려한다면, 여기서 받은 교육들이 그의 사유의 중요한 한 축이 되었음을 부정하기는 어렵다고 하겠다.

---

1) 김현승의 시세계는 크게 세 부분으로 나누어볼 수 있다. 해방 전에 발표한 시편들은 그 수가 많지 않아서 따로 한 시기를 정하기가 어려우므로 이를 포함하여 시집 『김현승 시초』와 『옹호자의 노래』의 시기의 시를 초기 시로 분류하며, '고독'의 문제를 집중적으로 다루고 있는 시편들이 주류를 이루는 시집 『견고한 고독』과 『절대고독』의 시기의 시를 중기 시로 분류하고자 한다. 그리고 시인이 1973년 교협압으로 인한 죽음을 경험하고 난 이후 신앙을 회복하게 되는데, 이 시기의 시편들을 후기 시로 분류하고자 한다. 후기에는 중기의 '고독'을 주제로 한 시들과는 전적으로 다른 주제와 세계관을 보여주기에 이 시기를 따로 분류하는 것이 바람직할 것이다.
2) 김현승, 「나의 생애와 나의 확신」, 『김현승 전집2 - 산문』(서울 : 시인사, 1985), 288.
3) 소재영, 「다형 김현승의 인간과 삶」, 『다형 김현승 연구』, 숭실어문학회 편 (서울 : 보고사, 1996), 46.

13

여기서 다시 한 번 고려해 보아야 하는 것은 그의 부모님과 가정의 분위기일 것이다. 그의 부친은 신학을 공부하고 목회를 하는 목사였으며, 그의 형 또한 목사가 되었다는 점은 어린 시절의 그의 집안 분위기가 어떠했을지 상상해 볼 수 있는 중요한 단서가 된다. 목사로서 사역하고 있는 가정에서 목사가 되기 위해 공부하고 있는 형제가 있는 집안의 분위기, 그리고 자신이 공부하는 학교도 모두 기독교적인 배경을 특징적으로 드러내는 미션계 학교들. 이것은 김현승 시인이 어린 시절에 경험하는 환경들이 철저하게 기독교적인 세계였음을 상정할 수 있는 중요한 요소가 된다.

나의 아버지는 정통파 프로테스탄트 목사였다. 나의 형도 3년 전에 세상을 떠났지만 대를 이은 목사다. 나의 부친은 자식들에게 정통적인 신앙을 계승시키기 위하여 장로교 계통의 학교가 있는 평양으로 서울을 지나 우리를 보냈다. 이것이 내가 서울과는 인연이 멀어지게 된 첫 원인일지 모른다. 그리하여 나는 중학을 거쳐 전문학교까지를 평양에서 다녔으니, 결국 나의 청춘의 중요한 성장기를 고구려의 성지가 있는 옛 강산에서 보낸 셈이다.[4]

시인이 직접 자신의 어린 시절에 대해 밝히고 있는 위의 인용은 시인의 어린 시절 경험 속에 기독교가 어떠한 자리를 차지하고 있는지를 선명하게 보여준다. 목사였던 부친은 어린 시절의 김현승을 엄격하고 철저한 기독교적 가정교육으로 양육하였음을 시인 스스로 밝히고 있는 것이다. 그래서 시인은 자신의 젊은 시절을 "기독교의 모범적인 청년이었고,

---

4) 김현승, 「시인으로서의 '나'에 대하여」, 『김현승 전집 2 산문』 (서울: 시인사, 1985), 282.

자유로운 문학을 하면서도 술과 담배는 감히 입에도 대지 않았다"[5]고 회고하고 있기도 하다. 부친의 이러한 기독교적인 자녀 양육 방식은 자연스럽게 김현승 시인의 내면 의식을 형성하였고, 그것이 그의 시세계를 형성하는 근원적인 상상력의 원천으로 작용하고 있었던 것이다.

숭실전문학교 재학 중에 양주동 교수의 추천으로 『동아일보』 학예란에 두 편의 시 「쓸쓸한 겨울 저녁이 올 때 당신들은」과 「아름다운 새벽은 우리를 찾아온다 합니다」가 실림으로 등단을 하게 된다.[6] 그러나 3학년 수료 후에 "고질인 위장병과 신경쇠약으로 건강을 잃게 되어 고향에 돌아와 휴양하는 한편 미션계 사립학교에서 교편을 잡"[7]게 되는데, 이 시기에 사상범으로 체포되어 고문을 당하고 구금을 당하기도 했으며, 당시 수피아여학교 음악교사였던 장은순과 결혼도 하게 된다.[8] 그가 다시 학업을 위해 숭실전문학교를 찾았을 때는 이미 숭실대학이 신사 참배 거부 문제로 폐교되어 있어 학업을 계속하지 못하게 된다.

해방 이후에 시인은 호남신문사 기자, 숭일중학교 교감 등을 역임하기도 하고, 조선대학교 문리대 교수로 제자들을 기르기도 했으며, 1960년에는 모교인 숭실대학교의 교수가 되어 학생들을 가르쳤다. 그러다가 1973년에는 고혈압으로 졸도하는 경험을 하기도 하는데, 이 경험은 그의 시세계에 많은 영향을 끼치기도 했다. 이 시기를 기점으로 그의 시세계가 커다란 변화를 보여주는 것을 확인할 수 있다.

해방 이후부터 1960년대까지 김현승 시인은 자신의 삶을 형성하고 있던 기독교를 의도적으로 버리기도 한다. 어린 시절부터 견지하고 있

5) 김현승, 「나의 생애와 나의 확신」, 288-289.
6) 김현승, 위의 글, 282-283.
7) 김현승, 위의 글, 284.
8) 소재영, 위의 글, 47.

던 신앙을 떠나 생활하기 시작한 것이다. 이러한 자신의 모습을 시인은, "신앙을 떠나지 않던 이러한 모범 청년이 중년에 이르러 어느 정도 문명을 확보하고 친구도 많아지면서부터는 지금까지의 신념이 깨뜨려지기 시작하였다. 이름은 기독교인이었으나 기독교에 합당치 않은 사이비 기독교인으로 무너져 버린 것이다."라고 이 시기의 자신의 신앙 상태를 고백하고 있는 것을 볼 수 있다.[9] 이러한 진술은 그의 중기 시세계를 이해하는 데 있어서 상당히 중요한 의미를 지닌다. '고독'이라는 주제를 깊이 있게 천착하고 있는 그의 중기 시세계는 바로 이러한 내면 상태에서부터 나온 것으로 해석될 수 있기 때문이다. 시인이 내면적으로 기독교 신앙으로부터 떠남으로써 신으로부터 단절된 자아를 인식하고, 그러한 상태를 "고독"이라는 이미지로 형상화하고 있는 것이다. 이는 김현승의 시세계에서 형상화되는 "고독"이라는 이미지가 개인적이거나 사회적인 관점에서 확인할 수 있는 것이 아니라, 종교적인 차원, 즉 기독교적인 하나님과의 상관관계 속에서 파악되어야 함을 보여주는 것이라고 하겠다.

1973년 어느 날 김현승 시인은 지병인 고혈압으로 졸도하여 며칠 만에 깨어나는 심각한 경험을 하게 된다. 이러한 경험은 이전의 그의 삶을 근원에서부터 돌아보게 만들고, 신앙의 커다란 변화, 즉 회심을 가져온다. 이러한 변화는 단순히 심정적인 영역에 그치는 것이 아니라, 그의 시세계에 있어서도 매우 큰 변화를 가져오는 것을 볼 수 있다.

나는 햇수로 3년, 만으로는 2년 전에 뜻하지 않은 고혈압 증세로 쓰러져 죽었다가 깨어났다. 쓰러지기 이전의 나의 생애는 양적으로 거의 나의

---

9) 김현승, 「나의 생애와 나의 확신」, 289.

일생에 해당하는 세월이었고, 쓰러진 후 지금까지의 나의 생애는 2, 3년에 지나지 않는다. 그러나 질적으로는 나의 두 개의 생애는 맞먹는다고 할 수 있다.

쓰러지기 전 나의 생애는 무엇 무엇해도 시가 중심이었으며 핵심이었다. 나의 시가 가장 뛰어난다고는 도저히 생각하지 않았으나, 나의 시에 대한 애착과 확신은 대단하였다. 나는 내가 죽기 전날까지는 시를 계속하여 쓰리라고 스스로 장담하고 내 생명이 붙어 있는 한 시는 결코 버리지 않는다고 스스로 다짐하고 있었다.

그러나 내가 쓰러지고 나서는 나의 지대한 관심이 매우 달라져 버렸다. 지금 나의 애착과 신념은 결코 시에 있지 않다. 따라서 시에 대한 야심이나 욕심이 그 전과는 매우 달라졌다. 지금의 나의 심경은 시를 잃더라도 나의 기독교적 구원의 욕망과 신념은 결단코 놓칠 수 없고 변할 수 없다.[10]

고혈압으로 쓰러졌다가 며칠만에 다시 깨어나는 경험은 시인에게는 거의 죽음을 경험하는 것과 유사한 것으로 다가왔던 것을 알 수 있다.[11] 고혈압으로 인하여 졸도하고 며칠 만에 깨어난 시인에게는 세상이 달리 보였던 것이고, 그것은 어린 시절부터 자신의 삶을 지탱해 왔던 신앙을 새롭게 돌아보는 계기가 된 것이 분명하다. 그 경험 후에 살아낸 2, 3년이 그 이전의 자신의 전 생애와 맞먹는다고 진술하는 것은, 이 경험이 삶을 바라보는 시인의 의식에 얼마나 큰 자리를 차지하고 있는지를 잘 보여준다. 이는 그가 모태에서부터 지녀왔던 기독교적 신앙을 회복하게 된 것

---

10) 김현승, 위의 글, 288.
11) 김현승, 위의 글, 289.

을 명확하게 보여주는 것이기도 하며, 그러한 온전한 회심 자체가 시인에게 얼마나 기쁘게 다가왔는지를 말해 주는 것이기도 하다. 그래서 시인은 평생의 과업으로 생각해 왔던 '시' 보다 더욱 큰 의미로 다가온 것이 "기독교적 구원의 욕망과 신념"이라고 단호하게 말하고 있는 것이다.

이러한 변화의 자리에서 또 하나 중요하게 생각해 두어야 할 것은, 시인이 경험하는 이러한 자신의 변화가 스스로의 힘이나 의지로 이루어진 것이 아니라, 자신이 믿고 있는 하나님이 주신 귀한 은혜라고 생각하고 있다는 점이다. 시인은 자신을 다시 살린 이가 "나의 하느님"[12]이었다고 고백하고 있는 것이다.

나의 부모와 나의 형제들, 나의 온 집안이 모두 믿고 지금도 믿고 있는 우리의 신이, 하느님이 나에게 회개의 마지막 기회를 주시려고 이 어리석은 나를 살려 놓으신 것이다. 개인적인 신념치고 나의 이 신념과 이 신앙처럼 더 확실하고 더 굳센 신념은 이 지상에는 더 없다고 나는 생각한다.[13]

이러한 진술에서 우리는 김현승 시인의 의식 속에서 이 경험이 얼마나 충격적이었으며, 그 결과로 얼마나 큰 의식의 변화를 가져왔는지를 명확하게 확인할 수 있다. 그의 시세계를 논하는 과정에서 이 경험이 자주 언급되는 이유가 여기에 있다. 이 시기에 또한 시인의 시세계도 커다란 변화의 과정을 보이는데, 중기의 시세계를 규정짓던 중요한 주제인 '고독'이 완전히 사라지고, 회복된 신앙과 그것에 바탕을 둔 세계 인식 태도를 보이는 작품들이 자리잡고 있는 것을 확인할 수 있다.

---

12) 김현승, 위의 글, 289.
13) 김현승, 위의 글, 289.

뿐만 아니라 이러한 진술들을 통해 우리가 확인할 수 있는 바는 그의 의식 세계에 있어서 기독교가 어떠한 자리를 차지하고 있었는가 하는 점이다. 어린 시절부터 기독교적인 가정에서 자랐던 시인은 초기와 후기의 시세계에서는 명확하게 기독교적인 사유와 세계관을 인정하고 있음을 확인할 수 있다. 심지어 기독교를 부정하고 "고독"이라는 주제에 집중하고 있는 중기에서조차도 신의 존재 자체는 완전히 부정하지 않는 인식 태도를 보인다. 그만큼 시인은 본질적으로 기독교적인 세계관 속에서 사유하고 행위하고 있었던 것이다. 이것은 기독교적 세계관이 김현승 시세계의 가장 중요한 본질 중의 하나를 형성하고 있음을 보여주는 것이기도 하고, 그래서 김현승 시세계의 온전한 이해와 작품의 보다 깊이 있는 해석을 위해서는 필연적으로 기독교적 관점을 고려해야 하는 이유이기도 하다.

많은 시인들이 기독교적인 세계관을 드러내기도 했지만, 김현승 시인만큼 그렇게 직접적으로 기독교적인 사유를 자신의 시세계 속에 지속적으로 드러내었던 시인은 드문 것이 사실이다. 이는 어린 시절의 경험이 그의 사유의 가장 중요한 자리를 차지하고 있었기 때문에 나타난 현상이라고 할 수 있을 것이다. 그러므로 이러한 그의 시세계와 시론을 점검하는 일은 한국 현대시의 중요한 한 축을 이루는 기독교적인 서정시를 살피는 핵심적인 작업이 될 것이다.

김현승의 시세계와 기독교적 상상력

　이 책은 김현승 시와 시론을 기독교적인 관점에서 정밀하게 살펴보고
자 하는 의도에서 기획되었다. 이제까지 김현승의 시세계에 대해 고찰한
논문은 상당히 많은 편이지만, 한 권의 단행본으로 기획되고 저술된 것
은 많지 않다.[14] 게다가 그의 시세계 연구에서 기독교적인 세계관을 고려
하는 것은 필수적인 요소임에도 불구하고, 그의 시를 이러한 관점에서
본격적으로 연구한 것은 많지 않은 것이다.

　김현승의 시세계와 시론을 기독교적 세계관의 관점에서 분석하는 것은 그
러므로 한국 현대시에 나타난 기독교적 서정시의 중요한 특징들을 짚어내는
작업이 될 뿐만 아니라, 한국 현대시 전체에 대한 이해의 틀을 더욱 넓힐 수
있는 작업이 될 것이다. 이는 김현승의 시세계를 이해하는 중요한 방법이 될
뿐만 아니라, 한국 기독교시의 특징을 추출해 내는 작업 또한 될 것이다.

　한 시인의 시세계에서 특징적인 이미지 몇 개를 통해 그 시인의 시세
계를 추적하는 작업은, 그 이미지가 그의 시세계 전반을 관통하여 흐르

---

14) 조태일, 김인섭 등 몇 권의 연구서가 있을 뿐이다.

는 본질적인 세계관과 연결되어 있다면 매우 유용한 작업이 될 것이다. 서정시는 본질적으로 서정적 대상으로서의 사물을 통해 자아의 내면적 정서를 드러내는 장르이기 때문이다. 김현승처럼 하나의 세계관을 비교적 지속적으로 견지하고 있는 시인의 경우 이러한 분석은 더욱 의미가 있다. 시인 스스로 주장하고 있을 뿐만 아니라 거의 대부분의 논자들이 인정하고 있는 바와 같이, 김현승의 시세계에는 다소의 부침이 있기는 하지만 기독교적인 세계관이 그의 초기부터 후기를 관통하여 흐르고 있는 바, 이러한 분석은 매우 유용할 수 있는 것이다.

사실 그동안의 김현승의 시에 대한 논의는 많은 경우 그의 시에 나타나는 기독교적인 특징과 관련하여 논의되어 온 것이 사실이다[15]. 그가 기독교 가정에서 자라나 기독교계 학교에서 수학했고 마지막까지 기독교적인 세계관을 유지했다는 전기적 측면을 거론하지 않더라도, 그의 시에 나타나는 주도적인 세계관은 분명히 기독교적인 것이다. 뿐만 아니라 김현승 자신이 기독교 문학에 대한 애착을 가지고 있었으며, 기독교 문학과 관련된 작은 소론들도 쓰고 있다는 점[16]에서 그의 시를 기독교적인 관점에서 연구하는 것은 상당한 타당성을 지닌다.

그러한 측면에서 본다면, 김현승의 시세계를 정확하게 분석하기 위해서는 우선적으로 그의 시세계를 기독교적 세계관과의 관련 하에서 분석

---

15) 대표적인 것에는 다음과 같은 것들이 있다. 장백일, 「원죄를 끌고 가는 고독」, 『현대문학』 1969년 5월호; 신익호, 「김현승 시에 나타난 기독교 의식」, 숭실어문학회 편, 『다형 김현승 연구』, (서울: 보고사, 1996); 권영진, 「김현승 시와 기독교적 상상력」, 숭실어문학회 편, 『다형 김현승 연구』, (서울: 보고사, 1996); 심희보, 「김현승 시와 기독교식인 실존」, 『한국문학과 기복교』, (서울: 현대사상사, 1979); 금동철, 「김현승 시의 '고독'과 은유의 수사학」, 『우리말글』 제21집 (2001. 8); 손진은, 「김현승 시의 생명시학적 연구」, 『현대시의 미적 인식과 형상화방식 연구』, (서울: 월인, 2003); 금동철, 「김현승 시에서 자연의 의미」, 『우리말글』 제40집(2007.8) 등.
16) 김현승은 「우리나라의 기독교 문학」, 「기독교 문학과 그 교육대책」 등 몇 편의 기독교 문학과 관련된 글을 발표하고 있다.

하고 풀어보아야 한다. 시인이 보여주는 시의식의 근저에 깊이 자리 잡고 있는 것이 바로 이러한 기독교적 신앙이었기 때문이다.

김현승 시인은 기독교적인 가정에서 태어나서 자란 사람이다. 앞서 밝혔듯이 아버지가 목사가 되기 위해 평양에서 공부하고 있을 때 태어난 그는 어린 시절을 아버지의 목회지를 따라 살았으며, 자라서는 기독교 계통의 학교인 숭일학교 초등과를 다녔고, 평양의 숭실중학교에 입학하여 공부하기도 하였으며, 1932년에는 숭실전문학교 문과에 입학하여 공부하기도 하였다. 이러한 학교들은 모두 기독교 학교들이라는 공통점이 있다. 나중에 자신의 아들을 목사로 사역하게 할 정도로 그는 기독교적인 신앙을 지속적으로 소유하고 있던 시인이었다. 그렇다는 것은 그의 시세계를 이해하는 과정에서 기독교적인 신앙 혹은 기독교적인 세계관에 기반을 두는 것이 반드시 필요함을 말해 준다.

그렇다고 이러한 논의가 단지 시 속에서 기독교적인 신앙의 흔적들, 즉 성경의 내용이나 이미지만을 찾아서 분석하는 데 그치는 것은 바람직하지 않다. 오히려 그 속에서 형상화되는 다양한 시정신을 찾아야 하며, 다양한 시적 요소들을 그의 근원적인 세계관과의 관련 하에서 풀어내고 찾아내는 작업이 반드시 필요하다고 하겠다. 그의 시를 기독교적인 측면으로만 바라보게 된다면, 오히려 그의 시세계가 지닌 의미를 한정하게 되는 결과를 가져올 수도 있기 때문이다. 그의 시세계를 탐색하는 일은 기독교 문학의 한 가능성을 탐색하는 것 못지않게 서정시의 본질을 검토하는 것이기도 하기에, 다양한 측면에서 그의 시를 검토할 필요가 있는 것이다. 이러한 차원에서의 검토도 몇몇 논자들에 의해 이루어져 왔다. 그의 시에 특징적으로 나타나는 '고독'의 관념이 지닌 의미를 추적하는 과정에서 시인의 기독교적 세계관과의 큰 관련없이 분석하고 평가한 작업들[17]이 바로 그것이다. 이들은 그의 시에 나타나는 고독이 오히려 기독교적인 신의 개념을 부정한 자리에 서 있는 것임을 밝혀내기도 했다.

그의 시가 일관되게 기독교적 신앙을 온전하게 유지하고 있지는 않다는 점을 고려한다면, 이러한 논의는 상당한 의미가 있다. 많은 논자의 지적처럼 그의 시는 종교성의 표현에 있어서 몇 번의 굴곡을 겪는다. 고독의 문제를 다루고 있는 1960년대의 시에서 기독교에 대한 부정적인 시각을 보이는 것이 그 한 예이다. 이 시기에 그는 '고독'이라는 주제를 중점적으로 탐구하면서, 적극적으로 기독교적인 신앙을 부정하고 있는 것을 볼 수 있다. 이러한 과정에서 신과의 관계를 단절할 뿐만 아니라 타자와의 관계까지도 부정하고 오직 자아의 내면에 대한 깊은 탐색과 침잠에 빠져드는 것을 볼 수 있다. 그는 이러한 상황을 극복하고 1970년대로 넘어오면서 다시 기독교에 대한 절대적인 신앙의 상태를 회복한다. 신앙이 회복되면서 시적인 세계관과 이미지와 같은 다양한 것들에 있어서 상당한 변화를 보여준다. 이러한 점들을 고려한다면 김현승이 신앙의 회의를 보여주는 시기와 다른 시기의 시세계가 지닌 차이를 검토하는 일은 상당한 의미가 있을 것이다.

이제까지 여러 논자들의 다양한 논의를 통해 김현승 시세계의 특징이 상당부분 밝혀졌지만, 아직도 명확한 해명을 기다리고 있는 부분이 남아 있는 것이 사실이다. 한 가지 예를 들자면, 그 중의 하나가 그의 시의 핵심 중의 하나라고 할 수 있는 '고독'을 다루고 있는 시기의 시에 나타나는 세계관과 관련된 문제이다. 이 시기의 시세계를 전적으로 기독교로부터 완전히 벗어난 것으로 다루는 경우가 많았다. 그래서 '고독'을 주요 주제로 내세운 시집 『견고한 고독』이나 『절대고독』을 출간한 1960년대 후반의 김현승 시인의 시를 '기독교적인 차원과 무관한 상태'의 시[18]로

---

17) 대표적인 것을 들면 다음과 같다. 김윤식, 「신앙과 고독의 분리문제-김현승론」, 숭실어문학회 편, 『다형 김현승 연구』 (서울: 보고사, 1996); 곽광수, 「김현승의 고독」, 숭실어문학회편, 『다형 김현승 연구』 (서울: 보고사, 1996).

보거나, 이 시기의 '고독'을 '형이상학적 고독' 혹은 '신이 없어진 고독'이라고 분석하는 것[19]이 바로 그러한 관점을 대표적으로 드러내 준다.

이 시기의 시편들을 이러한 관점에서 바라볼 수 있는 측면이 다분한 것이 사실이다. 그러나 이 시기의 '고독'을 단순히 기독교적인 신앙의 부정이라고만 보기 어려운 부분이 존재한다. 이 시기의 시세계에서 신의 존재 자체에 대한 부정은 찾기 어렵다는 점은, 시인이 신의 존재를 부정하고 기독교적인 세계를 완전히 떠난 것이 아니라 자아와 신과의 관계를 단절하고 '고독'이라는 정서 속으로 침잠해 들어간 것이라고 할 수 있기 때문이다. 이 시기의 '고독'이 완전한 신의 부정 혹은 원초적 신앙의 부정은 아니라는 입장[20]은 그래서 그의 시의식의 본질을 밝히는 데 있어서 중요한 의미를 지닌다. 사실 중기의 김현승의 시세계에서 형상화되는 '고독'은 '신이 없는 고독'이기도 하지만, 그 신의 부재 혹은 신 존재 자체에 대한 부정으로부터 출발하는 것이 아니라, 자아와 신 사이에 맺어지는 긴밀한 관계성의 상실로 말미암은 '고독'이라고 할 수 있는 부분이다. 이 말은 이 시기의 '고독'이 신으로부터 떠난 자아가 경험하는 고독이라고 할 수 있는 부분으로, 이것은 자아가 신의 존재를 근원적으로 인정하고 있음을 말해 주는 것이라고 하겠다.

중기의 '고독' 또한 이처럼 신의 존재 자체를 부정하는 자리에까지 나아가지는 않는다는 점은 그의 시세계가 자리 잡고 있는 세계관을 정확하게 파악하는 데 있어서 매우 중요한 역할을 한다. 그의 초기나 후기의 시에 형상화되는 자아는 신과의 관계 자체를 당연한 것으로 여기고, 그 속에서 세계를 바라보고 이미지화하며 삶의 의미와 가치를 찾는 작업을 진

---

18) 김윤식, 「신앙과 고독의 분리문제」, 176.
19) 곽광수, 「김현승의 고독」, 74-76.
20) 신익호, 『기독교와 한국 현대시』 (한남대학교 출판부, 1988), 75.

행하고 있으므로 기독교적인 상상력의 중요한 한 양상을 보여주는 것이라고 할 수 있다. 게다가 이처럼 중기의 시세계에 나타나는 '고독' 또한 신 존재 자체를 인정한 상태에서 그 존재와의 관계가 단절된 자아가 경험하는 단절감을 형상화하고 있다면, 이러한 상상력 또한 기독교적인 세계관의 또 다른 자리임이 분명하다고 하겠다.

이는 그의 시세계 전체가 기독교적인 세계관 혹은 기독교적 상상력과의 관련 속에서 형성되고 있음을 말해 주는 것으로, 그의 시세계가 지닌 본질을 이해하는 데 있어서 기독교적인 관점이 가장 핵심적인 기준의 역할을 해야 함을 말해 주는 것이다. 그러한 의미에서 이 책은 김현승의 시세계를 결정하는 핵심적인 요소로서 기독교적인 상상력이 어떠한 양상으로 형상화되며, 그의 시세계를 형성하는 동인으로 어떻게 작용하고 있는지를 살펴보고자 한다. 이를 위해서 우선 그의 시세계에 형상화되어 있는 시적 자아의 특징을 세밀하게 분석할 뿐만 아니라, 그러한 시적 자아가 어떠한 세계관을 가지고 세계를 바라보고 있는지를 살펴볼 것이다. 시 속에 형상화되어 있는 시적 자아의 존재방식이나 세계관을 제대로 이해하게 될 때, 독자들은 시인의 세계관과 사유의 구조를 이해할 수 있게 되며, 이를 통해 한 시인의 시세계를 더욱 깊고 정확하게 이해하게 될 것이다.

이를 위해서 반드시 살펴보아야 할 것이 기독교적 상상력 혹은 기독교적 세계관이 지닌 특징이라고 하겠다. 이 책에서 토대로 삼고자 하는 기독교적 세계관은 기독교적 사유에 바탕을 둔 세계관이며, 그러한 세계관 속에서 형성되는 상상력을 말한다. 이러한 기독교적 상상력의 가장 기본적인 자리에 서는 것이 신 관념이다. 여기서 말하는 세계관이 "세계의 근본적 구성에 대해 우리가 의식적으로든 무의식적으로든 견지하고 있는 일련의 전제들"[2]을 말한다면, 그것은 인간이 세계를 이해하고 인식하는 틀로서의 일련의 기준들을 말하는 것이라고 할 수 있는 것이다. 쉽게 말한다면 그것은 세계를 바라보는 안목 혹은 눈이라고 말할 수 있는 것으로, 그 사람의 경험이나 속한 집단 혹은 당대 사회의 영향을 많이 받을 수밖에 없는 것이기도 하다. 그렇지만 그 사람이 어떠한 자리에 서 있느냐에 따라 다양한 양상을 지닌 것으로, 각 사람마다 다양성을 지니는 것이기도 하다. 물론 이러한 전제들을 보다 상위의 집단의 관점에서 설명할 수도 있을 것이다. "세계관이란 한 집단의 사물의 본질과 관련하여 형성하는 근본적인 인지적, 정서적, 평가적 전제들로, 자기 삶을 정돈하는 데 사용하는 것"[22]이라는 정의는 세계관이 지닌 집단적 성격을 더욱 강조하고 있는 것이다.

이러한 기독교적 세계관에서 가장 중요한 요소는 하나님 관념, 즉 신의 존재이다. 그러므로 기독교는 하나님 중심의 세계관[23]이라고 말할 수 있는 것이며, 그러한 하나님이 인간 존재의 창조자로서의 궁극적 근원이 될 뿐만 아니라, 인간의 인식과정에 있어서 본질적이고 궁극적인 준거점이 되며, 도덕적인 삶의 기준이 되는 것이다. 기독교적 세계관에 있어서의 신 관념은, 그러므로 인간의 삶을 바라보는 가장 중요한 준거점이 될 뿐만 아니라, 삶의 가치와 의미를 결정하는 핵심적인 기준점이 된다고 하겠다.

시적인 관점에서 볼 때, 인간 사유의 중심에 하나님, 즉 신이 있으며, 그 존재 자체가 인간 존재의 궁극적인 준거점이 된다는 것은 매우 중요한 의미를 지닌다. 시를 구성하는 모든 상상력이 바로 이러한 사유의 준거 틀 안에서 작동하게 됨을 말해 주는 것이 되기 때문이다. 기독교적 세계관 속에서 상상력은 신과 인간의 관계, 신과 세계의 관계 속에서 자아

---

21) 제임스 사이어, 『기독교 세계관과 현대 사상』, 김헌수 역 (서울: 한국기독학생회 출판부, 1985), 19.

22) 폴 히버트, 『21세기 선교와 세계관의 변화』, 홍병룡 역 (서울: 복 있는 사람, 2010), 31.

23) 한상화, 『신본주의 신학 입문』 (서울: 생명의 말씀사, 2000), 15.

와 세계를 파악하고 이해하며 읽어내게 되는 것이다. 이는 곧 이러한 세계관을 지닌 시인의 시세계가 보여주는 기독교적 상상력이란, 본질적으로 신과의 관계 속에서 이미지들이 형상화되며 신과의 관계 속에서 자아가 자리 잡고 신과의 관계 속에서 가치 판단이 내려짐을 의미한다.

기독교적 세계관의 관점에서 시적 상상력을 논할 때 중요한 요소를 든다면 시적 자아와 여러 이미지들이, 기독교적 세계관의 핵심적인 자리를 차지하고 있는 신, 즉 하나님과의 관계라고 할 수 있을 것이다. 시적 자아는 서정시의 화자 혹은 주체로서 시에서 형상화되는 다양한 이미지들과 관계를 맺는 존재이며, 서정시에서 형상화되는 가장 중요한 대상으로 자리 잡고 있는 것이 자연 이미지라는 점을 고려한다면, 기독교적 상상력은 이러한 시적 요소들의 존재방식을 다루는 상상력이라고 할 수 있을 것이다. 그리고 기독교적 상상력에서 이러한 자아와 자연이라는 요소들이 지닌 가장 중요한 특징은 그것들이 신과 맺고 있는 관계에 따라서 그 이미지가 내포하고 있는 정서나 의미 혹은 가치가 변한다는 것이다. 그러므로 기독교적 상상력을 논하는 과정에서 필연적으로 다루어야 할 부분은 시적 자아나 자연 이미지가 신과 어떤 관계를 맺고 있으며, 그러한 관계가 자아나 자연 이미지의 의미를 어떤 방식으로 형상화하게 되는지를 추적하는 것이라고 하겠다. 이를 통해 독자는 시인의 세계관을 읽어낼 수 있게 되는 것이다.

이러한 측면은 김현승의 시세계를 이해하는 데 있어서 매우 중요한 역할을 한다. 초기의 자연 이미지가 플라타너스와 같은 무성한 잎과 풍성한 생육을 사랑하는 사연 이미지를 지니나가, 중기의 '고독'을 주세로 한 시편으로 옮겨갔을 때 나타나는 마르고 황량한 자연 이미지로 변모하는 중요한 이유를 이러한 세계관의 측면에서 살펴볼 때 그 이유를 밝혀낼 수 있는 것이다. 중기의 김현승 시인이 하나님과의 관계를 단절한 상태, 즉 신앙의 회의를 나타내는 시기라는 점을 고려하면, '고독' 시기의 메마르고 황량한 이미지는 신과의 관계 단절, 즉 존재론적 근원과의 관계 단절의 결과물임을 보여주는 것이다.

여기서 고려되어야 할 사항 중의 하나는 그러한 관계의 단절이 완전한 신 존재의 부정으로 나아가지는 않는다는 점이다. 만약 반기독교적인 신 존재의 부정으로 그의 인식이 나아갔다면, 신과의 관계의 단절이 그러한 부정적 이미지로서의 메마르고 건조한 자연 이미지로 귀결될 필요가 없는 것이다. 자아나 자연 이미지가 메마르고 건조하며 황량하다는 것은, 그 이미지들에 활력을 주고 생명력을 주는 존재론적 근원과 단절된 상태를 경험하는 자아의 내적인 상태를 드러내 주는 것이기 때문이다.

이러한 특징이 김현승의 시세계를 기독교적 세계관과 긴밀하게 관련되어 있다고 보는 중요한 이유 중의 하나가 된다. 그가 신과의 관계를 의심하고 부정하는 그 순간에도 그의 내면에서는 신 존재 자체를 인정하고 있었을 뿐만 아니라, 그러한 관계가 단절된 상태를 긍정적이고 바람직한 상태로 보지 않았음을 보여주는 단서가 여기에 내재되어 있는 것이다. 이것은 곧 그의 사유 방식이 본질적으로 기독교적 세계관 속에 자리 잡고 있었고, 그러한 세계관에 바탕을 둔 상상력이 그의 시세계를 지배하고 있음을 보여주는 것이라고 하겠다.

이 책에서는 그러므로, 이러한 관점에서 그의 시세계에 형상화되어 있는 다양한 이미지들이 어떠한 모양을 지니고 있으며, 어떠한 역할을 하고 어떠한 세계관을 반영하고 있는지를 살펴보고자 한다. 이를 통해 그의 시세계 속에 내재되어 있는 기독교적 사유구조와 상상력의 특징을 정확하게 짚어보고자 하는 것이다.

Chapter 2

초기 시에 나타난 자연 이미지와 기독교적 사유

신의 축복을 누리는 자연

자아와 동행하며 위로하는 자연

김현승 시인의 시세계를 추적해 가는 과정에서 핵심적인 자리에 서는 것이 기독교적 세계관이라고 할 수 있다. 목사의 가정에서 자라났고, 기독교 재단이 운영하는 학교에서 공부한 그의 환경을 생각하면 이러한 특징이 그의 시세계와 산문 속에 나타나는 것은 당연하다고 하겠다. 그러므로 그의 초기 시세계를 살펴보는 자리에 이러한 기독교적 세계관을 중심점에 놓는 것은 그의 시세계의 특징을 추적해 가는 과정에서 반드시 필요한 요소가 된다고 하겠다. 김현승의 초기 시세계는 『김현승 시초』와 『옹호자의 노래』 등 두 권의 시집에 담겨 있는데, 이 시집들을 기독교적 관점에서 살펴볼 때 특징적으로 드러나는 시적인 요소는 시적 자아와 자연 이미지의 존재방식이다. 이 두 요소는 기독교적 세계관의 가장 중요한 자리를 차지하는 하나님과의 관계 속에서 다양한 이미지의 변화와 의미의 변이를 보여준다는 점에서 그의 시세계를 살펴보는 핵심적인 키워드가 되고 있다. 그러므로 여기에서는 그의 초기 시에 나타나는 자연의 이미지와 시적 자아의 존재방식에 대해 먼저 살펴보고자 한다.

김현승의 시에서 자연 이미지는 시인의 세계관을 드러내는 중요한 도구의 하나가 된다. 이 자연 이미지가 자아 혹은 세계와 어떠한 관련을 맺고 있으며, 그것을 어떠한 모습으로 형상화하고 있는지를 추출하면, 시인이 견지하고 있는 세계관의 한 측면을 분석해 낼 수 있는 것이다. 그의 초기 시에 나타나는 자연 이미지는 매우 특징적인 두 가지 양상을 지니고 있는데, 풍성하고 여유로운 자연 이미지와 메마르고 위축된 자연 이미지가 바로 그것이다.[1] 그의 시에서 자연은 여러 가지 소재들을 바탕으로 다양하게 나타나기는 하지만, 그러한 이미지들은 크게 볼 때 이와 같은 두 개의 특징적인 부류로 나누어볼 수 있고, 이것들은 자연에 대한 자아의 인식 태도를 보여주는 것임과 동시에 시인의 내면에 자리 잡고 있는 세계관을 추적해 볼 수 있는 중요한 단서로서의 역할을 하고 있다.

그런데 여기에서 주목할 것은 이러한 두 가지 자연 이미지의 형태가 자아가 맺고 있는 신과의 관계에 의해 결정된다는 점이다. 시 속에 형상화되는 자아와 시인의 신앙의 대상인 신, 즉 하나님과의 관계가 우호적이거나 긴밀한 상태에 있을 때 형상화되는 자연 이미지는 풍성하고 왕성한 생명력을 자랑할 뿐만 아니라, 그 열매까지도 아름답게 맺히는 것을 볼 수 있다. 그런데 자아와 신과의 관계가 단절되거나 좋지 못할 때 그러한 시에 형상화된 자연까지도 그 영향을 받아서 메마르고 건조하며 딱딱해져서 생명력이 말라가는 이미지로 형상화되는 것을 자주 볼 수 있는 것이다.

자연 이미지의 이러한 두 가지 특징은 그의 시세계 전반에 걸쳐서 나타나는 현상으로, 자아와 신과의 친소관계에 의해 결정된다는 점에서 시인이 견지하고 있는 것이 기독교적 세계관임을 인지할 수 있는 중요한

---

1) 금동철, 「김현승 시에서 자연의 의미」, 『우리말글』 제40집 (2007. 8.) 204.

단서로 작용한다. 그의 초기 시세계에서는 풍성하고 여유로운 자연 이미지가 주를 이룬 가운데 가끔 메마르고 위축된 자연 이미지가 형상화되는 것을 볼 수 있다면, 그의 중기 시세계에서는 풍성하고 여유로운 자연 이미지는 거의 사라지고 주로 메마르고 위축된 자연 이미지가 주류를 이루고 있는 것을 확인할 수 있다. 그런데 이러한 양상이 후기 시세계로 갈수록 점점 역전되면서 초기의 시세계보다 더욱 풍성하고 여유로운 자연 이미지가 회복되는 것을 확인할 수 있는 것이다.

이러한 자연 이미지의 변화는 그의 신앙의 변화와 긴밀하게 연관되어 있다는 점에서, 그의 시세계의 특징을 이해하는 데 있어서 매우 중요한 요소가 된다. '고독'을 중요한 시적 소재와 주제로 다루고 있는 중기의 그의 시세계에서는 겨울나무나 고독한 까마귀 등과 같은 메마르고 건조한 자연 세계가 특징적으로 드러나는데, 이것은 시인 스스로 밝히고 있듯이 그의 신앙의 후퇴와 매우 긴밀하게 연관되어 있는 것이다. 시인은 이 시기의 '고독'을 "나의 고독은 구원에 이르는 고독이 아니라, 구원을 잃어버리는, 구원을 포기하는 고독이다. 수단으로서의 고독이 아니라 나의 고독은 순수한 고독 자체일 뿐"[2]이라고 표현하고 있는 것을 볼 수 있다. 그만큼 이 시기의 '고독'이 신으로부터 떠나 신앙을 버리고자 하는 시인의 의지가 강하게 작용한 시기이며, 그래서 이 시기의 자연 이미지가 지니고 있는 특징적인 면모는 신을 떠난 자아가 겪는 내면의 특징과 긴밀하게 연결되어 있다고 할 수 있게 되는 것이다. 그리고 특징적인 것은 이러한 메마르고 위축된 자연 이미지가, 시인의 신앙이 완전히 회복되는 후기의 시세계에서는 다시 풍성하고 여유로운 이미지로 변화하고 있다는 점이다.[3]

---

2) 김현승, 「나의 문학백서」, 277.

이 두 자연 이미지의 대비는 자아와 세계 사이의 관계에 대한 시인의 인식 태도를 명확하게 보여주는 역할을 한다. 시인은 자연 이미지뿐만 아니라 자신이 몸담고 있는 세계 전체를 항상 신과의 관계 속에서 설정하고 인식하는 특징을 지니고 있다. 그것은 어린 시절부터 시인이 지니고 있던 기독교적 세계관의 영향이라고 할 수 있는 부분이다. 자연은 자연 자체로 신적인 속성을 지니거나 절대화되는 것이 아니라, 언제나 그 너머에 존재하면서 자연을 창조하고 다스리는 절대자인 하나님과의 관계에 의해서만 그 가치와 의미가 제대로 드러날 수 있다는 사유를 가지고 있음을 보여주는 것이다. 자아는 바로 그러한 자연을 자신의 시 언어 속에 그대로 형상화하고 있었던 것이다. 이는 시인이 세계를 이미지화하는 과정에서 자신이 지니고 있는 세계관을 그대로 적용하고 있음을 말해주는 것이다.

그의 시에는 나무의 이미지가 많이 등장하는데, 이 나무는 특히 그의 시의 중심 주제와 관련을 맺고 있다. 그의 초기 시에도 이러한 풍성하고 여유로운 자연 이미지가 주로 나무 이미지를 특징적으로 사용하고 있다는 점 또한 기억할 필요가 있다. 이때의 나무 이미지는 그 자체로 풍성한 가지와 잎을 달고 열매를 맺어 시적 자아나 다른 생명체들에게 이익을 끼치는 존재로 형상화되기도 하고, 끊임없이 하늘을 향해 자라가고 하늘을 바라보는 상방지향성을 지닌 존재로 형상화되기도 하는 것을 볼 수 있다.

김현승의 초기 시집 『김현승 시초』나 『옹호자의 노래』에 실린 시편들에서 나무 이미지는 유사한 방식으로 형상화되는 것을 볼 수 있다. 1957년에 발간된 시집 『김현승 시초』와 1963년에 발간된 『옹호자의 노래』에

---

3) 이러한 회복된 자연 이미지의 특징은 그의 유고시집인 『마지막 지상에서』에 집중적으로 나타나는 바, 이 부분에 대해서는 본서 제4장에서 자세히 다루고자 한다.

는 서로 겹치는 시들이 많다. 뿐만 아니라, 그 주제의식이나 표현방식 혹
은 이미지들의 형상화 방식들이 유사한 측면이 많이 존재하는 것이다.
이 시기의 시에 나타나는 나무 이미지에는 위에서 지적한 두 가지 특징
적인 양상이 함께 나타나고 있다는 특징을 보여준다. 나무가 풍성함과
여유로움을 지니고 자아와 동행하는 긍정적 존재로 그려지기도 할 뿐만
아니라, 자신이 지닌 풍성함으로 주변의 여러 생명체들에게 이익을 끼
치는 존재로 형상화되는 것이다. 「푸라타나스」나 「가로수」, 「나무와 먼
길」, 「신록」 등에서 발견할 수 있는 나무 이미지가 바로 그러하다. 또 다
른 하나는 나무가 메마르고 위축된 이미지로 형상화되는데, 이때의 나
무는 생명력이나 여유로움 혹은 풍성함보다는 견고함이나 죽음과 가까
운 이미지로 그려지는 것을 확인할 수 있다. 「내 마음은 마른 나무가지」
나 「가을의 기도」, 「건강체」 등에서 발견할 수 있는 자연 이미지들이 바
로 그러하다.

　이 두 가지 특징적인 이미지들의 차이가 세계에 대한 시인의 인식과
연관된 것이라면, 이것은 상당히 중요한 의미를 지닌다. 초기의 시세계
에서 풍성하고 여유로운 자연 이미지와 함께 중기 시세계에서 주로 발견
할 수 있는 메마르고 위축된 자연 이미지의 단초들을 발견할 수 있다는
점은 그의 시세계의 연속성과 함께 시인의 세계관이 어떠한 자리에 서
있는지를 확인할 수 있는 중요한 표지가 되기 때문이다. 그것은 특히 중
기의 시세계에 나타나는 신앙의 후퇴와 그것으로부터 촉발된 '고독'이
라는 주제를 해석하는 데 있어서 상당히 중요한 의미를 지닌다고 하겠
다. 이러한 연속성은, 시인 스스로 내면으로부터 신과의 관계를 단절한
가운데서 추구하는 '고독'이라는 주제가 이미 초기의 시세계에서도 시
도되고 있었다는 점을 인식할 수 있게 한다. 뿐만 아니라 그것은, 중기의
시적 자아의 상태가 신을 완전히 부정한 반기독교적인 상태에 처한 것이

아니라, 기독교적인 세계관의 토대를 인정한 상태에서 구원의 길을 모색하는 자아의 치열한 고민을 보여주는 과정으로 볼 수 있게 만드는 것이다. 그리고 이것은 후기의 풍성한 자연 이미지로의 회귀가, '고독'의 문제를 주로 형상화한 시기에 보여주었던 신앙에 대한 회의를 반성하고 회개함으로써, 신적인 풍성함과 인간적인 메마름이 하나로 합쳐지며 모든 것을 풍성한 이미지로 변화시키는 시적 구원의 길에 도달하게 되는 것[4]으로 보도록 만드는 것이기도 하다. 그러므로 초기 시에 형상화된 이 자연 이미지의 정확한 양상을 분석하는 것은 그의 시세계 전체를 이해하는 중요한 출발점이 된다.

김현승 시인의 초기 시세계에서 특징적인 자연 이미지는 풍성하고 여유로운 자연이다. 그 자연은 풍요로운 가지나 무성한 잎을 달고 그 그늘을 다른 존재들에게 드리워 주기도 하고, 열매의 풍성함으로 다른 생명체들을 먹여 살리기도 하며, 하늘을 향해 자신의 가지를 끝없이 뻗는 나무로 주로 그려지는 것을 볼 수 있다. 이러한 이미지들은 많은 경우 신의 풍성함과 은혜로움을 보여주는 이미지로 작동하기도 하고, 신 앞에 선 인간들이 취하는 여러 가지의 기도와 축원과 예배의 자세를 보여주는 이미지로 사용되기도 한다.

꿈을 아느냐 네게 물으면,
푸라타나스,
너의 머리는 어느듯 파아란 하늘에 젖어 있다.

너는 사모할줄을 모르나,

---

4) 금동철, 「김현승 시에서 자연의 의미」, 224.

푸라타나스,
너는 네게 있는것으로 그늘을 느린다.

먼 길에 올제,
호을로 되어 외로울제,
푸라타나스,
너는 그 길을 나와 같이 걸었다.

이제 너의 뿌리 깊이
나의 영혼을 불어넣고 가도 좋으런만,
푸라타나스,
나는 너와 함께 神이 아니다!

수고론 우리의 길이 다하는 어느날,
푸라타나스,
너를 맞어 줄 검은 흙이 먼 곳에 따로이 있느냐?
나는 오직 너를 지켜 네 이웃이 되고 싶을 뿐,
그곳은 아름다운 별과 나의 사랑하는 窓이 열린 길이다.

－「푸라타나스」 전문

이 시의 "푸라타나스"는 초기 시에 형상화되는 자연 이미지의 특징을 매우 잘 보여주는 대표적인 자연 이미지 중의 하나이다. 이러한 '푸라타나스' 이미지가 지닌 의미망을 분석하기 위해서는 먼저 시인이 다른 여러 가지 나무의 종류들 중에서 특히 이 수종을 선택한 이유부터 생각해 볼 필요가 있다. 전통적으로 소나무나 대나무와 같은 선비의 지조를 보여주는 나무에서부터 산야나 주변에서 자주 볼 수 있는 나무들이 주로 형상화되어 왔지만, 김현승 시인이 특히 "푸라타나스"라는 이국종의 나무를 선택하여 형상화하고 있는 것은 상당한 의미를 지닌다. 푸라타나스는 그 서구적인 이름도 특징적이지만, 그와 함께 빨리 자라는 생장성과 무성한 잎, 그리고 높은 키 때문에 주로 신작로의 가로수로 사용된 수종이다.[5] 시민은 전통적인 산야의 다양한 수종들보다는 이러한 서구적인 명칭을 지닌 '푸라타나스'를 사용함으로써 그 이면에 내포된 다양한 의미망을 확보하고 있는 것이다.

이 시에 형상화된 푸라타나스의 이미지는 몇 가지 의미망이 존재한다. 1연에서 푸라타나스는 그 높은 키가 보여주는 특징적인 이미지를 활용하여 "너의 머리는 어느덧 파아란 하늘에 젖어" 있는 존재로 형상화된다. 즉, 하늘까지 닿아 있는 나무라는 이미지가 형상화되어 있는 것이다. 인류 문화의 보편적인 상징성을 문제 삼을 때 나무는 주로 하늘과 땅을 연결해 주는 통로 혹은 하늘에 닿을 수 있는 사다리의 역할을 하는 것으로 그려지기도 한다. 이러한 상징적 이미지와 상당히 유사한 의미망을 시인 또한 활용하고 있는 바, 1연에서 "파아란 하늘에 젖어" 있는 나무 이미지는 하늘을 바라보는 존재로서의 나무의 상징성을 적극적으로 활용한 이미지라고 할 것이다.

이러한 나무의 상징적 이미지는 "하늘", 즉 신에게 기도하는 존재로서의 모습을 형상화하는 것으로 읽힌다. "파아란"이라는 어휘는 여기에서 밝음 혹은 희망이라는 이미지가 함께 들어 있는 바, 이것은 그 나무가 천상적인 존재와의 소통을 가능하게 해 주는 것[6]을 색감을 통해 형상화하

---

5) 최근에는 이 나무의 열매가 바람에 날리면서 호흡기 알러지를 유발시킨다는 이유로 이 나무의 거의 대부분이 잘려 사라졌다.
6) 금동철, 「김현승 시에서 자연의 의미」, 206.

고 있는 것이라고 하겠다. 이 나무는 그러므로 이러한 밝음 혹은 희망의 세계인 천상적 질서에 머리가 젖어 있는 존재로, 지상의 자아를 천상의 질서 속으로 이끌고 가는 사다리의 역할을 하기도 하는 것이다.[7] 이는 곧 자아를 신과의 관계 속으로 끌고 들어가는 역할이라고 할 수도 있는 것이다. 자아가 푸라타나스에게 "꿈을 아느냐"라고 묻는 순간 그 나무는 대답 대신 "어느새 파란 하늘에 젖어" 있는 머리로 자아에게 다가온다. 이것은 자아가 꿈꾸는 세계 혹은 도달하고 싶은 경지가 바로 그 나무의 젖은 머리가 도달해 있는 하늘, 다시 말해 신의 세계임을 보여주는 표지가 된다. 그리고 이러한 푸라타나스의 이미지는 이어지는 다양한 기호들을 생산해 내는 출발점이 되는 것이다.

푸라타나스는 2연에서 자아에게 "그늘"을 늘이는 존재가 된다. 힘겨운 길을 가는 동안 따가운 햇살을 가려주는 그늘은 그 길을 걷는 사람에게 위안과 쉼이 되는 것이다. 자아에게 푸라타나스는 "사모할줄을 모르"는 존재, 즉 사랑이라는 인간적인 감정을 가진 존재는 아니지만, 자신이 가지고 있는 것으로 그 아래를 걸어가는 자아에게 "그늘"을 드리워주는 존재이다. 이러한 이미지는 두 가지 측면에서 생각해 보아야 한다. 첫째는 푸라타나스가 "사모할줄을 모르"는 존재라는 것이다. 이것은 4연의 푸라타나스의 이미지와 연결된다. 자아에게 나무는 영혼이 없는 존재로 인식되는 것이며, 그래서 "사모할줄"을 모르는 존재가 되는 것이다. 이것은 나무가 의식이 없는 존재로서 이미지화되고 있는 것으로, 시인은 이처럼 자아와 나무의 존재론적 특징을 명확하게 구분하고 있는 것이다. 그럼에도 불구하고 자신이 가진 큰 키의 나무라는 특성 자체를 이용하여 그 아

---

7) 이러한 의미에서 조태일은 김현승 시에 나타나는 이와 같은 자연 이미지를 '신성과 결부된 자연'이라고 지적한다. 조태일, 『김현승 시정신 연구』(서울: 태학사, 1998), 61.

래를 지나가는 자아에게 "그늘"을 드리워서 위안과 쉼을 주는 소중한 존재가 된다. 그 나무는 의도하거나 의지를 가진 헌신이 아니라 존재 자체가 위안과 쉼을 주고 있는 존재인 것이다.

그러한 나무가 3연에서는 인생의 동반자로서의 이미지로 발전한다. 푸라타나스가 주로 신작로의 가로수로 활용되는 수종이었다는 점이 적극적으로 작용하고 있는 이러한 이미지는 이제 인생길이라는 상징성을 지닌 가로수 길을 홀로 걸어가는 자아에게 따뜻한 마음으로 위안과 힘을 주며 함께 걸어가는 인생의 동반자가 되는 것이다. 푸라타나스가 길가의 가로수이기에 이러한 인생길의 동행 혹은 동반자로서의 이미지를 지니게 되는 것은 자연스러운 결과이기는 하지만, 이것은 전통적인 나무의 이미지와는 상당히 다른 의미망을 지닌 것이기도 하다. 특징적인 요소 중의 하나는 바로 이 푸라타나스가 기독교적 신의 세계와의 관계 속에서 의미를 지니게 된다는 점이다. 김현승 시인을 기독교 시인이라고 부르는 가장 중요한 이유는 그의 거의 대부분의 시들이 언제나 기독교적인 세계관의 영향 안에서 창작되기 때문이라고 할 수 있는데, 그의 시에는 거의 대부분 '신' 혹은 '기독교' 관념이 그 이면에 깔려 있는 것이다.

4연에서 자아는 이러한 푸라타나스에게 "영혼"을 불어넣어 함께 사랑하고 사모할 수 있는 존재로 만들고 싶은 욕망까지 지니고 있음을 표현한다. 그러나 자아는 그 나무와 마찬가지로 "신이 아니"기 때문에 나무에 영혼을 불어넣을 수 없다는 한계를 분명히 인식한다. 이것은 이 시의 자아 또한 푸라타나스와 완벽한 동일성을 달성할 수 없다는 한계성을 인식하고 있음을 말해 주는 것으로, 이러한 인식은 자연스럽게 다음 연의 마지막에 나타나는 "따로이"라는 어휘를 통해 형상화된다. 자아와 나무가 동행하는 "수고론 우리의 길이 다하는 어느날"을 생각하면서 자아는 그 나무가 죽어서 묻힐 "검은 흙"이 "먼—곳에 따로" 있는지를 묻고 있다. 인생의 결국에는 자아와 나무가 분리될 것임을 이렇게 형상화하고 있는 것이다. 그 이유는 결국 "영혼"이라는 존재로부터 말미암는 것. 자아는 나무의 뿌리에 이 "영혼"을 불어넣고 싶지만, 자신은 신이 아니기에 그것이 불가능하고, 그러므로 영혼을 지닌 존재로서의 자아와 영혼이 없는 존재로서의 푸라타나스 나무 사이에는 벽이 존재하게 되는 것이다. 자아는 그래서 동일성을 달성하는 것이 아니라 "이웃"으로 나무와 함께 서 있는 존재가 되는 것이다.

그럼에도 불구하고 그 나무는 언제나 하늘과 가까이 있고, 신의 세계에 대한 지향을 생래적으로 간직하고 있으며, 신의 성품을 닮은 사랑으로 주변의 존재에게 은혜를 베푸는 존재이다.[8] 그 존재 자체가 다른 주변의 생명들에게 이익을 끼치는 존재가 되어 있으며, 그래서 시인은 그러한 나무를 더욱 긍정적으로 형상화하고 있는 것이다. 이는 나무가 기독교적인 신의 성품을 담은 자연물로 그려지고 있음을 보여준다. 그 머리가 파란 하늘에 닿아 있다는 점에서 언제나 신의 세계를 지향하는 존재이면서, 신으로부터 부여받은 그 존재 자체의 여러 가지 속성을 통하여 주변의 여러 생명들에게 위안과 쉼을 주는 존재가 되는 것이다. 그것은 곧 신의 은총을 받은 나무가 주변의 존재들에게 그 은혜를 끼치는 과정과 동일하다. 이러한 과정에서 자연은 매우 풍성하고 아름다우며 여유로운 이미지로 형상화되는 것은 당연하다.

이것이 그의 초기 시세계의 특징적인 자연 이미지 중 하나인 풍성하고 여유로운 자연의 출발점이 되는 이유이다. 자연이 자연 자체로 서 있는 것이 아니라, 신의 세계에 한쪽이 맞닿아 있기 때문에 발생하는 의미망이 여기에 자리 잡고 있는 것이다. 여기에서 자연은 객관화되고 차가운

---

8) 금동철, 「김현승 시에서 자연의 의미」, 208.

사물이 아니라, 자기 자신도 의식하지 못하는 사이에 신의 세계가 지니고 있는 풍요로움과 여유 그리고 큰 은혜를 주변의 생명들에게 전달해주는 통로가 되는 것이다.

그런데 여기서 주목해야 할 것 중의 하나는 이러한 자연으로서의 나무와 자아 사이의 구분이다. 신의 축복을 한껏 누리며 자아에게 그 복을 전해주는 통로 역할을 하는 푸라타나스와 자아가 만나는 순간을 시인은 "먼 길에 올제, / 호을로 되어 외로울제"라고 말하고 있다. 자아가 처한 현재의 상황은 결코 풍성하거나 여유로운 상태가 아니라, 오히려 먼 길을 힘겹게 걸어가고 있는 상황이며 홀로 외로움을 견뎌내며 내적으로 삭여야 하는 상태인 것이다. 이것은 힘겨운 인생길이라는 상징성으로 가볍게 읽을 수도 있겠지만, 그렇게 보기에는 이 시기의 시들이 보여주는 자아 이미지가 대부분 이처럼 힘겨운 상태 혹은 부정적인 정서 속에 잠겨 있다는 점을 고려할 때 상당히 다른 의미망을 지니고 있다고 보아야 할 것이다. 시인은 자아와 자연을 구분하고, 자아가 결코 풍성하고 여유로운 현재의 상태에 처해 있는 것이 아니라고 말하고 있는 것이다. 물론 자아는 그러한 자연에 가까이 다가감으로써 이러한 신적인 세계의 축복을 누리는 존재가 되기는 하지만, 자아의 현상태는 여전히 먼 길을 외롭게 걷고 있는 존재인 것이다. 이러한 푸라타나스와 매우 유사한 나무 이미지가 「나무와 먼길」에서도 그려진다.

사랑이 얼마나 중한줄은 알지만
너무, 너는 이긱 이 름디오 그이틀 모른디.
하늘 살결에 닿아 너와 같이 머리곻은 여인을 모른다.

네가 시를 쓰는 오월이 오면

나무, 나는 너의 곁에서 잠잠하마.
이루 펴지 못한 나의 전개의 이마—쥬를
너는 공중에 팔벌려 그 모양을 떨쳐 보이는고나!
나의 입설은 매말러
이루지 못한 내 노래의 그늘들을
나무, 너는 땅위에 그러케도 가벼이 느리는고나!

목마른 것들을 머금어 주는 은혜로운 오후가 오면
너는 네가 사랑하는 어느 물가에 얼른거린다.
그러면 나는 물속에 잠겨 어렴풋한 네 모습을
잠시나마 고요히 너의 영혼이라고 불러본다.

나무, 어찌하여 신께선 너에게 영혼을 주시지 않았는지
나는 미루어 알 수도 없지만,
언제나 빈 곳을 향해 두루는 희망의 척도 — 너의 머리는
내 영혼이 못박힌 발뿌리보다 아름답고나!

머지않아 가을이 오면
사람마다 돌아와 집을 세우는 가을이 오면,
나무, 너는 너의 수확으로 전진된 어느 황토길 위에 서서,
때를 마춰 불빛보다 다수운 옷을 너의 몸에 갈아 입을테지,

그리고 겨울이 오면
너는 머리 수겨 기도를 올릴테지,
부리꿍은 가난한 새새끼들의 둥지를 품에 안고

아침 저녁 안개속에 너는 과부의 머리를 수길테지,

그리고 때로는

구비도는 어느 먼 길위에서,

겨울의 긴 여행에 호올로 나선 외로운 시인들도 만날테지……

–「나무와 먼길」 전문

나무의 이미지는 여기에서 풍성하고 아름다운 것으로 가득한 존재로 그려진다. "아름다운 그이"라는 1연의 서술이 바로 그러한 나무의 이미지를 축약적으로 보여주는 것이며, 이어지는 구절들은 나무가 어떤 의미에서 그러한지를 설명해 준다. 그러므로 여기에서 "나무"를 묘사하기 위해 자아가 사용한 여러 가지 이미지들을 분석해 보면, 시인이 그려내고 있는 자연 이미지의 본질을 보다 정확하게 추출할 수 있게 될 것이다.

자아에게 나무는 우선 "하늘 살결에 닿아" 있는 아름다운 여인과 같은 이미지로 다가온다. 그 끝이 하늘의 살결에까지 닿아 있는 것으로 나무를 묘사하고 있다는 것은 많은 것을 암시해 준다. 김현승의 시에서 "하늘"은 여러 가지 의미를 내포한 시어이며, 그 중에서도 그것은 신의 세계 혹은 절대의 세계를 암시하는 것으로 주로 사용되는 것을 확인할 수 있다. 그리고 자아에게 "하늘"은 자아를 포함한 자연이 지닌 생명력의 원천 혹은 근원으로서의 의미를 지니고 있음이 분명하다. 신의 세계, 즉 생명의 원천과 닿아 있는 나무의 존재방식은 그러므로 풍부하고 풍성한 생명력을 온전히 누리는 존재의 본질적인 모습이라고 할 수 있게 되는 것이다.

시인은 그러나 그러한 풍성하고 아름다운 여인의 이미지로서의 "나무"를 "모른다"고 말하고 있는 바, 이는 자아가 처해 있는 현재의 상태에 대해 많은 것을 알게 해 준다. "나"는 지금 "입설은 매말러 / 이루지 못한 내 노래의 그늘들"을 가진 존재, 즉 메마르고 건조한 입술에 부르지 못한 노래로 안타까워하고 있는 존재이다. 즉, 자아는 현재 나무가 누리고 있는 풍성하고 풍요로운 상태와는 반대되는 상황 속에 놓여 있다고 인식하는 것이다. 이 같은 메마르고 건조한 자아의 상태는 구체적으로 "시"를 쓰지 못하는 상태를 말한다. 2연에서 "나무"가 "시를 쓰는 오월"에 자아는 오히려 그 곁에서 잠잠할 것이라고 말하고 있다. 자신의 입술이 이미 메말라 있기에 더 이상 노래를 부를 수 없는 상태, 즉 시를 쓰지 못하는 상태에 처해 있는 것이다. 시인은 시를 쓰는 존재이며, 그러한 존재가 "노래"를 "이루지 못"한다는 것은 시인으로서의 존재의 본질 혹은 본질적인 사명을 제대로 수행해 내지 못하는 한계에 직면하게 되었음을 보여주는 심각한 상황인 것이다. 이는 곧 시인으로서 자신의 내면에서 "이마쥬"를 제대로 전개해 내지 못하고 말라버린 자아의 모습을 만나는 것으로, 시인으로서는 참으로 힘겨운 일이 아닐 수 없다.

그렇다면 무엇이 자아로 하여금 이러한 상황 속에 놓이게 만들고 있는지, 다시 말해 풍요롭고 풍성한 상태가 아니라 메마르고 건조한 상태 속에 놓이게 만들고 있는지를 알아보는 것이, 자아의 존재방식과 자연의 존재방식을 함께 이해하는 매우 중요한 요점이 될 것이다. 여기에서 살펴보아야 할 것은 시인으로서의 자아와 자연으로서의 나무 사이에 존재하는 차이를 만들어 내는 것이 무엇인가 하는 것이다. 1연에서 나무가 "하늘 살결"에 닿아 있다는 표현은 이러한 의미에서 중요한 것을 말해준다. 나무와 자아의 현상태는 여기에서부터 그 처해 있는 상태가 확연하게 달라지며, 그것이 위와 같은 상태의 차이를 만들어 내는 것이 분명하다. 나무는 "하늘 살결", 즉 천상의 질서에 닿아 있지만 자아는 그러한 천상의 질서와 멀어져 있는 것이다. 자아의 상태에 대한 이러한 인식은 "하늘", 즉 신의 세계에 도달하지 못한 자아의 모습을 정확하게 인식하고 있음을 보여주는 것이다. 초기 시에서 자연은 풍성하고 아름다운 이미지로 형상화되지만, 자아는 자주 메마른 모습으로 형상화되고 있다는 점에서 이 둘 사이의 차이를 명확하게 인식할 수 있다.

여기에서 이 시기의 "나무", 즉 자연 이미지가 지니고 있는 의미망이 중요한 의미를 포함하고 있음을 확인하게 된다. 자아의 이러한 한계를 "하늘 살결"에 닿아 풍성한 생명력을 갖고 있는 "나무"가 충분히 채워주고 있음 또한 발견하게 되기 때문이다. "이루지 못한 내 노래의 그늘들" 위로 나무가 자신의 그늘을 "그렇게도 가벼이 느리는" 것을 자아가 분명하게 보고 있으며, 그러한 나무의 늘어뜨린 "그늘"을 통해 자아 또한 "희망"을 누릴 수 있게 되는 것이다. "하늘 살결"에 닿아 있는 "나무"는 그러한 "내 노래의 그늘들을" 가볍게 포용하고 품어주는 존재, 다시 말해 목말라 아파하는 존재들을 품어주는 "은혜로운" 존재인 것이다. 그것은 곧 1연에서 말하고 있는 "하늘 살결"에 닿아 있는 "나무"가 지닌 풍요로움과 포용성이 메마르고 건조한 자아를 살아나게 만들고 있음을 보여주는 것이기도 하다.

그러나 자아에게 "나무"는 "영혼"을 지니지 못한 존재인 한계를 지니고 있다. 신이 창조할 때 영혼이 없는 존재로 만들었음을 인식하고 있는 것이다. 그럼에도 자아는 이러한 나무에게서 오히려 "뷔인 곳을 향해 두르는 희망의 척도"를 발견한다. 그 나무의 이미지를 통해 새로운 희망을 가지게 되는 것이다. 그 끝이 하늘에 닿아 있는 존재이기에 이러한 "희망"이 가능해지는 것. 영혼이 없는 존재이지만 오히려 자아보다 더 신에게 가까이 다가가 있는 존재임을 인식하기에 그러한 나무가 자아에게는 더욱 아름답게 느껴지는 것이다.

그것을 가능하게 하는 것은 나무가 지닌 존재의 본질적 특질 때문이라고 하겠다. 그러한 나무는 가을이 오면 "불빛보다 다수운" 단풍이라는 아름다운 옷으로 갈아입고, 겨울에는 "머리 수겨 기도를 올"리는 존재이다. 가을에는 가장 아름답고 찬란한 옷을 갈아입는 존재이며, 겨울에는 하나님께 기도하는 존재라는 것이다. 게다가 이러한 겨울에는 "부리 곯은 가난한 새새끼들의 둥지"를 품에 안고 따뜻하게 품어주는 존재일 뿐만 아니라, "과부의 머리"처럼 숙이고는 기도하는 존재이며, "긴 여행에 호을로 나선 외로운 시인들"도 만나 그 외로움을 달래주는 풍요롭고 아름다운 존재인 것이다.

나무는 자아에게 풍요로움과 아름다움의 가장 풍성한 모습을 보여주는 존재라는 점이 여기에서 중요하다. "머리곯은 여인" 같이 자신의 존재 자체가 아름다운 자일뿐만 아니라, 그 품에 매마른 입술로 노래를 잃어버린 자아의 노래를 품어주고, 가난한 새새끼들을 품어주며, 외로운 시인들을 위로해 주는 포용적인 존재라고 말하고 있는 것이다. 이러한 나무는 비록 영혼은 없지만, 그 머리가 하늘에 닿아 있어 '내 영혼이 못 박힌 발뿌리보다' 아름다운 존재가 되는 것이다. 이는 곧 자연의 풍요롭고 풍성한 이미지가 고통스러운 삶의 자리에서 힘겨워하는 자아를 품어주고 살려내는 것임을 보여주는 것이기도 하다. 자아는 자신이 스스로 지니고 있는 생명력이 아니라 자연의 풍요로움을 통해 풍성한 생명력을 경험하게 되는 것이다.

자연의 이러한 모습은 그 풍성하고 풍요로운 아름다움으로 인간을 품어주고 함께 동행하며 위로를 해 주는 데서 발휘된다. 자아는 이러한 자연을 통해 깊은 위로와 안식을 경험하게 되는 것이다. 이 과정에서 자연의 풍요로움과 대비되는 자아의 힘겨운 상태 또한 확인하게 되는 것이다. 마지막 행의 "구비도는 어느 먼 길위에서, / 겨울의 긴 여행에 호을로 나선 외로운 시인들"이라는 구절에서 이러한 자아의 상태를 확인한다. 자아의 현 상태는, 풍성하고 아름답고 여유로운 자연과는 달리, 끝도 없이 이어져 있는 먼 길을 차가운 겨울을 배경으로 하고 홀로 걸어가고 있는 시인으로 그려지고 있는 것이다. 자연을 통해 신의 축복을 경험하고 있기는 하지만, 힘겹고 고통스러운 시간을 보내고 있는 자아의 현상태에 대한 인식이 여기에 자리한다.

　　창들이 아름다운 오전의 길 위에선
　　옷이라도 펼쳐 깔 듯 하는
　　너이의 이국풍경……

　　기차에서 나려
　　처음 올라온
　　낯선 포도(鋪道)에서도
　　우정 짙은
　　너이
　　그늘……

　　우리는 어차피
　　먼 나라에 영혼을 두고 온
　　애트랑제,
　　육체가 피로울 제
　　이국종— 너이 무늬에 기대어 본다

　　봄도 가고
　　여름도 가고
　　또 일년이 지나면,

사는 것이 사는 것이 더욱 무거워지건만,

오가는 너이 어깨 사이사이에서

찬 바람에 옷깃을 세우면,

어느덧

우리들의 우정도

고도(古都)처럼 깊어 간다.

– 「가로수」 전문

이 시기의 많은 시들에 이처럼 외래종 가로수들이 많이 형상화되고 있는 바, 이것은 시인의 시선이 '길'이라는 여정을 바라보고 있음과 동시에, '새로움'이라는 신기성을 바라보고 있음을 보여주는 단서이기도 하다. 김현승 시에 나타나는 이미지즘적인 특징이 이러한 새로운 이미지를 형상화하는 것에 영향을 미치고 있는 것이라고 하겠다. 뿐만 아니라 이러한 "길"의 이미지는 이 땅을 살아가는 자들의 고단하고 힘겨운 삶에 대한 따뜻한 정서를 품고 있다. 이 시에서 형상화되는 가로수들은 이 땅의 토종들이 아니라 외래종이 분명하다. 자아는 그러한 가로수들을 보면서 "너이의 이국풍경"이라고 말하고 있는 바, 이러한 가로수들은 당시의 큰 도로변에 가로수로 많이 심기기 시작한 플라타너스를 가리키는 것이라고 할 수 있다.[9] "기차에서 나려 / 처음 올라온 / 낯선 포도"에서 만나는 이 플라타너스 나무가 내려주는 시원한 그늘을 자아가 "우정짙은 / 너이 / 그늘"이라고 표현하고 있는 데서, 자아에게 이 나무는 일회성으로 만나는 것이 아니라 자주 그리고 인상 깊게 만나왔던 존재였음을 알게 된다.

---

9) 이 시에서는 명확하게 그 수종을 말하고 있지는 않지만, 당시에 가로수를 심었던 나무들이 플라타너스나 이태리포플러 등이었다는 점과, 김현승 시인이 「푸라타너스」라는 시를 수 년 전에 발표한 것을 고려한다면, 동일한 수종이었을 가능성이 크다.

자아가 그 나무에 대해 매우 강한 동질감을 느끼고 있는 이유 중의 하나는 자주 만나기 때문에 경험하는 동질감이라고 하겠다. 이것은 결코 쉽지 않은 삶의 자리를 힘겹게 이겨 나가야 하는 자아의 현상태를 인식하는 자리에서 발견하는 동지의식이라고 할 수 있다. "봄도 가고 / 여름도 가고 / 또 일년"이 지나가는 그 삶의 순간들은 자아에게 결코 가볍게 다가오지 않는다는 것이 문제의 시작이다. 자아에게 삶은 즐겁고 유쾌한 것이 아니라, 오히려 시간이 갈수록 "사는 것이 사는 것이 더욱 무거워지"는 세계 속에 살고 있는 것이다. 이러한 자아에게 그러한 고통의 순간을 이겨낼 수 있는 따뜻한 동반자의 존재는 중요한 의미를 지닐 수밖에 없다. 삶의 무게로 힘겨워하는 순간에 그 "가로수"의 어깨 사이에서 위로를 얻을 수 있기 때문이다.

자아가 가로수에 동질감을 느끼는 또 하나의 이유는 그 가로수가 지니고 있는 본래적인 속성으로부터 말미암은 것이다. 자아는 외래종 가로수에게서 자기 자신의 본질적인 속성과 유사한 특징을 발견하고서 이를 통해 깊은 동질감을 느끼고 있다. 이것은 인간의 삶의 본질적인 특징을 인식하는 자아의 세계 인식 태도로부터 말미암는 것이라고 하겠다. "우리는 어차피 / 먼 나라에 영혼을 두고 온 / 애트랑제"라는 표현을 통해 확인할 수 있는 바와 같이, 자아는 자신의 삶을 이방인으로 인식하고 있다. 인간은 본질적으로 이 땅에 발붙이고 살아가는 이 땅의 주인이 아니라, 어디 먼 나라에서 여행 와서 스쳐 지나가는 '나그네'와 같은 존재임을 말하고 있는 것이다.

시인이 지니고 있는 이러한 나그네 의식은 기독교적 세계관의 영향이라고 하겠다. 기독교에서는 인간이 죽어서 갈 천국을 본향으로 표현하기도 한다. 이는 인간의 구체적인 삶이 이루어지는 이 땅이 인간 존재의 모든 것이 아니라, 죽어서 이르게 될 천국이 더욱 중요한 본질적인 곳이라는 사유로부터 나온 것이며, 그래서 그 본향으로부터 이 땅에 와서 나그네로서 살다가 다시 천국으로 돌아가는 인생길이라는 개념을 내보이는 것이다.[10] 영혼의 본질을 이방인 혹은 나그네로 인식하고 있다는 것은, 자아가 이 땅의 주인으로 살아가고 있는 것이 아니라 스쳐 지나가는 존재로 인식하고 있다는 것을 의미하며, 그만큼 삶의 자리 자체가 힘겹고 어렵다는 것을 보여준다. 그런데 이러한 나그네 의식과 동일한 측면을 자아는 외래종 "가로수"를 통해 발견하고 있는 것이다. 길 가에서 겨우 뿌리내리고 살아가고 있지만 그 삶이 결코 아름답지만은 않을 것이라는 안타까움이, 자신의 고단한 삶을 바라보는 안타까움과 겹쳐지는 경험을 하는 것이다.

여기에서 자연은 자아를 품어주고 위로해 주는 위로자의 역할을 하게 된다. 삶의 길을 가는 동안에 함께 길을 걸어가는 동행인 되기도 하며, 나날이 무거워지는 삶의 무게에 힘들어 할 때는 위로자가 되기도 하는 자연을 여기서 확인할 수 있게 되는 것이다. 김현승 초기의 시에 형상화된 자연의 중요한 특징 중의 하나는 바로 이러한 동행자요 위로자로서의 자연 이미지라는 점은 중요한 의미를 지닌다.

그런데 여기서 다시 한 번 주목해야 할 요소 중의 하나는 이러한 자연 이미지와 자아가 쉽게 동일시되지 않고 있다는 점이다. 이 시에서 자연으로서의 가로수는 자아와 함께 동일한 "애트랑제", 즉 이방인으로서 이 땅을 살아가고 있는 존재라는 공통성을 소유하고 있는 존재이기는 하지만, 그렇다고 그 가로수가 자아가 되는 것은 아니다. 단지 비슷한 사연을 품고 힘겨운 나그네의 삶을 살고 있는 동일한 경험을 통해 마음에 위안을 주는 위로자 혹은 동행 정도에 머무르고 있는 것이다. 이러한 양상은

---

10) 성경 베드로전서 2:11의 "사랑하는 자들아 거류민과 나그네 같은 너희를 권하노니"와 같은 구절이 바로 그러하다.

앞서 살핀 시 「푸라타나스」의 경우에도 동일하게 발견되는 현상이었다. 푸라타나스가 자아와 긴밀한 관계를 형성하고 있기는 하지만, 자아와 동일성을 형성하는 존재는 아니었다. 오히려 영혼이 없는 존재로서의 푸라타나스와 영혼을 소유한 존재인 자아 사이를 구분함으로써 시인은 은연중에 소유하고 있는 안타까움을 드러내 보여주고 있는 것이다. 이것은 신의 축복을 전달하는 통로로서의 자연 이미지와 함께 자아에 대한 시인의 인식 태도를 보여주는 매우 중요한 단서가 된다.

자아와 자연 사이의 이러한 구분은 중요한 의미를 지닌다. 자연은 신의 풍성함과 아름다움을 드러내는 중요한 도구가 됨과 동시에 그러한 하나님의 축복을 인간인 자아에게 전달해 주는 통로가 되지만, 자아는 여전히 부족함과 피곤함 등 부정적인 정서에 의해 지배되는 경우가 많다.[11] 그리고 그 둘 사이에 온전한 동일시는 이루어지지 않고, 그저 동행자 혹은 위로자의 역할을 하고 있을 뿐이다. 그럼에도 불구하고 이러한 자연 이미지는, 자아와 대상 사이의 명확한 단절과 구분을 통해 자연을 대상화하고 사물화 하여 차가운 물질의 세계로 밀어넣는 근대적인 주체중심적이고 이성중심적 세계관 속에서의 자연 이미지와 분명히 다르다. 자연 사물이 차가운 물질이 되는 것이 아니라 생명을 지니고 살아 있는 따뜻한 존재가 되어 신의 축복을 자아에게 전달해 주는 통로가 되고 있는 것이다. 이를 통해 자아는 끊임없이 자연과 대화하며 자연과 정서를 공유하는 서정성을 달성한다.

---

11) 이러한 자아 이미지의 특징적인 모습은 다음 절에서 상세하게 살펴보고자 한다.

신의 축복을 전달하는 통로

　김현승의 초기 시세계에 드러나는 이러한 자연 이미지의 풍성함의 본질을 정확하게 짚어내는 것은 그의 시세계가 지니고 있는 특징을 이해하는 데 있어서 매우 중요한 자리를 차지한다. 자연을 인식하는 시인의 시선이 곧 세계를 이해하고 해석하는 시인의 인식 태도를 보여주고 있는 것이다. 그런데 김현승의 시에 나타나는 자연 이미지는 자연을 사물화하고 대상화하는 근대적인 이성중심적 자연관에서 보여주는 자연 이미지와는 상당한 차이가 있을 뿐만 아니라, 전근대적인 신비주의적 자연관이 보여주는 자연 이미지와도 상당한 차이가 나는 것을 볼 수 있다. 앞에서 살핀 바와 같이 자연은 자아와 서로 정서적인 면에서 함께 교감하고 교류하며, 자아를 위로하는 존재로 그려지고 있는 것이 분명하다. 이것은 근대적인 물질주의적 자연 이미지와는 분명하게 차이나는 부분임이 분명하다. 그렇다고 이러한 자연이 신비화되어 신의 영역으로까지 나아가는 것은 또한 결코 아니다. 시인이 지닌 기독교적인 세계관이 이러한 신비화를 가로막고 있기 때문이다.

　김현승의 초기 시에 형상화된 자연 이미지가 이처럼 무한하고 풍성한 아름다움을 지니고 있다면, 그러한 자연 앞에 선 인간은 스스로를 작고 연약한 존재로 인식하게 되는 것은 당연하다. 그런데 여기서 반드시 지적되어야 할 것 중의 하나는 김현승 시인의 인식 속에서 자연을 두려움과 외경의 대상으로 바라보고 있는 경우는 거의 없다는 점이다. 오히려 시인은 그러한 자연을 항상 푸근한 위로자나 따뜻한 동반자로 그려내는 경우가 대부분이다. 이는 시인의 시선에 비치는 자연이 두려움의 대상이 되는 위압적 존재로 다가온 것이 아니라는 말이 된다. 여기에서 그의 자연이 자리 잡고 있는 정확한 위치에 대해서 분명하게 정리하는 것이 반드시 필요하게 되는 것이다.

사실 그의 시에서는 자연 자체가 절대화하거나 신화화되어 신의 자리를 차지하는 경우는 없다고 할 수 있다. 오히려 그의 시에서 자연은 무한하고 절대적인 신으로부터 오는 축복을 전달하는 통로의 역할을 하고 있음을 자주 확인할 수 있는 것이다. 이러한 요소는 신과 인간, 자연에 대한 기독교적 인식태도와 정확하게 맞물리는 요소이기도 하다. 창조물로서의 자연을 신격화하고 그것을 숭배하는 태도는 철저하게 부정해야 할 죄악으로 간주하는 것이 바로 기독교적인 세계관이기 때문이다. 기독교적 관점에서 볼 때 하나님은, 자연 속에 존재하는 각종 사물들을 신의 자리에 놓거나 우상으로 섬기는 것을 극도로 혐오하는 존재이시다. 그러므로 기독교적 관점에서 자연을 인식할 때 자연 자체를 절대화하는 태도는 거부의 대상이 될 수밖에 없고, 이러한 관점이 이 시기의 김현승의 시세계 속에 나타나고 있는 것을 확인하게 된다.

인간 인식의 역사 속에서 자연에 대한 신격화는 전근대적인 인식 태도 속에서도 나타나지만, 가장 현대적인 인식 태도 속에서도 자주 나타나는 것을 볼 수 있다. 전근대적인 신비주의적 자연관 속에서 자연은 귀신 혹은 영적인 존재가 되어, 그 속에서 살아가는 인간을 위협하고 두렵게 만드는 존재로 그려지는 경우가 많다. 그런데 이러한 신비주의적 자연관을 가장 현대적인 사유 구조의 하나인 포스트모더니즘의 한 갈래로 나타나는 생태주의적 세계관 속에서 발견한다.[12] 현대의 자연 논의는 대부분의 경우 수사적 차원에서 자연을 생명에 비유하고 있다는 점은 분명하지만, 그러한 자연이 절대화하는 경우도 볼 수 있다.

---

12) 대표적인 것 중의 하나는 지구를 살아 있는 존재인 '가이아'로 보이는 가이아이론과 같은 경우가 대표적이다. 가이아이론의 경우 과학의 이름으로 논의를 전개하고 있지만, 그 이면에는 자연의 절대성에 대한 강한 믿음이 전제되어 있는 것을 볼 수 있다.

이에 비해 김현승의 시세계 속에서 자연은 언제나 신의 축복을 전달하는 통로 혹은 신의 무한함과 광대함, 풍성함을 표현해 내는 매개로 작용한다. 이러한 관점에서 자연을 볼 경우, 자연 자체가 본질적으로 풍요롭고 아름다운 존재인 것은 맞지만, 그것이 절대적인 것은 아니라는 분명한 제한이 존재한다. 시인의 시선에 있어서 자연은 그 자체로 인식되는 것이 아니라, 항상 신과의 관계 속에서 정의되고 인식되고 파악되는 존재이다. 자연을 묘사하는 과정에서 항상 신을 떠올리는 시인의 인식 태도에서 이러한 특징을 여실히 확인할 수 있다. 그래서 시인에게 있어서 자연은 언제나 그 존재 자체로 풍성하거나 풍요로운 존재가 아니라, 신이나 인간과의 관계 속에서 파악되고 묘사되는 존재이다.

타는 그대의 입설만은 남겨두고
출렁이는 파도빛으로 벅벅 칠해라
거리의 창들도
성밖 방순한 아카시아 길도……

자외선 자외선에 부대끼는 새로운 피로들은
새 술보다 단
내 육체의 즙!

신록이 필 때마다
나는 다시 자연으로 돌아가오.

오오 나의 마음은
호수ㅅ가의 울금향!

—「신록」 전문

여기에서 자연은 그 속에 넘치는 생명력을 가득히 간직하고 있는 존재로 형상화된다. 봄에 새롭게 피어나는 "신록"의 그 생생하고 푸르른 아름다움, 넘치는 생명력을 "출렁이는 파도빛으로 벅벅 칠해라"라는 말로 단적으로 표현한다. 새롭게 돋아나는 새싹들이 "출렁이는 파도"와 같이 무리지어 다가오는 물결처럼 느끼게 만드는 것이다. 뿐만 아니라 그것들을 그려내는 방식이, 어떻게 표현해야 잘 하는 것인지 고민하고 조심하느라 붓을 잡고 조심조심 그리는 그림이 아니라, 어린아이가 막 피어나는 단순함과 생명력으로 한손 가득 들어오는 크레파스를 꽉 눌러 잡고는 그냥 과감하고 "벅벅 칠"하는 모습으로 형상화해 내고 있는 것이다.

자연이 지닌 이와 같은 생명력은 또한 삶의 피로에 찌든 자아를 새롭게 살려내는 "새 술보다 단 / 육체의 즙"이 되어 삶을 새롭게 살게 만드는 힘이 되기도 한다. 그래서 자아는 "신록이 필때마다 / 나는 다시 자연으로 돌아가오"라고 노래하고 있는 것을 볼 수 있다. 신록의 그 생명력을 받아들여 삶을 새롭게 살아갈 수 있는 힘을 얻을 수 있기 때문이다. 이렇게 자연으로 돌아가서 새로운 에너지를 받아들이는 자아의 모습을 "호수ㅅ가의 울금향"이라고 묘사하는 데서 자아와 자연 사이의 교감을 확인하게 된다. 자아는 호수의 물을 머금고 아름답게 피어나는 울금향(튤립)으로 스스로를 비유하고 있는 것이다. 자아는 자연으로부터 오는 생명력을 함께 공유함으로써 삶에서 느끼는 피로나 고통들을 자연스럽게 이겨내게 되는 것이다.

보석들은 더 던져 두어도 좋을 그 곳입니다.
별들을 더 안아 주어도 좋을 그 곳입니다.

샘물소리 샘물소리 그 곳을 지나며,

달빛처럼 달빛처럼 맑아집니다.

나의 언어는
거기서는 작은 항아리,
출렁이는 침묵이 밤과 같이 나의 이 독을
넘쳐 흐릅니다.

그 곳은 이 지역의 기름진 머리—
수천 수만 마리의 파닥거리는 깃으로야
어찌 이 풍성한 제단을 쌓아 올리이리까!

–「삼림의 마음」 전문

　이 시에서 자연 이미지는 마찬가지로 작용한다. 여기서 삼림은 신에게
쌓는 '제단'이 되고, 자아는 그러한 자연 속에 들어가 있는 작은 하나의
존재에 지나지 않는다. 자연이 신에게 쌓는 제단이 된다는 것은 매우 중요
한 의미를 지닌다. 자연이 지닌 풍성함이나 풍요로움, 아름다움, 포용성과
같은 모든 것들이 어디에서 연원되어 있는지를 보여주는 단서가 여기에
있다. 이 시에서 자아는 삼림에 "보석들을 더 던져 두어도 좋을 그 곳" 혹
은 "별들을 더 안아 주어도 좋을 그 곳"이라고 말하고 있다. 자아가 생각
하는 최상의 아름다움을 더해도 자연은 그러한 아름다움들마저 포용하여
더욱 아름다운 상태를 유지할 수 있는 존재라는 말이다. 뿐만 아니라 그
자연은 "샘물소리"가 잔잔하게 깔리고 있고, 그래서 "달빛처럼" 맑아지는
곳이라고 말하고 있는 바, 맑고 깨끗한 세계임이 분명하다. 뿐만 아니라
그 자연은 기름진 곳이기도 하다. 그 지역 전체가 "기름진" 지역이며, 그
리고 자아가 서 있는 삼림은 그 기름진 곳의 "머리"에 해당한다.

이러한 자연 속에 서 있는 자아는 그러나 자아와 대비되는 분리된 존재로 형상화된다. 자연은 그렇게 맑고 깨끗하며 아름다운 존재이지만, 자아는 오히려 "작은 항아리" 같은 짧은 언어를 가지고 있다. 자신의 언어로는 자연에 넘쳐흐르는 그 풍성함을 도무지 표현할 수 없다는 인식, 즉 거대한 자연을 자신의 내면에는 도저히 담아낼 수 없다는 자아의 왜소함을 인식하게 된 것이다. 자연의 풍요로움을 인식하는 자리는 역으로 자아의 왜소함 혹은 부족함을 경험하는 자리이기도 하다. 그것은 자연의 무한한 풍요로움을 경험하는 인간이 자연스럽게 도달하는 자리이기도 하다. 김현승의 시에서도 이러한 자연의 풍요로움과 함께 인간의 부족함 혹은 자아의 왜소함이 묘사되고 있다는 점은 의미심장하다. 그것은 곧 자아가 스스로에 대해 인식하게 된 한계이며, 그것이 자아와 자연을 가르고 있는 경계선이 된다. 이는 자아에 대한 인식과 함께 자연의 본질에 대한 인식도 함께 던져주고 있다는 점에서 중요하다.

자연에 대한 자아의 이러한 인식은 자연스럽게 그 자연 너머에 존재하면서 자연을 그렇게 풍요롭고 아름답게 만들어 주는 신에게로 나아가고 있다. 자아가 그 지역의 가장 풍성한 "머리"인 삼림에서 자아의 "작은 항아리"를 넘쳐흐르는 축복을 경험하고 나서는 "제단"을 쌓고 싶어 한다. "출렁이는 침묵이 밤과 같이 나의 이 독을 / 넘쳐 흐"르는 것을 경험한 자아가 자연의 그 풍성함 너머로 시선을 돌리고 있는 것이다. 그러나 그 자리는 또한 "작은 항아리"에 불과한 자신의 언어로는 그러한 무한한 존재인 신에게 다가갈 수 있는 "제단"을 쌓을 수는 없다는 것을 깨닫게 되는 자리이기도 하다. 자신은 신에게 다가갈 수 있는 "풍성한 제단을 쌓아 올리"고 싶지만, 자신이 동원할 수 있는 최대치에 해당하는 "수천 수만 마리의 파닥거리는 깃"으로도 그러한 제단을 쌓을 수는 없다는, 인간이 근원적으로 지닐 수밖에 없는 한계성에 대한 인식에 도달하게 되는 것이다. 무한한 자연의 아름다움과 풍성함을 인식하고 그러한 자연 앞에 선 인간의 지극히 작아지고 연약한 존재의 본질을 인식하게 되는 것이다.

이것은 그의 시세계 전반에 걸쳐 나타나는 신과 인간 사이의 관계성에 대한 인식이기도 하다. 중기 시에서도 나타나는 이러한 신의 무한성 혹은 절대성에 대한 인식은 신에게 다가가서 그 무한성과 풍성함을 온전히 누리고자 하는 간절한 소망으로 나타나기도 하지만, 역으로 신에게 나아가고자 하는 자아의 간절한 소망을 가로막는 벽으로 작용하기도 한다. 초기 시의 자아가 전자의 자리에서 신의 풍성함을 찬탄하는 자리에 서 있다면, '고독'을 다루고 있는 중기 시의 자아가 선 자리는 오히려 후자에 속해 있는 것을 볼 수 있다. 신의 무한성과 인간의 한계성을 인식하는 데서 오는 절박함이 오히려 자아가 신에게로 나아가는 길을 막아버리게 되고, 그것이 "고독"이라는 이미지로 형상화되며, 그때의 자연 또한 그 풍성함을 잃어버리고 메마르고 건조한 이미지로 바뀌는 것을 볼 수 있다는 것은 의미심장하다.

초기의 시에서 자연 이미지는 주로 신과의 관계 속에서 파악되고 형상화되면서, 신의 풍성하고 무한하며 아름다운 세계를 드러내 주는 매개체의 역할을 하고 있는 것을 볼 수 있다. 위에서 파악한 바 자연의 풍요로운 이미지는 이러한 신의 풍요로움을 나타내 보여주는 매개물로 작용하고 있음을 보여주는 것이기도 하다.

그늘,
밝음을 너는 이렇게도 말하는구나,
나도 기쁠 때는 눈물에 젖는다.

그늘,

밝음에 너는 옷을 입었구나,
우리도 일일이 형상을 들어
때로는 진리를 이야기한다.

이 밝음, 이 빛은,
채울 대로 가득히 채우고도 오히려 남음이 있구나,
그늘 ── 너에게서 ······

내 아버지의 집
풍성한 대지의 원탁마다,
그늘,
오월의 새 술들 가득 부어라!

이깔나무 ── 네 이름 아래
나의 고단한 꿈을 한때나마 쉬어 가리니 ······

─「오월의 환희」 전문

이 시에서 중요한 것은 자연을 은유적으로 표현한 시인의 비유법이다. 자아는 자연을 "내 아버지의 집 / 풍성한 대지의 원탁"이라고 표현하고 있는 바, 이것은 자연을 신과의 관계 속에서 파악하고 있음을 보여주는 중요한 단서 중의 하나이다. 자연을 "내 아버지의 집"이라고 묘사하는 것은, 시인의 의식 속에서 자연이 "네 아버지", 즉 하나님과 하나로 연결되어 있음을 보여주는 것이 분명하다. 자연은 온전히 하나님과의 관계 속에서 존재하며, 그래서 "풍성한 대지의 원탁"이 될 수 있는 것이다. 신적인 세계와 결합되어 있는 자연이기에 신이 소유한 그 무한하고 풍성한 세계를 함께 담고 있는 것이다.

이러한 자연이 지닌 풍성함을 이 시에서는 "그늘"의 이미지를 동원하여 더욱 선명하게 그려낸다. 자아는 자연 속에 존재하는 "그늘"마저도 자연의 "밝음"과 "기쁨"을 드러내는 것으로 해석하고 있다. 일반적으로 "그늘"이 어두움 혹은 슬픔으로 인식되는 경향이 강하다면, 시인은 그러한 인식과 정반대의 자리에서 "오월"의 그늘을 표현하고 있는 것이다. 우선 1연에서 자아는, "그늘"이 밝은 세상을 더욱 환하게 만들어 주는 작용을 하는 것이라고 표현하고 있다. 그늘이 있기 때문에 밝은 부분이 더욱 환하고 아름답게 빛날 수 있다는 인식을 보여주는 것이다. 그래서 그것은 밝음의 더욱 극적인 표현이며, 자아가 기쁨을 표현하는 또 다른 방법으로 "눈물"을 흘리는 것과 동일하다고 말한다. "그늘"이 자아에게는 부정적인 것이 아니라 오히려 더욱 환한 밝음을 표현하는 도구가 된다는 것이다.

뿐만 아니라 "그늘"은 밝음을 밝음으로 인식할 수 있게 만들어 주는 "옷"이 되기도 한다. 세상의 모든 것들이 밝고 환하게 빛나기만 한다면 인간은 그러한 밝음을 인식할 수 없게 될 것이다. 그것이 곧 인간 인식의 한계이기도 하다. 시인은 바로 그러한 점을 들어 "그늘"을 인정하고 나서야 밝음을 인식할 수 있다고 말하고 있다. 이는 다른 말로 바꾼다면, 그늘이 "밝음"에 "형상"을 입히는 것이라고 말하고 있는 것이다. 시인은 이것이 진리를 표현하는 방법에서도 그대로 적용되는 것이라고 말하고 있다. 기독교적 관점에서 "진리"는 매우 중요한 의미를 지닐 수밖에 없다. 오직 진리를 통해서만 기독교가 기독교다울 수 있기 때문이다. 그러한 의미에서 "진리"는 존재의 본질을 형성하는 것이기도 하다. 이러한 "진리"를 이야기하기 위해서 자아는 "형상"을 가져오듯이, "밝음"을 인식하기 위해서 사람은 "그늘"이 필요하다는 것이다.

이렇게 자연은 부정적인 부분마저도 긍정적인 것으로 작용하는 것을 보면서 자아는 그 자연을 "내 아버지의 집"이라고 비유한다. "내 아버지", 즉 하나님이 머무는 공간, 그래서 지극히 풍성하고 거룩하며 아름다운 공간이 되는 것이다. 그러한 공간이기에 자아 또한 그 속에서 안식을 취할 수 있게 된다. 자아는 초기의 다른 시들에서 보여주는 바와 동일하게 "고단한 꿈"을 꾸며 살 수밖에 없는 존재이지만, 오월의 환한 자연이 보여주는 그 "그늘" 속에서 잠시나마 안식하며 쉴 수 있게 되는 것이다.

　여기에서 중요한 것은 이러한 자연이 온전히 하나님과의 관계 속에서 인식되고 형상화되고 있다는 점이다. 자아는 "그늘"이나 그것을 내포하고 있는 자연 이미지 전부가 "내 아버지의 집"이라고 말하고 있는 바, 이는 곧 자연이 하나님과의 관계를 강하게 유지하고 있음을 보여주는 것이다. 그리고 그러한 관계 속에서 자연은 풍성하고 풍요로운 아름다움을 지니고 있음을 보여준다. 자연은 여기에서 신의 무한함과 풍성함을 드러내는 도구로서의 자리에 서 있음을 우리는 여기에서 명확하게 이해하게 된다.

신을 찾는 메마른 자아

메마른 자아에 대한 인식

초기 시에서 자연은 그 열매가 풍성하고 아름다워서 항상 자아에게 편안한 안식의 자리를 제공해 주는 이미지를 지니고 있었다. 그러한 자연은 언제나 신으로부터 오는 풍요로움 혹은 생명력을 지니고 있어서 고단한 삶의 자리에서 힘겨워하고 있는 자아를 편안하게 품어주었던 것이다. 이 시기의 시에서 자아는 그러한 자연과의 교감과 교류를 통해서 힘겨운 삶의 자리로부터의 초극을 꿈꾸고 있는 존재로 그려지는 것을 확인할 수 있다.

여기에서 우선적으로 확인해야 하는 요소 중의 하나는 초기의 시에서 묘사되고 있는 자아의 정확한 이미지이다. 초기 시에서 자연은 항상 자아의 주변에서 자아와 교류하고 교감하며, 이를 통해 자아의 삶을 풍성하게 만드는 존재로 형상화된다. 그리고 자연은 자신의 풍성함의 원천을 신의 세계에 두고 있었다. 그러나 그러한 자연과 정서적으로 교류하며 자연으로부터 생명력을 공급받고 안식처를 마련하고 있는 자아는 많은 경우 메마르고 건조하며 고갈된 생명력으로 힘겨워하는 존재로 형상화되고 있는 것을 확인할 수 있다. 다시 말해 초기 시의 자아는 풍요롭고 건강한 자연과는 대비되는 메마르고 건조한 이미지로 형상화되고 있는 것이다.

이 시기의 이러한 메마르고 건조한 자아의 이미지는, 중기 시에 등장하는 생명력이 고갈되고 메마른 자아의 이미지와 동일한 궤적을 이루기도 하는 것이어서 중요한 의미를 지닌다. 자아의 이러한 이미지는 자신의 삶에 대한 시인의 인식 태도를 보여주는 중요한 단서이기도 하면서 인간의 본질적인 상태에 대한 인식을 드러내고 있는 것이기 때문이다. 자아가 신을 찾아 나서는 과정이 초기 시의 핵심적인 주제 중의 하나라면, 그러한 자아의 현상태는 자연과 풍성하게 교류하면서 그 생명력을 함께 누리기도 하지만, 신으로부터 오는 온전한 생명력을 받아 누리지는 못하는 상태에 처해 있는 것이다.

그러한 관점에서 본다면 중기의 시에 나타나는 자아는 이러한 신과의 관계 회복에 대한 욕망마저 사라져버린 상태를 그려내고 있다고 하겠다. 그것은 온전한 생명력의 원천인 신과의 관계의 단절이며, 그래서 그 생명력을 온전히 누릴 수 없는 극한의 상태, 즉 거칠고 메마른 자아의 상태에 처하게 되는 것이다. 시인 스스로 중기의 '고독' 의 시편들을 해설하는 자리에서 말하고 있는 바 "신을 잃은 고독"[13]이 바로 그것이다. 이 부분은 중기 시의 세계를 다루는 다음 장에서 보다 상세하게 논하게 되겠지만, 이러한 신을 잃어버린 고독의 문제는 중기의 시에 나타나는 이미지들을 결정짓는 가장 중요한 요소로 작용한다. 이러한 변화는 자연 이미지마저 변화시켜 초기의 풍성하고 풍요롭던 자연이 메마르고 결핍된 자연으로 바뀌게 만드는 것을 볼 수 있다. 이러한 자아 혹은 자연 이미지의 단초가 이렇게 초기 시에서도 나타난다는 점은 그래서 중요하다. '마

---

13) 김현승, 「나의 문학백서」, 277.

른 나무가지' 와 같은 자연 이미지들이 자아를 비유하는 중요한 이미지로 형상화되는 바, 이러한 이미지들은 앞서 살펴본 풍성한 자연 이미지와는 확연히 구별되는 것이라고 하겠다.

여기서 반드시 고려해야 할 것 중의 하나는 자연과 자아의 구분이다. 초기 시에 특징적으로 형상화되는 풍성하고 아름다우며 여유로운 자연 이미지는 자아와 어느 정도 구분되는 것이라고 하겠다. 「푸라타나스」에서 보는 바와 같이 풍성하고 여유로운 자연은 자아와 동행하기는 하지만, 자아 그 자체가 되는 동일성의 세계로 쉽게 진입하지는 않는다. 시인이 자연과 자아 사이를 은연중에 구분하여 놓은 것이다. 그러한 구분의 가장 중요한 이유는 풍성하고 여유로운 자연과는 다른 자아의 상태에서 기인한다.

김현승 시인은 이에 비해 자아에 대해서는 초기 시에서부터 상당히 부정적인 의미망을 내포한 이미지로 형상화시키고 있다. 앞서 자연의 풍성함으로 형상화하고 있던 「푸라타나스」나 「나무와 먼길」 등의 시에서 확인할 수 있는 자아의 현상태가 바로 그러한 것이다. 이러한 메마르고 건조한 자아의 이미지는 풍성하고 여유로운 자연 이미지와 대비되고, 이 둘 사이에는 분명한 벽이 존재한다. 다시 말해 서정적 동일성이 쉽게 달성되지 않는 것이다. 이와는 달리 자아와 서정적 동일성을 형성하는 자연 이미지의 경우 건조하고 마른 이미지로 형상화되는 것을 볼 수 있다. 이는 이 시기 자아의 내적 상태를 드러내 주는 것으로, 「내 마음은 마른 나무가지」는 이러한 자아의 상태를 단적으로 드러내 주는 시이다.

내 마음은 마른 나무가지,
주여,
나의 머리 위로 산가마귀 울음을 호을로
날려 주소서

내 마음은 마른 나무가지,
주여,
저 부리 곻은 새새끼들과,
창공에 성실하던 그의 어미 그의 잎사귀들로,
나의 발뿌리에 떨어져 바람부는 날은
가랑잎이 되게 하소서

내 마음은 마른 나무가지,
주여,
나의 육체는 이미 저물었나이다!
사라지는 먼넷 종소리를 듣게 하소서,
마지막 남은 빛을 공중에 흩으시고
어둠 속에 나의 귀를 눈뜨게 하소서

내 마음은 마른 나무가지,
주여,
빛은 죽고 밤이 되었나이다!
당신께서 내게 남기신 이 모진 두 팔의 형상을 벌려,
바람 속에 그러나 바람 속에 나의 간곡한 포옹을
두루 찾게 하소서.

–「내 마음은 마른 나무가지」 전문

여기에서 나무는 시 「푸라타나스」에서의 나무와 전혀 상반된 이미지
로 그려지고 있다. 자아는 우선 '내 마음은 마른 나무가지'라는 구절을
통해 자아와 나무 사이의 서정적 동일성을 형성한다. 그런데 여기에서 형

상화된 나무의 주된 이미지가 '마른'이라는 형용사로 대표되고 있다는 것은 매우 중요한 의미를 지닌다. 이것은 푸라타나스가 가졌던 풍요롭고 여유로운 이미지와는 정반대의 자리에 서 있는 것이다.[14] 시인은 여기서 '내 마음'을 '마른 나무가지'로 비유함으로써 자아와 나무 사이의 동일성을 형성하고, 이를 토대로 자아의 존재 방식을 명확하게 드러낸다.

시적 자아가 이 시에서 "마른"이라는 수식어를 통해 메마르고 건조한 이미지를 지닌 존재로 형상화된다는 것은 매우 중요한 의미를 지닌다. 그의 초기 시세계에서 형상화되는 자아의 존재 방식을 명확하게 추적할 수 있는 중요한 단서가 여기에 있는 것이다. 자아는 자연과는 구분되는 존재로 형상화되어 있음을 우리는 앞에서 확인할 수 있었다. 이러한 구분된 존재로서의 자아가 어떠한 이미지를 지니고 있는지가 그의 초기 시세계의 의미망을 분석하는 중요한 단서가 된다.

무엇보다 먼저 자아는 "마른 나무가지"로 형상화되어 있는 바, "마른"이라는 수식어가 의미하는 바는 선명하다. 그것은 봄의 생동감이나 여름의 무성한 생명력 혹은 가을의 풍성한 열매를 지닌 나무의 이미지와는 달리, 생명력이 소실되고 차가운 죽음의 세계에 가까워진 자아의 상태를 상징적으로 보여주는 이미지인 것이다. "산가마귀 울음"이나 자신의 발부리에 떨어져 뒹구는 "가랑잎"의 이미지들은 바로 이러한 생명력의 상실이라는 정서를 더욱 확장해 주는 역할을 한다. 까마귀는 전통적으로 죽음을 전하는 새로 다가오는 바, 그러한 "산가마귀"의 울음소리를 "호을로 / 날려" 준다는 것은 곧 죽음이 멀지 않음을 말해 주는 구절이다. 게다가 부리가 고운 새새끼들과 창공을 날아다니던 그 어미들의 활동적인 생명력마저 바람부는 날에 발부리에 흩날리는 가랑잎이 되어 뒹굴고 있는 시간인 것이다.

---

14) 금동철, 「김현승 시에서 자연의 의미」, 210.

겨울이 주는 차가운 죽음의 시공간이 멀지 않았음을 형상화하는 이러한 배경 속에서 자아는 죽음을 현실처럼 받아들인다. 자아가 생명력이 상실된 "마른" 상태에 이르게 된 중요한 요소를 "나의 육체는 이미 저물었"다고 말하는 데서 이것을 확인할 수 있다. 이미 저물어버린 육체를 가지고 "먼뎃 종소리"를 듣고 있는 자아의 처연한 심정이 3연을 이루고 있는 것이다. 게다가 그 종소리는 다가오는 천상의 세계 혹은 미래에 대한 희망의 세계로 이끄는 것이 아니라, "사라지는" 소리일 뿐이며, 그래서 자아는 신에게 "마지막 남은 빛을 공중에 흩으시고 / 어둠 속에 나의 귀를 눈뜨게 하소서"라고 기원하고 있다. 생명의 남은 빛을 흩어놓은 상태에서 맞이하게 되는 어둠 속에서 자아의 귀가 열리게 해 달라는 말이다. 결국 자아의 현 상태는 죽음을 마주하고 있는 마지막 순간이라는 인식이 여기에 깔려 있다. 그러하기에 시인은 자아가 처한 현 상태를 "빛이 죽고 밤이 되었"다고 말한다. 생명의 빛이 상실된 시간, 그래서 시적인 구원의 길이 사라져버린 상태를 자아는 차갑게 인식하고 있는 것이다. 결국 자아는 생명력이 소진된 메마른 상태에 처해 있고, 그래서 풍성하고 여유로운 삶이나 내면을 소유한 존재가 아니라 힘겨운 삶의 자리에서 고통스럽게 현재를 살아내다가 이제는 죽음을 눈앞에 두고 있는 메마르고 건조한 존재인 것이다.

　　문제는 이러한 자아와 동일성을 형성하고 있는 자연, 즉 나무의 이미지이다. 여기서 나무는 명확하게 "마른" 존재로 형상화되어 있다. 그것은 앞서 살펴보았던 "푸라타나스"나 "가로수" 등의 나무 이미지와는 선명한 차이를 보이는 이미지임이 분명한 바, 무엇이 비슷한 시기에 이러한 이미지의 차이를 만들어 내는 것일지를 추적해 보아야 한다. 이를 위해서는 이 시기의 자연 이미지가 시 속에서 어떤 존재와 동일성을 형성하고 있는지를 추적하는 것이 매우 유용한 방법이 된다.

　　"내 마음은 마른 나무가지"라는 구절을 통해 확인할 수 있는 바와 같이,

나무는 이 시에서 자아와의 은유적 동일성을 명확하게 보여준다. 이는 나무의 이미지가 자아화되어 메마르고 건조한 이미지로 형상화되었음을 보여 주는 것이다. 이러한 자연 이미지는 자아와 구분되어 존재하던 풍요롭고 여유로운 자연 이미지와는 다른 속성을 지니고 있음이 분명하다. 풍요롭고 여유로운 자연 이미지는 자아가 아니라 신의 세계와 맞닿아 있는 존재, 즉 신의 은총의 통로 역할을 하는 자연이었음을 여기서 다시 상기할 필요가 있다. 그러므로 김현승의 초기 시세계에서 자연 이미지는 이렇게 명확하게 두 가지의 이미지가 공존하고 있음을 확인할 수 있는 것이다.

이러한 두 가지 이미지의 공존은 세계를 바라보는 시인의 인식 방식을 추적할 수 있는 중요한 단서를 제공해 주는 바, 이러한 두 자연 이미지를 자아 지향성 이미지와 신 지향성 이미지로 이름 지을 수 있을 것이다. 그의 초기 시세계에서 자연 이미지는 이 두 가지 경향을 지니고 있는 바, 나무가 신 지향성을 지닐 때에는 언제나 풍성하고 여유로운 존재로 이미지화되어 힘겨운 삶을 살아가고 있는 자아의 위로자이고 동반자의 역할을 하지만, 그 나무가 자아 지향성을 지닌 존재로 이미지화될 때에는 고통스럽고 힘겨운 환경 속에서 살아가는 메마르고 건조한 존재로 이미지화되어 있음을 확인할 수 있는 것이다.

자연 이미지가 지닌 이러한 두 가지 지향성의 차이는 시인의 세계관의 중요한 단면 중의 하나인 '신 / 인간' 혹은 '천상 / 지상'이라는 이원론적 세계관을 확인할 수 있게 한다. 시인은 신의 세계와 인간의 세계를 구분하고, 신의 세계는 여유와 풍요로 가득한 생명 세계이지만 인간의 세계는 외롭고 힘든 길을 끝없이 걸어가야 하는 메마르고 위축된 세계라고 말하고 있는 것이다. 이러한 이원적 세계관 속에서 나무는 천상을 지향할 때와 자아를 지향할 때 전혀 상반된 이미지를 지니게 되는 것이다.

이러한 두 세계 속에서 자아가 끊임없이 구원을 모색하는 존재로 자리

잡고 있다는 점은 그의 시세계를 이해하는 데 있어서 중요한 의미를 지닌다. 자아가 살아가고 있는 현실은 고독하고 힘겨운 삶의 자리이며 그 끝이 어디일지 정확하게 잡히지 않는 세계이지만, 그 속에서 자아는 풍요롭고 여유로운 세계인 신의 세계로 시선을 보내고 있는 것이다. 자연 이미지가 긍정적인 정서를 내포하게 될 때에 자아는 항상 그러한 자연과 가까이 하고 그 정서를 공유하고 싶어 하는 욕망을 은연중에 드러낸다. 이것은 자아의 욕망이나 지향이 정확하게 어디를 향하고 있는지를 보여주는 중요한 단서가 된다. 힘겨운 삶을 살아내야 하는 현실태로부터 자아는 끊임없이 신의 세계인 하늘을 향해 시선을 두고 손을 뻗는 존재, 즉 구원을 갈망하는 존재로 형상화되고 있는 것이다. "나무"는 언제나 하늘을 향해 있을 때 보다 풍성해지고 그 생명력이 더욱 넘쳐나게 되며, 자아는 그러한 나무로부터 풍요로움을 나누어 받아 함께 누리는 존재로 자리 잡는 것이다. 이를 통해 자아는 힘겨운 삶의 현장으로부터 천상으로 시선을 옮길 수 있게 되고, 그것을 통해 시적인 구원의 세계를 찾고자 하는 것이다.

이러한 구원에 대한 갈망은 자아 지향성을 지닌 자연 이미지의 경우에도 마찬가지로 작용한다. 비록 메마르고 건조한 나무이지만 신을 향한 기도의 손을 뻗고 있는 형상은 동일한 것이다. 이 시에서 자아와 동일성을 형성하고 있는 "마른 나무가지"가 가지를 들고 하늘을 향해 기도의 자세를 지니고 있는 것, 그리고 이 시 전체가 신에게 기도하는 어조로 구성되어 있다는 점 등에서 이러한 기독교적 구원을 갈망하는 자아의 소망이 강하게 드러나 있는 것을 확인할 수 있다.

자아와 자연, 자아와 세계, 자시와 신 사이의 이러한 구원의 모색은 '고독'이라는 주제를 본격적으로 다루기 시작하는 그의 중기 시세계에서는 새로운 의미망을 지니게 된다. 이 시기가 되면 신을 지향하던 자연 이미지가 사라지고 자아 지향성을 지닌 자연 이미지가 주류를 이루게 되는 것을 확인할 수 있는데, 이 때 자연은 매우 강렬하게 메마르고 위축된 이미지로 형상화되는 것을 확인할 수 있다. 이것은 그의 중기 시세계가 신의 세계로 도달하고자 하는 구원의 욕망을 포기한 시기의 내면을 보여 주고 있음을 말해 주는 것이기도 하다.

메마르고 건조한 나무로서의 자아의 모습은 「가을의 기도」에서도 마찬가지로 나타난다. 이 시에서 가을은, 일반적으로 생각하는 바와 같이, 자연적으로 열매가 풍성하게 맺히는 그러한 풍성한 계절이 아니다. 가을을 '비옥한 시간'으로 가꾸게 해 달라는 표현의 이면에는 지금의 이 시간이 그대로 두면 풍성한 시간이 아니게 된다는 의미가 내재되어 있는 것이다. 그래서 이 가을의 시간에 기도를 통해 자아가 도달하고자 하는 자리가 '홀로' 있는 곳이며, '마른 나무가지 위'라는 메마르고 고독한 지점이 되는 것이다. 자아가 이 가을 거쳐 도달하는 지점이 '마른 나무가지'라는 점은 그래서 더욱 의미가 있다.

가을에는
기도하게 하소서……
낙엽들이 지는 때를 기다려 내게 주신
겸허한 모국어로 나를 채우소서.

가을에는
사랑하게 하소서……

오직 한 사람을 택하게 하소서,
가장 아름다운 열매를 위하여 이 비옥한
시간을 가꾸게 하소서.

가을에는

호을로 있게 하소서……

나의 영혼,

구비치는 바다와

백합의 골짜기를 지나,

마른 나무가지 위에 다다른 까마귀 같이.

-「가을의 기도」 전문

　이 시를 읽는 과정에서 먼저 고려해야 하는 사항 중의 하나는, 이 시가
기도의 형태를 취하고 있다는 점인 바, 이러한 기도의 형태는 그의 초기
시에서 자주 사용되면서 그만의 독특한 시적 분위기를 형성하고 있는 것
이 사실이다. 그만큼 시인은 초기에 자주 이러한 형태를 사용하고 있는
데, 이러한 사실 자체도 그의 시세계를 이해하는 데 있어서 중요한 요소
중의 하나가 된다. 이것은 물론 그의 기독교적인 의식과 상당한 연관성
이 있음은 굳이 강조하지 않아도 이해가 가능하다. 이러한 사실은 시인
이 초기에서부터 기독교적인 세계관을 견지하고 있었음을 보여주는 것
이며, 그의 의식의 저변에 기독교적인 진리들에 대한 인식이 항상 자리
잡고 있었을 뿐만 아니라, 대부분의 이미지들이 그러한 기독교적인 세계
와 관련을 맺고 있음을 알 수 있게 해 주는 부분이라고 할 수 있다. 그런
데 여기서 반드시 지적되어야 할 것은 이러한 기독교적인 문화나 의식이
기독교적인 진리에 항상 우호적으로 형상화되는 것은 아니라는 점이다.
특히 그의 중기 시에서 기독교는 상당히 부정적으로 그려지고 있음을 고
려한다면, 이 시기의 이미지들도 신중하게 검토되어야 마땅할 것이다.
그러한 측면에서 이 시는 그 해석에 있어서 상당히 어려운 부분을 내포
하고 있는 것이 사실이다.

이 시는 신을 향한 간절한 기도의 형태를 취하고 있지만 그 기도의 형태가 일반적으로 지니고 있는 특징들과 어울리기 어려운 요소들이 곳곳에서 발견되고 있기 때문에, 이 시를 제대로 읽어내기 위해서는 상당한 고려가 필요한 것이 사실이다. 이 시에서 사용되고 있는 기도의 형태는 김현승 초기 시에 자주 등장하는 시적 의장인 바, 이 시에서는 그것이 매우 효과적이고 적절하게 사용되어, 신에게 비는 자아의 간절함이 선명하고 강렬하게 전달되고 있음을 볼 수 있다. 일반적으로 기도는 자신의 너머에 존재하는 절대자를 향해 자신이 가지지 못한 부족한 것들에 대한 간구의 형태를 지니게 된다. 그런데 이 시에서는 그러한 측면에서 보자면 상당히 이질적인 이미지를 발견하게 되는데, 그것이 이 시에 대한 해석을 어렵게 만드는 요인 중의 하나가 된다.

시의 정확한 이해를 위해서는 우선 이 시의 핵심적인 이미지를 형성하고 있는 "가을"의 의미망부터 확인할 필요가 있다. 시의 제목에 포함된 "가을"이라는 계절은 일반적으로 결실의 계절 혹은 풍요와 축복의 계절이라고 받아들인다. 한 해 동안 햇빛과 영양분을 먹고 자란 식물들이 풍성하게 열매 맺는 계절이 바로 가을이기 때문이며, 그래서 일반적으로 풍성하고 살이 찌는 계절로 받아들여지고 있는 것이다. 그런데 이 시에서는 이러한 일반적인 가을의 이미지가 시의 마지막 부분에서 부정되는 현상이 나타나기 때문에 그 해석에 있어서 상당히 까다로워지는 것이다.

1연에서 자아는 신에게 기도하는 형태를 통해 가을에는 "기도하게" 만들어 주기를 기도하고, 또 2연에서는 "사랑하게" 해 달라고 기도하고 있으며, 그리고 4연에서는 "호을로 있게" 해 달라고 기도하고 있다. 1연과 2연의 경우에는 가을에 대한 일반적인 이해 방식과 그리 다르지 않기에 시의 의미를 추적하는 데 그리 어렵지 않다. 자아는 먼저 가을에는 "기도" 할 수 있게 해 달라고 간구하고 있다. 그런데 여기에서 시인이 원하는 것이 신으로부터 무엇인가를 얻기 위해서 하는 기도이기보다는 그러한 기도 자체를 위한 바람을 내보이고 있다는 점이 의미심장하다. 자아는 기도하는 그 자체, 즉 "겸허한 모국어"가 가득 차 있는 기도를 할 수 있도록 해 달라는 것이다. 다시 말해 자아는 기도의 도구로서의 언어에 대해 기도하고 있는 것을 확인할 수 있다. 이에 비해 2연에서의 "사랑"은 보다 의미가 명료하다. "오직 한 사람"을 위해서 기도하는 자아의 간구를 여기에서 확인할 수 있기 때문이다. 오직 한 사람을 택하여 그 사람과 함께 만들어 갈 아름다운 열매를 위해 가을이라는 이 "비옥한 / 시간"을 가꿀 수 있게 만들어 주기를 간절히 기도하고 있는 것이다. 자아는 "한 사람"과의 아름다운 결과를 만들어 가기를 간절히 소망하고 있음을 확인할 수 있다.

시의 해석에서 제기되는 어려운 문제는 4연에 있다. 자아는 여기에서 "가을에는 / 호올로 있게 하소서"라고 기도하고 있다. 이것만 본다면 가을에는 사람들 사이에서 관계에 의지하는 것이 아니라, 혼자서 내면을 들여다보며 내적인 성숙을 위해 시간을 들이고 싶다는 말을 하고 있는 것으로 읽힌다. 그런데 문제는 이러한 자아에 대한 비유로부터 발생한다. 기도가 일반적으로 풍성하고 아름다운 세계 혹은 더 나은 세계에 대한 간구의 형태를 지니고 있음을 인정한다면, 이 시의 마지막 구절에 나타나고 있는 비유는 해석하기가 상당히 난감한 것이 사실이다.

자아는 가을에 홀로 있는 상태를 간구하는데, 그 상태를 "구비치는 바다와 / 백합의 골짜기를 지나, / 마른 나무가지 위에 다다른 까마귀"가 처해 있는 상태로 묘사하고 있다. 이러한 이미지는 1연에서 3연에 이르는 가을의 이미지와는 상당히 이질적인 모습을 하고 있다는 점에서 해석의 어려움이 존재한다. 1연에서 자아는 겸손 혹은 언어의 풍성함을 갈망하는 모습을 보인다. "채우소서"라는 단어에서 가을의 풍성함과 걸맞는 자아의 갈망을 읽을 수 있는 것이다. 그리고 3연에서 자아는 "오직 한 사람"이기는 하지만 그 사람과 함께 만들어 갈 "가장 아름다운 열매"를 갈망함으로써 일반적인 가을의 이미지와 쉽게 결합된다. 그런데 4연에 이르러 자아는 이러한 가을의 이미지와는 상당히 이질적인 "마른 나무가지 위에 다다른 까마귀"라는 이미지를 갑자기 제시하고 있는데, 이것이 일반적인 가을의 이미지와 상당한 차이가 나는 것이다.

"마른 나무가지 위에 다다른 까마귀"의 이미지는 자아의 상태에 대한 비유의 의미 또한 지니고 있음이 분명하다. 자아가 간절하게 욕망하고 있는 상태는 모든 것이 풍성하고 넘치며 아름다운 시간들로 가득 찬 세상이 아니라, 오히려 그러한 모든 것들 너머에 존재하고 있는 마르고 견고한 "까마귀"의 상태를 취하고 있는 것이다. 그러한 상태에 도달하기 위해서는 "구비치는 바다"와 "백합의 골짜기"를 지나야 한다. 이것은 생명력과 풍요로움 혹은 아름다움의 세계를 지칭하는 것으로 볼 수 있다. 이것은 자아가 "가을"이라는 시간을 통해 욕망하는 것이 화려하고 아름다운 결실의 계절로서의 가을이 아니라, 메마르고 견고한 겨울 이미지와 같은 가을이라는 점이다.

이것은 자아가 1연에서 "겸허한" 모국어를 바라거나 3연에서 "오직 한 사람"만 원하는 것을 새롭게 바라보게 만든다. 자아가 간주하는 것이 여러 사람들이 보내는 화려한 집중이나 명예 같은 것이 아니라, 홀로 건조한 자아의 내면을 바라보는 경지를 꿈꾸고 있음을 볼 수 있는 것이다.

이러한 가을 이미지를 통해 우리는 세계에 대한 시인의 인식을 확인할 수 있다. 시인이 바라보는 세계는 화려하고 풍족한 세계가 아니라, 오히려 자아의 내면 깊숙한 곳으로 들어가서 그 본질적인 존재를 만나고 싶어 하는 것이다. 그리고 그러한 자아는 비옥하고 풍성한 생명력을 소유한 상태가 아니라 메마르고 건조한 상태에 처해 있음을 알 수 있게 된다. 이것은 그러한 자아의 외부 세계가 "이 비옥한 시간"이 지배하고 있는 가을임을 인지한다면, 매우 이질적인 모습이 되는 것이다.

자아의 첫 출발점은 가을의 풍요로움을 마음껏 누릴 수 있는 대지이지만, 자아가 도달하고 싶어 하는 욕망의 자리는 오히려 그러한 풍요로움과는 거리가 먼 "메마른 나무가지"이며, 이때 자아는 그곳에 이른 까마귀 같은 존재가 된다. 이 두 이미지 사이의 선명한 대비는 이 시기의 그의 시세계가 지향하고 있는 바를 읽을 수 있게 하는 중요한 단서가 된다. 자아는 자신이 서 있는 이곳을 가을의 풍요, 대지의 풍요가 지배하는 아름다운 공간으로 그리고 있다. 그것은 그의 시세계의 전개 과정을 볼 때, 그리고 그의 시의식의 전개과정을 고려할 때, 신이 다스리는 공간, 신과 함께 하는 공간, 혹은 신의 축복이 온전히 내리는 공간으로 볼 수 있다. 그런데 자아는 이러한 자리에 서 있다는 현실에 만족하는 것이 아니라 오히려 그러한 자리를 떠나 새로운 공간, 메마르고 건조한 자연으로 채워진 공간으로 날아가기를 원한다.

자아가 이렇게 메마른 공간으로 날아가고자 하는 욕망을 강하게 품는 이유를 추적하는 과정에서 필연적으로 부딪힐 수밖에 없는 문제 중의 하나는 이 가을에 자아가 서 있고 싶어 하는 양태의 문제이다. 자아는 다른 사람들과 함께 이 풍요로운 대지에서 신의 은혜를 누리고자 하는 것이 아니라 홀로 있고 싶어 한다. 그것은 곧 고독 혹은 외로움의 상태에 의지적으로 다다르고 싶어 하는 것이라고 할 수 있는 바, 이는 중기의 그의 시세계가 보여주는 특징적인 요소 중의 하나인 고독의 세계와 직접 맞닿아 있는 것이다. 그리고 그것은 여기에서 의지적인 요소와 결합된다. 자아의 의지가 그러한 고독의 세계 속으로 자아를 이끌고 가고자 하는 것이다. 이것은 중기의 '고독'이라는 주제를 이끌어내는 중요한 단서가 된다. 자아는 이제 메마르고 건조한 모습으로 서 있게 되는데, 이는 자아를 둘러싸고 있는 신 지향성의 자연 이미지와는 확연히 다른 모습을 지니고 있다는 점이 여기에서 지적되어야 한다.

　한 송이의 꽃이

　그 으늑한 향기로

　온 들을 물드리는,

　한 줄기의 빛이

　그 깊은 흐름으로

　온 밤을 덮어 주는,

　한 방울의 눈물이

　그 맑은 아침 이슬로

　타는 혀끝을 적시어 주는,

　나의 온몸은 그러한 광야 그러한 어둠 그러한

　목마름이어라!

　그 밖에 다른 애련이나 슬기로움의 휴지(休紙)들은

　나의 건강을 좀먹는

　이제는

　병들이어라!

－「건강체」 전문

　건강함과 병이라는 두 가지 이미지를 통해 자신의 상태를 표현하고자
하는 이 시에서 주목할 것은 자아의 건강한 상태에 대한 형상화이다. 자

아는 자신의 건강한 상태를 "그러한 광야 그러한 어둠 그러한 / 목마름"
이라고 말하고 있다. 물론 여기에는 여러 가지 수식어들이 장식을 하고
있기는 하지만, 자아가 스스로 건강한 상태를 그렇게 그리고 있다는 것
은 무척 중요한 의미를 지닌다. 자아에게 "광야"는 "한 송이의 꽃이 / 그
으는한 향기로 / 온 들을 물드리는" 공간이며, "어둠"은 "한 줄기의 빛이
/ 그 깊은 흐름으로 / 온 밤을 덮어 주는" 시간이고, "목마름"은 "한 방울
의 눈물이 / 그 맑은 아침이슬로 / 타는 혀끝을 적시워 주는" 상태를 말한
다. 이렇게 보면 자아가 자리하고 있는 공간에는 온 들에 퍼지는 향기가
있고, 어둠을 밝혀주는 빛이 있으며, 혀끝을 적셔주는 물이 있는 상태이
기는 하다. 그러나 그러한 향기가 겨우 "한송이의 꽃"에 불과하고, 빛은
"한 줄기의 빛"에 불과하며, 물은 "한 방울의 눈물"에 불과하다는 점을
인지한다면, 이러한 자아의 상태가 결코 풍성하고 아름다우며 생명력이
넘치는 상태가 아님을 알 수 있다. 넘치는 것이 아니라 오히려 부족한 상
태임에도 불구하고 그러한 작은 것 하나에도 풍족하다고 느낄 정도로 이
시에서 자아의 현재의 상태는 지극히 작거나 심각하게 메말라 있는 상태
임을 역으로 알아볼 수 있게 되는 것이다.

　일반적으로 이러한 상태라면 그것은 건강한 상태라고 하기는 어려울
것임에도 불구하고 시인은 이 시의 제목을 "건강체"라고 붙이고 있다.
이렇게 놓고 보면 이 시에서 형상화하고 있는 자아는 스스로를 소박한
시선으로 바라봄으로써 적은 것으로도 큰 만족과 감사를 느낄 줄 아는
자이거나, 아니면 이 시의 제목에서 말하고 있는 "건강체"라는 말이 함
축하는 의미가 사전적인 의미와는 반대일 수 있음을 말해 주는 것이다.
이 시기의 김현승 시인이 내보이는 자아에 대한 입장을 생각한다면 전자
보다는 후자로 보는 것이 더욱 타당하다고 하겠다. 자아는 이 시기에 자
신에게 주어진 삶의 시간들을 "수고론 우리의 길"(「푸라타나스」 중에서)이라고

표현하거나, 자신의 내면 상태를 "내 마음은 마른 나무가지"(「내 마음은 마른 나무가지」 중에서)라고 표현하고 있는 것을 볼 수 있다. 이러한 표현들을 통해 알 수 있는 바는, 시인이 스스로의 상태에 대하여 지극히 메마르고 건조하며 생명력이 고갈된 상태로 인식하고 있다는 점이다. 그렇다면 이 시에서 보는 바와 같은 "건강체"라는 말이, 자아의 현상태가 다른 어떤 것도 필요하지 않은 '건강한 상태의 몸'이라고 말하고 있다기보다는, 작은 것에도 풍족함을 느낄 정도로 메마르고 건조한 상태 혹은 생명력이 고갈된 상태에 처해 있음을 말하고 있는 것이라고 하겠다.

이러한 상태에 처해 있는 자아에게 "애련이나 슬기로움" 같은 것은 휴지처럼 버리게 되는 감정의 낭비일 뿐이기에, 이러한 것들이 '나의 건강을 좀먹는 / 이제는 / 병들'로 다가온다고 표현하고 있다. 자아가 여기서 "이제는" 이러한 것들이 병들로 다가온다고 말하고 있는 바, 이는 이것들이 이전에는 병이 아니라 자아를 건강하고 풍성하게 하는 긍정적인 것들이었음을 말해 주고 있다. 그래서 이 구절은, 다른 사람들을 가엽고 애처롭게 여기는 "애련"이나 삶에서 부딪히는 문제들을 지혜롭게 해결하는 "슬기"와 같은 것들이 오히려 "병"으로 다가오게 되었다는 자아의 아픈 고백으로 읽히는 것이다. 이것은 그만큼 자아의 시선이 자아의 내면으로 향해 있음을 보여주는 것이며, 자아의 상태가 메마른 상태에 처해 있음을 보여주는 것이라고 하겠다.

신과의 관계 속에서 존재하는 자아

이 시기의 김현승의 시에서 메마르고 거친 자아의 이미지를 만난다는 것은, 그의 시세계 전체의 흐름을 생각할 때 상당히 중요한 의미를 지닌다. 중기의 시에서 형상화되는 자연 이미지에서는 전체적으로 메마르고 건조하며 딱딱한 이미지를 지니는 바, 그 안에 생명이 살아 활동하기 어려운 상황을 단적으로 보여주는 핵심적인 이미지로 작용하고 있다. 이것은 생명이 위축된 상황 혹은 생명력이 메말라 가는 상황을 단적으로 보여주는 것이라고 할 수 있는 바, 이와 같은 중기의 메마르고 건조한 자연 이미지의 한 출발점을 초기의 자아 이미지에서 찾을 수 있는 것이다.

생명력이 고갈되거나 메마른 모습으로 형상화되는 자아의 이미지를 만들어 내는 첫 번째 이유 중의 하나는 삶의 고단함이다. 일상을 살아가는 자아가 경험하는 고단하고 힘겨운 삶의 자리는 자아의 생명력을 끊임없이 소모시키는 요소 중의 하나로 형상화된다. 고단하고 힘겨운 삶의 자리에서 경험하는 생명력의 고갈이, 메마른 자아의 이미지를 만들어 내는 첫 번째 이유임이 분명하다. 시인은 곳곳에서 이러한 삶의 고단함을 내비치고 있는 것을 우리는 쉽게 확인할 수 있다. 사람들이 살아가는 인생길을 "수고론 우리의 길"(「푸라타나스」 중에서)이라고 표현하는 것이나, "사는 것이 사는 것이 더욱 무거워지건만"(「가로수」 중에서)이라고 묘사하는 것, 그리고 인생을 사는 것이 "힘들여 산다는 것" 혹은 "초조한 땅에서 사는 것"(「인생송가」 중에서)이라고 말하고 있는 것들이 바로 이러한 삶에 대한 시인의 인식 태도를 보여주는 것들이다. 이처럼 시인은 풍성하고 풍요로운 자연의 이미지와 대비된 자아의 모습을 고단하고 피곤한 삶에 부딪혀 힘겨워하는 모습으로 자주 형상화하고 있는 것을 확인할 수 있다.

이러한 자아의 모습은 초기의 시세계를 형성하는 다른 중요한 요소 중의 하나인 풍요롭고 생명력이 넘치는 자연 이미지와 선명한 대조를 이루고 있다는 점에서 중요한 의미를 지닌다. 메마른 자아와 풍요로운 자연이 서로 대조되면서도 항상 공존하고 있기 때문에 이러한 자연의 풍요로움과 자아의 메마름이 서로를 더욱 선명하게 드러내는 역할 또한 하고 있는 것이다.

그런데 삶을 이처럼 메마르고 건조한 것으로 인식하는 태도의 이면에는 보다 근원적인 이유가 깔려 있음을 이해하는 것이 김현승의 시세계를 이해하는 데 있어서 무엇보다 중요하다. 그것은 자아가 신과의 온전한 관계를 만들어 내지 못하고 있음에서 말미암은 근원적인 고단함이라고 할 수 있는 것이다. 김현승 시인이 견지하고 있는 기독교적 세계관에서 볼 때 인간이 가장 풍성하고 풍요로운 삶을 영위할 수 있는 가장 핵심적인 조건은, 창조물로서의 인간이 전능하고 무한한 창조자 하나님과의 올바르고 견고한 관계를 형성하는 것이다. 그런데 초기 시에서 자아는 아직 신과의 이러한 온전한 관계를 형성하지 못하고 있으며, 다만 그 상태에 도달하기 위해 신을 열심히 추구하고 있는 모습을 보여준다. 그러한 한계가 삶을 고단하고 힘겨운 자리로 형상화하게 만드는 것이라고 하겠다.

이것은 그의 초기 시에서 자연이 풍성하고 생명력이 넘치는 이미지로 형상화되고 있다는 점과 정확하게 대비되는 것이기도 하다. 그런데 여기서 반드시 지적되어야 할 것 중의 하나는, 그의 초기 시 곳곳에서 형상화되어 있는 자연의 풍성함이 자연 자체에 대한 단순한 찬탄이기보다는 그 너머에 있는 신에 대한 인식을 전제로 하고 있다는 점이다. 이는 자연이 그렇게 풍요롭고 아름다울 수 있는 가장 근원적인 이유가 자연의 완전성이나 절대성에 기인한 것이 아님을 말해 주는 것이며, 그것은 또한 시인이 자연 자체를 절대화하거나 신화화하지는 않음을 의미한다. 시인의 시선은 언제나 자연 너머에 있는 신, 즉 어린 시절부터 자신의 세계관의 근원을 형성하여 왔던 기독교적인 하나님께 머물러 있었던 것이다.

자연 자체를 절대화하는 관점과 자연 너머에 있는 신을 통해 부어지는 자연의 축복을 노래하는 관점과는 분명한 차이가 나는 것이 사실이다. 스스로의 본질과 한계를 인식할 수밖에 없는 인간은, 생래적으로 그러한 자아의 한계를 넘어서는 절대적인 존재를 끊임없이 찾을 수밖에 없는 존재이다. 그러한 자아의 눈에 일차적으로 비치는 광대하고 무한한 것 같은 자연에 시선이 머물 때, 그러한 자연은 신의 모습을 하고 인간에게 다가오게 된다. 그러나 소위 말하는 고등종교는 이러한 일차적인 차원을 넘어서 그 자연 너머에 존재하면서 자연을 통해 역사하는 절대자를 찾고, 그 절대적 존재에 귀의하게 되는 것을 볼 수 있다. 이를 통해 인간은 보다 근원적이고 절대적인 세계와 접촉하게 되고, 이를 통해 더욱 풍성하고 평안한 안식을 경험하게 된다.

이러한 절대적이고 무한한 존재로서의 신에 대한 인식에 이르게 될 때, 인간은 그러한 존재와 대비된 자아의 근원적이고 본질적인 한계성을 더욱 절감하게 되는 것은 당연하다. 절대적이고 무한한 존재로서의 신과 연약하고 유한한 자아와의 대조는 이러한 근원적인 절망감을 더욱 강하게 인식하게 만들어 주는 역할을 하는 것을 볼 수 있다. 그것이 이 시기의 시에 형상화되는 '메마르고 건조한 자아'의 이미지를 만들어 내는 것을 볼 수 있다. 풍성하고 아름다운 자연 이미지와 함께 제시되는 이러한 생명력이 고갈된 듯한 메마른 자아의 이미지 사이의 대비는 그의 초기 시세계를 이해하는 매우 중요한 요소 중의 하나가 된다.

뿐만 아니라 이 시기의 시에서도, 앞서 살펴본 바와 같이 자아 지향성을 지닌 자연 이미지의 경우에는 메마르고 건조한 이미지로 형상화되는 것을 확인할 수 있다. 초기의 시세계에서 이러한 메마른 자아 혹은 자연의 이미지가 등장한다는 것은 시인의 세계관을 정확하게 인식하는 데 있어서 매우 중요한 의미를 지닌다. 메마른 상태의 자아 혹은 자연의 이미지는 신과의 단절 혹은 신으로부터 오는 온전한 은혜의 통로를 마련하지 못한 존재가 처할 수밖에 없는 상황임을 인식하고 있음을 보여주는 것이기 때문이다. 인간 혹은 자연의 존재가 자신의 생명력을 마음껏 발휘할 수 있는 가장 중요한 요소는 바로 신과의 온전한 관계가 형성되어 있는가 여부로부터 오는 것임을 시인은 이러한 이미지를 통해 보여주고자 하는 것이다. 그럼에도 불구하고 초기 시의 자아는 완전자 혹은 존재의 근원으로서의 신에 대한 간절한 추구를 보여준다. 신의 세계에 닿아 있는 풍성한 자연 이미지는 바로 이러한 자아의 바람을 보여주는 것이다.

이와는 약간 다른 측면이 중기의 시세계에서 나타난다. 중기 시세계를 형성하는 중요한 요소 중의 하나는 그가 찾고 있던 신과의 단절 의식인 바, 중기 시의 핵심적인 주제인 "고독"의 가장 중요한 정서는 바로 이러한 신과 단절된 인간이 경험할 수밖에 없는 존재론적인 박탈감이 자리잡고 있다. 시인은 그러한 단절감 혹은 박탈감이라는 정서를 "고독"이라는 이미지를 통해 형상화되고 있는 것이다. 중기 시에서는 이러한 신과의 단절감을 메마른 자연 이미지로 형상화하고 있다. 창조주로서의 신과 단절된 존재로서의 인간 혹은 자연은, 그 존재의 근원으로부터 단절된 상태이기 때문에 필연적으로 생명력이 메말라 가는 현상을 경험할 수밖에 없는 것이다. 그리고 그것은 메마른 자연 이미지를 통해 자아 혹은 인간 존재의 상태를 표현하게 만드는 것이기도 하다. 이것은 초기의 자연이 풍성하고 풍요로우며 생명력이 넘치는 이미지로 형상화되고 있던 것과 명확한 대비를 이루고 있다는 점에서 상당히 중요한 의미를 지닌다.

인간 존재의 상태에 대한 이러한 인식 혹은 표현은, 김현승 시인이 존재의 근원에서부터 인간을 신과의 관계 속에서 찾고 있었음을 보여주는 것이다. 이것은 그가 견지하는 기독교적 세계관의 가장 본질적인 출발점이 되고 있음이 분명하다. 그래서 "고독"을 이야기하는 그 순간에도 여전히 기독교적인 세계관에 속해 있었음을 분명히 알 수 있게 되는 것이다. 이는 곧 시인이 지속적으로 기독교적 세계관 속에서 사유하고 생활하고 있었음을 보여주는 것이다.

초기와 중기 시에 형상화된 메마른 자아 혹은 자연의 이미지가 품고 있는 의미 사이에 존재하는 이러한 차이점은, 시인이 세계를 바라보는 기준점을 어디에 두고 있는가를 보여주고 있다는 점에서 상당히 중요한 의미를 지닌다. 중기 시의 메마른 자아가 신과의 관계의 단절을 온전히 경험하고 그래서 고갈된 생명력에 허덕이는 존재의 모습을 드러내는 것이라면,[15] 초기 시의 이러한 메마른 자아는 아직 그러한 경험 이전의 자아이며 열심히 신을 찾고 있는 자아의 존재를 형상화하고 있다고 할 수 있는 것이다.

더욱 중요한 점은 초기 시에서는 자아가 신의 측면에 서서 그 축복을 받고 있는 자연의 이미지를 그리고 있다면, 중기 시에서는 인간의 측면에 서서 메마르고 건조한 모습으로 자연 이미지를 그리고 있다는 점이다. 이것은 중기 시에 이르러서 시인의 세계 인식 태도가 초기 시에서와는 상당한 차이를 드러내고 있음을 말해 주는 대목이기도 하다. 초기의 세계 인식 태도가 보다 신 중심적인 자리에 머물러 있었다면 중기의 세계 인식 태도는 오히려 인간 중심적인 태도를 보이고 있었다고 지적할 수 있는 것이다. 그래서 초기의 시에서 자연은 신의 세계가 지니고 있는 풍성하고 풍요로우며 넘치는 생명력이 지배하고 있었으며, 중기의 시에서는 "고독"이라는 인간적 측면의 부정적인 정서가 자연 이미지를 지배하고 있었음을 확인할 수 있게 되는 것이다.

이러한 차이점은 또한 그 토대에 중요한 공통점을 소유하고 있다는 사실 또한 지적할 필요가 있다. 자연 이미지의 이러한 차이점 이면에는 신을 찾아 만나서 그 풍요로움을 온전히 누리고자 하는 자아의 간절한 소망이 자리 잡고 있는 것이다. 자아는 자신의 삶의 자리가 언제나 고단하

---

15) 이것은 이 책의 3장에서 상세히 다루고자 한다.

고 힘겨운 공간이며, 그 속에서 항상 고갈된 생명력으로 힘겨워하고 있음을 인식하고 있다. 그리고 이와는 대조된 자리에 서 있는 신의 공간은 항상 넘치는 생명력을 지니고 있음을 초기와 중기의 시 모두 동일하게 전제하고 있는 것이다. 그런데 중기의 시에서 보면 자아는 신의 세계로부터의 완전한 단절을 경험함으로써 인간이 근원적으로 지니고 있는 한계성과 단절감 속에서 더욱 힘겨워하는 것이다.

이렇게 보면 김현승의 인식 속에서 세계는 〈인간의 세계〉, 〈자연의 세계〉, 〈신의 세계〉라는 세 개의 공간을 상정하고 있음을 알 수 있다. 여기에서 〈인간의 세계〉는 고단하고 힘겨운 삶의 공간 혹은 고독감과 단절감이 지배하는 공간으로 그려지며, 〈신의 세계〉는 풍요롭고 안정된 공간 혹은 복의 근원이 되는 공간으로 그려지고 있다. 그런데 〈자연의 세계〉는 그 자체로 독립된 공간이기보다는 언제나 신의 세계나 인간의 세계와의 관계 속에서 그려지고 있음을 확인할 수 있다. 그것이 신의 세계와의 관계가 중심이 되어 있을 때에는 풍요롭고 생명력이 넘치는 공간으로 그려진다면, 인간의 세계와의 관계가 중심이 되어 있을 때에는 메마르고 건조한 세계로 형상화되고 있는 것을 확인할 수 있다.

그렇다면 중요한 것은 자아를 이러한 상태로 만들어 놓는 근원적인 이유가 어디에 있는가를 찾는 작업이라고 하겠다. 자아가 생명력이 상실된 메마르고 건조한 상태에 이르게 된 이유를 찾기 위해서는 이 시기의 자아가 가장 중요하게 생각하고 있는 것이 무엇인지를 확인할 필요가 있다. 초기 시에서 시인은 메마른 자아의 상태와는 달리 풍성하고 풍요로우며 생명력이 넘치는 자연을 그리고 있으며, 이러한 자연의 풍요로움을 결정하는 가장 근원적인 자리에는 신의 축복이 있었음을 확인한 바 있다. 그렇다면 이러한 메마른 자아의 이미지를 형상화하는 이유 또한 동일한 관점에서 추론할 수 있게 된다. 그것은 시인이 절대적인 존재로 인정하고 있는 하나님과의 관계가 온전하지 않기 때문에 자아가 경험할 수밖에 없는 현상이라고 할 수 있는 것이다. 자아의 존재방식에 나타나는 이러한 측면은 이 시기의 시에 나타나는 자아가 어떠한 관점에서 형상화되고 있는지를 알아볼 수 있는 중요한 단서가 된다.

메마르고 건조한 자아의 이미지가 중요한 자리를 차지하고 있는 이 시기의 시에서 나타나는 특징적인 면모 중의 하나는 신에 대한 회의이다. 시인은 어린 시절부터 기독교적인 문화 속에서 자라나기는 했지만, 중년의 때에까지 이러한 신앙이 명확하게 자신의 것으로 구체화된 것으로 보기는 어려운 상태가 지속된다. 이것은 중기 시의 주된 주제 중의 하나가 되는 '고독'이라는 주제가 나타내는 내적인 상태에서 정확하게 알 수 있다.[16] 고독을 주로 내세우는 시기의 자아는 신앙에 대한 회의의 자리에까지 이르는 것을 볼 수 있다. 그런데 초기의 시세계에서도 이러한 부정의 단서가 약하게나마 나타나는 것을 볼 수 있다. 특히 메마르고 건조한 자아의 이미지가 형상화될 때 이러한 신앙의 갈등 혹은 회의의 양상은 강하게 나타난다.

내 목이 가늘어 회의에 기울기 좋고,

혈액은 철분이 셋에 눈물이 일곱이기
포효보담 술을 마시는 나이팅게일……

마흔이 넘은 그보다도
뺨이 쪼들어

---

16) 이러한 측면은 3장에서 살펴볼 것이다.

연애엔 아조 실망이고,

눈이 커서 눈이 서러워
모질고 사특하진 않으나,
신앙과 이웃들에 자못 길들기 어려운 나 ──

사랑이고 원수고 모라쳐 허허 웃어버리는
비만한 모가지일 수 없는 나 ──

내가 죽는 날
딴테의 연옥에선 어느 비문(扉門)이 열리려나?

─「자화상」 전문

　1947년에 발표된 이 시에는 신앙에 대해 회의하고 고뇌하는 시인의 내
적인 고민이 잘 나타난다. 자아는 스스로를 "회의에 기울기 좋"은 사람
이라고 말하고 있는 바, 이것은 단순히 삶의 영역 전체에 대한 회의론자
이기보다는, 시인이 어린 시절부터 지니고 있던 기독교 신앙에 대한 회
의를 이야기하고 있음이 분명하다. "신앙과 이웃에 자못 길들기 어려운
나"라는 구절에서 이러한 자아의 스스로에 대한 인식의 단면을 확인할
수 있다. 여기에는 목사 가정에서 자라난 시인의 신앙에 대한 심각한 회
의와 고뇌의 단면이 숨겨져 있다. 자신을 굳건하게 세우고 하나님을 바
라보는 것이 아니라 오히려 목을 기울여 신앙에 대해 회의하는 자아의
모습을 확인하는 것이다.
　여기에서 자아가 신앙을 '길드는 것'이라고 표현하고 있는 것은 이 시
기 시인의 의식을 이해하는 데 중요한 단서를 제공한다. 시인은 신앙을

기독교적인 진리를 전적으로 받아들이고 하나님을 온전히 신뢰하는 데서 말미암는 것이 아니라, 단지 그러한 기독교적인 신앙이라고 하는 상태에 '길들여지는 것'이라고 말하고 있는 것이다. 이것은 아직 시인이 기독교 신앙을 전적으로 자신의 내면에 받아들이고 하나님을 온전히 신뢰하고 있는 상태가 아님을 보여주는 것인 동시에, 그러한 기독교 신앙을 받아들이는 것에 대한 저항감이 존재하고 있음을 보여주는 것이다. 시인에게 기독교 신앙은 자신의 의지와 상관없이 길들여져야 하는 것으로 다가온 것이다. 이것은 시인이 이 시기에도 기독교 신앙에 대해 회의하고 있었음을 보여주는 증거라고 할 수 있다.

그렇지만, 이 시기의 시에 나타나는 자아의 또 하나의 특징 중의 하나가 신에 대한 간절한 추구라는 점 또한 함께 지적할 필요가 있다. 시인은 메마르고 건조한 삶의 자리에서 그것을 넘을 수 있게 하는 축복의 존재로서의 신의 세계를 갈구하는 것이다. 특히 1950년대 후반에 오면 이러한 경향성은 더욱 선명해지며, 그러한 자리에서 신을 만나는 기쁨을 표현하기도 한다. 무엇보다 이 시기의 시에서 형상화되는 자아의 존재방식의 특징은 항상 신과의 관계 속에서 스스로를 인식하고 있는 모습이라는 점이다. 자아가 부딪히는 상황이 슬픈 것이든 기쁘고 즐거운 것이든 상관없이 항상 신과의 관계 속에서 그 정서를 풀어가고 있다는 특징을 보여준다. 이것은 그의 시의식이 항상 신적인 세계 혹은 기독교적인 신앙의 영역 속에 머무르고 있음을 보여주는 중요한 단서 중의 하나이다.

내가 가난할 때……
저 별들이 더욱 맑음을 보올 때.

내가 가난할 때……

당신의 얼굴을 다시금 대할 때.

내가 가난할 때……
내가 육신일 때.

은밀한 곳에 풍성한 생명을 기르시려고,
작은 꽃씨 하나를 두루 찾아
나의 마음 저 보라빛 노을 속에 고이 묻으시는

당신은 오늘 내 집에 오시어,
금은 기명과 내 평생의 값진 도구들을
짐짓 문밖에 내어 놓으시다!

– 「내가 가난할 때」 전문

이 시를 읽는 과정에서 우선적으로 지적되어야 할 것 중의 하나는 자아가 신과의 만남을 추구하는 존재로 형상화되어 있다는 점이다. 자아는 신과의 만남, 즉 "당신의 얼굴을 다시금 대할 때"를 매우 의미 있는 시간의 하나로 바라보고 있는 바, 이것은 1연의 "저 별들의 맑음을 보올 때"이기도 하며 3연에서 "내가 육신일 때"이기도 하다. 기호학적 관점에서 볼 때 동일한 구절의 반복을 통해 이어지는 구절은 은유적 동일성을 형성하기도 하는 바, "내가 가난할 때……"라는 동일한 시구와 이어지는 세 개의 다른 진술들 사이에 존재하게 되는 구조적 의미의 동일성이 여기에 작동하게 되는 것이다.

이러한 진술은 자아가 세계를 바라보는 관점을 파악할 수 있는 중요한 단서를 제공한다. 자아가 신을 만나는 것은 "별들의 더욱 맑음"을 보는 것이며, 그것이 이루어지는 시간은 "육신일 때"이다. 자아에게 신은 별들처럼 하늘에 거하는 존재이며, 그래서 그 신을 보기 위해서는 눈을 들어 하늘을 바라보아야 하는 것. 이 말은 현재 자아가 서 있는 공간이 자아의 삶이 이루어지는 지상의 공간이며, 그래서 지상적 존재의 현실적 한계를 고스란히 소지하고 있다는 표현이 된다. 그리고 자아가 "육신일 때" 신을 만난다는 것은 신과의 만남이 죽음 이후에 이루어지는 미래적인 어떤 사건이 아니라 자아가 삶을 영위하고 있는 현재에 일어나는 일이라는 것을 말해 주는 것이기도 하다. 이러한 육신의 때에 하늘을 바라보는 자아의 존재는 그의 초기 시세계를 고려할 때 힘겨운 삶의 환경 속에서 살아가는 자아가 구원을 갈망하는 눈을 들어 하나님을 바라보는 것을 형상화하고 있는 것이다.

문제는 이러한 신과의 만남이 "내가 가난할 때"에 이루어질 수 있다는 점이다. 여기서 가난하다는 것은 단순히 물질적인 가난, 즉 현세적인 가난만을 상정하지는 않을 것이다. 오히려 그것은 "별들의 더욱 밝음"을 보는 눈에 비치는 가난이요, "육신일 때" 자아를 바라보는 마음의 가난이라는 의미가 더욱 크다고 하겠다. 이러한 가난의 의미는 초기 시의 자아에서 주로 나타나는 생명력을 상실해버린 메마르고 건조한 자아의 이미지와 직접적으로 연결되어 있음을 쉽게 생각할 수 있다. 즉, 자아는 신을 만나는 시간이 인간 스스로의 가능성과 부요함을 포기한 자리에서 이루어지는 것임을 말하고 있는 것이다.

이러한 진술은 시인의 세계관을 이해하는 데 중요한 의미를 지닌다. 기독교적 관점에서 볼 때 인간은 스스로의 능력으로 신의 세계에 도달하여 구원을 얻을 수 있는 방법은 없다. 하나님 앞에서 죄를 짓고 완전히 타락한 인간은 스스로의 힘으로는 결코 신의 영화로운 세계에 들어갈 수 없는 존재인 것이다.[17] 이러한 인간이 구원을 얻을 수 있는 유일한 방법이 예수 그리스도를 통해 베풀어지는 하나님의 은혜라는 것이다. 결국 인간의 관점에서 볼 때 구원은 하나님의 선물이며 은혜이고, 인간은 그것을 받아 누리는 존재일 뿐이다.

마지막 연에서 신이 자아를 만나는 때 일어나는 일에 대한 묘사는 그래서 더욱 의미심장하다. "당신"이 자아에게 왔을 때 하는 일은 "금은 기명과 내 평생의 값진 도구들을 / 짐짓 문밖에 내어 놓"으시는 것이다. "금은 기명과 내 평생의 값진 도구들"이란 자아가 이제까지 추구하고 욕망하던 물질적인 부와 다양한 소유물들뿐만 아니라 자아의 내면적인 여러 가지 추구의 대상들이 지식과 같은 것들까지 모두 포함하는 개념이라고 할 것이다. 다시 말해 자아가 이제까지의 삶을 통해 "값진" 것이라고 생각하고 추구했던 모든 것들을 말한다. 자아가 신을 만날 수 있는 "가난할 때"는 이전까지의 자아가 추구하고 욕망하던 물질적이거나 정신적인 모든 가치 있는 것들을 말한다.

결국 시인에게 기독교적 구원의 세계, 다시 말해 신과의 만남을 이루는 세계는 이 땅에서의 삶의 기준과는 다른 기준에 의해 지배되는 세계임을 말하고 있는 것이다. 하나님을 만나기 위해서는 현실적으로 욕망하고 추구하던 모든 것들을 내려놓고 가난한 마음으로 신을 바라보아야 한다는 인식은, 자연스럽게 초기의 시세계에 형상화되고 있는 메마르고 건조한 자아의 개념과 결합된다. 메마르고 건조한 자아 이미지는 스스로 소유한 것이 없는 상태 또는 내적인 부요나 풍부함을 상실한 상태를 말해 준다. 시인은 초기 시에서 대부분의 경우 이러한 자아 이미지를 형상화하고 있는 바, 이는 하나님을 추구할 수밖에 없는 인간의 현존재에 대한 시적인 형상화라고 할 수 있는 것이다. 이러한 자아 이미지 속에서 아직 온전히

---

17) 로마서 3:23. "모든 사람이 죄를 범하였으매 하나님의 영광에 이르지 못하더니"라는 구절을 통해 성경은 모든 인간이 스스로의 능력으로는 구원을 얻을 수 없다고 명확하게 말하고 있다.

하나님을 만나지 못한 존재로서의 한계성을 명확하게 인식한 모습을 여기서 확인할 수 있게 된다. 이것은 또한 신과의 관계 속에 자신의 존재방식과 의미, 삶의 가치와 같은 것들을 규정하고자 하는 시인의 기독교적 세계관으로 말미암은 현상이라고 할 수 있을 것이다. 이를 통해 우리는 신적인 세계, 즉 기독교적 구원의 세계에 대한 시인의 간절한 추구의 의미를 추적할 수 있다.

더러는
옥토에 떨어지는 작은 생명이고저……

흠도 티도,
금가지 않은
나의 전체는 오직 이뿐!

더욱 값진 것으로
드리라 하올제,

나의 가장 나아종 지니인 것도 오직 이뿐!

아름다운 나무의 꽃이 시듦을 보시고
열매를 맺게 하신 당신은,

나의 웃음을 만드신 후에
새로이 나의 눈물을 지어 주시다.

–「눈물」전문

김현승의 시 중에서 대중적으로 가장 잘 알려져 있는 시 중의 하나인 이 시에서 시인은 "눈물"이 가진 의미망을 신과의 관계를 통해 형상화한다. 시인은 자신의 산문에서 이 시가 "그렇게 아끼던 어린 아들을 잃고 나서 애통해 하던 중 어느 날 문득 얻어진 시"[18]라고 밝히고 있다. 아들을 잃은 슬픔을 "눈물"이라는 하나의 이미지 속에 담아내면서 시인은 이러한 진한 슬픔을 단순히 '슬픔'이라는 감정에 치우쳐 표현하는 것이 아니라, 오히려 그것을 신으로부터 오는 위로 혹은 신에 대한 찬양으로까지 확장하고 있다. 그러므로 이 시의 "눈물"의 의미를 더욱 포괄적이고 함축적으로 해석해야 할 필요가 있다.

이 시에서 자아는 "눈물"을 "옥토에 떨어지는 작은 생명"이고자 하는 존재라고 말하고 있다. 여기서 말하는 "옥토"의 이미지는 일반적으로 이야기하는 비옥한 땅 혹은 대지라는 의미를 넘어서 성경에 나오는 '씨 뿌리는 비유'[19]에서 말하는 '옥토'에 닿아 있음이 분명하다. 이것은 예수님의 설교 중 '씨 뿌리는 자' 비유에 나오는 것으로, 씨를 뿌리는 자가 씨를 뿌리는데, 그 씨가 각각 길 가, 돌밭, 가시떨기 위, 그리고 좋은 땅(옥토)에 뿌려진다는 것이다. 이 중에서 백 배의 풍성한 결실을 맺는 것은 좋은 땅, 즉 옥토에 뿌려진 씨뿐이다. 이것은 성경의 유명한 비유 중의 하나이며, 그래서 시인에게는 매우 익숙한 이미지의 하나라고 할 것이다. 시인이 눈물을 이렇게 옥토에 뿌려진 씨앗으로 비유함으로써 그 눈물이 가져올 풍성한 결실에 대한 간절한 바람을 담아내는 것이다. 그런데 그것이 아이의 상실이라는 현실과 맞물리면서 다분히 역설적인 상황을 만들어 낸다. 아이의 상실로 좌절하는 자아에게 주어진 옥토에 뿌려진 "눈물"인 것이다.

---

18) 김현승, 『김현승 전집 2 - 산문』, (서울: 시인사, 1985), 263.
19) 성경 마태복음 13장.

자아는 이 "눈물"을 '흠도 티도, / 금가지 않은 / 나의 전체는 오직 이 뿐! 이라고 노래하고 있다. 자아는 눈물을 "나의 전체"라고 표현함으로써, 그 눈물이 단순히 슬픔만을 의미하는 것이 아니라, 자아의 존재 전체를 드리는 간절한 그 무엇으로 형상화하고 있는 것이다. 그리고 자아는 그것이 "흠도 티도, / 금가지 않은" 것이라는 수식어를 사용함으로써, 그 눈물이 온전하고 완전한 것임을 형상화한다. 여기에서 자아는 눈물을, 슬픔이라는 감정의 표현으로 형상화하는 것이 아니라, 신 앞에 선 자신의 존재론적 본질을 담아내는 가장 완전하고 온전한 그 무엇으로 형상화하고 있는 것이다. 이것은 또한 눈물 방울이 가지고 있는 '원'의 도형이 가지고 있는 상징성을 적극적으로 차용한 것으로도 볼 수 있다. 흠이 없고 이지러짐이나 티도 없는 "원" 혹은 "구체"는 전통적으로 완전함을 표현하기 위한 상징적 사물로 사용되어 왔다. 뿐만 아니라 그것은 시작과 끝이 없는 도형, 그래서 끝없이 계속되는 영원성의 상징으로 사용되기도 한다. 이 시에서도 이러한 측면이 적극적으로 사용되고 있는 것을 확인할 수 있다.

뿐만 아니라 그 눈물은 자아가 "가장 나아종 지니인 것"이기도 하다. 자신의 최후의 순간까지 지니게 되는 가장 최종적인 것, 즉 자아의 가장 근원적이고 본질적인 전체가 바로 눈물이라는 것이다. 이것이 의미를 갖는 이유는 바로 앞 연과의 관계에 의해서이다. 자아가 "더욱 값진 것으로 / 드리라 하올제" 자신은 이 "눈물"을 드리겠다는 것은, 최종적으로 남은 자아의 본질이 결국 "눈물"밖에 없다는 것을 말해 주는 것이다.

이 시의 자아가 사랑하는 아이를 잃은 시인의 정서를 표상하고 있는 존재라면, 그는 초기 시에 주로 형상화된 건조하고 메마른 자아의 이미지를 지니고 있는 것이 분명하다. 자아가 살아 있는 현재는 신이 주신 "웃음"을 누리는 시간이 아니라, 그 이후에 새로 받은 "눈물"을 품고 있는 상황인 것이다. 이러한 자아가 자신의 그 눈물을 만들어 주는 이가 "당신"이라고 말하고 있는 것은 그래서 의미가 있다. 슬픔과 아픔을 넘어서서 신을 바라보는 자아의 시선이 여기에 내재되어 있다. 이러한 인식 태도는 이 시기의 김현승 시인의 시선이 어디로 향하고 있는지를 잘 보여준다.

사실 초기에서부터 후기에 이르기까지 그의 대부분의 시편들은 항상 신과의 관계를 전제로 하고 있는 것이 사실이다. 하나님을 추구하고 신앙을 긍정하는 것이든 그것에 대해 회의하고 멀리하는 것이든 간에 대부분의 김현승의 시들은 기독교적인 신의 세계를 전제로 하고 있는 것을 확인할 수 있는 것이다. 그런데 초기의 시에서는, 그러한 신과의 관계에 대해 회의하는 것뿐만 아니라, 이처럼 신과의 관계를 온전히 회복하고 싶은 욕망이 동시에 그려지고 있는 것이다. 사실 이 두 가지는 신과 관련된 정반대의 경향인 것이 사실이지만, 이 두 가지가 동시에 나타나고 있다는 것은 그만큼 시인의 의식 속에 이러한 두 가지 경향이 매우 심각하게 갈등하고 있었음을 보여주는 것이라고 하겠다.

이것은 부모로부터 물려받은 신앙을 자신의 것으로 체화하는 과정에서 많은 기독교인들이 경험할 수밖에 없는 갈등이기도 하면서, 자아와 신앙이 성장하고 성숙해 가는 데 필연적으로 드러나는 양상 중의 하나이기도 하다. 이 시기의 그의 시는 바로 이러한 내면적이고 신앙적인 갈등과 고민을 신에 대한 두 가지 경향성으로 표출하고 있는 것이라고 하겠다. 목사 가정에서 태어나서 목회지에서 자랐을 뿐만 아니라 기독교 학교에서 성장한 시인의 환경을 생각한다면, 시인은 태어나고 자라면서 이러한 신앙의 본질과 문화를 익숙하게 받아들였음이 분명하다.

결국 그의 시세계에서 자아는 항상 신과의 관계 속에서 정의되고 형상화되는 것을 볼 수 있다. 그럼에도 불구하고 시인의 내면은 아직 회의하고 있는 상태에 있는 바, 이 시기의 다양한 시들 속에는 기독교적인 신, 즉 하나님에 대해 적극적으로 추구하는 흐름이 존재할 뿐만 아니라, 신앙에 대한 회의 또한 함께 존재하는 것이다. 이러한 점을 고려한다면 이 시기의 시인의 내면은 기독교적인 신앙에 대한 일부의 회의와 일부의 믿음이 공존하는 상태에 처해 있었다고 하겠다.

이러한 신앙에 대한 회의가 그의 초기 시에 형상화되어 있는 자아의 상태에 대한 형상화에 영향을 미치고 있음을 확인할 수 있다. 이 시기의 시인이 형상화하고 있는 자연 이미지와 비교해 볼 때, 이러한 자아의 상태는 메마르고 건조한 존재로 형상화될 수밖에 없는 것이다. 자연이 지닌 풍성함의 근원에는 절대적인 창조자 하나님으로부터 오는 은혜 혹은 축복이 자리 잡고 있었다. 그러나 자아가 현재 지니고 있는 신앙에 대한 회의는 이러한 축복의 통로를 막아버림으로써 자아로 하여금 신의 축복을 온전히 경험할 수 없는 자리에 처하게 만드는 것이다.

이로 볼 때, 김현승 시인이 초기 시에서 자아를 인식하는 기본적인 틀에는 신과의 관계가 자리 잡고 있음이 분명하다. 자아를 자아 그대로 고립된 존재로 인식하는 것이 아니라 언제나 신과의 관계 속에서 자아를 인식하고, 그 존재의 본질을 파악하고 있는 것이다. 자아 이해에 대한 이러한 측면은 자연에 대한 인식이 항상 신과의 관계 속에서 이루어지는 것과 유사한 인식틀을 보여주는 것이며, 이것은 어린 시절부터 견지해 온 그의 세계관이 기독교적인 것임에서 비롯된 것이라고 하겠다. 인간은 언제나 하나님과의 올바른 관계 속에 들어서 있을 때에야 신으로부터 오는 복을 온전히 누리는, 풍요롭고 평안한 삶을 누릴 수 있는 존재라는 기독교적인 전제가 여기에 깔려 있는 것이다. 그리고 자아는 이러한 상태를 벗어난 온전한 세계에 이르고자 하는 간절한 바람을 신적인 세계에 대한 추구의 형태로 드러내는 것이다.

신적인 세계에 대한 간절한 추구

인간의 한계와 하나님의 사랑

김현승은 그 시의식에 있어서 본질적으로 신적인 세계에 대한 지향을 강하게 보이고 있는 시인이다. 그만큼 그의 의식 세계 속에서 기독교적인 하나님은 절대의 자리에 존재하고 있으며, 그의 창조물인 인간과 자연은 그러한 신과의 관계 속에서 그 위치와 의미를 온전히 잡을 수 있는 존재이다. 이러한 관점에서 볼 때 인간적인 것들 혹은 인간 문명의 여러 가지 요소들은 다분히 비판적인 관점에서 접근하게 되는 것을 볼 수 있다. 그렇다고 그 비판이 현대 문명 자체에만 국한되어 있는 것은 아니다. 하나님을 부정하고 살아가는 사람들의 삶의 방식 자체에 대한 부정적인 인식이 이 시기의 그의 시의 특징 중의 하나임을 발견할 수 있는 것이다.

그의 시세계 속에서도 이러한 인간 삶에 대한 비판적인 인식은 다양한 방법으로 형상화되는 것을 볼 수 있다. 인간의 사상에 대해 비판하기도 하고, 전능하고 무한한 신 앞에서 자기의 조그마한 지식과 지혜를 자랑하고 싶어 하는 인간의 오만함을 비판하기도 하는 것이다.

생각하면 할수록 흔들리일 뿐,
그냥 살아야지……

노래하면 노래할수록 멀어질 뿐,
그것도 그냥 살아야지……

사상은 언제나 배고프다,
또 싸움을 준비하고 있다,
그냥 살아야지……

겨울에는 눈을 맞고
가을 밤엔 달을 보고
그런대로 이웃들과 어울리어 살아 왔다,
그냥 살고 말아야지……

그냥 살아야지,
쪼개 보면 쪼갤수록 사라져 버리는 것,

별들이 보석처럼 보이는 이 거리— 이 땅에서
그냥 살아야지……

새것 속엔 새것이 없다,
새것은 낡은 것의 꼬리를 물고
낡은 것은 또 새것의 꼬리를 문다,
그냥 그냥 살아야지……

　　　　　　　　　　　 ―「그냥 살아야지」 전문

'생각하는 것'이 오히려 자아를 흔들리게 만들고, '노래하는 것'이 오히려 대상으로부터 멀어지게 만든다는 인식으로부터 출발하고 있는 이 시에는, 자아가 부딪히고 있는 인간의 삶의 방식 혹은 인식 방식에 대한 실망 혹은 비판적인 관점이 깊이 깔려 있다. 자아는 현대인들이 삶의 중요한 근거로 삼고 있는 요소 중의 하나인 "사상"에 대한 짙은 실망감을 감추지 못한다. "사상은 언제나 배고프다, / 또 싸움을 준비하고 있다"는 표현이 바로 그것이다. 사상이 인간의 삶을 더 나은 단계로 고양시키거나 인간의 인식을 더 높은 차원으로 올리는 역할을 하는 것이 아니라, 오히려 인간들의 삶을 피폐하게 만들고 서로 투쟁하는 데 집중하게 만드는 것이라고 비판하고 있는 것이다. 뿐만 아니라 시인은 사상이 가지고 있는 인식상의 문제점도 지적한다. "쪼개 보면 쪼갤수록 사라져 버리는 것"이라는 표현 속에서 사물이나 삶을 분해하고 분석하여 자기 사상의 틀을 세워나가는 현대 이데올로기는 그 속성상 삶을 온전한 전체로 보지 못하고 분해하고 해체하는 것이 일상화될 뿐임을 비판적으로 바라보고 있는 것이다.

　이 시가 발표된 것이 1962년임을 감안한다면 시인에게 문제가 되고 있는 "사상"은 결국 당대의 사회를 투쟁과 대결의 장으로 만들고 있는 두 개의 거대한 이데올로기로 볼 수 있을 것이다. 서로를 향한 투쟁과 적의를 내세우고 모든 사람들을 자기편이 아니면 적이라는 이름으로 줄세우기를 하게 만드는 사상 투쟁의 장을 시인은 바라보고 있다. 이 두 이데올로기의 세계사적인 대립이 우리 국토 내에서의 전쟁으로까지 치달을 정도로 파괴적인 역사를 경험한 시인의 아픈 감정이 여기에서 진하게 나타나며, 그것이 차츰 체념으로까지 발전해 가는 것을 볼 수 있다.

　자아는 당대를 휩쓸고 있는 사상이 보여주는 이러한 심각한 문제점을 비판적인 시선으로 바라보면서, 그것을 넘어서는 방법을 "그냥 살아야지"라는 말로 축약적으로 제시한다. 그렇다면 여기서 자아가 제시하는 대안을 찾는 것은 "그냥" 살아내는 방법이 무엇인지를 유추하는 것이 될 것이다. 4연은 그런 의미에서 상당히 중요한 의미를 지닌다. "그냥" 사는 것이 무엇인지에 대한 시적인 대답이 되기 때문이다. "겨울에는 눈을 맞고 / 가을 밤엔 달을 보고 / 그런대로 이웃들과 어울리어 살아 왔다"고 자아는 이제까지의 삶을 정리하고 있다. 다시 말해 "사상" 혹은 이데올로기가 지배하기 이전의 삶의 모습을 이러한 몇 줄로 정리하고 있는 것이다.

겨울의 눈과 가을의 달은 그 계절에 가장 합당한 자연의 모습이다. 그러므로 이처럼 겨울에 오는 눈을 맞고 가을에는 밤에 아름답게 뜨는 달을 바라보는 생활은, 자연 속에서 자연 그대로의 것을 인정하고 살아가는 소박한 삶이라고 할 수 있는 것이다. 이러한 삶 속에서는 "이웃들과 어울리어 살아" 가는 것이 온전히 가능해진다는 것을 자아는 강조하여 내보인다. 결국 자아가 여기에서 사상을 넘어서는 방법으로 내세우고 있는 것은 자연적인 삶, 다시 말해 사상 이전의 삶 자체에 집중하여 삶다운 삶을 살아야 한다고 말하고 있는 것이다.

이러한 자연적인 삶은 사상이 제시하는 현재에 대한 분석과 미래에 대한 화려한 전망의 방식과는 너무나 다른 것임이 분명하다. 이데올로기는 기본적으로 현실에 대한 새로운 해석과 이해를 바탕으로 풍요롭고 화려한 미래에 대한 전망을 내보임으로써 사람들을 모으고 집단화한다. 그리고 이러한 자신들의 전망이나 이념에 동조하는 사람들은 친구로 만들고, 그렇지 않은 사람들 모두를 적으로 만드는 이분법적인 세계를 만들어 가는 것을 볼 수 있다.

자아는 바로 그러한 사상이 얼마나 우리 인간들의 삶을 피폐하게 만들수 있는지를 정확하게 바라보고 있다. "새것 속엔 새것이 없다"는 진술속에서 이러한 "새것"에 대한 부정적인 인식을 드러내는 것이다. 이데올로기는 자신만의 새로운 인식 방식을 통해 새로운 사회와 미래를 열어갈 수 있다고 유혹하지만, 그러한 새로움이 과연 진정한 새로움일 수 있느냐는 비판적인 인식이 여기에 나타나 있는 것이다. "그냥 살아야지"라는 표현이 중요해지는 자리가 바로 여기에 있다. 사상이 주장하는 새로움이 온전한 새로움이 아닌 바에는, 그들이 주장하는 미래가 온전히 새로운 미래일 수가 없는 것은 당연하다. 그리고 그러한 사상들이 제시하는 그 미래에 인간이 과연 행복해질 수 있는가에 대한 의문이 드는 것도 당연하다. 그러므로 시인은 바로 그러한 관점에서 사상이 얼마나 파괴적이며 얼마나 쉽게 허물어질 수 있는지를 정확하게 인식하고 있다고 하겠다.

"사상"에 대한 이러한 인식은 기독교적인 세계 인식 태도와 연관되어 있는 바, 첫째는 여기서 사용하고 있는 표현이 성경속의 표현을 이용하고 있다는 점이다. "새것 속엔 새것이 없다"는 것은 성경의 전도서에 나오는 "해 아래 새 것이 없다"는 솔로몬의 고백[20]을 연상시키는 것이다. 사상들이 주장하는 새로운 인식, 새로운 찬란한 미래가 사실은 새로울 것도 없는 "낡은 것의 꼬리를 물고" 나타나는 것일 뿐이라는 표현은 바로 이러한 전도서의 구절을 연상시킨다. 전도서의 이 구절은 이 세상에서 일어나는 모든 일들, 인간의 모든 수고들이 헛된 것이기에 하나님의 진리와 은혜를 구하는 삶을 살아야 한다는 말을 하고 있다. 이는 자아가 비판적으로 인식하고 있는 바 "사상"이 가지고 있는 탐욕적이고 투쟁적인 속성과 그 한계를 잘 보여준다.

또 다른 한 가지는 자아가 서 있는 위치에 대한 인식이다. 자아는 지금

---

20) 성경 전도서에 보면 다음과 같은 구절이 있다. "전도자가 이르되 헛되고 헛되며 헛되고 헛되니 모든 것이 헛되도다. …… 이미 있는 것이 후에 다시 있겠고 이미 한 일을 후에 다시 할지라. 해 아래에는 새 것이 없나니, 무엇을 가리켜 이르기를 보라 이것이 새 것이라 할 것이 있으랴. 우리가 있기 오래 전 세대들에도 이미 있었느니라."

"별들이 보석처럼 보이는 이 거리 — 이 땅에서" 살고 있다. 자신이 서 있는 자리에 대한 이러한 인식은 매우 중요한 인식상의 위치를 제공한다. 자아는 "별들"로부터 멀리 떨어진 곳에 서서 별들을 바라볼 수밖에 없는 위치에 서 있다. 그리고 그러한 별들은 자아에게 "보석처럼" 아름다운 것으로 인식된다. 이것은 "별들"이 시인이 그렇게 간절하게 소망하는 신적인 세계의 상징으로 사용되고 있음을 알게 하는 대목이다. 그러한 신적 세계가 지상에서 바라보는 천상처럼 먼 곳에 서 있다는 인식은, 자아가 삶을 바라보고 묘사하는 관점에서 많은 것을 보여준다. 자신은 신으로부터 그렇게 멀리 떨어진 자리에 서서, 그러한 신의 세계를 동경하며 동시에 인간들의 사상이 보여주는 탐욕과 투쟁이라는 속성에 아파하고 있는 것이다.

그런데 여기서 반드시 짚어두어야 할 것은 시인이 매 연마다 반복적으로 제시함으로써 그 의미를 강화하고 있는 "그냥 살아야지"라는 구절의 의미이다. 이것은 표면적으로 보면 인간의 삶에 대해 체념하고 비관하는 관점이 드러난 것으로 볼 수 있지만, 여기에는 좀더 깊이 있는 탐색이 필요하다. "겨울에는 눈을 맞고 / 가을 밤엔 달을 보고" 살아가는 삶이란 자연 그대로의 본성을 존중하며 살아가는 순응적 삶의 경지이며, 이것을 체념으로만 보기는 어렵기 때문이다. 게다가 이러한 자아의 눈은 보석처럼 빛나는 "별들"을 향하고 있다. 신적인 세계를 향해 열려 있는 자아의 시선은, 일상의 삶에서 부딪히는 문제들을 어느 정도 달관할 수 있도록 만들어 주는 것이다. 그러므로 "그냥 살아야지"라는 말에는 체념과 달관의 정서가 함께 내포되어 있다고 하겠다. 이는 곧 신의 세계에 의지하여 인간 삶에 대해 달관하고자 하는 시인의 지향성이 드러난 부분이라고 할 수 있을 것이다.

기독교인이라면 필연적으로 이러한 삶에 대한 인식을 통해 이 땅의 한 삶을 뛰어넘는 기독교적 구원에 이르는 길을 모색하게 된다. 이러한 과정에서 반드시 만나게 되는 것이 인간은 본질적으로 저주받아 마땅한 죄인이라는 인간 존재의 본질에 대한 인식이며, 이러한 인간이 구원을 받는 길은 오직 신적인 사랑뿐이라는 절박함이다. 이 시기의 김현승 시인이 하나님의 사랑과 그것을 닮은 인간의 사랑을 지속적으로 추구하는 것도 바로 이러한 인식을 전제로 하고 있음을 볼 수 있다.

먼 언덕에서는 구름과 놀다가도
돌아오면 머리맡에 등불을 사랑할 줄 아는
너이……

너이 우리 안에
오늘 밤은,
다비데의 시편을 나직이 읽어 줄까.

사랑하는 우리의 어린것들을 위하여
너이의 옷을 벗기면
오월의 기후가 깃들어 있는 너이 체온……

너이의 착한 울음소리와 먼 구름의 옷 빛은
그렇잖아도 우리를 위하여 흘리는
너희의 피를 더욱 붉게 만든다!

나는 영혼과 함께 죄를 아는—
너의 영혼과 함께 죄를 모르는—

나와 너는 슬픔과 아쉬움을
서로이 바꾸어 지니인 채,

그러면 다소곳이 사는 자매이냐.

—「속죄양」 전문

양의 이미지를 가져와서 친숙하게 인간과 함께 하는 존재로 그려내고 있지만, 이 시에서 핵심적인 자리를 차지하고 있는 것은 "나는 영혼과 함께 죄를 아는 — / 너의 영혼과 함께 죄를 모르는 —"이라는 두 구절이다. 즉, 인간으로서의 자아는 분명한 죄인이라는 점과 양은 죄를 모르는 존재라는 대비가 여기에서 핵심적인 이미지가 되는 것이다. 이러한 의식 속에서 양과 인간 사이에 죄와 하나님 앞에서의 의로움을 서로 맞바꾸는 일이 일어난다. 시인은 그러한 속죄양의 이미지를 "나와 너는 슬픔과 아쉬움을 / 서로이 바꾸어 지니인 채"라는 구절로 형상화하고 있는 것이다. 이렇게 전혀 죄가 없는 존재인 양이 인간과 하나가 됨으로써 인간의 죄를 대신 짊어지고 그 죄를 감당할 수 있게 되는 것이다. 순수하여 죄를 모르는 존재인 속죄양의 피흘림을 통해 인간의 구원이 이루어짐을 "그렇잖아도 우리를 위하여 흘리는 / 너희의 피"와 같은 구절에서 말하고 있는 것이다.

이러한 속죄양의 이미지를 시인이 형상화하고 있다는 점은, 인간 존재에 대한 시인의 인식에 대해 많은 것을 말해 준다. 기독교적 진리에 따라 인간이 죄인이며, 그러한 죄인이 구원을 받아 하나님의 나라에 들어가기 위해서는 그 죄를 대신 감당해 줄 속죄양이 필요하다는 점을 인식하고 있다는 말이 되는 것이다. 시인이 "사랑"을 그렇게 강조하고 있는 진정한 이유도 바로 여기에서 기인한다. 이러한 속죄양은 자신의 몸을 십자가에 못박아 죽임으로써 죄로부터 인간을 구원한 예수 그리스도의 "사랑"이 표현되어 있기 때문이다. 그리고 시인에게 있어서 이러한 사랑은 인간을 구원하는 근원적인 동인이 된다.

인간 삶에 대한 인식 태도는 사실 인간 존재가 지닌 한계와 함께 고려될 때 더욱 깊은 의미를 지니게 된다. 시인이 지니고 있던 기독교적 세계관의 입장에서 보면 인간은 하나님 앞에서 철저한 죄인이기에, 인간의 어떠한 노력이나 능력으로도 구원에 이를 수가 없는 존재이다. 인간에 대해 깊이 인식하면 인식할수록 스스로 죄인이라는 점을 더욱 인식하게 되고, 인간 스스로는 하나님 앞에 감히 설 수 없는 존재라는 것을 인식하게 되는 것이다. 그것이 바로 기독교 신앙의 출발점이다. 인간이 죄인이라는 것을 인식하는 자리에 설 때 하나님을 인정하기 시작하는 것이다. 그런데 구원을 간절히 바라는 인간은 그러한 죄인의 자리에서 스스로의 능력으로는 도무지 구원이 불가능함을 깨닫고 좌절하게 된다. 이러한 순간에 하나님으로부터 구원의 손길이 뻗어지며, 그러한 구원을 가능하게 하는 것이 인간의 근원적인 죄를 대신 지고 가는 속죄양[21]으로서의 예수 그리스도이다.

김현승 시인은 이 시기의 시에서 지속적으로 "사랑"을 주제로 삼고 있는데, 이것은 시인이 신적인 사랑에 대한 새로운 깨달음이 있었기 때문으로 풀이된다. 인간이 죄인임을 인식하고 스스로의 능력으로는 구원을 이룰 수 없다는 근원적인 한계를 인식한 자리에 신적인 사랑, 즉 속죄양으로서의 예수 그리스도의 사랑이 존재하는 것이다. 이 시에서 형상화한 속죄양의 이미지가 중요한 의미를 지니는 이유도 바로 여기에 있다.

---

21) 이스라엘의 제사의식에서 속죄양은 인간의 죄를 대신 짊어지고 제단에서 불살라지거나 광야로 보내지는 양이다. 이 속죄양을 통해 인간은 하나님 앞에서 죄사함을 얻게 된다.

그것이 비록 병들어 죽고 썩어 버릴
육체의 꽃일지언정,

주여, 우리가 당신을 향하여 때로는 대결의 자세를
지을 수도 있는, 우리가 가진 최선의 작은 무기는
사랑이외다!

그밖에 무엇으로써 인간을 노래하리이까?
파편 위에 터를 닦는 저들 부귀와 영화이오리이까,
순간에 안식하는 영웅들의 성이오리까,

그밖에 다른 은혜는 아무런 하욤도
당신은 우릴 위하여 아직 창조하지 않으셨나이다!
그러나 당신은 우리들의 사랑조차 가변의 저를 가리켜,
아침에 맺혔다 스러지는 이슬을 보라 하시리이다.

그러면 주여, 나는 다시 대답하여
이렇게 당신을 향해 노래하리이까!
처음은 이슬이요, 나머지는 광야니이다.
우리의 짧은 하루는……

–「사랑을 말함」 전문

기독교적인 관점에서 볼 때 인간은 본질적으로 자신의 창조주인 신을
닮은 자이다.[22] 이러한 창조물로서의 인간이 신과 공유하고 있는 중요한
요소 중의 하나를 자아는 "사랑" 이라고 표현하고 있다. "사랑" 은 인간이

하나님 앞에서 내세울 수 있는 유일한 요소라는 측면에서 시인은 그것을 "우리가 가진 최선의 작은 무기"라고 형상화하고 있는 것이다. 자아의 관점에 따르면 그것은 또한 인간이 지니고 있다고 자랑하고 있는 어떤 것들보다 오히려 우선적인 것이다. 부귀영화와 권력보다 더욱 강해서 인간을 인간답게 만들어 주는 유일한 요소라고 말하고 있는 것이다. 하나님은 인간에게 그러한 사랑 이외의 다른 "은혜"는 창조하지도 않았다고 말할 만큼 사랑이 소중하고 귀하다고 말하고 있는 것이다.

그런데 그러한 사랑마저 하나님은 순간적이라고 말하고 있다고 자아는 탄식한다. "아침에 맺혔다 스러지는 이슬"과 같은 존재가 바로 인간이기에 그 사랑마저 그렇게 순간적일 수밖에 없는 한계를 지니고 있다는 것이다. 그래서 시인은 인생을 "처음은 이슬이요, 나머지는 광야"라고 말하면서 그 허무함을 토로한다. 신 앞에 서 있는 인간이 근원적으로 느낄 수밖에 없는 인간적 한계에 대한 인식인 것이다. 이러한 인식은 인간으로 하여금 간절히 신을 찾아 나서도록 만든다. 그것이 이 시기의 김현승 시에 나타나는 신에 대한 추구 혹은 신앙에 대한 옹호로 나타난다.

신앙에 대한 옹호

인간과 인간 문화에 내재되어 있는 한계에 대한 인식은, 인간 스스로의 능력으로는 구원에 이를 수 없을 것이라는 인식에 도달하게 만들고, 그러한 자리에서 인간은 신의 사랑을 간절히 구하는 자가 된다. 이러한

---

22) 성경에 나오는 창조의 과정을 보면, 하나님이 인간을 창조할 때에 하나님의 형상과 모양을 따라 인간을 만들고 생기를 불어넣어 만든다(성경 창세기 1장). 이를 통해 인간은 다른 창조물들과는 다른 존재가 되어 이 세상을 다스리는 존재가 된다.

인간이 신앙을 가지는 것이 당연한 것임을 이 시기의 시들이 말해 준다. 어린 시절부터 기독교적인 문화와 인식 세계 속에서 살아온 시인에게 신앙은 당연한 그 무엇이었음이 분명하지만, 시인을 둘러싸고 있는 현실 세계의 문화는 이러한 신앙을 가지는 것을 오히려 부정적으로 바라보고 있음을 시인이 인식하고 있는 것이다. 그리고 시인은 자신이 가진 그러한 신앙에 대하여 "옹호"하고자 한다.

그런데 인간의 본질적인 속성상 신에 대한 의지와 믿음이라는 신앙은 쉽게 받아들이기 힘든 것이 사실이기도 하다. 현대 문화의 본질적인 속성도 바로 이러한 신앙에 대한 회의와 깊이 연관되어 있는 것이 사실이다. 현대 문화의 인간중심적이고 이성중심적인 사유, 즉 휴머니즘적인 사유의 본질은 신에 대한 부정으로부터 출발한다. 그리고 그것은 기독교 신앙과는 이질적인 속성을 지니고 있음이 분명하다.

김현승 시인의 두 번째 시집 『옹호자의 노래』는 바로 이러한 문화의 중심에서 살아가면서 느끼는 기독교 신앙에 대한 시인의 생각을 드러내고 있다는 점에서 의미가 있다. 사실 신앙의 세계를 옹호하기 위해 나선다는 것 자체가 문제적인 일이라고 할 수도 있다. 시인에게는 자신이 가진 신앙의 세계를 적극적으로 옹호해야 할 정도로, 신앙을 갖는다는 사실 자체가 문제가 되는 상황 속에 스스로 놓여 있음을 인식하고 있다는 말이 되기 때문이다. 그러므로 여기서 사용되는 '옹호자'라는 말을 다층적인 의미에서 살펴볼 필요가 있다. 단순하게 그것을 개인적인 신앙을 적극적으로 표현한 것이라고 볼 수도 있지만, 그 이면에 시인이 적극적으로 나서서 자신의 신앙을 옹호해야만 할 심리적인 문제점이나 사회 현상이 자리잡고 있을 수 있기 때문이다. 이러한 측면은 그 이후의 그의 시 세계가 보여주는 변화의 양상에 대한 고려도 필요함을 보여준다. 중기의 시에서 시인은 '고독'을 핵심적인 주제로 내세우게 되는데, 이러한 '고독' 의 시편에서 보면 시인의 신앙은 심하게 흔들리고 있음을 발견할 수 있다.

그렇다면 여기서 필요한 것은 시인이 이러한 '옹호자' 를 내세우는 과정에서 무엇을 문제 삼고 있는지를 정확하게 짚어내는 것이 필요하리라고 본다. 그것을 확인하는 자리에서 다음 시에 대한 명확한 이해가 필요할 것이다.

말할 수 있는 모든 언어가
노래할 수 있는 모든 선택된 사조가
소통할 수 있는 모든 침묵들이
고갈하는 날,
나는 노래하련다!

모든 우리의 무형한 것들이 허물어지는 날
모든 그윽한 꽃향기들이 해체되는 날
모든 신앙들이 입증의 칼날 위에 서는 날,
나는 옹호자들을 노래하련다!

티끌과 상식으로 충만한 거리여,
수량의 허다한 신뢰자들이여,
모든 사람들이 돌아오는 길을
모든 사람들이 결론에 이르는 길을
바꾸어 나는 새삼 떠나련다!

아로사긴 상아와 유한의 층계로는 미치지 못할

구름의 사다리로, 구름의 사다리로,

보다 광활한 영역을 나는 가련다!

싸늘한 증류수의 시대여,

나는 나의 우울한 혈액순환을 노래하지 아니치 못하련다.

날마다 날마다 아름다운 항거의 고요한 흐름 속에서

모든 약동하는 것들의 선율처럼

모든 전진하는 것들의 수레바퀴처럼

나와 같이 노래할 옹호자들이여,

나의 동지여, 오오, 나의 진실한 친구여!

– 「옹호자의 노래」 전문

2연에서 시인은 의지적인 언술을 통해 "나는 옹호자들을 노래하련다" 라고 말하고 있다. 그리고 그러한 진술은 3연의 마지막 구절에서 "모든 사람들이 결론에 이른 길을 / 바꾸어 나는 새삼 떠나련다"라고 말한다. 이 두 구절은 자아가 스스로를 "옹호자"의 무리 속으로 넣는 것이, 많은 사람들을 따라서 행동하는 것이거나 자연스러운 결론이 아니라, 많은 고민 끝에 내린 자아의 결론이며 의지의 산물임을 말해 준다.

그렇다면 이러한 의지적 결정을 하게 된 동인이 무엇인가를 파악하는 것이 이 시를 이해하는 중요한 출발점이 된다. 이러한 동인을 읽어내기 위해서는 먼저 외부적 세계에 대한 자아의 인식부터 살펴보아야 한다. 1 연에서 3연은 자아가 느끼는 외부적인 현실 혹은 현대인들의 세계 인식 태도의 단면들을 잘 보여준다. 1연에서 자아는 인간이 스스로를 표현할 수 있는 모든 '말' 들이 고갈되어버린 상황을 말한다. "말할 수 있는 모든 언어"와 "노래할 수 있는 모든 선택된 사조", 그리고 "소통할 수 있는 모든 침묵들"까지 모두 고갈되어버린 상황에 자아는 놓여 있는 것이다. 그런데 자아는 오히려 그렇게 언어가 사라지고 모든 소통가능성이 사라져버린 상황에서 노래하겠다고 선언한다.

2연에서는 이러한 자아가 부딪히는 인식상의 문제점을 지적한다. 자아는 세 가지의 이미지를 통해 이러한 문제점을 형상화하고 있는데, 이 세 가지는 그런데 의미의 반복 혹은 심화의 요소를 지니고 있다. "모든 우리의 무형한 것들이 허물어지는 날", "모든 그윽한 꽃향기들이 해체되는 날", 그리고 "모든 신앙들이 입증의 칼날 위에 서는 날"이라는 세 행으로 연결되어 있는 이 구절은 동일한 의미를 변주하고 있는 세 개의 이미지라고 할 수 있는 것이다. 시인이 추구하고 있는 "모든 신앙들이 입증의 칼날 위에 서는 날"이라는 행의 의미를 앞의 두 구절이 반복적으로 이미지화하고 있는 것이다. 그렇다면 시인에게 그 날은 "모든 무형한 것들이 허물어지는 날"이며 "모든 그윽한 꽃향기들이 해체되는 날"로 다가오고 있는 것이다.

이것은 시인이 자신의 "신앙"을 어떠한 관점에서 이해하고 있는지를 보여주는 중요한 단서가 된다. 시인은 신앙을 "무형한 것들", 즉 자신의 정신적인 세계를 지탱하는 가장 본질적인 힘 혹은 기준으로 생각하고 있을 뿐만 아니라, "그윽한 꽃향기"를 토해 내는 아름다운 그 무엇으로 인식하고 있었음을 분명하게 알 수 있게 하는 것이다. 그리고 그러한 세계가 외부적인 자극에 의해 허물어질 때, 자아는 오히려 적극적으로 나서서 "옹호자들을 노래하련다"고 말하고 있는 것이다.

3연에서 자아가 파악하고 있는 현대인들의 삶의 방식을 보면, 시인은 이러한 정신세계가 허물어지는 원인을 외적인 요소에서 찾고 있음이 분명하다. "티끌과 상식으로 충만한 거리" 속에서 "수량의 허다한 신뢰자들"이 만들어 가는 문화가 바로 자아의 눈에 비친 현대인 것이다. 티끌과 상식 혹은 수량에 대한 신뢰로는 "신앙"에 이를 수 없으며, 오히려 신앙을 해체하는 칼날이 된다는 인식이 여기에 내재되어 있는 것이다. 그래서 그러한 사람들은 길을 돌아서 신앙으로부터 떠나게 되지만, 자아는 오히려 그러한 길을 바꾸어 새롭게 떠나겠다고 다짐하는 것이다.

또한 자아는 현대를 "싸늘한 증류수의 시대"로 형상화한다. 모든 것들이 "입증의 칼날 위에 서는 날"에 대한 또 다른 이미지임이 분명한 이 구절은, 모든 것들을 이성으로 판단하고 분석하며 그것을 견뎌내고 남은 것들만 신뢰하고 받아들이는 현대인들의 인식 구조를 형상화한 것이라고 하겠다. 이러한 시대에 시인은 오히려 "아로사긴 상아와 유한의 층계로는 미치지 못할 / 구름의 사다리로" 앞으로 나아가겠다고 말한다. 그것은 인간적이고 현실적인 이성적 합리성이 아니라, 비약과 초월을 통해 도달하는 새로운 세계를 말한다. 그것이 시인에게는 "신앙"의 세계이며, 또한 그러한 세계를 추구하는 동행들을 "옹호자"라고 부르고 있는 것이다.

결국 시인은 이 시를 통해 상식과 이성, 수량화된 인식 태도를 넘어 초월의 세계를 추구하는 새로운 길로 의지적으로 나아가겠다는 것이다. 그리고 그러한 자신과 동행하면서 나아갈 "옹호자들"을 불러 함께 노래하겠다는 의지를 내보이는 것이다. 그러므로 시인에게 "옹호자들"이란 "동지"이며 "진실한 친구"가 된다. 이는, 현대적인 수량화와 이성의 칼날을 넘어서 신앙의 길을 함께 걸어갈 이들을 동지요 친구 삼아서 함께 노래하겠다는 의지임을 알 수 있다.

빵과 무기보다
빛과 이웃을 구한다.

가슴들을 더욱 깊이 파,

눈물을 솟게 하고, 오늘은
척박한 황금의 변방에서 한 줌의 흙을 구한다.

고립된 언어와 핏기없는 거리를 지나,
격리된 일광과 주택들을 잊었던 목소리로 연결지워,
확장하는 온정의 나래들을 새로운 공기 속에 구한다.

그것은 무조건은 아니다,
그것은 낡아빠진 테두리는 아니다.

우리가 구하는 것은 새로움은 아니다,
그것은 원만속에 비춰는 얼굴이다.
우리가 구하는 것은 진보와 속도보다 헐거덕거리는 진흙 속보다,
우리가 구하는 것은 새벽녘의 단꿈과 아침에 회복하는
해바라기의 심장이다.

그것은 반복하는 것도 아니다,
그것은 가장 새로와야 할 탄생이며,
최후에 닥뜨리는 공동의 깃발 같은 선연한 운명이다.

전통이란 까마득한 오랜 시간에 자개물린
가지가지 다채론 예지의 무늬들도,
닦아진 모든 기념할 만한 유산들도,
타는 혀로 물든 여기 지옥의 계절에선
눈물의 아침이슬 하나만 같지 못할 때,

무기보다 강한

하나의 미소에서 신의 의지를 구하고,

죽음보다 강한 것

우리는 사랑을 구한다.

– 「갈구자」 전문

시인은 여기서 "빵과 무기"보다 더욱 중요하게 구하는 것이 "빛과 이웃"이라고 말하고 있다. 이 진술 자체가 이 시를 이해하는 핵심적인 요소가 되는 것이 사실이다. 먼저 "빵과 무기"가 의미하는 바는 분명하다. 먹고 살기 위한 풍요로움과 투쟁과 전쟁을 수행하기 위한 도구로서의 무기가 바로 그것이다. 그런데 시인은 바로 그러한 요소가 현대인들의 주류적인 삶의 방식이라고 말하며, 그것을 부정적으로 인식하고 있다. 이러한 삶의 방식이 가져오는 문제점은 3연에서 보다 명확하게 이미지화된다. 그것은 "고립된 언어와 핏기없는 거리"를 만들어 낼 뿐만 아니라, "격리된 일광과 주택들"을 만들어 내는 것이다. 보다 부유해지고 안전해지기 위해 벌이는 투쟁과 전쟁이 오히려 인간들을 더욱 고립시키고 핏기없는 공포를 만들어 내고 말았다는 비판적인 인식이 여기에 자리 잡고 있는 것이다.

이러한 "빵과 무기"에 대한 반대의 자리에 서 있는 것이 "빛과 이웃"이다. 이것의 구체적인 이미지는 2연에서 보다 선명하게 제시된다. 2연에서 시인은 그것이 "가슴들을 더욱 깊이 파, / 눈물을 솟게 하"는 것이며, "척박한 황금의 변방에서 한 줌의 흙을 구"하는 것이라고 말하고 있다. 가슴들을 더욱 깊이 판다는 것은 따뜻한 인간적인 심성을 더욱 깊이 자극하고 열어 간다는 것을 말하는 것이며, 이를 통해 생명이 숨쉴 수 있는

"한 줌의 흙"을 얻을 수 있게 된다는 것이다.

여기에서 사용된 "척박한 황금의 변방"이라는 이미지는 많은 것을 말해 준다. "척박한"이 수식하는 단어가 어디이냐에 따라 다소 달라지기는 하겠지만, 그것은 우선 시인이 현대인들의 삶의 자리를 척박한 곳으로 보고 있다는 것을 말해 주고 있다. 그리고 그것은 "황금"을 위해 살아가는 삶, 즉 "빵"을 위해 살아가는 삶이 얼마나 "척박한" 것인지를 은연중에 보여주는 표현이기도 하다. 그러므로 "빛과 이웃"을 구하는 자아의 이 시선은 이러한 "황금"을 추구하는 현대인들의 중심부적인 삶이 아니라, 척박한 주변부, 즉 변방의 삶이라는 말을 하고 있는 것이다.

그럼에도 불구하고 "빛과 이웃"을 구하는 그러한 추구가 "무조건"인 것도 아니며, "새로움"도 아니라고 말하고 있다. 또한 그것이 구하는 것이 "진보와 속도"가 아니라, "새벽녘의 단꿈과 아침에 회복하는 / 해바라기의 심장"이라고 말하고 있다. 진보와 속도가 현대문명의 중요한 특징이며 이미지라면, "새벽녘의 단꿈"이나 "아침에 회복하는 / 해바라기의 심장"은 인간이 가장 평온한 상태에서 누리는 심적인 평안을 드러내 주는 이미지라고 할 수 있는 것들이다.

자아가 추구하는 바 "빛과 이웃"의 가장 중심적인 자리에 놓이는 것이 "사랑"이라고 마지막 연에서 말하고 있다. 이것을 시인은 "죽음보다 강한 것"이라는 말로 수식함으로써 인간들의 가장 근원적이고 본질적인 추구의 대상이 되고 있음을 보여주고 있는 것이다. 이 사랑은 또한 "무기보다 강"한 것이기도 하고 "신의 의지"에 속한 것이기도 하기에 인간 존재의 근원에서 인간을 본질적으로 살아날 수 있는 힘을 주는 것이기도 하다는 것이다. 시인이 신의 사랑을 추구하는 이유가 여기에서도 여실히 드러난다. 이성과 투쟁, 빵과 전쟁을 추구하는 현대인들의 삶에서는 도저히 도달할 수 없는 평안, 그 평안을 가져다 줄 수 있는 신적인 사랑을 추구하고 있음을 시인은 여기에서 노래하고 있는 것이다.

봄빛이 스며드는 썩은 원수의 살더미 속에
탄흔을 헤치고 신생하는 금속의 거리와 광장들에
부활을 의미하는 참혹한 마지막 시간에
일으켜야 할 제목은
신성(神聖)과 자유이다.

불꺼진 높은 곳의 추억에 등대들에
영광의 도시 — 허물어진 첨탑과 향상의 계단들에
일으켜야 할 별들은
신성과 자유이다.

무덤같이 음산한 십대의 가슴들에
희망을 잃은 노병들의 두 눈에
일으켜야 할 노래는
신성과 자유이다.

내일이면 꽃이 피고,
후일에 자라선 애인들이 될,
더 자라면 지도자와 엄격한 부모들이 될,
오늘의 눈물 — 방황하는 세대들에
일으켜야 할 신앙은
신성과 자유이다.

구원을 호소하던 부다페스트 —— 마지막 떨리던 음파들에
항거하는 평범한 영웅들에
굴복을 모르는 아세아와 구라파의 용감한 지역들에
일으켜야 할 동맥의 손길은
신성과 자유의 힘이다.

침략자들의 말굽소리보다
모든 독재자들의 쇠사슬소리보다 더욱 큰 분노로
일으켜야 할 제목은
신성과 자유이다.

골짜기에
벼랑에
무기보다 빵보다
앞서 가야 할 우리들의 긴밀한 보급로는
신성과 자유의 마음들이다.

보라, 피로 물든 강기슭에
이그러진 황토 산비탈에
눈물로 세우는 모든 십자가의 경건한 제목도,
그리고 들으라,
우리들의 온갖 사랑과 정열과
모든 절망과 몸부림과 싸움의 동기를 역설하여 주는
폭탄같은 외침도
신성과 자유이다.

오오, 지상의 가장 아름다운 수확이여,

너를 위하여 흘릴 우리들의 피는

아직도 동서남북에 넉넉히 출렁이고 있다!

의욕은 출발의 북소리처럼 팽창하고,

새 아침이 열리는 곳 ── 구비도는 해안선과 저 산맥들

그리고 아득한 지평선마다

그윽이 울리는 생명있는 것들의 합창소리도 그러하다!

일찌기 미래를 땅위에 가져 오던 정확한 눈으로 바라보라!

이글거리는 저 태양의 광채와 열의도

오늘은 그것을 더욱 밝히 보여 주는

거꾸로 타오르는 하늘의 심장이 아니냐!

–「신성과 자유를」 전문

시인은 우리 시대의 다양한 삶의 자리에서 가장 필요로 하는 것이 "신성과 자유"라고 단정적으로 말하고 있다. 그것은 전쟁의 고통을 이겨내고 새롭게 삶을 일으켜 세워야 하는 조국의 국토에 반드시 필요한 "제목"일 뿐만 아니라, 끝없이 앞으로 나아가 영광과 부귀만 추구하는 현대인들의 삶의 방식에서 반드시 필요한 "별"이라고 말하고 있다. 전쟁의 참혹한 결과물인 원수들의 시체나, 아직도 탄흔을 여기저기서 발견할 수 있는 거리들 속에서 반드시 "부활"을 일으켜 세워야 한다면, 그러한 자리에서 반드시 필요한 것이 시인은 "신성과 자유"라고 말하고 있는 것이다. 또한 현대 문명이 지배하는 이 도시의 본질이 "영광의 도시"라면, 그러한 영광이 몰락해 버린 자리, 즉 "허물어진 첨탑과 향상의 계단"들에서도 반드시 "신성과 자유"를 일으켜야 한다는 것이다.

뿐만 아니라 그것은 "무덤같이 음산한 십대들의 가슴"이나 "희망을 잃은 노병들의 두 눈"에 일으켜야 할 노래이기도 하다. 시인의 눈에 십대들이 "무덤같이 음산한" 이미지로 비치고 있으며, 그러한 십대들이 또한 "희망 잃은 노병들"과 같이 통합되고 있다는 것은 상당히 중요한 의미를 지닌다. 시인의 눈에 비친 당대의 삶에서 십대들로 통칭되는 미래가 결코 밝지 않음을 보여주는 것이기 때문이다. 그러므로 시인은 이러한 십대들을 "방황하는 세대들"이라고 지칭하면서 이들에게 중요한 것이 또한 "신성과 자유"라고 말한다.

그리고 이러한 신성과 자유는 침략자와 독재의 손길로부터도 일으켜 세워야 하고, 무기와 빵보다 먼저 긴급하게 보급해야 하는 것이며, 밝은 미래를 가져오는 "태양의 광채와 열의"도 결국에는 신성과 자유라는 것이다.

자아가 이렇게 강렬하게 주장하는 "신성과 자유"는 각각 정신적 종교적 차원의 "신성"과 사회적 정치적 차원의 "자유"인 것이 분명하다. 시인은 이 두 가지의 이미지를 통해 우리 사회에 꼭 필요한 것이 종교적인 신성과 사회정치적인 자유라고 말하고 있다. 이 중에서 본 논의의 맥락에서 주목해야 할 것은 바로 "신성"이다. "자유"가 사회적이고 정치적인 차원에서 시인이 바라보는 현실에 대한 비판적인 인식이라면, "신성"은 시인의 정신적이고 영적인 차원의 처방이라고 할 수 있는 것이다. 시인이 여기서 바라보고 있는 것은 1960년대를 살아가고 있는 당대인들의 삶에서 새롭게 신앙을 세워야만 그 시대의 어두움과 혼란을 극복할 수 있을 것이라는 인식이다. 여기에서 우리는 신적인 세계에 대한 시인의 간절한 추구가 인간들의 구체적인 삶이 이루어지는 현실적 생활공간에서는 신성에 대한 추구로 자리 잡고 있음을 확인할 수 있다.

김현승 시의 출발과 모더니즘

모더니즘과 선명한 이미지의 창조

김현승 시인의 초기 시세계를 논하는 자리에서 언급되어야 할 것 중의 하나는 그가 등단한 시기부터 광복 직전까지 발표한 시편들이다. 이 시들은 그의 시세계의 출발점이라는 의미와 함께 당대에 본격적으로 나타나기 시작한 모더니즘의 경향을 강하게 보여주고 있다는 점에서 중요한 의미를 지닌다. 김현승 시 전반에 나타나는 선명한 이미지의 창조와 같은 모더니즘 시의 특징이 이 시기의 시에서 집중적으로 나타나고 있으며, 기독교 신앙에 바탕을 둔 현실비판 의식 또한 그 단초가 드러나고 있음도 확인할 수 있다. 그러므로 여기에서는 그의 등단부터 일제강점기가 끝나는 시기까지 그가 발표한 시들을 살펴보고자 한다.

김현승은 1932년에 숭일전문학교 문과에 진학하여 문학을 공부하는 한편, 1934년 동아일보에 「쓸쓸한 겨울 저녁이 올 때 당신들은」이라는 시와 「어린 새벽은 우리를 찾아온다 합니다」라는 제목의 시 두 편을 발표하면서 문단에 데뷔한다.[23] 그러나 건강상의 이유로 다니던 학교를 휴

119

학하고 광주에 내려가서 생활하는 동안 일제 말기의 그 혼란스러움 속에서 신사참배 거부와 관련된 사상범으로 감옥에 갇히는 사건 등 여러 가지 이유로 광복 전에는 많은 작품을 발표하지 못하였다. 뿐만 아니라 이때 발표된 시편들은 따로 시집으로 묶여 발간되지 못하다가, 1974년 그가 사망하기 1년 전에 발간된 『김현승 시 전집』에 「새벽교실」이라는 소목차 아래에 15편이 실리게 되었다.

이들 시편들은 김현승 시세계의 출발점이라는 점에서 그의 시를 이해하는 데 필요한 중요한 요소들을 제공한다. 형태상의 측면에서 그것들은 장시의 형태를 취하고 있는 것들이 다수 발견된다. 그의 시세계를 전반적으로 볼 때에는 정제된 형태의 짧은 시형들이 많이 사용되지만, 이 시기의 시들은 상당히 긴 장시의 형태를 취하고 있는 것들이 많은 것이다. 등단 작품인 두 편의 시도 마찬가지이다. 이것은 개인적인 시세계의 발전과정에서 아직 정제기를 거치기 전이라고 볼 수도 있지만, 그 시기의 시인이 하고 싶은 말이 많았던 것이라고 추정해 볼 수도 있는 요소이기도 하다. 그렇지만 이러한 다변의 요소가 그의 시 형태를 고려할 때 결코 성공적이라고 하기는 어렵다는 점이, 그의 시세계가 점차 안정되는 해방 이후의 시에서 간결하면서 집중적인 시형으로의 발전을 가능하게 했다고 하겠다.

이와 함께 이 시기의 시에서 중요한 요소 중의 하나는 당대에 유행하던 모더니즘적인 요소를 쉽게 찾아볼 수 있다는 점이다. 특히 그의 시에서 사용된 선명한 이미지의 활용은 그의 시가 당대의 김기림, 정지용 등이 보여주었던 이미지즘적인 요소를 상당히 적극적으로 차용하고 있음을 보여주는 것이다. 이러한 요소는 그의 이후의 시세계가 가지고 있는

---

23) 시인의 진술에 따르면 이 과정에서 당시 그 곳의 교수로 있던 양주동의 도움을 많이 받았다. 김현승, 「굽이쳐가는 물굽이 같이」, 『김현승전집2』 (서울: 시인사, 1985), 255.

선명한 이미지의 적극적인 활용을 예측해 볼 수 있게 하는 중요한 요소로 작용하기도 한다.

선명한 이미지의 창조와 적극적인 활용을 통해 시를 창조하고자 하는 이미지즘의 도입은 1930년대 초 한국 현대시의 중요한 변화 중의 하나였다. 김기림과 정지용 등으로 대표되는 이 시기의 모더니즘 운동의 핵심적인 자리에 이러한 이미지즘이 자리 잡고 있었다면, 김현승 시에 나타나는 이러한 이미지즘적인 요소는 바로 이러한 당대의 시사적인 흐름을 정확하게 수용한 결과라고 할 수 있는 것이다. 그는 스스로도 모더니즘 시에 대한 관심을 상당히 보여주고 있을 뿐만 아니라,[24] 이러한 이미지즘을 적극적으로 자신의 시에 도입함으로써 새로움의 중요한 지표를 보여주고 있는 것이다.

이러한 새로운 이미지의 사용은 그의 시의 첫 출발에서부터 잘 드러난다. 김현승의 등단 작품에서부터 이러한 이미지의 사용법을 명확하게 확인할 수 있는 것이다. 전통지향적인 시에서는 찾기 어려운 이미지들의 선명함에 대한 추구와 같은 것이 바로 그것인데, 어떻게 보면 그러한 이미지의 선명함에 너무 집중한 나머지 전체적으로는 과장된 느낌을 줄 정도인 것도 사실이다.

> 아침 해의 축복과 사랑을 받지 못하는 크고 작은 유리창들이
> 순간의 영광답게 최후의 찬란답게 빛이 어리었음은
> 저기 저 찬 하늘과 추운 지평선 위에 붉은 해가 피를 뿌리고 있읍니다.
> 날이 서물어 그들의 황홀한 심사가 밀리 바라보이는
> 광활한 하늘과 대지와 더불어 황혼의 묵상을 모으는 곳에서

---

24) 그는 다양한 산문들에서 당시의 모더니즘 시에 대한 여러 가지 시론들을 펼쳐 보이고 있다.

해는 날마다 그의 마지막 정열만을 세상에 붓는다 합니다.

여보세요, 저렇게 붉은 정열만은 아마 식을 날이 없겠지요.

아니 우랄산 골짜기에 쏟아뜨린 젊은 사내들의 피를 모으면 저만 할까?

그렇지요, 동방으로 귀양간 젊은이들의 정열의 회합이 있는 날

아! 저 하늘을 바라보세요.

황금창을 단 검은 기차가

어둡고 두려운 밤을 피하여 여명의 나라로 화살같이 달아납니다.

그늘진 산을 넘어와 광야의 시인 — 검은 까마귀가 성읍을 지나간 후

어두움이 대지에 스며들기 전에

열차는 안전지대의 휘황한 메트로 폴리스를 향하여

흑암이 절박한 북부의 설원을 탈출한다 하였읍니다.

그러면 여보! 이 날 저녁에도 또한 밤을 피하지 못하는 사람들이 있지

않습니까?

적막한 몇 가지 일을 남기고 해는 졌읍니다그려!

참새는 소박한 깃을 찾고

산 속의 토끼는 털을 뽑아 둥지에 찬바람을 막고 있겠지요.

어찌 회색의 포플러인들 오월의 무성을 회상하지 않겠읍니까?

불려 가는 바람과 나려오는 서리에 한평생 늙어 버린 전신주가

더욱 가늘고 뾰죽해질 때입니다.

저녁 배달부가 돌아다닐 때입니다.

여보세요. 쓸쓸한 겨울 저녁이 올 때 허다한 사람들에게

행복한 시간을 프레젠트하는 우편물입니까?

해를 쫓아버린 검은 광풍이 눈보라를 날리며 개선행진을 하고 있읍니다그려!

불빛 어린 창마다 구슬피 흘러 나오는 비련의 송가를 듣습니까?

쓸쓸한 저녁이 이를 때 이 땅의 거주민이 부르는 유전의 노래입니다.

지금은 먼 이야기, 여기는 동방

그러나 우렁차고 빛나던 해가 서쪽으로 기울어지던 날

오직 한마디의 비가를 이 땅에 남기고 선인의 발자취가

어두움 속으로 영원히 사라졌다 합니다.

그리하여 눈물과 한숨, 또한 내어버린 웃음 위에

표랑의 역사는 흐르는 세월과 함께 쓰여져 왔다 합니다.

그러면 여보, 이러한 이야기를 가진 당신들!

쓸쓸한 저녁이 올 때 창밖에 안타까운 집시의 노래를 방송하기엔

— 당신들의 정열은 너무도 크지 않습니까?

표랑의 역사를 그대로 흘려 보내기엔

— 당신들의 마음은 너무도 비분하지 않습니까?

너무도 오랫동안 차고 어두운 이 땅,

울분의 덩어리가 수천 수백 강렬히 불타고 있었읍니다그려!

마침내 비련의 감정을 발끝까지 찍어 버리고

금붕어 같은 삶의 기나긴 페이지 위에 검은 먹칠을 하고

하고서, 강하고 튼튼한 역사를 또다시 쌓아 올리고

깜깜하던 동빙산 나구에 빛나는 해를 불쑥 올리려고.

밤의 험로를 천리나 만리를 달려나갈 젊은 당신들—

정서를 가진 이, 일만 사람이 쓸쓸하다는 겨울 저녁이 올 때

구슬픈 저녁을 더더 장식하는 갸냘픈 선율 끝에 매어 달린

곡조와

당신의 작은 깃을 찾는 가엾은 마음일랑 작은 산새에게 내어주고

녹색 등잔 아래 붉은 회화를 그렇게 할 이웃에게 맡기고

여보! 당신들은 맹렬한 바람이 부는 추운 거리로 나아가야 하지 않겠읍니까?

소름찬 당신들의 일을 하여야 하지 않겠읍니까?

-「쓸쓸한 겨울 저녁이 올 때 당신들은」 전문

김현승 시인의 등단 작품인 이 시는 시인의 시세계의 출발점일 뿐만 아니라 그의 시세계가 보여주는 여러 가지 중요한 특징적인 이미지들이 사용되고 있다는 점에서 중요한 의미를 지닌다. 이 시에는 그 이후의 그의 시에 자주 사용되는 "까마귀"의 이미지나 "포플러"와 같은 이미지뿐만 아니라, 검은 색의 밤과 어둠이라는 이미지와 "아침"과 같은 이미지의 대립 또한 보여주고 있다는 점에서, 그의 시세계의 여러 징후들을 볼 수 있다.

이 시에서 우선적으로 살펴볼 것 중의 하나는 시의 첫 행에 나타나는 "아침 해"와 두 번째 연의 "어둡고 두려운 밤" 사이의 대비이다. 이 시 전체의 시간구조는 황혼에서 밤까지에 이르는 저녁 시간인 것은 이미 이 시의 제목에서 잘 알 수 있다. 그런데 이러한 시간 구조를 구성하고 있는 중심적인 이미지가 바로 "해"와 "밤" 사이의 뚜렷한 이분법적인 시간 구분이다. 시인은 밝고 희망차며 환하고 따뜻한 "해"가 비치는 낮과, 어둡고 두려우며 차갑고 두려운 정서가 지배하는 "밤"이라는 두 시간을 대비하여 형상화하고 있는 것이다.

여기서 "해"는 물론 "아침 해" 혹은 "순간의 영광", "최후의 찬란" 등과 같은 단어를 통해 확인할 수 있는 바와 같이 밝고 찬란한 이미지를 지

니고 있다. 그리고 그것은 또한 "붉은 정열"이라는 단어로 비유되기도 한다. 그만큼 따뜻하고 힘찬 이미지를 지니고 있는 것이다. 시인은 이러한 "영광", "찬란함" 등과 같은 이미지를 통해 낮 혹은 밝음의 이미지가 그만큼 긍정적인 것이며, 그것을 또한 추구하고 있음을 은연중에 내비치고 있다.

여기서 자아가 "해"를 "정열"에 비유하고 있는 것은 상당히 의미심장하다. 정열이라는 비유를 통해 그것을 이 땅의 젊은이들에 대한 비유로 이끌어내고 있기 때문이다. "정열"이라는 매개를 통해 "아침 해"가 "동방으로 귀양간 젊은이들"이 되며, 어둡고 두려운 시간인 밤의 시간을 넘어서 새롭고 밝고 환한 아침을 불러올 절박한 사명을 지닌 이 땅의 젊은이들로 바뀌게 되는 것이다.

이에 비하여 "밤"은 "어둡고 두려운", "흑암이 절박한", "불려가는 바람과 나려오는 서리", "쓸쓸한" 등의 어사를 통해 수식되고 있는 것을 볼 수 있는데, 이것은 분명히 "해"가 지배하는 낮의 시간과 대비된 자리에 서 있는 이미지이다. 그것은 밝고 따뜻한 시간이 아니라 자아를 어둡고 우울하게 만들며 "안전지대"에 도달하지 못한 자아를 두려움에 떨게 만드는 시간이기도 하고, "절박한 북부의 설원"에 사로잡히는 시간이기도 하다. 오월에는 무성하게 피어날 "포플러"마저 "회색"으로 물들어 웅크리게 만드는 시간이기도 하며, "해를 쫓아버린 광풍이 눈보라를 날리며 개선행진을 하고" 있는 시간이기도 한 것이다. 무엇보다 중요한 것은 이러한 시간에 "이 땅의 거주민들"은 "비련의 송가"를 부르고 있을 수밖에 없다는 점이다. 이 땅을 살아가던 조상들은 이러한 "비가"를 남기고 "어두움 속으로 영원히" 사라졌다고 말하고 있다.

이러한 상황에 처한 이 땅의 젊은이들, 즉 "동방으로 귀양간 젊은이들"에게 시인은 그대로만 있겠느냐는 절절한 요구를 하고 있다. "쓸쓸한 저녁이 올 때 창밖에 안타까운 집시의 노래를 방송하"고만 있기에는 지닌 바 그 "정열"이 너무나 크지 않냐는 것이다. 다시 말해 "비련의 송가"만을 부르고 말기에는 현실의 어둠이 너무나 짙고 크며 그 고통이 너무나 심하므로, 결코 그대로 머물러서는 안 된다는 말을 하고 싶은 것이다. 이들이 해야 할 일은, "강하고 튼튼한 역사"를 다시 쌓아 올리는 일이 될 것이며, "캄캄하던 동방산 마루에 빛나는 해를 불쑥 올리"는 것이다. "빛나는 해"를 올린다는 것은 어둡고 암울한 "밤"의 세계로부터 밝고 따뜻한 "아침"의 세계 혹은 "낮"의 세계로 나아가는 것이요, 그것을 할 수 있는 사람은 이 땅을 먼저 살아간 "선인(先人)"들이 아니라 바로 "당신들", 즉 "해"의 "정열"을 오롯이 간직하고 있는 이 땅의 젊은이들이라는 것이다. 그것을 이루어내는 길 또한 "맹렬한 바람이 부는 추운 거리로 나아가"는 것이라고 말하고 있다.

그런데 여기에서 주목해야 할 중요한 요소 중의 하나는 이 시에 나타나는 이미지의 사용방법이다. "찬 하늘과 추운 지평선 위에 붉은 해가 피를 뿌리고 있읍니다"와 같이 선명한 이미지를 사용하고 있는 장면들을 이 시에서 어렵지 않게 발견할 수 있다. "우랄산 골짜기에 쏟아뜨린 젊은 사내들의 피"나 "흑암이 절박한 북부의 설원을 탈출"하기도 하고, "불려가는 바람과 나려오는 서리에 한평생 늙어 버린 전신주가 / 더욱 가늘고 뾰죽해"지는 것과 같은 이미지들이 바로 그러한 요소들이다.

이러한 이미지들은 우리 문학사에서 이미지즘의 도입과 함께 본격적으로 사용되기 시작한 근대적인 시작법 중의 하나라고 할 수 있는 것들이다. 그 이전에는 이렇게 강렬하면서도 적극적인 이러한 이미지의 사용법은 없었다는 점을 고려한다면, 김현승의 시가 당시에 유행하기 시작한 모더니즘 시에 얼마나 많은 영향을 받았는지를 확인할 수 있다. 그리고 이러한 이미지즘적인 경향은 그 이후의 그의 시세계 전반에 매우 적극적으로 활용되고 있는 것을 볼 수 있다. 그만큼 이미지즘적인 시작 방법은 그의 시세계 전반을 특징짓는 요소 중의 하나가 되고 있는 것이다.

1930년대 한국 모더니즘 시의 중요한 두 가지 특징이 영미 주지주의와 대륙적 아방가르드라면[25] 김현승의 시에서 발견하는 모더니즘적인 측면은 명확하게 주지주의의 이미지즘이라고 할 수 있을 것이다.

해안의 황혼은 임신부의 고요함과 근심스러움 같습니다.
언덕 위의 프레젠트— 바다의 진주와 산호와 신선한 생선을 내어 버리고 피곤한 태양은 바다의 푸른 침실로 들어갔습니다.

자색에 물든 안개는 황혼의 정조
만종의 머리맡에서 포구의 돛대가 묵도를 올립니다.

무인 고도에 탐험갔던 작은 물새가 돌아왔건만
밀려 오고 스치는, 스치고 떠나가는 물결의 외로움.
멀리 수평선 우으로 감상이 군집할 때,
구름은 쓸쓸히 황혼의 숙박소를 찾고 있습니다.

황혼을 보고 싶다 하여 해안을 찾아온 당신은 어찌하여 말이 없읍니까?
곱고 아름다운 듯하나 가슴을 쪼개는 황혼이기에 말입니까?

– 「황혼」 전문

자아에게 있어서 황혼이 다가오는 시간은, 출산이 임박하여 그 고통과

---

25) 오세영, 「모더니즘, 포스트모더니즘, 아방가르드」, 『한국 근대문학론과 근대시』 (서울: 민음사, 1996), 366-368.

괴로움의 시간이 다가옴을 참아내야 하는 "임신부의 고요함과 근심스러움"과 같은 크기로 다가온다. 세상을 환하게 밝혀 주던 "태양"은 "바다의 푸른 침실"로 들어가버리고, 구름은 "쓸쓸히 황혼의 숙박소를 찾고 있"는 시간인 것이다. 저녁 혹은 황혼에 대한 이러한 이미지화에서도 선명한 이미지를 활용하고 있음을 확인할 수 있다. 시인은 여기에서 황혼, 태양, 구름 등등 여러 가지 이미지를 제시하는 과정에서 각종 비유와 의인과 같은 수사법을 활용할 뿐만 아니라, 개개의 이미지 자체를 선명하게 만들기 위해 여러 가지를 활용하고 있는 것이다.

이러한 이미지의 활용은 1930년대 모더니즘 시가 보여주는 이미지의 사용법과 궤를 같이 하고 있는 것이 사실이다. 그만큼 이 시기의 그의 시 세계는 당시에 새롭게 부각되고 있는 이미지즘의 영향을 크게 받고 있는 것을 확인할 수 있다.

"새벽"을 기다리는 자아

이러한 모더니즘적인 이미지의 사용법과 함께 이 시기의 그의 시세계가 보여주는 가장 중요한 주제 중의 하나는 새벽을 간절하게 기다리고 소망한다는 것이다. 여기에서 "새벽"의 의미를 정확하게 추적하는 것은 그의 시세계가 지향하고 있는 바를 확인한 데 있어서 필수적인 부분이라고 할 수 있다. 이 시기의 대부분의 시에는 "새벽"과 그것의 대척점에 놓은 "황혼" 혹은 "밤"이라는 이미지들이 사용되고 있기 때문이다. 시인은 "밤" 혹은 "황혼"의 이미지를 부정적으로 사용하여 당대의 어둡고 암울한 상황을 담아내고 있다면, "새벽" 혹은 "아침"의 이미지를 통해 새롭게 열리는 밝은 미래에 대한 소망을 담아내고 있다고 하겠다.

새까만 하늘을 암만 쳐다보아야 어딘지 모르게 푸르러터니

그러면 그렇지요, 그 우렁차고 광명한 아침의 선구자인 어린 새벽이

벌써 희미한 초롱불을 들고 사방을 밝혀 가면서

거친 산과 낮은 들을 걸어오고 있었습니다그려!

아마 동리에 수탉이 밤의 적막을 가늘게 찢을 때

잠자던 어느 골짜기를 떠나 분주히 나섰겠죠.

여보세요. 당신은 쓸쓸한 저녁이 올 때 얼마나 슬퍼하였읍니까?

당신이 사랑하는 해가 거친 산정에서 붉은 피를 쏟고

감상시인인 까마귀가 황혼의 비가를 구슬피 불러

답답한 어두움이 방방곡곡에 숨어들 때

당신은 끊어져 가는 날의 숨소리를 들으며 영원한 밤을 슬퍼하지 않았

읍니까?

그러기에 당신은 또한 절망을 사랑하기에 경솔하고

감정을 달래기에 퍽도 이지가 둔하였다는 말이지요.

지구의 구석까지 들어 찰 광명을 거느리고, 용감스러운 해는

어둡고 험준한 비탈과 절벽을 또다시 기어오르고 있다는 걸요.

이제 그 빛난 얼굴을 동방산 마루에 눈이 부시도록 내어 놓으면

모든 만물은 환호를 부르짖고

새로운 경륜을 이루어 나간다 합니다.

힘있고 새로운 역사가 광명한 그 아침에 쓰여진다 합니다!

저것 보아요. 어두운 밤을 지키고 있던 파수병정인 별들은 이제 쓸데 없

고요.

그리고 당신이 작은 낙천가라고 부르는 고 얄미운 참새들이

어느새 해를 환영하겠다면서 어린 이슬들이 밤새도록 닦아 놓은
빨래줄 위에 아주 저렇게 줄지어 앉았겠죠.
평생 지걸여야 무슨 이야기가 저렇게도 많은지.

그러면 글쎄, 참새들은 지금
이른 아침 새벽 정찰 나온 구름의 이야기를 하고 있습니다그려!
저걸 좀 보아요. 우렁차고 늠름한 기상을 가진 흰 구름들이 동방에서 일
어나
오늘은 벌써 서부원정의 새벽 정찰을 하고 있지 않습니까?
—— 지나간 여름에 저 구름들이 황하연안을 공격하였을 때
너무도 지나친 승리를 하였다고 합니다그려!
그러니 어찌, 감상시인인 까마귀들만이 그냥 있을 수 있어야지요.
아마 황혼에 읊을 시재를 얻기 위하여 지금 저렇게 산을 넘어
거칠고 쓸쓸한 광야로 나가는가 봐요.

동편에선 언제나 가장 높은 체하는 험상궂은 산봉우리가
아직도 해를 가리우며 내어놓지를 아니하는데
그 얌전성 없는 참새들은 못 기다리겠다고 반듯한 줄을 흩으리고
그만 다들 날아가 버리겠지요.
그러나 그 차고 넘치는 햇발들이 사방으로 빠져 나오고 있지 않습니까?
그러기에 어제밤 당신을 보고 말하지 않았습니까?
밤을 뚫고 수천 수백리를 걸어 나가면 광명한 아침의 선구자인 어린 새
벽이
희미한 등불을 들고 또한 우리를 맞으러 온다고 말하지 않았습니까?
　　　　　　　　　 -「어린 새벽은 우리를 찾아온다 합니다」 전문

여기서도 시인은 "새벽/저녁"이라는 두 가지 이미지 사이의 대립에 바탕을 두고 이 시를 전개하고 있다. 우선 먼저 부정적인 이미지를 지니고 있는 "저녁"의 이미지를 분석해 볼 필요가 있다. 2연에서 주로 형상화되고 있는 바 자아에게 "저녁"은 "쓸쓸한" 시간이며, "당신이 사랑하는 해"가 "산정에서 붉은 피를 쏟고" 사라지는 시간이다. 이와 함께 슬픈 노래가 불려지는 시간일 뿐만 아니라, "절망"이 지배하는 시간이다. 그러므로 그 시간은 미래에 대한 자아의 기대가 전혀 존재할 수 없는 시간이다. 그런데 그 시간이 어느 한 순간에 끝나는 것이 아니라 "영원한 밤"이라는 점은 자아를 더욱 절망에 빠뜨리는 것이기도 하다. 이러한 측면에서 "저녁"은 자아에게 철저한 절망에 빠지게 만드는 시간이며, 그래서 반드시 극복되어야 할 시간이기도 하다. "저녁"이 이처럼 쓸쓸하고 어두우며 슬픈 시간, 그래서 절망이 지배하는 시간이라는 이미지화는 그의 시를 이해하는 데 있어서 매우 중요한 의미를 지닌다.

　물론 "저녁"을 이처럼 쉽게 시대 상황과 관련된 것으로 결론을 내리는 것은 아니다. 이러한 해석을 가능하게 하는 것에는, "저녁"과 대비된 "어린 새벽"이 지닌 '역사적 의미망'이 중요한 역할을 하고 있다. "새벽"은 이 시에서 "힘있는 새로운 역사"의 상징으로 이미지화되고 있다. 첫 연에서 그것은 "우렁차고 광명한 아침의 선구자"이며, "희미한 초롱불을 들고 사방을 밝혀 가면서 / 거친 산과 낮은 들을 걸어오고" 있는 존재인 것이다.

　이러한 "새벽" 이미지의 계열체로서 작용하고 있는 것들은 "아침", "해", "등불"과 같은 이미지들이다. 이러한 이미지들은 모두 밝은 빛의 세계이며, 미래에 대한 희망과 소망을 담아내는 이미지들이 분명하다. 자아는 이 중에서 "해"의 이미지를 매우 선명하게 강조하여 제시한다. "해"는 여기에서 "지구의 구석까지 들어 찰 광명"이며 "용감스러운" 존재일 뿐만 아니라, "어둡고 험준한 비탈과 절벽을 또다시 기어오르고 있"는 존재라고 묘사하고 있다. 이것은 "해"가 자신의 길에 놓인 어떠한 고난과 역경도 극복하고 솟아오르는 힘 있고 용감한 존재라는 것, 그러면서도 그것은 밝고 환하여 모든 존재들의 앞길을 환하게 열어줄 수 있는 존재라는 것이다. 그리고 그러한 "해"는 결코 약한 존재가 아니라, 세상을 뒤덮고 있는 영원할 것 같은 어둠을 깨고서 "용감하게" 솟아오르는 강력한 존재이기도 하다. 이러한 "새벽" 혹은 "해"의 이미지를 시인은 "역사"와 결합하여 형상화하고 있다. 시인은 이러한 어둡고 암울한 현실을 극복하고 나타날 "힘있고 새로운 역사"의 상징으로서 "어린 새벽" 혹은 "광명한 해"에 대한 소망을 간절하게 그려내고 있는 것이다.

이 시에서 "참새들" 혹은 "까마귀들"의 이미지 또한 고려할 필요가 있다. 이들은, 우리 민족의 새로운 역사를 열어 줄 "어린 새벽"이 그렇게 강력한 발걸음으로 걸어 나올 때, 그 길을 바라보고 즐거워하며 그것을 함께 기뻐해줄 수 있는 존재들이다. 이 시에서 "참새들"은 "해를 환영하겠다"고 나서는 존재들, 즉 새로운 역사가 열리는 장에서 그러한 역사와 함께 하는 우리 민족을 이야기하는 것이며, 그들의 입은 또한 다시 다물리지 않을 것이라는 기쁨에 대한 소망을 담아내는 존재이기도 한 것이다. 그러면서도 "험상궂은 산봉우리가 / 아직도 해를 가리우며 내어 놓지를 아니하는" 때에 기다리가 지쳐 떠나가버리기도 하는 존재라는 점에서 한계를 가지고 있는 이들로 그려지기도 한다.

이들이 떠나간 자리에도 "어린 새벽"은 "희미한 등불을 들고 또한 우리를 맞으러 온다"고 말하고 있다. 여기에서 주목할 것은 시인이 "우리"라고 표현한 부분이다. 여기의 "우리"는 분명히 "새벽"이나 "해"와는 다른 존재이며, "참새"와도 분리된 집단을 형성하고 있음이 분명하다. 그것은 곧 "감상시인인 까마귀"의 존재를 떠올리게 만든다. 여기에서 "감상시인"은 분명히 황혼의 슬픔을 노래하면서도 "밤을 뚫고 수천 수백리를 걸어 나가" "어린 새벽"을 맞아오는 존재이다. 이것은 "감상시인"인 "우리"가 현실에서 경험하는 질곡으로부터 회복된 세계에 대한 끈질긴 추구를 보여주는 존재라고 말하고 있으며, 이는 역사와 당대 현실에 대한 시인의 인식태도와 미래에 대한 소망을 보여주는 구절이라고 할 수 있다. 이와 함께 이 시에 사용된 선명한 이미지는 이미지즘적인 특징을 또한 잘 보여준다.

새벽은 푸른 바다에 던지는 그물과 같이 가볍고 희망이 가득 찼습니다.
밤을 돌려 보낸 후 작은 별들과 작별한 슬기로운 바람이
지금 산기슭을 기어 나온 작은 안개를 몰고 검은 골짜기마다
귀여운 새들의 둥지를 찾아다니고 있습니다.
이제 불교를 믿는 저 산맥들이 새벽의 정숙한 묵도를 마친 후에 고 어여쁜 산새들을 푸른 수풀 속에서 내어 놓으면
이윽고 저 하늘은 산딸기 열매처럼 붉어지겠지요?

빨간 숯불을 기다리는 오후에 깨끗한 세탁물을 입고 자장가 부르던 빨랫줄이
새벽의 프레젠트──맑은 이슬을 모아 놓고 훌륭한 작품의 감상자를 부르고 있읍니다그려!
아아 여보 얼마나 훌륭한 작품인 이슬들입니까?
날마다 모든 사람들이 피곤을 씻으려는 자리에 누워 구상하는 세계가 새벽의 맑고 고요한 틈을 타서 저렇게 작품화된다 합니다.
그러나 밀밭과 노래를 좋아하는 참새들이 일어날 때 다 따먹고 말겠지.

백색 유니폼을 입은 준령의 조기체조단인 구름들이 벌써 동방 산마루
를 씩씩하게 넘어 옵니다.

아마 저렇게 빛나고 기운찬 구름들이 모이면

오늘은 그 용감스러운 소낙비가 우리의 성읍을 다시 찾아 오겠지요?

시원한 바닷바람을 몰고 들어와 문지방에 흐르고 있는 송진과 같이

느긋한 오후의 생존을 약탈하여 가는 그 용감한 협도들 말입니다.

저것 보세요. 붉은 소나무 뚝뚝 찍어 우달북달 묶어 놓은 참외 막이 제
법 조포미를 자랑하며 저 산둥 위에 가 서 있읍니다그려!

가지 나무의 자색 열매와, 타원형의 푸른 호박과, 산딸기 붉은 열매들이
또한 새벽의 맑은 들을 장식하여 놓기를 잊었겠지요?

그러면 여보, 아침과 저녁 하늘에 애닯고 찬란한 시를 쓰는 예술지상주
의자인 태양이 우리들의 사랑하는 풀밭에 내려와 맑고 귀여운 이슬을 죄
다 꼬여 가기 전에 당신은 새벽이 부르는 저 푸른 들에 나가지 않으렵니
까?

새벽은 위대한 보물을 저 들에 숨겨 놓고 밤의 슬픈 이야기를 계속하는
우리를 부른다 합니다.

- 「새벽은 당신을 부르고 있읍니다」 전문

이 시를 이해하기 위해서는 "새벽"이 지닌 이미지를 명확하게 정리하
는 것이 필요하다. "새벽" 이미지가 이 시의 핵심 이미지로서 다른 이미
지들을 생산하는 주된 이미지로 작용하고 있기 때문이다. 이 시에서 "새
벽"은 "가볍고 희망이 가득" 찬 존재이다. 그것은 새로운 미래를 열어가
는 존재이며, 그래서 밤의 어두움을 뚫고 맞이하는 새로운 세계에 대한

상징으로 작용한다. 이러한 "새벽" 이미지와 동일한 계열체로서 이 시에 제시되고 있는 이미지는 "바람"과 "이슬"이다. "바람"은 여기서 "새벽"의 출현을 기다리며 그것을 예고하는 존재로 그려지며, "이슬"은 "새벽"의 정수를 모아 우리에게 주는 선물과 같은 존재이다. 그러므로 이 두 가지 이미지를 선명하게 이해하면 "새벽"이라는 핵심 이미지를 보다 선명하게 이해하게 될 것이다.

"슬기로운 바람"은 이 "새벽" 이미지와 동일한 계열체를 형성하면서, 새벽의 등장을 알리는 메신저와 같은 존재이다. 그 "바람"은 "밤을 돌려보낸 후 작은 별들과 작별한" 존재인데, 이것은 또한 "새벽" 이미지의 또 다른 모습이기도 한 것이다. 여기서 "새벽"이 밤을 돌려보낸 존재라는 정의는 이 시기의 그의 시세계 전반을 검토할 때 상당히 중요한 의미를 지니고 있다. 그의 시에서 "밤"이 당대의 어두운 시대상황을 암시적으로 내포하고 있다면, 이러한 "밤"을 돌려보냈다는 것은 "바람"이 밝고 새로운 세상을 열어가는 긍정적인 존재임을 보여주는 것임과 동시에, 그러한 어두운 "밤"을 돌려보낼 정도로 힘 있는 존재라는 것을 보여주는 것이다.

이와 함께 "새벽"의 선물인 "이슬"은 "훌륭한 작품"이며 자아와 사람들에게 주는 "프레젠트(선물)"라고 정의하고 있다. 그것은 또한 "사람들의 피곤을 씻으려는 자리에 누워 구상하는 세계가 새벽의 밝고 고요한 틈을 타서 저렇게 작품화된" 것이라고 말하고 있는 바, 이슬이 얼마나 사람들을 새롭게 만들어 주는 것인지를 보여준다. 그러나 이러한 새벽 이슬은 "태양"이 흘리는 빛에 가볍게 스러지는 존재이기도 하다. 태양에 "꼬여" 햇빛이 비치며 바로 사라지는 존재이기에 그만큼 소중하고 아쉬운 건게이기는 하지만, 그렇기 때문에 더욱 "위대한 보물"이라고 자아는 말하고 있다.

그런데 이러한 이미지들이 지니고 있는 의미망을 정확하게 파악하기 위해서는 여기서 자아를 포함한 "우리"가 어떠한 자리에 있는지를 정확하게 알아야 한다. 여기서 자아를 비롯한 "사람들"은 새벽과 구분되어 존재하는 자들이면서 "새벽"이 주는 기쁨이나 선물을 받는 존재이다. 그런데 이들이 자아에게 긍정적인 존재로서의 의미망을 지니고 있는 것은 아니라는 데서 문제가 있다. 자아나 '사람들'은 새벽이 얼마나 소중한 존재인지를 명확하게 알고 있는 존재들이면서 그러한 새벽이 주는 선물을 받을 줄 아는 존재이기는 하다. 그런데 그러한 사람들이 "밤의 슬픈 이야기를 계속하는 우리들"이라는 점에서 자아의 상당한 부정적인 시야가 감지된다. 자아는 "우리들"이 "밤의 슬픈 이야기"에서 여전히 벗어나지 못하고 있음을 심각한 문제점으로 인식하고 있으며, "새벽"을 통해 그러한 세계로부터 벗어나기를 간절히 소망하고 있는 것이다. 자아가 "새벽"을 그렇게 긍정적이고 밝은 이미지로 강렬하게 이미지화하는 중요한 이유가 바로 여기에 있다. 자아는 이러한 "우리"의 현재의 상태를 긴 시의 마지막 행에서 짧게 언급하는데, 결국 시인이 의도하는 바는, "우리"가 이러한 어둡고 암울한 "밤의 슬픈 이야기"에 더 이상 빠지지 말고, "새벽"이 불러오는 그렇게 밝고 새로운 미래의 세계인 아침을 적극적으로 맞이하자고 말하고 있는 것이다.

이것은 또한 "밤"을 슬프고 부정적인 이미지로 형상화하고 있음을 보여주는 것이기도 하다. 그리고 이 시에서 이러한 "밤"의 부정적인 이미지의 계열체로서 오후의 "소낙비"가 등장하기도 하는데, 소낙비는 여기서 "느긋한 오후의 생존을 약탈해 가는" 도둑들로 그려진다. 그러므로 여기서 "밤"과 "소낙비"는 "새벽"과 그 계열체들의 반대편에 서서 각 이미지들을 선명하게 하며 의미망을 확충하는 데 기여하고 있는 것이다.

여기서도 "새벽"은 새로운 세계, 밝고 환하며 긍정적인 세계의 상징으로서 역할하고 있는 것을 볼 수 있다. 이제까지 살펴본 바와 같이 "새벽"

혹은 "아침" 이미지를 통해 시인은, 암울하고 어두운 시대의 곤경 속에 빠져 있는 자신과 주변 사람들에게 새롭게 일어서서 밝고 아름다운 새로운 세상을 열어가자고 말하고 있는 것이다.

새벽의 밤의 밀림을 치는 그윽한 소리가
또 다시 머언 사면에서 들려 옵니다.
까아만 남빛 유리밀림 속에 고요히 잠들었던 작은 별들은
그만 놀라 깨어 머얼리 날아가 버리느라고
아마 새벽마다 이렇게 잔잔한 바람이 이는 게지요!

우유를 짜는 것도 아니지만,
누구인가, 들의 여명을 밟으며 따뜻한 유방의 감촉을 등에 메고 들어와
여기저기 아직도 등불을 내어버린 자욱한 거리 위에
하얀 밀크를 얹고 돌아가면
참새들은 이제 바쁜 듯이 떠들며 점잖은 동상이 있는 곳으로 모이겠지요?

그러면 그렇지요. 고 얄미운 아우 같은 것들이 벌써 일어나
오늘 아침은 무엇인지 토론회를 개최하고 있나 봅니다그려.
야단들이예요. 밀월의 은빛 소낙비 퍼지던 어제밤……
다람쥐가 기다리는 붉은 골짜기도 잊어버리고
북극의 보초가 멀리 지평의 새벽을 기다리는 하늘에
대상들의 받지 오괴 떨이드린 손수건의 모양을 민들너
늦도록 놀다가 돌아간 작은 구름들의 태도가
도무지 옳으냐 옳지 않으냐, 이것이 그들의 제목인 줄 압니다.
아름다운 상선과 첨탑을 자랑할 수 있는 지방의 귀족들의 트렁크를

두루 찾던 장한들이 여호의 굴과 같은 쓸쓸한 마을의 초상을 안고
흩어지는 성읍의 황혼이 오면
포도빛 지평선에 실려 돌아가기로 약속하고서 글쎄 얼마나 분하였겠
어요.

그러나 재미있는 성품을 가진 구름들은 아무것도 모르는 듯이 넘어오
고 있습니다그려 ―
저걸 좀 보세요. 칠면조 웅변가 식인도 ―
모두 우습게 평화와 자유를 그러나 상징하고 있지 않습니까?
납작한 푸른 캡을 쓴 버스가 포플라의 정거장에 머무는 오후가 오면,
저 구름들은 고산식물과 먼 해협을 건너 식인도의 수림을 찾아간다 합
니다.
그러니, 참새들은 암만 바라보아야 누구인지 알 수가 있어야지요.
토론회는 어떻게 되었는지 군축회의 같이 흩어져 버리는구먼.

유리창 ― 금빛 태양이 물결치는 빌딩의 아침 해협을 열고
젊은 폐혈관들은 서재의 탄산가스와 새벽을 우주로부터 바꿉니다.
폭탄과 같이 태양은 멀리 밤을 깨뜨립니다.
아아 여보세요. 새 날의 승서리를 안고 ―
아세아 또 지구의 들을 용맹스럽게 달릴 광명의 젊은 피더스여
어둡고 쓸쓸한 당신의 투숙 ― 세기의 창을 열고
새 날의 경륜과 구가로 우렁차게 돌파하는 새벽을 바라보지 않으렵니까?
아아 얼마나 아름답고 씩씩한 당신들의 새벽입니까!
떠들며 웃으며 다시 지껄이며
저기 검은 제복을 입은 젊은이들이 달려옵니다그려.

그렇지요, 우리들 머리 위에는 눈 내리듯 쓸쓸한 과거는 쌓여도

우리는 새벽의 교실로부터 영원히 퇴학을 하고

돌아갈 수는 없는 젊은이들입니다그려.

─「새벽 교실」 전문

"교실"이라는 이미지는 배우는 곳을 우선적으로 떠올리게 만드는 것이다. 교실이라는 개념이 본격적으로 사용된 것은 개화기 이후 서양적인 학교 시스템이 본격적인 학제로 자리 잡으면서부터이다. 그 이전에는 서당 혹은 성균관과 같은 방식으로 불리던 배움의 자리가 개화기 이후 학교라는 학제가 성립되면서 본격적으로 사용되는 바, 이 단어 속에는 미래를 향한 배움이라는 의미가 상징적으로 함축되어 있다. 그렇다면 이 시를 이해하는 데 있어서 필요한 것 중의 하나는 시인이 "새벽"을 이러한 배움을 함축하는 단어로 이미지화함으로써 말하고자 하는 것이 무엇인가 하는 점이다.

우선 이 시에서 자아는 자신을 포함한 "우리"를 이러한 "교실로부터 영원히 퇴학을 하고 돌아갈 수는 없는 젊은이들"이라고 묘사하고 있다. 그리고 그 "새벽"은 어둠 혹은 밤과 대비된 단어인 바, 여기서는 '밤'이 "과거"라는 의미망을 지니고 형상화되어 있음을 확인할 수 있다. 이러한 "밤"은 "어둡고 쓸쓸한 투숙"의 시간이기도 하고, "검은 제복을 입은 자들"의 시간이기도 하다. 밤이 이렇게 부정적인 정서를 담은 단어라면, 그 상대적인 자리에 서 있는 새벽은 "밤의 밀림"을 치고서 세상을 환하게 만들어 주는 존재이며, 그래서 "폭탄과 같이" "밀려서 밤을 깨뜨"리는 태양과 같은 존재이다. 그것은 또한 "새날의 승리"를 안고 가는 존재이며, "아름답고 씩씩한" 자들의 것이기도 하다.

"새벽"은 그러므로 이 시에서 새로운 시대, 새로운 역사의 시작이라고

할 수 있다. 그러므로 이러한 "새벽"을 교실로 삼아 그 속에서 교육을 받고 있는 "우리"는, 새로운 시대, 새로운 세상을 열어가고자 하는 의지를 지닌 자들이 되는 것이다. 당대의 현실을 어둡고 암울한 "밤"으로 보면서도 "새벽"을 기다리는 자아를 형상화함으로써 미래에 대한 밝은 희망을 그려낸다는 것은 상당한 의미가 있다. 현실의 한계를 넘어서고자 하는 의지를 여기서 읽을 수 있기 때문이다. 이러한 역사적 상황에 대한 현실인식과 미래에 대한 희망적 의지는 이후의 그의 시에서 기독교적 세계에 바탕을 둔 현실 비판 의식으로 발전하며, 선명한 이미지를 강조하는 당대 모더니즘의 적극적인 추구는 그의 시세계의 특징적인 요소 중의 하나로 자리 잡는다.

Chapter 3

고독과 인간 존재의 본질 탐구

'고독'에 대한 논의의 필요성

　김현승 시세계의 중요한 특징 중의 하나는 "고독"의 문제에 대한 특징적인 접근에 있다. 그의 시에 나타나는 "고독"을 정확하게 분석하는 것이 의미가 있는 이유는, 이것이 그의 시의 핵심적인 사유의 자리를 차지하고 있을 뿐만 아니라, 중기의 시세계를 형성하는 중심적인 이미지의 역할을 하고 있기 때문이다. 이 "고독"이라는 이미지를 통해 시인은 인간 자체에 대한 자신의 사유를 확장하고 있으며, 인간 존재의 본질과 그 특질에 대한 추구를 보여주는 것이다. 그 동안 많은 논자들이 이러한 고독의 문제를 그의 시의 핵심적인 주제의 하나로 인정하고, 그것에 대하여 분석해 왔던 것이 사실이다.[1] 그만큼 그의 시세계를 이해하는 과정에서 고독의 문제는 중요하다고 할 수 있다.

　김현승의 중기 시세계에서 '고독'이라는 주제는 시집 제목에서부터

---

1) 대표적인 것으로는 다음과 같다. 김윤식, 「신앙과 고독의 분리 문제 - 김현승론」, 『다형 김현승 연구』, 숭실어문학회 편 (서울: 보고사, 1996); 곽광수, 「김현승의 고독」, 『다형 김현승 연구』, 숭실어문학회 편 (서울: 보고사, 1996) 등; 금동철, 「김현승 시의 '고독'과 은유의 수사학」, 『우리말글』 제21집(2001. 8) 등.

명확하게 드러난다. 그의 중기 시세계를 형성하는 두 권의 시집은 1968년에 출간된 『견고한 고독』과 1970년에 출간된 『절대고독』이다. 두 권의 시집 모두에서 제목으로 "고독"이라는 단어를 사용할 만큼 시인 스스로가 이 '고독'이라는 주제를 중요한 것으로 생각했다는 것을 여기에서 확인할 수 있다. 그러므로 그의 시세계 연구에 있어서 고독의 주제를 다루는 것은 중요한 문제가 될 수밖에 없다.

그의 시세계에 형상화된 '고독'이라는 주제를 명확하게 이해하기 위해서는 무엇보다 먼저 어린 시절부터 사망하기까지 그의 정신세계를 지배하고 있었던 것이 기독교임을 다시 한 번 상기하는 것이 반드시 필요하다. 왜냐하면 이 시기의 '고독'이라는 주제 자체가 종교적인 영역으로부터 출발하여 인간 존재의 근원적인 문제에까지 확장되어 나가는 것이기 때문이다. 그가 기독교적인 환경에서 자라나서, 중간에 기독교적인 세계에 대한 회의와 부정을 지나기는 하지만, 기독교인으로서 죽기까지 그의 삶 전체를 기독교가 지배하고 있었음을 인식하고, 이러한 측면을 반드시 전제하고서야 그의 중기 시에 나타나는 "고독"이라는 주제에 대한 올바른 접근이 가능한 것이다. 김현승의 시는 그가 기독교 신앙을 선명하게 보여주는 시기뿐만 아니라 그 신앙에 대한 회의를 보여주는 시기의 시까지도 기독교적인 문학의 자장 속에 있음을 인정하는 데서 출발할 때 그 온전한 면모를 읽어낼 수 있는 것이다.

그는 어린 시절부터 기독교적인 환경에서 태어나서 자랐다. 그가 태어날 당시 그의 아버지는 목사가 되기 위해 평양에 있는 신학교에서 공부하고 있었으며, 그런 아버지의 목회지를 따라 제주에서 어린 시절을 보내기도 했던 것이다. 김현승 시인은 목사였던 부친을 회고하면서 "나의 아버지는 정통파 프로테스탄트의 목사였다. (…중략…) 자식들에게 정통적인 신앙을 계승시키기 위하여 장로교 계통의 학교가 있는 평양으로 서울을 지나 우리를 보냈다."[2]라고 하고 있다. 이러한 가정에서 자란 김현승은 초등학교 뿐만 아니라 중등학교와 대학까지 모두 기독교 계통의 학교를 다니게 된다. 뿐만 아니라 그의 형도 목사였던 것을 확인할 수 있다.[3] 결국 그의 생애는 내내 기독교적인 환경이 유지되고 있었으며, 그의 시세계에서 기독교적인 세계관과 특징들을 발견하는 것은 당연한 일이라고 하겠다.

그런데 60년대에 해당하는 이 시기의 그의 시세계에서는 '고독'이라는 중요한 주제가 핵심적인 요소로 등장한다. 이 '고독'이 표면적으로는 기독교적인 세계관의 부정이라는 특징을 지니고 있기에, 그의 시세계를 이해하는 데 있어서 매우 중요한 의미와 가치를 갖는 것이다. '고독'의 진정한 의미와 가치를 분석하고 이해하게 될 때 김현승의 시세계가 지닌 가치와 의미를 정확하게 파악할 수 있는 가능성이 그만큼 더 커지는 것이다.

많은 연구자들은 이 시기의 그의 시를 반기독교적인 것으로 보고, 그의 시세계를 기독교와 관련이 없는 것으로 평가하기도 한다. 곽광수는 이 시기를 신이 침묵하는 형이상학적 고독 혹은 그 신마저 사라져버린 단계의 고독, 즉 신이 없는 고독의 단계[4]라고 설명하는 것을 볼 수 있다. 이러한 논의는 자칫하면 이 시기의 김현승 시세계가 기독교적 세계관으로부터 벗어나 있는 시기, 그래서 기독교와는 관련이 없는 시기로 보게 만들기도 한다. 그러나 그의 시세계를 보다 심층적으로 탐색할 경우, 그가 신을 부정하고 기독교로부터 떠난 것으로 보기에는 상당한 문제점이 있다. 그것은 기독교적인 시 혹은 기독교 문학을 바라보는 매우 좁은 시야로 말미암아 일어나는 문제와 결부되어 있는 것이다. 기독교적인 시를 단순히 성경적인 내용 혹은 긍정적인 신앙을 다루고 있는 시만으로 바라

---

2) 김현승, 「시인으로서의 '나'에 대하여」, 『김현승 전집 2』, 283.
3) 김현승, 위의 글, 282.
4) 곽광수, 「김현승의 고독」, 76.

보는 좁은 시각에서 본다면 이 시기의 시는 분명 기독교적인 시라고 하기 어려운 점이 있다. 이러한 관점은 기독교 문학을 단순한 소재적 차원에서 접근한 결과물이라고 할 수 있는 것이다. 기독교 문학을 단순한 소재적 차원에서 접근할 경우, 성경적이거나 기독교적인 주제를 얼마나 시에 활용하고 있는지를 보거나, 내용이 얼마나 기독교적인지 신학적인 혹은 신앙적인지를 평가하는 작업을 넘어서기 어렵게 된다. 그 경우 문제는 시나 소설이 하나의 예술적인 가치를 지닌 작품이기보다는 기독교적인 내용을 담아내는 그릇 역할 이상을 넘어서지 못하게 되는 것을 볼 수 있다. 그래서 기독교 시로 분류되는 많은 시편들이 찬양이라는 범주를 넘어서지 못하는 문제를 보이는 것도 바로 이러한 좁은 관점으로부터 말미암은 것이다.

그러한 문제점을 극복하고 시야를 확대할 경우, 기독교 문학은 기독교적인 세계관을 담아내는 문학이라고 명확하게 이야기할 수 있다. 이러한 기독교 문학의 경우에는, 단순히 기독교적인 내용만의 문제가 아니라, 그 세계관 속에 나타나는 인간의 고뇌와 방황 갈등의 문제까지 모두 포괄하는 보다 광범위한 요소까지 모두 수용하게 되는 것이다. 즉, 이 세상에서 기독교인으로 살아가면서 경험하는 인간들의 다양한 종교적 경험까지도 포괄하는 보다 넓은 차원의 문학이 되는 것이다. 그것은 곧 하나님에 대하여 부정적인 태도를 보이는 갈등과 방황이라는 주제까지도, 그것이 기독교인이 하나님을 찾아가는 과정 중의 하나라면, 얼마든지 기독교적인 문학으로 보아야 한다는 말이다.

이러한 관점에서 본다면 기독교적인 신앙에 대하여 심각한 갈등과 방황을 보여주는 이 시기의 김현승의 시세계 또한 분명히 기독교적인 시문학이라는 관점 속에서 다루어야 함이 분명하다. 게다가 그가 완전한 회개와 신앙을 회복하게 되는 후기[5]가 되기 이전에도 이러한 신앙의 회복을 위한 준비단계를 보여주는 것을 볼 수 있다.[6] 결국 그의 시세계는 전반적으로 기독교적인 자장 안에서 이루어진 시인의 고뇌와 갈등 그리고 회복의 과정을 다루고 있음이 분명하다. 그러므로 그의 시세계 전체를 기독교적인 시문학이라는 관점에서 파악하는 것은 그리 잘못된 일이 아닐 것이다.

이러한 관점을 고려한다면 그의 시세계를 이해하는 과정에서 '고독'이라는 주제를 정확하게 분석하는 것이 얼마나 중요한 일인지를 다시 한 번 확인하게 된다. 그러한 분석은 먼저 그의 시에 나타나는 '고독' 의 중요한 의미를 확인하는 것에서 출발해야 한다.

중기의 김현승 시에서 찾을 수 있는 "고독" 이라는 주제는 타인과의 분리 혹은 고립으로부터 말미암는 개인적인 고립감과는 그 궤를 달리하고 있는 것으로, 인간 존재의 근원적인 본질과 관련된 문제이다. 그것은 이제까지 시인을 지탱해 왔던 기독교적 세계관의 흔들림과 관련된 것으로, 자신의 신앙의 근원으로 자리 잡고 있는 신과의 관계의 단절을 통해 경험하게 되는 근원적인 고립감이라고 할 수 있는 것이다. 기독교적 세계관에 따르면 인간은 창조된 순간부터 본질적으로 창조주인 하나님과의 관계 속에서 그 존재의 의미를 유지하고 발전시킬 수 있다. 그런데 고독은 바로 이러한 근원적인 관계의 단절을 경험하는 자아의 고립감과 의미상실 문제를 다루고 있는 것이다. 그러한 의미에서 김현승 시에서 고독의 문제는 인간 존재의 근원적인 문제와 결합되어 있는 것이며, 그래서 기독교적 세계관 문제가 그 속에 개입되어 있는 것이다.

시인은 이 시기에 출간한 자신의 시집 후기에 "산다는 것, 그 자체가

---

5) 1973년 그는 고혈압으로 졸도한 경험을 한 이후 기독교 신앙을 완전히 회복하고 후기 시의 대표적인 특징인 신앙시들을 창작하고 발표한다.

6) 1960년대 후반과 1970년대 초반에 발표된 시들 속에서 이러한 특징을 확인할 수 있다. 주로 1974년도에 간행된 『김현승 시 전집』의 "날개" 파트에 실려 있는 작품들이 주로 그러한 특징을 보여준다. 이러한 특징은 다음 장에서 보다 세밀하게 다루고자 한다.

내게는 즐거움이 아니라 근심이며 하나의 심각한 병이다"[7]라는 말을 하고 있다. 이 말은 이 시기의 그의 시세계를 이해하는 데 있어서 상당한 의미를 지니는 말이 분명하다. 삶을 '즐거움'이라는 관점보다는 '근심' 혹은 '병'이라는 관점에서 바라보고 있다는 것은 그만큼 시인이 삶을 어렵고 고통스럽게 생각하고 있다는 것이다. 근심과 병이라는 관점은 이 지점에서 자연스럽게 '고독'이라는 문제와 결합된다. 고독이 단순히 타자와의 연결고리를 스스로 끊고 내부로 침잠해서 느끼는 분리 의식만이라면, 이러한 주제가 그의 시를 이만큼 물들일 수는 없었을 것이다. 그런데 이 시기의 김현승의 시는 철저하게 고독의 개념을 추구하면서, 그것을 타자와의 관계보다는 신, 혹은 절대자와의 관계에 대한 보다 근원적이고 심원한 문제와 깊이 연관된 문제로 인식하는 것을 볼 수 있다.

시인은 '고독'의 개념이 자신의 시작 활동의 본질과 얼마나 깊이 연관되어 있는지를 시집 『절대고독』의 서문에서도 스스로 밝히고 있다.

> 고독을 표현하는 것은 나에게는 가장 즐거운 시 예술의 활동이며, 윤리적 차원에서는 참되고 굳세고자 함이 된다. 고독 속에서 나의 참된 본질을 알게 되고, 나를 거쳐 인간 일반을 알게 되고, 그럼으로써 나의 대사회적 임무까지도 깨달아 알게 되므로.[8]

시인이 의도적으로 자신의 시에 대하여 쓴 것을 그대로 시 해석에 적용하는 것은 자칫하면 시를 왜곡할 할 가능성도 있기 때문에 조심스럽기는 하지만, 이 시기의 김현승의 '고독'을 다룬 시편이 지닌 이미를 해석

---

7) 김현승, 『견고한 고독』 후기.
8) 김현승, 『절대고독』 서문.

하는 데 있어서 이와 같은 시인의 진술은 많은 참고가 될 수 있다. 이것이 이 시기의 그의 시에 형상화되고 있는 '고독'의 개념을 이해하는 데 있어서 중요한 출발점 중 하나가 될 수 있는 이유는, '고독'에 대한 시인의 이러한 인식이 그의 시세계 속에서 구체적으로 나타나고 있을 뿐만 아니라, 이를 통해 그의 시의식의 중요한 요소들이 다양하게 표출되고 있기 때문이기도 하다.

여기서 우선 보아야 하는 것 중의 하나는, 시인이 '고독'이라는 개념을 말하면서 "시 예술의 활동"이라는 점과 함께 "윤리적 차원"까지 함께 거론하고 있다는 점이다. 이는 그의 시세계가 보여주는 고결함이나 순수함에 대한 추구의 본질을 보여주는 진술일 수 있는데, '고독'이 지닌 개인적 속성의 한 단면을 보여주는 것이라고 할 수 있다. 시인은 '고독'의 개념을 철저하게 여러 관계의 단절로부터 출발하여, 자아에 대한 인식 혹은 자아의 존재 의미에 대한 확인까지 추구하고 있는 것이다. 우선 시인은 신과의 관계의 단절을 통한 자아의 인식을 시도하며, 이것은 자연스럽게 타자와의 관계의 단절이라는 '고독'의 또 다른 측면으로 이어진다. 그리고 그것은 자아 자신과의 관계의 단절이라는 측면으로까지 이어지는 것을 볼 수 있다. 결국 이 시기의 시인이 경험하는 '고독'은 인간으로서의 자아의 가장 깊은 곳에서 모든 관계가 단절된 가운데에서 경험하는 순전한 '고립감'이라고 할 수 있는 것이다. 그의 시에서 고독은 신과의 관계의 단절이라는 보다 근원적인 곳에서부터 출발하였기 때문에, 삶의 근원적인 고민 혹은 인간이라는 존재 자체에 대한 고민과 맞닿아 있는 것이다. 그래서 그것은 신과 인간, 자아와 타자, 인간과 자연 등 인간이 경험하고 살아가는 삶의 자리에서 만날 수 있는 다양한 것들과의 관계에 대한 단절과 고뇌를 보여주는 것이다.

그리고 그것은 시인이 지닌 윤리의식과 결합한다. 초기 시에서부터 시인은 자신의 시세계 속에서 윤리적인 측면을 상당히 강조하여 왔으며, 그것은 곧 자아의 순결성 혹은 순수성에 대한 강조로 이어졌다. 이 시기의 '고독'이라는 주제는 바로 그러한 순수성 혹은 순결성과 긴밀한 관계를 맺고 있는 것 또한 사실이다. 자아는 모든 관계들의 단절을 통해 가장 순수하고 가장 순결한 자아의 모습을 만나고자 하는 것이며, 이는 또한 윤리적으로도 순전한 자아의 모습을 찾아가고자 하는 의지의 발로라고 할 수 있다.

그런데 김현승 시에서 '고독'이 내포하고 있는 이러한 모든 것의 출발점에 신앙의 문제가 놓여 있다는 점은 반드시 지적되어야 한다. 김현승의 시에서 '고독'이라는 주제가 지닌 가장 본질적인 의미는 바로 신앙의 상실이다. 시인이 어린 시절부터 목사의 가정에서 자라면서 지녀왔던 기독교 신앙을 시인이 어느 순간부터 회의하고 부정하면서 그것을 시적으로 표현하고 있는 것이 바로 이 '고독'이라는 주제인 것이다. 이 시기의 시들에 나타나는 '고독'의 문제는 사실 생명력의 상실이라는 문제와 긴밀하게 관련되어 있을 뿐만 아니라, 기독교적인 신앙의 상실이라는 문제와 더욱 깊이 연관되어 있다. 기독교 신앙의 상실이라는 문제는 김현승의 시에 나타나는 '고독'의 문제를 이해하는 가장 핵심적인 요소이다. 김현승 시인은 자신의 산문에서 이 시기 이전의 고독을 '사회적인 이유에서의 고독'이라고 말하여, 이 시기의 '신을 잃은 고독'과 구분하고 있다.[9] 사회적인 이유에서의 고독은 그가 가진 신앙 상의 이유로 말미암아 이상주의적인 태도를 견지함으로써 지닐 수밖에 없는 사회적 고독을 말하며, 이 시기의 '신을 잃은 고독'은 자신이 그동안 절대적인 것으로 생각해 왔던 신에 대한 회의로부터 말미암은 고독이라는 것이다. 기독교에

---

9) 김현승, 「나의 문학백서」, 『김현승 전집2』 (서울: 시인사, 1985), 277.

대한 회의로부터 출발한 이 시기의 '고독'은 신으로부터 분리된 인간이 경험하는 고독이라는 의미에서 "절대고독"이라고 할 수 있는 것이다.

곽광수는 이러한 김현승 시에 나타나는 '고독'을 다섯 단계로 구분하여 정리하고 있다.[10] 첫째는 김현승 시인 개인의 "기질적 소산으로서의 고독"이며, 둘째는 "성찰의 순간으로 선용되는 고독"이고, 셋째는 "사회적인 고독"이라고 분석하고 있다. 또한 고독의 네 번째 양상은 "형이상학적 고독"인데 이것은 신과의 비극적 관계에 의해 태어나는 것이라면, 마지막 다섯 번째 양상은 "신이 없어진 고독"이라고 말하고 있다. 이는 곧 신이 침묵하는 형이상학적 고독, 혹은 그 신마저 사라져버린 고독의 단계가 김현승 시인이 경험하는 고독이라는 것이다. 곽광수는 이 시기의 김현승의 시는 일체의 영원성의 가치에서 벗어나 있음으로써 종국적으로 시인의 신앙의 사라짐, 신마저의 사라짐을 보여준다고 분석하고 있다.[11]

이 시기의 '고독'이 신마저 사라져버린 고독이라면, 그것은 자연스럽게 기독교 신앙에 대한 회의 혹은 부정이라는 개념과 연결된다. 이 시기의 김현승 시에 대한 논의가 기독교적 세계관의 부정이라고 보는 이유의 단면이 여기에 존재한다. 이러한 관점은 김윤식의 논의에서도 확인할 수 있다. 김윤식은 이 시기의 '고독'을 '신앙'과 분리된 것으로 보고 있는 바, 이러한 사유를 "모든 인간적인 사변으로부터 고독의 분리를 시도한 것이 소위 이 시기의 〈견고한 고독〉, 그리고 그 극한이 〈절대고독〉이라면, 설사 그 출발이 기독교적 사유에서 출발되었다 하더라도 결정적으로 기독교적인 것일 수 없다."[12]고 분석하고 있는 것이다. 결국 김윤식의 논점 또한 이 시기의 '고독'이 기독교를 부정한 자리에 서 있는 것임을 말

10) 곽광수, 「김현승의 고독」, 74-77.
11) 곽광수, 위의 글, 81.
12) 김윤식, 「신앙과 고독의 분리문제」, 170.

해 주고 있다.

사실 김현승의 시에 형상화되어 있는 '고독'이 이러한 측면을 강하게 지니고 있음은 분명하다. 김현승 시인 자신도 이 시기의 산문을 통해 이와 비슷한 이야기를 하고 있는 것을 볼 수 있다. 자신이 시에서 추구하는 바 '고독'이 "구원을 포기하는 고독"이라는 것을 강조하고 있는 것이다.

그러나 나의 고독은 구원에 이르는 고독이 아니라, 구원을 잃어버리는, 구원을 포기하는 고독이다. 수단으로서의 고독이 아니라 나의 고독은 순수한 고독 자체일 뿐이다. 그러므로 나의 고독이야말로 이 세상에서 가장 진정한 고독이다. 나는 이러한 사상을 주제로 하여 50대에 많은 시를 썼다. 나의 제3시집 『견고한 고독』의 중심은 바로 이러한 작품들에서 구할 수 있을 것이다. 그러나 제3시집 이후에도 나는 더욱 적극적으로 나의 이 고독을 추구하고 있다. 그 절정을 나 자신은 「고독의 끝」과 「절대고독」이라고 생각한다. 아무런 구원도 바랄 수 없는, 바라지도 않는 고독이기에 나는 나의 고독을 철저화하려 한다.[13]

자신이 추구한 고독이 철저하게 신으로부터 벗어난 고독임을 강조하고, 그 예를 제3시집 『견고한 고독』에서 찾고 있는 시인의 설명에서 시인이 이 시기의 시에 대해 인식하는 관점을 이해할 수 있게 된다. 시인의 이러한 '고독'에 대한 시적인 추구는 시인의 말처럼 자신의 50대를 물들이는 매우 중요한 주제 중의 하나로 자리 잡고 있음을 확인할 수 있다. 그만큼 이 시기의 거의 대부분의 시들이 '고독'의 주제와 긴밀하게 연관되어 있는 것을 볼 수 있는 것이다. 그리고 시인은 이러한 고독의 끝을 '고

---

13) 김현승, 「나의 문학백서」, 277.

독의 끝', '절대고독'이라고 말하고 있는데, 이것은 그만큼 '고독'을 추구한 그의 시가 긴 시간 동안 지속되었음을 보여주는 것이라고 하겠다.

'고독'을 추구하는 시기에 대한 시인의 이러한 진술 속에서 발견할 수 있는 또 하나의 중요한 측면은, 자신이 추구하는 바 '고독'이 신으로부터 분리된 고독이며, 기독교적인 것과는 다르다고 주장하고 있다는 점이다. 시인은 이러한 고독을 "한 마디로 신을 잃은 고독"[14]이라고 표현하고 있는데, 이것은 '고독'을 주제로 하고 있는 그의 시들의 성격을 규명하는 데 있어서 매우 중요한 요인이 될 뿐만 아니라, 상당히 조심스러운 분석과 평가를 필요로 하는 부분임이 분명하다.

이 시기의 자연 이미지는 그의 초기 시에 나타나는 두 가지 자연 이미지 중에서 메마르고 위축된 자연 이미지가 주류를 이루고 있음을 볼 수 있다.[15] 이것은 상당히 중요한 의미를 지닌다. 초기의 시세계에서 형상화된 자연 이미지가 자아 지향성일 때 이처럼 메마르고 건조하며 위축된 자연 이미지가 형성되어 있었음을 앞 장에서 확인할 수 있었다. 이 시기의 메마르고 건조한 자연 이미지 또한 그러한 자아 지향성을 지닌 자연 이미지의 연장선상에 있음을 확인할 수 있고, 그것은 또한 중기의 시세계에서 형상화되는 '고독'이 자아의 내면세계 혹은 정신의 세계를 다루는 것임을 확인할 수 있게 하는 것이다.

시인은 이 시기의 자신의 시세계의 주된 관심이 신적인 세계에서 인간적인 세계로 바뀌었다고 말하고 있다. 이 시기의 시인은 내적으로 기독교 신앙에 대한 회의를 경험하게 된다. 50대에 일어난 이러한 심경의 변화는 그 이전까지 지속되어 왔던 신앙에 대한 근원적인 회의의 과정을 경험하게 만드는 것이다. 이러한 신앙의 회의를 경험하게 되는 이유를

---

14) 김현승, 「나의 문학백서」, 277.
15) 금동철, 「김현승 시에서 자연의 의미」, 214.

시인은 논리적인 이유와 현실적인 이유로 나누어 설명한다.[16] 논리적인 이유로 설명하는 회의의 원인으로는, 기독교의 신이 만일 유일신이라면 어찌하여 이 세상에는 다른 신을 믿는 유력한 종교가 따로 있는지 고민하게 되는 것이다. 뿐만 아니라 기독교의 일원론은 악마의 영원한 세력인 지옥을 인정함으로써 이원론이 되고 말기 때문에 스스로 모순에 빠지게 된다는 것이다. 이러한 논리적인 한계를 인식하고 나자 시인은 종교가 초월적 신으로부터 말미암은 것이 아니라 인간들 자신이 만든 것이며, 최초의 창시자를 신격화한 것일 뿐이라는 결론에 빠지게 되었다고 말하고 있다. 이와 함께 현실적인 이유로는 평생을 교회를 다니면서 바라본 교인들의 생활과 마음가짐이 일반 사회의 그것과 다름이 없다는 사실을 깨달았기 때문이라고 말한다. 즉, 기독교인들의 삶이 일반 사회의 믿지 않는 사람들과 다른 것이 없더라는 것이다. 이러한 논리적인 면과 현실적인 면 때문에 시인은 스스로 기독교에 대해 회의를 일으키게 되었다고 토로한다.

이러한 기독교에 대한 회의는 자연스럽게 그의 시세계에 있어서의 변화를 야기한다. 그의 시는 이제 기독교적인 구원에의 추구로부터 자연스럽게 멀어질 수밖에 없는 것이다. 시인은 이를 다음과 같이 설명하고 있다.

나는 이렇게 신과 기독교에 대한 회의를 일으키게 되면서, 점점 인간에 대한 이해와 동정으로 기울어지게 되었다. 나는 인간의 현실에서 살면서도 너무 인간이라는 것을 선험적으로만, 관념적으로만 생각하고 있다. 나의 관심은 점점 천국에서 지성으로, 신에서 인간으로 길동을 느끼고 있었다. 나는 나의 이러한 내부의 절실한 변화를 그대로 감춰 둘

---

16) 김현승, 「나의 문학백서」, 274.

수 없었다.[17]

목사의 가정에서 태어나 목회자의 자녀로 살아온 시인에게 이와 같은 신앙의 회의와 같은 내적인 변화는 세계를 바라보는 근원적인 눈이 바뀌는 엄청난 변화를 동반하는 것이 사실이다. 그 결과 시인의 주된 관심이 "천국에서 지상으로, 신에서 인간으로" 바뀌어 가는 것을 경험하는 것은 너무나 자연스러운 결말이라고 할 수 있기도 하다. 그리고 이러한 변화는 초기의 시세계에서 확인할 수 있었던 자연의 두 가지 양상 중 메마르고 건조한 이미지가 주로 형상화되는 계기가 된다.

이 시기에 주로 다루어지는 주제인 '고독'은 이러한 과정 속에서 자연 이미지와 결합한 것이다. 신으로부터 떠난 자아, 그래서 고독을 경험할 수밖에 없는 자아의 내면은 건조하고 메말라갈 수밖에 없음을 이 시기의 그의 시는 잘 보여준다. 그런데 여기서 주목해야 할 것은 이렇게 시인이 "고독"이라는 주제를 다루면서도 그러한 고독 속에 빠진 인간을 긍정적이거나 풍요로운 이미지로 형상화하지 않고 있다는 점이다. 이 시기의 시들 속에서 시인은 '겨울'이나 '까마귀', '견고함', '마른 손', '마른 잎새' 등과 같은 이미지들을 통해 자아를 표상하게 되는데, 이러한 이미지들은 초기의 시세계에서 나타났던 자아 지향적인 자연 이미지들이 가지고 있던 특성과 동일한 것이기도 하다.

이러한 이미지들이 이 시기에 와서는 견고함 혹은 단단함이라는 의미로 더욱 확장되고 있는 것을 볼 수 있다. 이것은 초기 시에 형상화되었던 '메마른 나무가지'가 가진 메마름의 이미지가 더욱 주도적인 역할을 하는 것으로 볼 수 있다. 김현승의 중기 시세계에서 견고함이라는 이미지

---

17) 김현승, 「나의 문학백서」, 275-276.

는 "고독"이라는 주제를 이해하는 데 있어서 상당히 중요한 의미를 지닌다. 초기의 메마르고 건조한 자연 이미지가 더욱 심해질 때, 그것이 맺는 열매마저 단단한 결정이 되어 생명력이 더욱 딱딱하게 굳어져 버리는 것을 확인할 수 있기 때문이다. 그동안 다양한 논의들이 이 시기의 시세계에서 확인할 수 있는 이러한 단단함이나 견고함에 대해 다루어 왔던 것도 확인할 수 있다.[18]

그런데 여기에서 지적하고 넘어가야 할 사항 중의 하나는 시인이 보여주고 있는 기독교 신앙에 대한 회의가 기독교적 세계관의 완전한 포기는 결코 아니라는 점이다. 이렇게 신에 대하여 회의하고 있는 와중에도 여전히 그의 시세계 속에서 형상화되는 자아의 시선 속에는 "신/인간", "천상/지상"의 대립적인 관계가 토대를 이루고 있는 것을 확인할 수 있기 때문이다. 이것은 이 시기의 시인이 기독교 신앙을 완전히 버리고 반기독교적인 세계관 속으로 전이해 들어간 것이 아니라, 기독교적인 세계 인식 태도 속에서 신에 대해 회의하고 고민하는 시기였음을 보여준다. 그리고 이러한 신앙의 회의는 1970년대에 오면 완전히 해소되고 더욱 견고한 신앙의 상태에 이르는 것을 볼 수 있다.

그럼에도 불구하고 중기의 시세계에서 자연 이미지가 단단하고 견고한 것으로 형상화된다는 점은 분명하며, 이것은 또한 시인의 내면에서 일어나고 있던 신앙의 회의 상태와 긴밀하게 관련되어 있는 것이기도 하다. 이러한 신앙의 회의라는 내면의 변화는 시에서 형상화되던 이미지의 변화까지 야기한다. 대표적인 것 중의 하나가 초기 시에서 풍성한 자연 이미지의 대표적인 존재로 형상화되었던 '푸리디너스'를 이 시기의 시

---

18) 김종길, 「견고에의 집념」, 『다형 김현승 연구』 숭실어문학회 편 (서울: 보고사, 1996); 김종철, 「견고한 것들의 의미」, 『다형 김현승 연구』; 김우창, 「김현승의 시」, 『다형 김현승 연구』 등 참조.

에 오면 "푸라타나스 마른 뿔"(「三月의 詩」중에서)이라고 묘사하는 것을 볼 수 있다. 초기의 푸라타나스가 머리를 하늘에 두고 신의 세계로부터 오는 풍성하고 여유로운 이미지를 지닌 채 힘겨운 길을 걸어가는 자아의 위로자요 동행자가 되는 것과는 다른 이미지임이 분명하다. 아직 잎이 나기 전의 3월에 바라보는 푸라타나스의 모양에서 오히려 "마른 뿔"의 모습을 보는 것은 상당히 의미심장하다. "마르다"라는 어휘가 주는 메마르고 위축되며 건조한 이미지가 이 시를 지배하고 있음을 보여주고 있기 때문이다. 이 시기의 시가 지닌 이러한 특징에 대하여 시인은 스스로 "건조미"[19]의 시라고 표현하고 있기도 하다.

    천국에서도 또 지옥에서도
    가장 멀고 먼
    내가 묻힌 흙에서,
    한 줄기 마른 갈대가
    바람에 불리며,
    언젠가는 모르지만
    돋아날 것이다.

    그 갈대를 꺾어
    목마른 피리를 만들어,
    내 살과 내 꿈으로 더듬던
    한 노래를 그 입부로
    빈 하늘가에 불어 주는 사람이 있다면,

---

19) 김현승, 「나의 文學白書」, p. 279.

어리석게도 먼 훗날에 있다면,

그는 내게서 가장 처음으로
가장 저를 잊고 태어난,
내 영원의 까마득한 새 순일게다.

– 「어리석은 갈대」 전문

　이 시기의 시집 중 하나인 『절대고독』에 실려 있는 이 시에서 확인할
수 있는 중요한 요소 중의 하나는 자아와 자연을 형상화하고 있는 이미
지들이 마르고 건조한 이미지로 형상화되어 있다는 점이다. 이러한 이미
지들은 "마른", "목마른", "빈", "어리석게도" 등과 같은 부정적인 정서
의 어휘들로 수식되고 있는 것을 확인할 수 있다. 이것은 상당히 심각한
문제점을 제시한다. 자아는 여기서 자아와 세계 사이의 서정적 동일성을
달성하기는 하지만, 그것은 대부분 부정적이고 메마른 정서로 하나가 되
어 있는 것이다. 자아는 여기서 "내가 묻힌 흙에서" 솟아나는 "한 줄기
마른 갈대"로 형상화되는데, 이것은 초기의 시에 자주 나타났던 신 지향
성의 자연 이미지가 아니라, 메마르고 건조한 자아 지향성의 자연 이미
지와 동일한 것이다. 자아는 스스로를 "한 줄기 마른 갈대", 즉 살아 있기
는 하지만 그 생명력이 소진되어 곧 죽어버릴 것 같은 말라비틀어진 갈
대로 묘사하고 있는 것이다. 그것도 여러 포기가 같이 있거나 다양한 다
른 생명들과 함께 어울려 있는 것이 아니라 "한 줄기" 갈대에 불과한 존
재이다. 이 시기에 시인이 추구하고 있던 '고독'이 자아의 이미지를 어
떻게 형상화하게 만드는지를 정확하게 볼 수 있는 부분이기도 하다.
　이 시에서 주목해야 할 또 하나의 부분은 자아가 스스로 묻힐 자리를
'천국에서도 또 지옥에서도 / 가장 멀고 먼' 곳이라고 묘사하고 있다는

점이다. 천국이나 지옥은 시인이 자라온 기독교적 환경을 고려할 때 시인의 의식을 지배하는 매우 중요한 세계 중의 하나임이 분명하다. 기독교적인 관점에서 그것은 사후의 세계, 즉 영생의 세계임과 동시에 현생의 삶을 살아가는 데 있어서 심대한 영향을 끼치는 요소인 것이다. 그런데 시인은 자신이 묻힐 자리를 천국이나 지옥에서 가장 먼 곳이라고 지정하고 있다. 기독교적 사후 세계를 부정하고자 하는 시인의 의지를 은연중에 내보이는 것으로, 하나님의 은혜를 통해 이루는 기독교적 구원을 부정하는 자리에 서고자 하는 이 시기 시인의 내면을 엿볼 수 있는 구절이다.

이러한 자리에서 자아는 '한 줄기 마른 갈대'로 표상된다. 자아는 그런데 이러한 마른 갈대에 불과한 자신의 존재를 사용하여 "목마른 피리"를 만들어 "빈 하늘가에 불어주는 사람"이 있다면, 그것이 곧 "내 영원의 까마득한 새 순"이 될 것이라고 기대하고 있다. 여기서 말하는 "목마른 피리"는 어쩌면 신으로부터 분리된 자아의 메마르고 딱딱한 존재방식에서 벗어나서 풍성한 진리의 세계에 이르고자 하는 자아의 열망을 가득 담은 노래라고 할 수 있을 것이다. 마른 갈대로 만든 목마른 피리를 부는 존재를 자아는 "내 영원의 까마득한 새 순"이라고 표현하고 있는 데서 이것을 미루어 짐작해 볼 수 있다. "새 순"은 새로운 생명이 시작되는 출발점이기도 하며, 그 자체에 풍성한 생명력을 내포하고 있는 존재이다. 뿐만 아니라 앞으로 얼마나 활기차고 커다랗게 자랄지 알 수 없는 존재이기도 하다. 그렇다면 여기에서 자아는 비록 현재적으로는 "마른 갈대"로 생명력이 소진되어 메말라 죽어가는 존재이지만, 미래의 그 어느 때에는 진리에 발을 담그고 있는 풍성한 생명력으로 피어나기를 바라고 있는 것이라고 하겠다.

자아의 이러한 미래적 소망은 '고독'이라는 중기의 그의 시세계를 이해하는 데 있어서 매우 중요한 의미를 지닌다. '고독'이 단순히 신과의 단절 혹은 신에 대한 부정과 그것으로 말미암는 자아의 메마름이라고만 보기 어려운 측면이 존재하고 있음을 보여주기 때문이다. 이것은 그의 시에 나타나는 '고독'을 단순히 기독교적 신앙에 대한 부정이라고만 보기 어렵다는 점을 말해 주는 것이기도 하다. 이 시기의 그의 시가 보여주는 '고독'을 단순히 신을 떠난 사람이 느끼는 고립감으로 정의하고 끝낸다면, 김현승 시인이 이 시기에 보여주는 그 치열한 고뇌와 갈등의 의미를 온전히 읽어낼 수 없게 된다. 시인은 '고독'을 주로 형상화하는 그 시기에도 지속적으로 기독교적인 이미지 혹은 성경적인 이미지를 사용하고 있을 뿐만 아니라, 기독교적인 신의 개념을 그의 시적 형상화 속에 지속적으로 사용하고 있다. 이 시기의 그의 신관념이 긍정적인 것이든 부정적인 것이든 상관없이 지속적으로 사용되고 있다는 점은, 시인의 의식 혹은 사유가 기독교적인 하나님으로부터 결코 분리되어 있지 않았음을 말해 주고 있는 것이라고 하겠다.

여기에서 또 한 가지 중요한 점은, 이 시기의 시인이 드러내는 신 관념에는 하나님 자체를 부정적으로 폄훼하거나 존재 자체를 부정하지는 않는다는 점이다. 이미 존재하는 하나님을 인정하고는 있지만, 그 하나님과 자아 사이에 존재하던 흐름 혹은 관계를 완전히 단절해 버리는 것이 이 시기의 시인이 보여주는 '고독'이라는 사유의 특징이라고 할 있다. 즉, 신으로부터 오는 은총의 소멸이 아니라, 스스로 그 관계를 단절하고서 느끼는 고립감이 이 시기 '고독'의 중요한 특징인 것이다.

이러한 특징은 '고독'이라는 주제를 새롭게 바라보게 만든다. 단순히 시인의 의식이 이 시기에 반기독교적인 세계로 돌아서서 기독교를 부정하고 있다고 하기에는 그의 태도가 명확하지 않은 것이다. 그렇다면 이 것을 기독교적인 입장이 아니라고 명확하게 말하기 어려운 문제가 되는 것이다. 오히려 시인의 의식은 여전히 기독교적인 세계관의 자장 내에서 움직이고 있으며, 시인은 그 속에서 신앙에 대한 깊은 회의와 그것으로 말미암는 고뇌를 경험하고 있다고 말할 수 있게 되는 것이다. 이 시기에도 반드시 기독교 신앙을 긍정하는 자리에 서 있어야만 나타날 수 있는 표현들도 자주 등장하고 있다는 점에서 이러한 측면을 인정할 수 있다.

앞서 살펴 바와 같이 이 시기에 시인이 발표한 글에는 분명히 이 시기의 자신의 고독을 '신을 잃은 고독'이라고 표현하고 있기는 하지만, 그 몇 년 뒤에 쓴 다음 글에는 이러한 자신의 진술을 오히려 뒤집는 것을 볼 수 있기 때문이다. 다음 인용은 1973년도에 발표한 글에 들어 있는 바, 시인이 "고독"이라는 주제에 관심을 기울이게 된 이유를 설명하는 부분이다.

> 그 이유나 원인은 아무 데도 있지 않다. 구태여 나보고 말하면 나의 기질 상의 문제이다. 인생관적으로는 천국의 기독교를 믿으면서 인간적인 고독에 관심을 갖는 것은 확실히 모순이다. 그러나 이 모순을 알면서도 시는 사상보다 먼저 기질의 소산인 것도 알고 있다. 그러므로 나의 고독은 절망적인 고독은 아니다. 이를테면 부모 있는 고아와 같은 고독이라면 궤변일지 모르겠다. 또한 나의 고독은 키에르케고르와 같이 구원을 바라 신에게 벌리는 두 팔—마른 나무가지와 같은 고독도 아니다. 아직까지는 나의 시는 단지 고독을 위한 고독, 절망을 위한 절망이고자 한다.[20]

시인은 자신의 신앙적 회의와 연관된 "고독"을 설명하면서 '부모 있는 고아와 같은 고독'이라고 말하고 있는 바, 이 말에 포함된 의미는 분명하다. 당시의 시인은 내적으로 기독교 신앙에 대해 깊은 회의를 하고, 그러한 내적 갈등과 고뇌를 "고독"이라는 주제의 시로 형상화하기도 하지만,

---

20) 김현승, 「굽이쳐가는 물굽이 같이」, 264-265.

시인 스스로는 결코 기독교로부터 완전히 벗어나지 않았다는 것이다. 그래서 자신의 "고독"을 기질상의 문제로 한정하고 있는 것을 볼 수 있다. 이 시기에 아직도 "천국의 기독교"를 분명하게 믿고 있음을 말하고 있는 것은 상당히 의미심장하다. 시인은 내면적으로 신앙에 대한 강한 회의를 하고 있으면서도 그러한 신앙으로부터 전적으로 떠나지는 못하고 있었던 것이다. 그 결과 스스로의 "고독"을 신을 버리고 난 인간이 경험하는 고독이 아니라, 기질상의 고독이라고 한정하고 있는 것이다.

이러한 진술이 제한적이기는 하지만 시인의 시의식이나 내면의식 혹은 정신의 지향을 살피는 데 있어서는 중요한 진술이 되는 것이 사실이다. 게다가 이 진술은, 시인이 먼저 발표한 다른 글에서 당시의 자신의 신앙 상태를 설명하는 과정에서 기독교 신앙에 대한 "회의"[21]라고 표현한 것과 관련지어 생각할 때 중요한 의미를 지닌다. 그는 기독교 신앙을 '부정'한 것이 아니라 지속적으로 '회의'하고 있었던 것이다. 회의의 단계라는 것은 신의 존재 자체를 부정하고 기독교를 온전히 떠나버리는 것이 아니라, 신의 존재와 세계의 근원에 대해 인정하면서도 그것의 의미와 가치에 대해 의심하고 다시 생각해 보는 단계라고 말할 수 있는 것이다. 이는 그의 "고독"이 여전히 기독교의 영역 안에서 이루어지는 신앙적 회의의 산물이라고 보게 만드는 진술인 것이다.

신앙적 회의의 표현으로서의 "고독"은 그러므로, 기독교 신앙의 관점에서 볼 때, 좌절과 절망이 아니라 더 나은 단계로 나아가기 위한 성장 혹은 성숙의 과정이라고 할 수 있다. 이러한 논리적이고 현실적인 측면의 신앙의 회의를 넘어서게 될 때, 인간은 더욱 깊은 신앙의 성숙 단계로 접어들게 되는 것은 종교 일반의 현상이기도 하다. 이렇게 본다면 믿음에

---

21) 김현승, 「나의 문학백서」, 274.

있어서의 회의가 맹목적인 부정이 아니라 내적인 자아의 성숙에 따른 신앙의 긍정적 태도라고 할 수도 있는 것이다.[22]

김현승 시인의 '고독'의 시편들이 지닌 의미를 정확하게 추적하는 작업은 그래서 시인의 세계 인식 태도를 추적하는 과정이 될 뿐만 아니라, 시인의 신앙이 성숙해가는 과정을 따라가는 작업도 될 것이다. 그의 '고독' 시편들이 단순히 기독교 신앙에 대한 철저한 부정으로 결론지어지는 것이 아니라, 기독교 신앙 안에서 자아의 존재에 대한 끊임없는 성찰과 고뇌, 그리고 진리를 찾고자 하는 간절한 바람의 다른 표현태이기 때문이다. 시인이 기독교의 하나님을 전적으로 부정한 자리에 서 있는 것이 아니라, 오히려 신앙상의 갈등과 그것으로 인한 내적인 방황, 그리고 그러한 요인들이 불러오는 생명력의 상실과 같은 것들이 시적으로 어떻게 형상화되고 있는지를 여기서 확인해 볼 수 있는 것이다.

이러한 관점이 중요한 이유는, 이 시기의 '고독'의 개념이 후기 시에 특징적으로 드러나는 신앙 회복의 문제와 자연스럽게 연결되어 전개되고 있다는 점 때문이다. 1970년대 이후의 후기 시에서 시인은 신앙의 회복과 그것으로부터 말미암은 다양한 변화의 양상을 보여주는데, 이러한 변화의 징후를 1960년대 후반부터 이미 일정한 정도 드러내고 있음을 확인할 수 있다. 이것은 시인이 보여주는 신앙의 회복이 어느 한 순간에 기적처럼 이루어진 것이 아니라 서서히 이루어지고 있었음을 보여주는 것이다. 그러므로 시인이 보여주는 중기의 '고독'이라는 시세계는 여전히 기독교적인 자장 안에서 이루어지는 신앙 성숙의 한 과정이었음을 확인할 수 있다.

---

22) 신익호, 『기독교와 한국 현대시』, 60.

'고독'의 배경과 근거

종교적 회의와 신의 상실

　김현승 시의 '고독'이라는 주제를 정확하게 다루기 위해서는 무엇보다 먼저 그의 시세계가 본질적으로 종교적인 데서 출발한다는 점을 지적해야 한다. 이는 그의 시세계의 출발점이 됨과 동시에 도달점으로서의 역할도 하고 있는 것으로, 그의 시세계 전체를 흐르는 가장 중심적인 사유가 된다. 물론 '고독'을 주제로 하는 이 시기는 김현승 시인 스스로 밝히고 있듯이 기독교에 대한 심각한 회의를 경험하는 시기와 맞물리고 있는 것이 사실이기에, 이 시기의 '고독'을 비기독교적 혹은 반기독교적인 것으로 분류하는 논의가 많이 있어 왔다. 그러나 그것은 한 인간 사유의 근원적인 틀이라는 입장에서 볼 때에는 상당히 문제가 있는 해석이 될 수 있다. 그의 의식이나 사고구조 기제는 기독교적 세계관에 여전히 머물러 있음을 분명하게 확인할 수 있기 때문이다. 그의 신앙은 이 시기에 신을 '부정'하는 것이 아니라 '회의'하는 과정에 있었던 것이다.

　그가 '고독'을 주제로 한 작품을 쓰기 시작하는 60년 중반의 작품들을

163

중점적으로 모아 놓은 시집 『견고한 고독』에 실린 첫 번째 작품은 그의
신앙상의 고민과 갈등, 흔들림 등을 잘 보여준다.

나의 길은
발을 여이고,
배로 기어 간다
오월의 가시밭을.

너의 길은
빵을 잃고,
마른 혀로 입맞춘다
칠월의 황톳길을.

그대의 길은
사랑을 잃고,
꿈으로만 떠오른다
시월의 푸른 하늘을.

우리의 길은
머리를 잃고,
가는 꼬리를 휘저으며 간다
산하에 머흘한 구름 속으로.

–「길」전문

이 시의 의미를 보다 정확하게 평가하기 위해서는, 이 시가 그의 시집

에 실린 위치를 먼저 확인해야 한다. 그는 고독이라는 주제를 본격적으로 다룬 첫 번째 시집의 첫 번째 작품으로 바로 이 작품을 싣고 있는 것이다. 그만큼 김현승 시인은 스스로 이 작품이 가지고 있는 의미를 나름대로 중요하게 생각해 왔음을 보여준다. 물론 시인의 의도만으로 이 작품이 가지고 있는 의미나 가치를 온전히 평가할 수는 없지만, 시인이 얼마나 중요하게 생각하고 있었는지는 잘 보여주는 것이라고 할 것이다.

이 시를 주도하고 있는 이미지는 '뱀'이다. 자아는 첫 연에서 "나의 길"을 말하고 둘째 연에서 "너의 길"을 말하며, 세 번째 연에서 "그대의 길"을 말하고 있지만, 그것들을 함께 통합하여 마지막 연에서는 "우리의 길"이라는 이미지를 가져온다. 이 말은 여기에서 사용되고 있는 '나', '너', '그대'라는 말이 전혀 다른 인격 혹은 존재로서 분리된 것이기보다는, 인간 전체라는 말로 통합되는 것임을 보여주는 것이 분명하다. 자아는 그러므로 여기에서 한 개인으로서의 자신을 다루고, 그것과 대비하여 타자로서의 '너'나 '그대'를 다루는 것이 아니라, 그 속성상 공통성을 강하게 소유하고 있어서 하나의 개념으로 묶일 수 있는 인류의 개념으로서의 '나', '너', '그대'를 다루고 있는 것이다.

첫 연에서 자아는 '나'를 "발을 여의고 / 배로 기어 간다"는 뱀의 이미지로 비유한다. '나'가 뱀이 되어 "오월의 가시밭길을" 기어가고 있는 것이다. 그리고 둘째 연에서 '너'는 "칠월의 황톳길"을 "마른 혀로 입맞"추는 존재가 된다. 마른 혀는 또한 첫 연의 연장선에서 확인하는 뱀의 혀이기도 하다. 네 번째 연에서 자아는 '그대'를 "꼬리를 휘저으며" 앞으로 나아가는 뱀의 구불구불한 진행 방식을 비유하여 표현한다. 결국 '나', '너', '그대' 이 세 사람 모두는 '뱀'이라는 공통적인 이미지로 묶이고 있음을 여기에서 확인할 수 있다. 또한 여기서 명확하게 인식하고 있어야 하는 것 중의 하나는, 그 이미지들이 낱개로 따로 존재하는 것이 아니라 뱀의 움직임 하나를 표현하기 위한 것이라는 점이다. 그러므로 여기에서는 '나', '너', '그대'가 개별적인 존재가 아니라, '뱀'이라는 이미지의 부분일 뿐이라는 점을 분명히 인식할 필요가 있는 것이다.

시인은 그래서 이를 "우리"라는 대명사로 표현하고 있다. 여기서 우리는 단순한 한 개인으로서의 자아나, 그러한 자아가 만나고 함께 삶을 공유하는 타자를 넘어서는 인간 본질을 말하고 있음이 분명하다. 시인은 '뱀'이라는 하나의 이미지를 각각의 대명사 뒤에 분리하여 배치함으로써 마지막 연에 나타나는 "우리"라는 말이 인간 존재 자체를 뜻할 수 있도록 만들어 놓고 있는 것이다. 그렇다고 이 복수 대명사 "우리"가 집단으로서의 인류 전체를 뜻한다고 보기는 어렵다. 개인들이 모여서 이루어진 집단으로서의 공동체는 구성원 개개인의 존재 자체에 대한 고려를 전제로 할 때 제대로 된 우리로 인식될 수 있기 때문이다. 결국 여기서 말하고 있는 "우리"는 복수로서의 개인성을 말해 주는 것이기보다는 보편적 인류 혹은 보편적 개인으로서의 인간을 말해 주는 것이라고 하겠다. 다시 말해 이 시에서 뱀으로 비유된 '나', '너', '그대', '우리'는 따로 구분되는 개념이기보다는 시인이 인식하고자 하는 인간의 보편적 속성을 간직한 인간 자체를 말해 주는 것이라고 하겠다. 이러한 대명사를 사용함으로써 시인은 보편적 인간의 속성으로서의 "고독"이라는 개념을 형상화한다. 자아 한 사람만의 고독이 아니라 인간이 보편적으로 경험하는 속성 중의 하나로서의 '고독'을 말하고 있다는 것이다.

시인은 이러한 '우리'를 "뱀"의 이미지로 비유하는데, 이것이 그의 시에 나타나는 '고독'이라는 주제를 이해하는 데 있어서 핵심적인 역할을 한다. 여기서 뱀은 성경의 창세기에서 나오는 인간의 타락과 깊이 관련되어 있는 동물이다. 창세기에 보면 하나님께서 아담과 하와를 창조하여 에덴동산에 두고 다스리게 하였지만, 인간은 뱀의 꾐을 받아 하나님께서

금지하신 선악과를 따먹고 타락하게 되고 말았던 것이다. 그리고 이러한 인간의 죄로 인해 여인인 하와에게는 임신과 출산의 벌을, 남자인 아담에게는 고통스럽게 땀흘려 노동해야만 하는 벌을 주신다. 그와 함께 이들 타락의 원인을 제공했던 뱀에게는 배로 기어다니고 흙을 먹고 살아야 하는 벌을 내리신다.[23] 뿐만 아니라 그들이 살아갈 자연도 함께 저주를 받아 가시와 엉겅퀴를 내는 광야로 바뀌어 버리고 만다. 이들 아담과 하와는 에덴 동산으로부터 쫓겨나서 에덴 동쪽 거친 광야에 거하면서 먹고 살기 위해 힘겨운 노동을 해야 하는 시련을 겪게 되는 것이다.

이러한 인간 타락의 출발점에 뱀이 있었다는 점과 김현승의 이 시가 연결될 때, 이 시를 쓴 시인의 의도는 명확해진다. '나', '너', '그대', 즉 '우리' 모두를 '뱀'으로 비유함으로써 시인은, 이들이 하나님 앞에 죄를 범하고 벌을 받는 존재로서의 아담이나 하와와 동일한 존재라는 것을 말해 주는 것이다. 뿐만 아니라 자아는 인간이라는 존재가 뱀과 같은 저주받은 존재임을 비유를 통해 말하고 있다. 자아에게 인간은, 하나님 앞에 죄를 범하고 그 벌을 온몸으로 지고 살아야 하는 뱀의 저주를 그대로 감당하고 있는 존재로 그려지는 것이다.

그리고 '뱀'의 이미지는 또한 여기에서 거칠고 힘겨운 삶을 살아가야 하는 존재로 그려진다. 뱀은 "오월의 가시밭길"을 "배로 기어" 갈 수밖에 없는 존재이며, "칠월의 황톳길을" "마른 혀로 입맞"출 수밖에 없는 존재이기도 한 것이다. 뿐만 아니라 뱀은 사랑을 잃고 "시월의 푸른 하늘을" 꿈만으로 떠올리는 존재에 불과하다. 자아는 자신을 포함한 인간 한 사람 한 사람이 바로 그러한 존재임을 말해 주고 있다. 그래서 그 뱀은 "머리를 잃고 / 가는 꼬리를 휘저으며" 가는 존재일 뿐이다. 그만큼 풍요나

---

23) 창세기 3장.

평안과는 거리가 먼 존재이면서, 살아가는 삶의 시간과 공간 속에서 끊임없이 고통스러움을 감내해야 하는 존재로 그려지고 있다.

　시인이 인간 존재의 현실태를 이와 같은 저주받은 '뱀'의 이미지로 그려내는 것은 상당히 의미심장하다. 이는 인간이 죄를 범함으로 말미암아 하나님의 저주를 받아 이렇게 고통스럽게 살아가야 하는 존재가 되었음을 말해 주는 것임과 동시에, 그가 말하는 '고독'이 바로 이러한 인간 존재의 근원적인 조건과 맞물려 있음을 보여주는 것이기도 하다. '고독'이 단순히 타자로부터의 분리나 고립감이 아니라, 신과의 관계의 단절로 말미암는 보다 근원적인 분리, 분열의 감정임을 말해 주는 대목인 것이다. 그것은 곧 죄에 빠진 인간이 견뎌낼 수밖에 없는, 인간 존재의 근원적인 결함을 말해 주는 것이기도 하다.

　이렇게 보면 김현승 시에 있어서 고독은 신으로부터 추방당하여 신과의 교류가 완전히 단절된 후의 인간이 필연적으로 겪어야 하는 감정, 즉 본질적이고 근원적인 정신적 고립감이라고 할 수 있는 것이다. 기독교인이었던 김현승이 특히 성경에 나오는 뱀의 이미지를 자아를 수식하는 이미지로 갖고 왔다는 것이 여기에서는 매우 중요하다. 자아의 존재방식 자체를 '뱀'에다 둔다는 인식 태도 자체에서도 그동안 그가 믿어왔던 기독교 신앙에 대한 심각한 회의를 보여주는 것이기 때문이다.

　빛이 잠드는
　따 위에
　라일락 우거질 때,
　하늘엔 무엇이 피나,
　아무것도 피지 않네.

산을 헐어

뚫은 길,

바다로 이을 제,

하늘엔 무엇을 띄우나,

아무런 길도 겐 보이지 않네.

바람에 수런대는

아름다운 깃발들

높은 성을 에워쌀 제,

하늘엔 무슨 소리 들리나,

겐 아직 빈 터와 같네.

나도 모를 나의 푸른 길 — 내 바래움의 기름진

흙일세!

고국에서나

이역에서도

그 하늘을 내 검은 머리 위에

고요한 꿈의 이바지같이

내게 딸린 나의 풍물과 같이

이고 가네

이고 넘었네,

　　　　　　　　　　　　　　 –「무형의 노래」 전문

시인은 여기서 "하늘/땅"의 이원적 대립을 선명하게 제시하고 있다.

땅은 "라일락"이 우거지게 피어나는 것과 같이 생명력이 넘치는 장소이며, 바다로 이어진 길이 열려 있는 공간일 뿐만 아니라, '바람에 수런대는 / 아름다운 깃발들'이 높은 성을 에워싸는 그러한 공간이다. 그에 비해 "하늘"은 "아무것도 피지 않"는 곳이며 "아무런 길도 겐 보이지 않"는 곳일 뿐만 아니라, 아무 소리도 들리지 않는 "빈 터"와 같은 공간이다. 이는 자아에게 "하늘"이 생명력이 사라진 공간이며, 어떻게 살아가야 의미 있는 삶, 가치 있는 삶이 되는지를 알 수 없는 꽉 막힌 공간임을 말해 주는 것이다. 그래서 그 하늘이라는 공간은 자아에게 의미가 사라진 공간, 즉 "빈 터"와 같은 공간으로 다가온다.

문제는 자아의 삶이 바로 그러한 "하늘"을 "고요한 꿈의 이바지같이"이고 가야 하는 존재라는 점이다. 자아에게 삶의 길이란, 땅에 발을 붙이고 살고 있는 인간이면서도 땅의 풍부한 생명력과 여러 곳으로 열린 길을 걸어서 아름다움으로 가득한 성으로 가는 길을 걸어가는 존재가 아니라, 무슨 천형처럼 "하늘"을 이고 힘겹게 자신의 삶을 살아가야 하는 존재인 것이다.

삶에 대한 이러한 이미지는 두 가지 의미에서 중요하다. 먼저는 '하늘/땅'의 이항대립을 이러한 이미지로 파악하고 있다는 점에서 그것은 의미를 지닌다. 일반적으로 하늘은 풍성한 의미의 세계, 신성의 세계의 상징으로 사용되는 경향이 강하며, 그의 초기 시에서도 이러한 면이 자주 형상화되었다. 그런데 여기서는 그 하늘이 오히려 메마름 혹은 막힌 세계로 그려지고 있다. 시인은 여기서 '하늘/땅'의 이항대립을 전복하여 사용하고 있는 것이다. 어린 시절부터 이제까지 그의 인식 태도가 기독교적인 세계 속에 머물러 있었다는 점과, 이 시기에 이르면서 그러한 기독교적 신앙에 대한 심각한 회의를 표현하고 있다는 점을 고려할 때, 이러한 이미지의 전복이 바로 그의 신앙의 회의와 긴밀히 연관된 이미지의 사용임을 알아볼 수 있다. 기독교 신앙에 대한 깊은 회의가 "하늘"이라는 이미지에 부정성을 강조하고 덧입히는 것이다. 이에 비하여 오히려 땅의 이미지는 풍성함과 아름다움과 생명력이 넘치는 공간으로 그려지고 있음을 볼 수 있다.

이미지의 이러한 전복은, 시인이 하늘과 땅이라는 이항대립 항을 바라보는 시선의 편차에서부터 말미암은 것임과 동시에, 이 시기의 그가 지향하는 세계관의 단면을 보여주는 것이라는 점에서 의미심장하다. 이것은, 시인이 '하늘', 즉 기독교적인 신앙의 세계를 이렇게 부정적인 이미지로 그리고 있고, 자신의 삶이란 그 하늘을 천형처럼 이고 가야 하는 삶이라고 그려내는 데서 기독교 신앙에 대한 심각한 회의를 발견할 수 있는 것이다. 기독교적인 관점에서 '하늘'은 일반적으로 하나님의 보좌가 있는 곳, 그래서 신성성이 깃들어 있는 곳으로 이미지화된다. 그 하나님은 인간에게 생명의 근원이 되며 풍성한 축복을 주시는 분일 뿐만 아니라, 이 땅에서 살아가는 인간들에게 길이요 진리가 되는 분이시다. 기독교적 관점에서 '길'은 바로 하늘을 향하여 열려 있는 것이기도 하다. 그런데 시인은 바로 그러한 기독교의 일반적인 이미지를 뒤집어 놓는다. '하늘'은 여기에서 오히려 생명도 없고 길도 없고, 빈 터와 같이 비어 있는 공간으로 그려지는 것이다.

이것은 시인이 이제까지 자신이 소유해 왔던 기독교 신앙의 근원이 흔들리고 있음을 보여주는 중요한 표지이다. 이 시기에 이르러 시인은 자신의 기독교 신앙이 사정없이 흔들리는 것을 경험한다. 이 시는 그러한 신앙의 흔들림을 이미지의 전복을 통해 드러내고 있다.

떠날 것인가
남을 것인가.

나아가 화목할 것인가
쫓김을 당할 것인가

어떻게 할 것인가,
나는 네게로 흐르는가
너를 거슬러 내게로 오르는가

두 손에 고삐를 잡을 것인가
품 안에 안길 것인가.

허물을 지고 갈 것인가
허물을 물을 것인가.

어떻게 할 것인가
눈이 밝을 것인가
마음이 착할 것인가.

어떻게 할 것인가
알아야 할 것인가
살고 볼 것인가.

필 것인가
빛을 뿌릴 것인가

간직할 것인가

바람을 일으킬 것인가

하나인가
그 중의 하나인가.

어떻게 할 것인가
뛰어 들 것인가
뛰어 넘을 것인가.

파도가 될 것인가
가라앉아 진주의 눈이 될 것인가.

어떻게 할 것인가.
끝장을 볼 것인가
죽을 때 죽을 것인가.

무덤에 들 것인가
무덤 밖에서 뒹굴 것인가.

-「제목」 전문

　이 시는 시인이 자신의 산문에서 스스로 자신의 시세계의 변화를 보여
주는 중요한 변곡점에 해당하는 시로 지적하고 있는 시이다　그 자리에
서 시인은 이 시를 자신의 정신적인 성장과정에서 매우 중요한 작품으로
오래 가지고 있으면서 손질하고 손질해서 발표한 시라고 말하고 있다.[24]
그만큼 그의 시세계의 변화를 감지할 수 있는 작품이기도 하고, 내적인

고뇌를 단적으로 표현하고 있는 시이기도 한 것이다. 이 시는 첫 행부터 마지막 행까지 짧은 구절의 질문으로 시작하여 질문으로 끝내는 매우 특이한 형태를 보이는 시이지만, 질문을 던지는 이 형식 자체가 이 시기의 정신적이고 신앙적 회의를 보여주는 매우 중요한 단서이기도 하다. 끊임없이 질문을 던진다는 것은 그만큼 자아가 고민과 고뇌 속에 빠져 있음을 보여주는 것임과 동시에, 그 질문이 삶의 근저에서 만나는 근원적인 문제와 관련되어 있는 것임을 알 수 있는 것이다.

여기에서 핵심적인 질문은 첫 연에 나타나는 두 개의 질문이다. 이 둘은 서로 대립적인 관계에 서 있는 것이면서, 자아의 내면을 강렬하게 지배하고 있는 회의를 잘 보여주는 역할을 한다. 그렇다면 문제는 그러한 고민 또는 회의의 본질이 어디에 있는지를 추적하는 것이 이 시를 이해하는 첫걸음이라고 하겠다. "떠날 것인가 / 남을 것인가"하는 이 물음이 무엇을 묻고 있는지를 정확하게 추적하기 위해서는 그 물음에서 생략되어 있는 장소를 추정해야 할 것이다. 즉, 어디로부터 떠날 것이며, 어디에 남을 것인지를 묻고 있는지에 대한 대답을 먼저 찾아야 하는 것이다. 여기에서 자연스럽게 떠오르는 것이 이 시기의 시인이 보여주는 기독교 신앙에 대한 회의이다. 시인은 여기에서 어린 시절부터 이제까지 자신의 삶을 지탱해 왔던 기독교 신앙으로부터 "떠날 것인지" 아니면 기독교 신앙에 여전히 "남을 것인지"를 스스로에게 강렬한 음성으로 묻고 있는 것이다. 이처럼 첫 연에서 자아는 자신의 신앙적 흔들림을 단 두 절의 물음으로 보여준다.

두 번째 연에서는 "나아가 화목할 것인가 / 쫓김을 당할 것인가"하는 질문은 좀더 심각한 의미망을 가지고 있다. 사실 이 시를 신앙의 회의와

---

24) 김현승, 「나의 문학백서」, 276.

관련하여 해석해야 하는 중요한 단서가 여기에 있다고 할 수도 있는 것이다. 이 구절을 정확하게 이해하기 위해서는 어디로 나아가서 누구와 화목해야 하는지를 먼저 묻지 않을 수 없다. 그리고 그렇게 화해하지 못하면 쫓김을 당하게 될 것이라고 시인은 말하고 있다.

이러한 질문의 대답은 시인의 신앙을 생각하면 쉽게 결론을 내릴 수 있다. 하나님 앞에 나아가 "화목"할 것인가, 아니면 그 하나님으로부터 등을 돌림으로 말미암아 쫓김을 당할 것인가 하는 문제가 여기에 개입되어 있는 것이다. "화목"과 "쫓김"은 시인이 기독교 신앙을 통해 맺게 되는 신과의 관계에 의해 결정되는 두 가지 삶의 양상인 것이다.

성경에는 죄인으로서의 인간이 하나님 앞에 나아가서 무릎 꿇을 때 하나님께서는 인간의 죄를 용서하고 신과 화목하게 될 것이라고 말하고 있다. 예수 그리스도는 바로 그러한 화목을 위한 제물이 되었다. 아버지가 목사였던 시인의 어린 시절을 생각해 보면, 어려서부터 시인은 기독교적인 문화 속에서 살아왔던 것이 당연하다. 그런데 이러한 기독교 신앙에서 "화목"이라는 단어는 특히 성경적으로 매우 중요하다. 기독교에서 그것은 주로 하나님과 인간 사이의 올바른 관계의 회복을 지칭하는 용어이다. 인간의 죄는 창조주 하나님과 인간 사이의 관계를 완전히 단절시켜 놓았는데, 예수 그리스도의 십자가는 바로 이러한 단절된 관계를 다시 회복시켜서 신과 인간 사이의 올바른 관계를 회복시킨 것이다. 그것이 곧 성경에서 말하는 신과 인간 사이의 화목이다. 그리고 그 화목은 또한 신과 인간 사이를 넘어서 기독교 신자들 사이의 화목으로까지 확대되기도 한다. 이러한 "화목"은 인간이 신 앞에 "나아가" 얻게 되는 것이기도 하다.

이러한 기독교의 진리는 시인에게는 너무도 일상적인 이미지였을 것이다. 그러므로 시인이 "화목"이라는 단어를 사용함으로써 기독교적인 문화를 가져온 것이 분명하다. 이 상황이 만약 일반적인 사람들 사이의 관계 혹은 원수와의 관계를 지칭하는 단어라면 '화목'이라는 단어보다는 다른 단어를 사용했을 가능성이 더욱 크다.

그 다음 행은 이러한 시인의 세계관을 더욱 선명하게 드러내 주는 질문이 되고 있다. 나아가서 화목하지 않으면 "쫓김을 당할 것"이라고 시인은 말하고 있는 것이다. 상대와 "화목"하지 못하면 쫓기게 되는 삶. 신앞에 나아가 죄의 용서를 받고 구원을 얻음으로써 신과 화목하게 될 것인가, 아니면 여전히 그 죄에 따라오는 벌에 대한 두려움으로 신으로부터 쫓기는 삶을 살 것인가 하는 질문을 자아는 던지고 있는 것이다.

무엇보다 이 시에서 주목해야 할 점은 처음부터 끝까지 질문으로 모든행을 만들고 있다는 점이다. 질문은 자아의 고민과 고뇌를 드러내는 역할을 한다. 그것은 또한 끊임없이 고뇌하면서 앞으로 어떻게 살아가야할 것인가에 대한 고뇌와 방황을 드러내는 역할을 하기도 한다. 결국 이시에서 우리는 심각한 고뇌 속에서 방황하고 있는 자아를 만난다. 그것은 자신의 삶을 이제까지 지탱해 왔던 신앙의 흔들림이며, 기독교에 대한 근원적인 회의에 해당한다고 하겠다.

타자와의 관계의 단절

이러한 신과의 관계의 단절은 수평적인 측면에서의 타자와의 관계의단절을 가져오는 것이기도 하다는 점에서 그것은 '고독'이라는 의미와밀접한 관련을 지닌다. 이 시기의 그의 시가 주로 보여주는 '고독'의 이미지는 근원적으로 신앙의 회의로부터 말미암는 신과의 관계의 단절이지만, 그것은 또한 그로부터 말미암은 타자로부터의 단절이라는 의미도함께 포함하고 있는 단어이기도 하다.

믿음이 많은 사람들은 가벼운 날개를 달고
하늘 나라로 사라져 가는데,

저녁 나절의 구름들은
저 지평선의 가느다란 허리를
꿈 많은 손으로 안아 주는데,

나는 문을 닫고
시들시들 나의 병을 앓는다.

나의 창 가에서 까맣게 번지는
부드러운 꽃잎의 가장자리여,
네 서느럽고 맑은 이슬과 같은 손도
나를 짚는 이마 위에선 힘을 잃는다!

나의 병이 네 부드러운 살갗에 한번 스며들면
네 가느다란 손구락 마디의 보석들도
그 아름다운 눈빛을 잃을 수밖에,

바람에 실려 네 품안으로 가던
꿈의 쭉지도 청동과 같이 녹슬어
무거운 공중에 걸리고 만다.

꽃들의 주둥이가
젖줄을 빠는 기름진 흙의 나라에서

순금의 무게가 백년가약으로

가슴 깊이 그 머리를 파묻는 흙의 향기에서

내 목숨의 가시덤불은 시들시들 마른다!

어둠을 기다려

박쥐빛 날개로 내 사랑의 메마른 둘레를

한 바퀴 돌고서는,

다시 돌아와 내 안의 문을 닫고

시름시름 나의 병을 나 혼자 앓는다.

- 「병」 전문

시인은 여기서 자신의 문제의 근원을 신앙에 대한 회의에서 찾고 있다. 첫 행에서 자아는 "믿음이 많은 사람들"과 자아가 서 있는 자리를 선명하게 구분하여 놓고 있는 바, 이는 그들과 자신이 다른 세계를 살고 있음을 분명하게 보여주는 것이다. 이것은 곧 자아가 신앙이 없는 상태, 즉 신앙의 회의를 경험하고 있는 상태에 있음을 보여준다. 믿음이 많은 사람들은 "가벼운 날개를 달고 / 하늘 나라로 사라져 가는데" 자신은 그렇지 못하기 때문에 괴로운 감정을 드러낸다. 과거의 자신이 지니고 있는 신앙의 경지를 이 자리에서는 상실해 버렸다는 박탈감이 중요한 정서의 하나가 된다.

그런데 이러한 정서가 2연 이후에서는 관계의 단절로 나타난다는 점은 의미심장하다. 자연의 구름들은 지평선을 "꿈많은 손으로 안아 주는데", 자신은 혼자서 "문을 닫고 / 시들시들 나의 병을" 앓고 있기 때문이다. 이것은 철저한 관계의 단절을 의미한다. 병을 앓고 있는 상황에서도 "문을 닫고" 앓고 있는 것은, 자아가 스스로 외부와의 교류나 소통을 포기하고 있다는 말이기도 하다. 다시 말해 혼자서 그 병을 감당하겠다는 것이며, 이것이 또한 이 시기의 김현승 시에 나타나는 '고독'의 중요한 속성이기도 하다. 타자와의 관계를 통해 이러한 단절과 분리를 극복하고 나아가려는 의지를 보이는 것이 아니라, 자아의 내면으로 스스로 들어와 문을 닫아 걸어버리는 것이 그의 '고독'의 특징인 것이다.

이러한 '고독' 속에 빠진 자아의 이미지가 보여주는 또 다른 특징은, 혼자서 병을 앓고 있는 자신과 하늘나라로 가는 사람들이나 꿈 많은 손으로 안아주는 구름들 사이에는 심각한 대립 관계를 형성하고 있다는 점이다. 이 두 세계 사이의 대립과 대조는, 시인이 추구하는 '고독'의 특징을 보다 명확하게 드러내 주는 역할을 할 뿐만 아니라, 자아가 내면 깊숙히 지니고 있는 욕망을 드러내 주는 역할을 하기도 한다. 자아에게 있어서 "믿음이 많은 사람들"이 서로 돕고 위로하며 교류하고 소통하는 것이 함께 살아가는 따뜻한 신앙의 세계라면, 혼자서 "시들시들 나의 병을 앓"고 있는 자신의 모습은 그러한 신앙을 잃고 '고독'에 빠져 있는 자아가 경험하는 고통스러운 현실인 것이다.

'고독'에 빠져 있는 자아의 세계가 생생한 생명력을 파괴하는 강한 힘을 가지고 있다는 점은 그의 시세계를 이해하는 데 있어서 매우 중요하다. 그것은 4연에서처럼 자신을 위로하기 위해 내밀어지는 타자의 손마저 차갑게 식어가게 만드는 힘을 지녔다. 아픈 자아를 향해 내밀어진 "부드러운 꽃잎의 가장자리" 같고 "서느럽고 맑은 이슬과 같은" 타자의 손마저도, 그의 이마 위에서는 "힘을 잃는다." 뿐만 아니라 자아가 경험하는 '고독'의 힘은 그 "손구락 마디의 보석들"까지도 빛을 잃게 만드는 힘을 지녔으며, '너'에게로 뻗어가던 '꿈의 쭉지'마저도 녹슬게 만들어 버리는 파괴력을 발휘하기도 하는 것이다.

이러한 '고독'의 파괴적인 힘 앞에서 자아는 "시들시들 마른다!" 지닌 바 생명력을 소진하고 말라비틀어진 "가시덤불"이 되는 것이다. 이렇게 생명력을 잃고 말라비틀어지는 자리에 처한 자아는 "가시덤불"로 비유되는 바, 이는 자신의 목숨이 오히려 타자를 찌르고 심지어는 자기 자신까지도 찌르는 공격적인 것으로 바뀌었음을 인식하고 있는 것이다. 그것은 자아 자신의 "사랑"마저도 "메마른 둘레"를 지닌 것으로 만들어 버리고, 자신의 내면에 세워진 "문을 닫고 / 시름시름 나의 병을 나 혼자 앓는" 존재로 만드는 것이다.

이 시에서 자아는 모든 타자들로부터 단절된 상태를 잘 보여준다. 자아는 여러 사람들 사이에서나 '너'와의 관계 속에서 삶의 의미와 위로와 힘을 얻는 것이 아니라, 그 모든 관계를 단절하고 혼자만의 세계로 끝없이 침잠하고 마는 것이다. 이것은 곧 자아에게 믿음과 평안, 타인과의 교류와 소통을 하게 만들어 주었던 신앙의 회의 혹은 상실이라는 주제와 긴밀하게 관련되어 있는 변화이기도 하다. 하나님에 대한 신앙을 상실한 자아가 자신을 둘러싸고 있는 타자와의 관계에서도 마찬가지의 단절과 분리를 경험하는 것이다.

이러한 단절과 분리가 타자나 외부적인 힘에 의해 이루어지는 것이 아니라 자아의 내적인 변화의 양상이라는 점은 의미심장하다. 즉, 외부적인 강제에 의해 이러한 단절과 분리가 일어나는 것이 아니라, 자아의 의지적 결단이라는 점이다. 그리고 그 의지에 의해 야기되는 이러한 단절은 그 의지 혹은 욕망의 변화에 따라 쉽게 바뀔 수도 있는 가능성을 지니고 있다는 점 또한 지적될 필요가 있다. 다음 시는 이러한 단절과 분리를 잘 보여주면서도 그 이면에 이러한 상황을 넘어서고자 하는 자아의 의지를 또한 잘 드러내고 있다.

내 이름에 딸린 것들
고향에다 아쉽게 버려 두고

바람에 밀리던 푸라타나스
무거운 잎사귀 되어 겨울길을 떠나리라.

구두에 진흙덩이 묻고
담장이 마른 줄기 저녁 바람에 스칠 때
불을 켜는 마을들은
빵을 굽는 난로같이 안으로 안으로 다수우리라.

그곳을 떠나 이름 모를 언덕에 오르면
나무들과 함께 머리를 들고 나란히 서서
더 멀리 가는 길을 우리는 바라보리라.

재잘거리지 않고
누구와 친하지도 않고
언어는 그다지 쓸데없어 겨울 옷 속에서
비만하여 가리라.

눈 속에 깊이 묻힌 지난 해의 낙엽들같이
낯설고 친절한 처음 보는 땅들에서
미신에 가까운 생각들에 잠기면
겨우내 다수운 호올로에 파묻치리라.

어름장 깨지는 어느 항구에서
해동의 기적 소리 기적처럼 울려와
땅 속의 짐승들 울먹이고
먼 곳에 깊이 든 잠 누군가 흔들어 깨울 때까지.

- 「겨울 나그네」 전문

시인이 형상화하고 있는 '고독'이 무엇보다 먼저 시인의 신앙의 흔들림과 긴밀하게 관계를 맺고 있는 것이라면, 이러한 신앙의 회의는 신과의 관계의 단절이라는 현상을 가져옴을 살펴보았다. 이것은 기독교적인 관점에서 볼 때, 인간의 수직적인 관계, 즉 신과 인간 사이의 관계의 단절을 말하는 것이기도 하다. 그런데 이러한 관계의 단절은 그것만으로 그치는 것이 아니라, 인간들 사이의 수평적인 관계의 단절도 초래한다는 점에서 인간의 존재방식을 살펴보는 매우 중요한 의미를 지닌다. 이 시에서 확인할 수 있는 것은 바로 이러한 수평적 관계의 단절, 즉 자아와 타자 사이의 관계의 단절이다.

자아는 이제 "겨울길"을 떠나는 존재로 스스로를 형상화한다. 자아가 스스로 뿌리박고 살아가고 있는 현실 공간 속에서 풍성한 생명력을 누리면서 살아가는 것이 아니라, 그러한 생활 공간을 떠나 "겨울길"을 나서는 것이다. 자아가 그렇게 길을 나설 수밖에 없는 이유에 대해서는 이 시에 직접적으로 나타나지 않지만, 이 시기의 그의 시세계를 고려한다면 그것을 추론하는 것은 그리 어렵지 않다. 자아는 '고독'의 세계 속에서 그 고독의 문제를 심각하게 경험하고 탐색하고 있다. 그러한 과정에서 자아는 그러한 자아의 모습을 "겨울길"을 떠나는 모습으로 형상화하고 있으며, 그 이미지 속에서 자아는 모든 다른 타자들로부터의 단절을 형상화하고 있는 것이다.

이 시에서 우리가 확인할 수 있는 것은 두 가지 세계가 보여주는 대립적 이미지이다. 시인은 "고향" 혹은 "불을 켜는 마을들"이라는 포근하고 따스한 세계의 이미지와 함께, 자아가 길 떠나서 만나게 되는 "처음 보는 땅들"의 이미지를 대립적으로 제시하고 있다. 전자의 이미지는 자아가 이제까지 살아오던 고향의 이미지, 따뜻한 생활공간의 이미지를 지니고 있다. 거기에는 포근한 사랑이 있는 곳, 그래서 "빵을 굽는 난로 같이 안으로 안으로" 따뜻한 기운이 넘쳐흐르는 곳이다. 이러한 공간은 신앙의 회의를 느끼고 삭막한 겨울바람 앞에 서기 전의 시인이 누리던 삶의 공간임이 분명하다. 거기에는 모든 것을 감싸 안는 신적인 세계의 사랑이 있으며, 차가운 겨울바람조차 뚫고 들어오지 못하는 따뜻함이 존재하는 공간이었다.

이러한 공간을 떠나 "겨울길"을 나선다는 것은 자아에게 심각한 행위가 됨은 분명하다. 그래서 자아는 이러한 공간을 떠나는 것이 "내 이름에 딸린 모든 것을 / 고향에다 아쉽게 버려두고" 떠나야 하는 것으로 묘사하고 있다. 이렇게 버려두어야 하는 것들은 어쩌면 이제까지 소유하고 있던 모든 것들일 것이다. 재산, 소유물들, 가족이나 관계들, 명성이나 권력들까지 포함되어 있을 것이다. 그래서 시인에게는 이러한 떠남이 결코 밝고 화려하며 풍족한 세계로 나서는 길이 아니라, "바람에 밀리던 푸라타너스"의 "무거운 잎사귀"와 같은 발걸음이라고 말하고 있는 것이다. 그렇게 떠나는 길에 부는 "바람"은 "담장이 마른 줄기"에 스치는 바람이다. 여기에서 보듯이 담쟁이조차도 메마르고 건조한 겨울의 "마른" 줄기로 형상화되는 것을 확인할 수 있다.

이러한 겨울길의 이미지를 더욱 선명하게 드러내는 것은 그 길의 과정에서 예측되는 몇 가지 이미지들이다. 자아는 우선 그 길이 쉽게 끝나지 않는 "더 멀리 가는 길"과 연결되어 있는 것임을 보여준다. "이름 모를 언덕"에 올라서서 바라보면, 그 길의 목표가 보이는 것이 아니라, "더 멀리 가는 길"을 바라보게 되는 것. 이는 이 겨울길이 결코 쉽게 끝날 수 있는 길이 아님을 보여주는 이미지이기도 하다. 이와 함께 자아는 그 길에서 함께 가는 사람들이 대화와 소통을 통해 서로를 위로하고 격려하면서 걷는 길이 아니라, 오히려 분리된 각자의 길을 가는 존재들임을 보여준다. "재잘거리지 않고 / 누구와 친하지도 않"은 관계를 지속해 나가는 것이다. 그래서 언어는 역으로 안으로만 잠겨 있기 때문에 오히려 "비만" 해지게 될 것이라고 자아는 예측하고 있다. 즉, 함께 가는 이들 사이에 언어를 사용할 일이 없다는 말이다.

이것은 외로움 혹은 고독의 다른 표현이기도 한 바, 그것을 더욱 정확하게 알 수 있는 것이 제 5연이다. 자아가 도달할 땅, 즉 "낯설고 친절한 처음 보는 땅들"은, 풍성하고 생명력이 넘치는 기쁨이 있는 공간이 아니라, "눈 속에 깊이 묻힌 지난 해의 낙엽들" 같은 땅이며, 겨우내 "호을로에 파묻치"게 되는 땅이다. 그곳에서 자아는 홀로 거하는 고독의 세계를 경험하게 될 것임을 보여준다.

여기서 지적되어야 할 것은 3연 마지막 행에 제시된 "우리"라는 대명사이다. 시인에게 있어서 이 길은 "호을로에 파묻치"기 위해 떠나는 길이지만, 그 길을 가는 과정은 혼자가 아니라 "우리"가 함께 나서는 길이다. 그런데 문제는 이렇게 같이 나선 "우리" 사이에는 "재잘거리지 않고 / 누구와 친하지도 않"는 관계가 형성되며, 그래서 "언어는 그다지 쓸데 없어 겨울 옷 속에서 / 비만하여" 가는 길이라고 말하고 있다. 다시 말해 함께 가는 것 같은 "우리" 사이는 서로를 위로하고 도와주는 교류나 대화가 있는 관계가 아니라, 철저하게 분리되고 고립된 관계가 존재하는 것이다.

그렇다면 시인은 여기에서 왜 "우리"라는 말을 사용하고 있을까. 일반적으로 "우리"라는 말 속에는 그 구성원들 상호간에 일어나는 의사교환과 소통, 교류와 같은 것을 전제되어 있다. 어느 정도의 공동체를 구성할 때 "우리"라는 단어를 사용하기 때문이다. 그런데 이 시에서는 동일한 "우리"라는 단어를 사용하면서도 이러한 교류와 소통은 완전히 배재하고 있는 것을 볼 수 있다. 이것으로 볼 때 시인은 이 "우리"를 공동체성을 표현하기 위한 단어로 사용하기보다는 상호관계가 단절된 상태에서 힘겹게 살아갈 수밖에 없는 인간 존재의 본질을 표현하기 위한 단어로 사용한 것이라고 할 수 있을 것이다. 다시 말해 인간이면 누구나 이러한 "겨울길"을 떠나게 되는 것임을 보여주고자 하는 것이다. 결국 여기에서 확인하는 것은 이러한 '고독'으로의 여행이 자아 혼자만의 개인적인 경험일 뿐만 아니라, 인간의 보편적인 속성 중의 하나임을 은연중에 말하고 있는 것이다. 이것은 '고독'의 의미에 대해 살펴볼 때 더욱 선명하게 부각된다.

이 시에서 주목해야 하는 또 하나의 문제는 자아가 이러한 고독의 상태 속에 빠지는 것을 이 시의 시적 시간의 끝으로 삼고 있는 것이 아니라는 점이다. 이 시에서 자아는 그 너머의 시간, 즉 모든 것이 깨어나는 봄날과 같은 시간을 간절하게 바라는 자아의 욕망을 형상화하고 있다. 모든 것이 얼어버린 '고독'의 땅이 시인이 추구하는 마지막 단계가 아님을 단적으로 보여주는 중요한 단서가 여기에 내재되어 있기 때문이다. '고독'의 땅은 자아가 어쩔 수 없이 현실 속에서 존재하게 되는 땅이라면, 자아의 욕망 속에서는 그러한 겨울의 얼어붙은 세계를 깨고 들려오는 "해동(解凍)의 기적 소리"가 "기적처럼 울려"오기를 간절히 기다리고 있는 것이다. 누군가 자아의 "먼 곳에 깊이 든 잠"을 흔들어 깨워주기를 자아는 간절히 원하고 있는 것이다. 자아에게 그것은, 기적처럼 다가올 봄과 같은 것이며, 그래서 자아를 살아 있게 만들어 주는 것이기에, 자아의 간절한 욕망의 대상으로 그려지고 있는 것이다.

이것은 시인이 이 시기에 형상화하고 있는 '고독'이 결코 시인의 최종적인 도달점이 아니라는 점을 인식하게 만들어 주는 중요한 단서이다. 시인이 "겨울길" 같은 '고독'의 세계로부터 "기적처럼" 깨어날 수 있기를 간절히 기다리고 있는 것은, 그 '고독'으로부터 벗어나는 것을 간절히 바라고 있음을 보여주는 것이다. 이것은 신앙의 흔들림을 극복하고 새로운 회복의 길을 걷고자 하는 의지의 발로이며, 새로운 생명을 받아 구원을 이루고자 하는 욕망의 표현인 것이다. 이러한 의지의 정확한 의미와 가치는 이 시기의 그의 시가 보여주는 '고독'의 구체적인 의미와 그 변화의 양상을 분석할 때 보다 정확하게 드러날 것이다.

생명력의 상실

그에게 있어서 '고독'이 관계의 단절을 의미하는 바, 수직적인 신과의 관계의 단절과, 수평적인 주변의 타자들과의 관계의 단절을 의미한다면, 이는 다른 말로 하면 종교적인 면에서의 신앙의 회의 혹은 상실과 사회 속에서의 고립 혹은 분리라고 할 것이다. 앞서 살펴 본 바와 같이 그의 시에서 신앙의 회의 혹은 상실은 이 시기의 시를 이해하는 데 있어서 매우 중요한 의미를 지닌다. 신앙의 회의가 얼마나 고독의 문제와 결부되어 있는지를 이해하기 위해서는 이 시기의 그의 시에 형상화되어 있는 '고독'의 개념을 정확하게 구체적으로 확인하는 작업이 필요하다. 그리고 그 작업은 우선 그가 형상화해 내고 있는 '고독'이 정확하게 어떠한 이미지로 이루어져 있는지에 대한 이해가 필요하다.

그의 시에서 '고독'이라는 주제는 많은 경우 '단단함' 혹은 '딱딱함'이라는 이미지를 통해 형상화되는 것을 확인할 수 있다. 그것은 생명이 지닌 부드러움 혹은 여유로움과 대비되는 의미를 지닌 것으로, 일차적으로 자연이 풍성한 생명력을 상실하고 딱딱하고 견고한 사물이 되는 것을 말한다.

시인은 '고독'을 이야기하는 자리에서 시인이 열매 혹은 나무와 같은 생명을 지닌 자연 사물들을 통해 자아를 비유하고 있다. 시인은 '고독'

을 주제로 다루는 두 권의 시집에서 자아 혹은 인간 존재를 나무나 열매와 같은 자연 사물에 비유하는 경우가 많다. 그것은 인간으로서의 자아를 생명을 지닌 존재로 보고 있음을 말해 주는 것이며, 또한 그 생명력이 왕성한 경우와 그렇지 않은 경우를 구분해서 보고 있음을 말해 주는 것이기도 하다. '고독'에 빠진 자아의 모습은 이러한 생명력이 빠져버린 상태, 즉 마르고 견고해져버린 자연의 이미지로 형상화되는 것이다.

시인에게 있어서 생명이 왕성한 경우는 '고독'하지 않은 경우, 즉 시인이 '고독'을 주제로 다루기 이전의 시에서 주로 그려졌던 자연의 모습이었으며, 또한 후기의 '고독'을 벗어난 상태에서 나타나는 자연의 양상이기도 하다. 이 말은 이렇게 마르고 견고하여 딱딱해져버린 나무 혹은 열매의 모습은 '고독'을 주로 형상화하던 시기의 자연이 지닌 이미지라는 말이다.

김현승 시인이 '고독'을 주로 형상화하는 중기의 이 시기가, 어린 시절부터 자신의 세계관을 형성해 왔던 신앙에 대해 근원적으로 회의하는 시기와 맞물리고 있다는 점은 그의 시세계를 이해하는 데 있어서 중요한 점임은 이미 지적했다. 이는 '고독'이라는 주제가 신앙의 회의 혹은 상실과 긴밀하게 관련되어 있다는 말이며, 마르고 딱딱하게 견고해져서 생명력을 상실한 자연 이미지가 신앙의 상실과 관련되어 있음을 말해 주는 것이다. 자신의 삶을 견지하게 해 주었던 하나님에 대한 근원적인 회의가 일어나고 이를 통해 기독교적인 신앙을 상실하고 나자, 그의 시에 형상화되는 자연 이미지가 딱딱해지고 견고해지며 말라가는 것이다.

껍질을 더 벗길 수도 없이
단단하게 마른
흰 얼굴.

그늘에 빚지지 않고
어느 햇볕에도 기대지 않는
단 하나의 손발.

모든 신들의 거대한 정의 앞엔
이 가느다란 창끝으로 거슬리고,
생각하던 사람들 굶주려 돌아오면
이 마른 떡을 하룻 밤
네 살과 같이 떼어 주며,

결정된 빛의 눈물,
그 이슬과 사랑에도 녹슬지 않는
견고한 칼날 ── 발 딛지 않는
피와 살.

뜨거운 햇빛 오랜 시간의 회유에도
더 휘지 않는
마를 대로 마른 목관악기의 가을
그 높은 언덕에 떨어지는
굳은 열매

쌉쓸한 자양
에 스며드는
에 스며드는
네 생명의 마지막 남은 맛

-「견고한 고독」 전문

자아에게 있어서 '고독'이라는 주제는 생명이라는 주제와 긴밀하게 결합되어 있음을 여기서도 확인할 수 있다. 시인은 가을이라는 시간 속에서 열매를 맺는 식물 이미지를 적극적으로 활용하고 있다. 그런데 일반적으로 가을은 그 속에 풍성한 생명 에너지를 내포한 열매가 맺히는 풍요로운 계절로 인식하지만, 시인은 오히려 그 가을을 생명력이 소진되는 시간으로 형상화하고 있는 것이다. 첫 연에서 시인은 "단단하게 마른 / 흰 얼굴"을 먼저 형상화하는데, 그것이 "껍질을 더 벗길 수도 없"는 것이라는 구의 수식을 받고 있다는 것이 문제가 된다. "흰 얼굴"은 생명력과 활동력이 넘치는 얼굴이나 아름다운 얼굴이 아니라 창백하고 수척한 얼굴로 읽힌다. 이어지는 이미지들이 계속하여 "마른", "굳은" 등의 수식어를 사용하고 있기 때문이다.

그 얼굴과 함께 "그늘"에도 "햇볕"에도 기대지 않고 홀로 서 있는 "단 하나의 손발"을 형상화하는 바, 이것은 '고독'이라는 주제를 이해하게 하는 이미지이다. 그늘도 햇볕도 상관없이 오직 홀로 서는 존재가 시인에게 있어서 '고독'을 정확하게 구현하는 존재라는 점을 여기서 선명하게 보여주고 있는 것이다. 그것은 신적인 세계와 신에 반하는 세계 그 어느 곳으로부터도 영향을 받지 않는, 오롯이 자기만의 힘으로 존재하고자 하는 자의 삶의 방식이라고 할 수 있다.

이러한 측면은 그 다음 연의 "모든 신들의 거대한 정의 앞엔 / 이 가느다란 창끝으로 거슬리고"라는 구절을 통해 보다 구체화된다. "모든 신들"이라는 말 속에는 그가 이제까지 가지고 있던 신앙의 대상이었던 기독교의 하나님까지도 포함하고 있음이 분명하다. 그러한 신들이 내세우는 "정의"를 오히려 "가느다란 창끝으로 거슬리"는 자리에 자아는 서 있는 것이다. 이는 자아가 신들이 내세우는 "정의"를 진정한 정의로 보고 있지 않음을 말하는 것이며, 이것은 곧 신을 믿는 신앙으로부터 돌아서는 것임을 보여주는 단서라고 하겠다.

그러나 문제는 이러한 자리에 서 있을 때 자아는 "마를 대로 마른 목관 악기"와 같은 이미지를 지니게 된다는 점이다. 이것은 그의 시에서 말하는 '고독'의 상태에 대해 많은 것을 말해 준다. 그에게 있어서 '고독'은 중요하고 핵심적인 주제이기는 하지만, 그러한 '고독' 속에 빠져 있는 자아의 상태가 결코 긍정적이거나 풍성한 의미의 세계 속에 잠겨 있지 않다는 것은 분명하다. 자아는 '고독' 속에서 끊임없이 고뇌하고 홀로 서기는 하지만, 그것이 삶을 풍요롭게 만들거나 생명력이 넘치는 활기찬 시간으로 만들어 주지도 않는다. 오히려 고독은 자아에게 고통을 주고 메마르며 딱딱하게 굳은 모습으로 만드는 것이다.

이 시에서도 이러한 측면이 잘 드러난다. 자아가 서 있는 시간은 풍성한 열매가 넘치는 가을이 아니라 "마를 대로 마른 목관악기의 가을"이며, 생명력을 가득 지니고 있으며 풍부한 자양을 가진 먹음직스러운 열매가 아니라 "굳은 열매 / 씁쓸한 자양"일 뿐이다. 부드러움과 풍성함이 아니라 마르고 딱딱하며 견고하다는 것은 자연이 그 풍성한 생명력을 상실하고 죽어가고 있다는 것을 보여주는 것이다. '고독'에 빠진 자아의 모습은 그러므로 생명력을 상실하고 서서히 말라비틀어져 죽어가는 자연의 이미지를 지니고 있다.

영혼의 새.

매우 뛰어난 너와
깊이 겪어 본 너는
또 다른,

참으로 아름다운 것과
호을로 남은 것은
가까워질 수도 있는,

언어는 본래
침묵으로부터 고귀하게 탄생한,

열매는
꽃이었던

너와 네 조상들의 빛갈을 두르고.

내가 십이월의 빈 들에 가늘게 서면
나의 마른 나무가지에 앉아
굳은 책임에 뿌리 박힌
나의 나무가지에 호을로 앉아

저무는 하늘이라도 하늘이라도
멀뚱거리다가,

벽에 부딪쳐
아, 네 영혼이 흙벽이라도 덥북 물고 있는 소리로,
까아욱 ─
깍 ─

─「겨울 까마귀」전문

이 시는 메마르고 건조한 상태에서 생명력을 상실한 자아와 그 영혼을 보여준다는 점에서 이 시기 시인의 상태를 보여주는 중요한 시 중의 하나가 된다. 시인은 여기에서 두 가지 이미지를 집중적으로 그려낸다. "나무"로 형상화된 자아의 이미지와 "영혼의 새"로 형상화된 까마귀의 이미지가 바로 그것이다. 이 시를 이해하는 과정에서 먼저 살펴야 할 것은 자아의 이미지이다. 자아는 여기서 "나무"와 서정적 동일성을 형성하고 있다. 자아가 자연과 형성하고 있는 이러한 동일성을 통해 시인은 자아의 현재의 상태를 말해 주고자 하는 것이다. 여기에서 형상화되고 있는 나무 이미지는 이 시기 그의 시세계의 중요한 특징 중의 하나인 메마르고 견고한 자연이라는 이미지이다.

먼저 그 나무가 서 있는 자리가 "십이월의 빈 들"이라는 점은 많은 것을 보여준다. 십이월이라는 시간이 주는 차가움과 비생명성, 그리고 빈 들이 주는 황량함이 동시에 의미화되는 것이다. 가을걷이가 끝나고 난 십이월의 빈 들은 모든 생명들이 차가운 대지 아래에 가라앉아 죽어 있는 상태, 즉 모든 생명력을 소진하고 차갑게 가라앉아 있는 상태가 된 공간이 된다. 이러한 "빈 들"을 배경으로 서 있는 나무 또한 메마르고 건조한 상태에 처하게 되는 것은 자연스럽다. 강하고 굳건한 가지나 풍성한 이파리를 소유한 넘치는 생명력이 여름철의 자연이라면, 이 겨울을 배경으로 서 있는 나무는 가느다란 가지에 마른 나무가지를 지닌 존재일 뿐이다. 자아는 여기서 스스로를 "가늘게" 서 있는 "마른 나무가지"와 동일시하는 과정에서 생명력이 상실된 '고독' 속에 빠진 인간의 이미지를 그려내고 있는 것이다.

여기서 또한 주목해야 할 것 중의 하나는 그러한 "나무가지"에 앉는 까마귀이다. 까마귀는 말라버린 자아의 나무가지에 날아와 앉는 존재이다. 문제는 그 나무가지에 내려와 앉기 전에 까마귀는 "저무는 하늘이라도 하늘이라도 / 머뭇거리다가" 날아온다. 게다가 그것은 "네 영혼의 벽"
에 머리를 부딪쳐 죽을 정도로 격렬하게 우는 존재이다. 이 까마귀는 어
쩌면 자아의 영혼을 상징적으로 보여주는 것이라고 하겠다. 그러한 영혼
이 "네 영혼의 흙벽" 앞에서 좌절하며 울고 있는 것은, '고독'의 중요한
본질 중의 하나인 외로움 혹은 소통 불능을 보여주는 것이라고 하겠다.

바람에 불 일던 나의 나이,
지금은 창문 앞 잔디처럼
깍이었네,
내 코 밑 수염이 되어
이제는 잔잔히 깎이었네.

바람에 물 일던 나의 나이,
지금은 연액(緣額) 속
동정호의 치운 쪽빛같이
고요히 머무네,
고요히 머물 수 있네.

가락엔 으레이
눈물을 섞던 나의 나이,
이제는 쑥스러워
휘바람도 못 부네
휘바람도 못 부네.

산 그늘도 하루를

반이나 남아 지웠네.

오늘도 스틱을 휘청이며 걷는 종점부근……

씀바귀 마른 잎에

바람이 스치는

나의 영혼 — 식물성 나의 영혼일세.

–「영혼과 중년」 전문

이 시에는 이 시기의 시인이 스스로를 어떻게 인식하고 있는지를 보여주는 단서가 나타나 있다. 이 시기가 자아에게는 젊은 시절의 모든 동물적인 활동성과 생명력을 모두 소진하고 차분히 가라앉는 "식물성"의 시간이라는 것이다. 그것은 곧 그의 다른 시들에 형상화되어 있는 겨울의 빈 들과 유사한 시간이라고 할 수 있다. 게다가 그 식물성은 왕성한 생명력이나 열매와 같은 풍성한 결과물을 지니고 있는 것도 아니다. 단지 그것은 무의미하고 쓸모없는 "씀바귀 마른 잎"에 지나지 않는다. 석양이 비치는 산그늘마저 "반이나 남아 지워"버린 시간 속에, 씀바귀처럼 크게 의미도 없고 가치도 없는 보잘 것 없는 삶의 시간이 바로 자신이 소유하고 있는 현재의 시간이라는 인식이 여기에 깔려 있다.

그러한 시간 속에서 젊은 시절에 자아가 누렸던 모든 것들이 어색하고 힘든 일이 되어버린다. "바람에 불 일던" 나이가 아니라 잔디처럼 "잔잔히 깎이"는 나이, 바람에 일어나는 물결처럼 출렁이는 것이 아니라 "동정호의 치운 쪽빛같이" 고요해져버린 나이에 이르렀다는 스스로에 대한 인식이 이 시를 지배하고 있는 것이다. 생명력이 왕성하여 활동적인 에너지로 넘쳐나던 청년의 시대에는 바람이 불면 "불"을 일으킬 수도 있었고 "물"을 일으킬 수도 있었던 때가 있었다고 시인은 말하고 있는 것이다. 그런데 노년이 된 지금 그러한 활동성과 에너지는 사라지고 그저 "창문 앞 잔디처럼", "연액 속 / 동정호의 치운 쪽빛 같이" 고요히 머무를 수밖에 없다고 자신을 평하고 있다. 결국 그러한 자아의 모습은 "식물성"으로 다가오고, 그렇게 살아가는 삶 또한 씀바귀의 마른 잎사귀 같은 것으로 인식되는 것이다. 활기 넘치고 역동적이던 생명력을 모두 상실하고, 볼품 없고 가치 없는 씀바귀의 잎, 그것도 딱딱하고 견고하게 말라가는 잎처럼 노쇠해 가는 자아의 모습을 스스로 확인하고 있는 것이다.

중년의 자아에 대한 이러한 형상화가 표피적인 면으로 보면 나이가 가져오는 육체적인 노쇠함에 대한 인식이라고도 할 수 있지만, 이 시에서는 제목에서부터 "영혼"이라는 보다 내면적인 존재와 관련을 맺고 있음을 분명히 하고 있다. 시인은 이러한 노쇠함이라는 이미지를 통해 단순한 육체적 노쇠 이상의 무엇인가를 표현하고자 한 것임이 분명하다. 일반적으로 보면 나이가 들수록 육체는 점점 노쇠하여지지만 영혼은 더욱 성숙하고 자라가서 세상을 이해하고 품을 수 있는 경지가 되는 것으로 표현한다. 그런데 여기서는 오히려 그러한 영혼이 나이를 먹을수록 성장하고 성숙해가는 것이 아니라, "식물성"으로 더욱 딱딱하게 굳어가고 말라가는 것으로 표현된다. 이것은 이 시기의 시인이 보여주는 신앙의 상실이라는 충격적인 세계관의 변화와 결합되어 나타나는 의식의 변화를 보여주는 것이라고 하겠다. 신앙의 상실을 시인은 영혼의 노쇠함으로 형상화하고 있는 것이다.

신앙의 상실을 이렇게 보는 것은 그의 의식구조를 이해하는 데 있어서 상당히 중요한 의미가 있다. 시인은 자신의 내면에서 일어나고 있는 이 신앙의 상실이 결코 긍정적인 것이 아니라, 오히려 부정적이고 극복해야 할 변화로 인식하고 있었음을 보여주는 것이다. 어쩌면 이처럼 '고독'은 인간 삶의 중요한 본질을 드러내 주는 것이기는 하지만, 시인 스스로가 그것을 긍정적이고 궁극적인 추구의 대상으로 보지 않았음을 보여주는 것이며, 그래서 미래의 어느 시점에는 반드시 극복해야 하는 것으로 인식하고 있었음을 확인시켜 주는 것이다.

이러한 생명력의 상실로서의 '고독' 이라는 이미지는 삶의 의미 혹은 가치의 상실이라는 보다 근원적인 주제로 확장된다. 시인에게 삶이란 그 가치와 의미가 풍성하여 언제나 행복하게 반추할 수 있는 그 무엇이 아니라, 지금까지의 삶 전체가 그저 껍질에 불과한 것으로 인식되는 허무를 경험하게 만드는 것이 바로 '고독' 이라는 주제인 것이다.

매아미의 노래가 남긴 껍질을, 네 손으로 열매처럼 주서 본 일이 있는가.

잠 안 오는 밤, 네 벽에서
단 한 번 치는 시곗소리를
맹랑하게 들어 본 일이 있는가.

나는 내 장치를
엄지로 튕기쳐,
손바닥 도툼한 곳에서 딱 소리를 내어,
내 고독에 돌을 던져 본다.

어머니가 돌아가셨을 때
왜 울지를 않았는가?

나는 너를 사랑하였다기보다
나의 빈 무덤을 따뜻하게 채웠으며,

단 한 마디를

열 두 권에 나누어

고요한 불빛 아래 아름답게 꾸며 낸

책들을 너는 읽어 보았는가.

새 옷을 떨쳐 입고

거리를 한 바퀴 휘저어 돌아온 나의 하루 ─

그 끝에서 소낙비와 같이 뚝 그쳐 버린 내 춤의 둥근 속도

박수의 날개들은 메추라기 떼와 같이

빈 공중으로 흩어질 때,

나는 이처럼 고독에 악(惡)하다

생애는 남은 것도 없고 또 남기지도 않았다.

―「고독의 풍속」전문

    시인은 자신의 삶을 "매아미의 노래가 남긴 껍질"과 같은 것이라고 말하고 있다. 매미의 껍질은 살아 있는 생명체로서의 매미 자체는 이미 날아가 버린 후 남은 메마르고 단단하게 남은 껍질을 말한다. 여기에는 생명이라는 것이 전혀 깃들어 있지 않다. 단지 애벌레로서 수 년을 땅 속에서 살았다는 흔적, 혹은 새로운 모습의 생명체로 변해서 날아갔다는 흔적만이 남아있을 뿐, 그 껍질 자체는 아무런 의미가 없는 빈껍데기일 뿐인 것이다. 이 시에서 자아는 자신의 삶이 바로 그러하다고 주장하고 있다. "생애는 남은 것도 없고 또 남기지도 않았다"고 하는 데서 삶에 대한 바로 이러한 관점을 읽게 된다.

    자신의 삶을 이렇게 바라보는 이유를 시인은 두 진술 구조 사이에 늘

어놓는다. 잠이 오지 않아 잠들지 못하고 깨어있는 새벽 네 시에 시계가 "맹랑하게" 딱 한 번만 치고 말 때, 그 나머지를 대체하기 위해 손으로 "딱 소리를 내어" 봄으로써 "내 고독에 돌을 던져" 보는 자아의 모습. "어머니가 돌아가셨을 때" 울지도 않는 자신의 모습. "너를 사랑하" 기보다는 "나의 빈 무덤을 따뜻하게 채우" 는 것을 더 중요하게 생각하는 모습. "단 한 마디" 면 충분할 내용을 "열두 권에 나누어" 아름답게 꾸며낸 책을 읽고 있는 모습. "새 옷" 을 입고 나서지만 결국 거리만 한 바퀴 돌아오는 "내 춤의 둥근 속도" 를 바라보는 모습. 이 모든 모습들 속에서 자아는 무의미하고 무가치한 자신의 삶을 차갑게 응시하고 있는 것이다.

자아에게 삶이란 이처럼 의미와 가치가 상실된 허무의 존재일 뿐이다. 그런데 자아는 이러한 자리에 도달하게 된 이유를 '고독' 에서 찾고 있다는 점에서 이 시는 의미심장하다. 자아는 스스로를 평하면서 '나는 이처럼 고독에 악(惡)하다" 고 말하고 있는 바, 이는 곧 '고독' 이 바로 이러한 삶의 무의미를 만들어 내고 있음을 고백하고 있는 것이라고 하겠다. 시인에게 있어서 고독은 이처럼 삶의 의미마저 탈각시키는 것이 되어 있다.

이러한 '고독' 이 자아의 생명력을 상실함으로써 자아의 존재 자체에 대한 의문과 무가치함을 불러오는 것이라면, 이러한 '고독' 은 앞서 살펴본 수직적 관계로서의 자아와 신과의 관계의 단절과 하나는 수평적 관계로서의 자아와 타자와의 관계의 단절과 함께, 자아의 내면에 존재하는 본질적 자아와의 관계의 단절이라고 할 수 있다. '고독' 이 본질적으로 생명력의 상실 혹은 삶의 무가치함이나 무의미함을 인식하게 되는 경험이라면, 시인은 이러한 세 가지 관계의 단절 속에서 바로 그러한 '고독' 을 경험하고 있음을 여기에서 형상화하고 있는 것이다. 이 세 가지 관계는 인간 존재가 가지게 되는 근원적인 관계로, 이 땅에서 살아가는 자의 존재를 본질적으로 규정해 주는 것이라고 할 수 있다. 그런데 김현승 시인은 자신의 '고독'이라는 개념 속에서 이러한 세 가지 관계 모두에서 관계의 단절을 형상화함으로써, '고독'이라는 정서의 깊이를 더욱 선명하게 만들고 있는 것이다.

너를 잃은 것도
나를 얻은 것도 아니다.

네 눈물로 나를 씻어 주지 않았고
네 웃음이 내 품에서 장미처럼 피지도 않았다.
그러나 그것도 아니다.

눈물은 쉬이 마르고
장미는 지는 날이 있다.
그러나 그것도 아니다.

너를 잃은 것을
너는 모른다.
그것은 나와 내 안의 잃음이다.
그것은 다만…….

–「고독」 전문

이 시에서 확인할 수 있는 바 '고독'은 존재의 본질이라는 보다 심원한 것으로부터 말미암는 것이다. 자아는 '고독'이 "너를 잃은 것도 / 나를 얻은 것도" 아니라는 진술로부터 시작한다. 그렇다면 여기서 요구되는 것은 '너를 잃다'라는 구절과 '나를 얻다'라는 구절이 가지는 의미를 선명하게 추적하는 것이다. 2연과 3연은 '너' 가 가지고 있는 것에 대한 서술을 하고 있다는 점에서, '너를 얻다' 라는 구절이 가지고 있는 의미를 드러내 준다. 2연에서 자아는 "네 눈물" 이 나를 씻어주지 않았으며, "네 웃음" 이 장미처럼 피지도 않았다고 말한다. 너의 눈물이 나의 존재를 깨끗하게 해 주지도 못했고, 너의 웃음이 나를 기쁘고 즐겁게 만들지도 못했다는 것이다. 다시 말해 네가 가진 것들이 나를 변화시키거나 위로해 주지 못했다는 말이 된다. 게다가 그 눈물은 쉽게 마르고 장미는 지기도 한다는 점을 3연에서 다시 한 번 강조한다. 나를 변화시키거나 위로와 기쁨을 주는 것도 하지 못한 '너' 이기에 자아에게 '너' 는 큰 의미를 지니지 못하고 있는 것이다.

"그러나 그것도 아니다" 라는 구절은 여기서 다시 한 번 고려해 보아야 하는 구절이다. '너' 가 자아에게는 그리 큰 의미를 지니지 못하는 존재이기는 하지만, 그러한 '너' 가 자아의 변화나 기쁨을 주지 못한다고 해서 자아가 '고독' 에 빠지는 것은 아니라는 말을 하고 있다. 네가 큰 의미를 주지 못하기 때문에 나는 너를 버린다는 의미만은 아니라는 것을 자아는 여기서 다시 한 번 강조하고 싶은 것이다.

마지막 연은 자아의 내면에서 드러나는 '고독' 의 진정한 의미에 대해 선명하게 말해 준다. 자아에게 '고독' 은 오직 "나와 내 안의 잃음" 일 뿐이라고 말하고 있는 것이다. 그것과 대비하여 자아는 자아가 "너를 잃은 것" 을 "너는 모른다" 고 말한다. 그것은 오롯이 자아의 내면에서 자아 스스로가 "너" 를 버림으로써 일어난 현상이라는 말이 된다.

이러한 진술 속에는 몇 가지 의미가 내재되어 있다. 첫째는 자아가 "너" 를 버리는 것을 "너" 는 인지하지 못하고 있다는 말이다. 오롯이 자아의 내면에서 일어나는 일이기에 "너" 는 그것을 눈치채지 못 하고 알지 못 한다는 말이다. 또한 그렇게 "너" 를 버리는 일이 "너" 가 자아에게 큰 의미가 없기 때문만은 아니라는 말이다. 일차적으로 그러한 점을 인지하고 있기는 하지만, 그것만이 모든 이유는 아니라는 점을 "그러나 그것도 아니다"라고 말하는 구절에서 확인할 수 있다.

마지막으로 그것은 "나와 내 안의 잃음"이라고 분명하게 못박는데, 이것은 존재의 본질에 대한 시인의 사유와 깊이 관련되어 있는 진술이기도 하다. 고독이라는 현상을 통해서 자아는 "나를 얻은 것도 아니다"라고 말하고 있는 바, '고독'이 자아의 존재의 의미를 얻거나 가치를 깨달아 알게 되는 것이 아니라는 점을 분명히 하고 있다. 오히려 그것은 마지막 연에서 "나와 내 안의 잃음"이라고 말하고 있는데, 이 "잃음"이라는 말은 자아가 소유하고 있던 존재의 본질 혹은 근원의 상실을 의미한다고 하겠다.

그러므로 이러한 "너"는 자아가 관계를 형성하는 세 가지 차원에서 동시에 적용할 수 있는 여지가 있다. 그것은 곧 신, 타자, 자아 자신인 것이다. 결국 시인은 "너"를 잃어버림으로써 그 관계를 상실하고, 그것이 곧 존재론적 본질로서의 자아의 잃음으로 연결되어 있음을 말해 주는 것이다. 자아가 이제까지 의미를 만들어 왔던 "너", 즉 신까지 포함하는 타자와의 관계를 통해서는 더 이상 의미와 가치를 만들어 내지 못하고 있으며, 그것이 또한 자아의 내면 속의 본질과의 만남을 통해 의미를 획득하는 것도 아님을 말하고 있다. 이것은 이제까지 자아의 존재를 의미 있게 만들어 주었던 가장 근원적인 모든 것의 상실을 보여주는 것이라고 하겠다. 결국 여기서 말하는 '고독'은 타자와의 관계를 통해 존재의 의미와 가치를 추구하는 것으로부터도 단절된 것일 뿐만 아니라, 자아의 존재 본질에 대한 사색이나 깨달음을 통해 존재의 의미와 가치를 얻는 것으로부터도 단절되어 버렸음을 의미하는 것이다. '고독'은 자아와 타자와의 관계, 자아 스스로와의 관계마저도 단절되게 만드는 보다 근원적인 것으로 작동하고 있음을 여기에서 확인하게 된다.

'고독' 의 의미와 인간의 본질

신과의 단절로서의 고독

김현승의 시에서 '고독' 이 의미하는 바를 보다 정확하게 확인하기 위해서는 '고독' 이라는 제목을 달고 있는 많은 시들을 정밀하게 분석하는 과정이 우선적으로 요구된다. 이 절에서는 이러한 '고독' 을 제목으로 달고 있는 시편들에 대한 분석을 통해 그의 '고독' 시편들이 어떠한 세계관을 지니고 있으며 시인은 이를 통해 무엇을 드러내고 싶은지 분석하고자 한다. '고독' 이라는 단어를 시의 제목으로 삼은 시들은 주로 시집 『절대고독』에 많이 실려 있다. 이들 시편들의 공통적인 특징 중의 하나는 '고독' 이 타자와의 단절이나 분리를 의미할 뿐만 아니라, 인간 존재의 근원에 대한 탐색과 맞물려 있다는 점이다.

나는 이제야 내가 생각하던
영원의 먼 끝을 만지게 되었다.

그 끝에서 나는 눈을 비비고
비로소 나의 오랜 잠을 깬다.

내가 만지는 손끝에서
영원의 별들은 흩어져 빛을 잃지만,
내가 만지는 손끝에서
나는 내게로 오히려 더 가까이 다가오는
따뜻한 체온을 새로이 느낀다.
이 체온으로 나는 내게서 끝나는
나의 영원을 외로이 내 가슴에 품어 준다.

그리고 꿈으로 고이 안을 받친
내 언어의 날개들을
내 손끝에서 이제는 티끌처럼 날려 보내고 만다.

나는 내게서 끝나는
아름다운 영원을
내 주름 잡힌 손으로 어루만지며 어루만지며
더 나아갈 수도 없는 나의 손끝에서
드디어 입을 다문다 — 나의 시와 함께.

—「절대고독」 전문

　　김현승 시인이 말하는 '고독'의 본질을 이 시에서 명확하게 확인하게
된다. 시인은 첫 연에서 자신이 이제까지 추구하던 바 "영원의 먼 끝"을
만지게 되었다고 말하고 있는데, 이것의 실체는 그가 말하고 있는 '고

독' 의 개념을 밝히는 데 매우 중요한 역할을 한다. 여기서 말하는 "영원"의 개념이 종교적인 차원에서 일반적으로 말하는 '영원'의 개념과는 상당히 다른 자리에 존재하고 있음을 확인하는 순간, 우리는 시인이 말하고 있는 '고독'의 개념이 무엇인지 보다 명확하게 이해할 수 있기 때문이다.

일반적으로 '영원'은 인간 존재가 근원적으로 지닐 수밖에 없는 한계와 제한으로부터 출발하는 개념이다. 인간은 자신의 죽음이라는 절대로 벗어날 수 없는 시간의 한계를 지니고 있을 뿐만 아니라, 자신이 위치하고 있는 공간을 결코 벗어날 수 없다는 공간상의 한계를 지니고 있으며, 자신이 살아가고 있는 세계를 전부다 이해할 수는 없다는 근원적인 인식상의 한계 등 무수히 많은 한계를 지니고 있는 존재이다. 그럼에도 불구하고 인간은 그 의식 속에서 끊임없이 이러한 한계를 넘어선 어떤 존재에 대한 이상을 버린 적이 없는 것 또한 중요한 속성 중의 하나이다. 그러한 이상이 전지전능하고 절대적인 존재인 '신'으로 귀결되는 것은 당연하다.

시인이 어린 시절부터 가져온 기독교 신앙에서 그것은 천지를 창조하고 운행하시는 전지전능하시고 영원하신 하나님으로 인식되어 왔음은 당연한 일이다. 시인에게 창조주 하나님의 그 전능하심이나 영원성은 그의 의식 세계를 지배하는 핵심적인 세계관의 특징이기도 하다. 그런데 이 시에서는 이러한 영원성에 대해 자아는 새로운 깨달음을 내보이고 있다.

자아는 첫 연에서 "영원의 먼 끝을 만지게 되었다"고 진술하고 있다. 여기서 말하는 "영원"은 그가 어린 시절부터 추구해 오던 기독교 신앙과 연관되어 이해되는 것이 일반적이겠지만, 자아는 그것을 "내가 생각하던"이라는 수식어를 통해 다른 어떤 "영원"을 찾게 되었음을 말하고 있다. 그렇다면 이 말은 일반적으로 기독교에서 이야기하는 전지전능하고 절대적이며 영원한 존재로서의 하나님과 다른 어떤 "영원"을 말하고 있음이 분명하다. 자아는 자신이 만지는 손끝에서 "영원의 별들은 흩어져 빛을 잃"는다고 말한다. 이것은 그의 손이 닿는 자리, 즉 그의 인식이 닿는 자리에서 "영원의 별들"이 빛을 잃고 만다는 것이다. 이러한 "영원의 별들"은 일반적으로 생각하는 기독교적인 절대성 혹은 영원성을 보여주는 하나님을 의미하고 있는 것이 분명하다. 그런데 시인은 이러한 별들이 오히려 빛을 잃고, 자신이 찾고 있던 새로운 "영원"을 발견했다고 말하고 있는 것이다.

그렇다면 여기서 시인이 말하고 있는 "영원"의 진정한 의미를 명확히 하는 것이 필요할 것이다. 그것이 곧 일반적인 기독교적 영원, 즉 인간의 한계를 넘어선 신적인 영원과는 다른 "내가 생각했던 / 영원의 먼 끝"을 말해 주는 단서이기 때문이다.

시인은 '영원'이 있다고 생각했던 그 "먼 끝"에서 '따뜻한 체온을 새로이 느낀다'고 말하고 있는 바, 이는 지극히 인간적인 것을 그곳에서 만나고 있음을 보여준다. 그리고 그것을 시인은 "나의 영원"이라고 명확하게 규정하며, 그 '영원'을 또한 "내게서 끝나는 / 아름다운 영원"이라고까지 말하고 있다. 이 말이 의미하고 있는 바는 명확하다. 그것은 곧 시인이 추구하고 있던 바 '영원'이 인간 존재가 근원적으로 지닐 수밖에 없던 유한성의 한계를 넘어서 존재하는 신적인 절대성이나 영원에 대한 부정이라는 것이다. 자신이 '영원'이라고 생각했던 그 자리에 신적인 영원성을 두는 것이 아니라 "따뜻한 체온"으로서의 인간성을 느끼고 있다는 것은, 인간을 초월한 절대성 혹은 영원성의 소유자로서의 하나님에 대한 부정에 해당하는 것이다.

이러한 신에 대한 부정은 시인의 세계관에서 매우 중요한 변화를 상징하고 있음이 분명하다. 어린 시절부터 기독교적인 배경에서 성장한 그는, 이러한 '고독'이라는 주제를 탐구하기 이전에는 분명히 기독교적인 세계, 신적인 세계에 대한 절대적인 신앙과 추구를 보여주었다. 그러나 이 시기에 이르러서 시인은 그러한 기독교적인 세계에 대한 부정을 통하여 신에 대한 부정을 보여주고, 그리고 그것을 "고독"이라는 이름으로 탐색하고 있었던 것이다. 이는 곧 이 시기의 시인이 보여주는 '고독'의 개념이 단순한 분리 고립의 문제가 아니라, 존재론적인 자리에 서 있는 것임을 말해 주는 것이다.

이 시에서 말하는 '절대고독'은 그러므로 존재의 본질을 추구하던 시인이 도달한 고독의 극한, 즉 존재의 가장 근원적인 자리에 대한 시인의 인식을 보여주는 것인 바, 그 자리에 신은 존재하지 않는다. 이 시에서 말하는 '영원의 먼 끝' 혹은 '나의 영원' 등에서 나타나는 '영원'의 관념이 바로 이것을 말해 주는 것이다. 시인은 이제 자신이 평생을 추구해 오던 신조차 찾을 수 없는 극한적 상황에 마주치고, 이것을 '절대고독'이라 부르고 있는 것이다. '영원의 먼 끝'은 그가 추구하는 신이 있을 것이라고 생각되는 자리였을 것이지만, 거기에 신은 없고 오히려 흩어지는 별들이 있을 뿐이다. 그만큼 그의 시에 나타나는 고독의 개념 근저에는 '신' 관념의 상실이 깊이 자리하고 있다.[25]

고독은 정직하다.
고독은 신을 만들지 않고,
고독은 무한의 누룩으로
부풀지 않는다.

25) 금동철, 「김현승 시의 고독과 은유의 수사학」, 『우리말글』 제21집 (2001. 8.), 201.

고독은 자유다.

고독은 군중 속에 갇히지 않고,

고독은 군중의 술을 마시지도 않는다.

고독은 마침내 목적이다.

고독하지 않은 사람에게도

고독은 목적 밖의 목적이다.

목적 위의 목적이다.

– 「고독한 이유」 전문

여기서 시인은 '고독'이라는 개념을 "정직"한 것 혹은 순수한 "목적"이 되는 것이라고 말하고 있다. 그런데 이러한 주장의 이면에서 고독이 "신을 만들지 않고", "무한의 누룩으로 / 부풀지 않는다"고 말하는 것은 그 '고독'의 개념을 선명하게 이해하는 데 있어서 중요하다. 먼저 자아가 말하고 있는 바 "신을 만들지 않"는다는 말 속에는 이러한 '고독'이 신으로부터 떠난 자아가 지닌 관념이라는 점을 말해 주며, 그것은 곧 신 관념의 상실과 관련된 것이기도 하다. 이와 함께 시인은 '고독'이 "무한"으로 부풀지 않는다고 말함으로써 '무한'이라는 개념 자체에 대한 거부감을 보여준다. '고독'을 추구하는 자리에서 시인은, '신' 혹은 '무한'이라는 전통적인 종교적 개념들의 필요성 자체를 부정하고 있는 것이다.

이와 함께 그가 말하고 있는 "자유"의 개념 또한 중요한 의미를 지닌다. 여기서 말하는 "자유"는 "군중"과 관련되지 않을 자유, 즉 군중들로부터 벗어나 자아의 존재의 본질에 집중할 수 있는 자유를 말한다. 자아의 개념을 타자와의 관계에서부터 추적해 들어가는 것이 아니라, 자아의 존재 본질을 자아 자체의 내면에서부터 근원적으로 추적해 들어가서야

'고독'을 만날 수 있다는 것을 보여주는 것이다.

그러므로 이러한 자리에서 만나는 '고독'은 신과의 관계뿐만 아니라 타자와의 관계까지 단절된 상태에서 추구하는, 인간 존재의 가장 근원적인 존재의 추구라는 것이다. 그러하기에 '고독'이 "목적"이 될 수 있는 것이다. 고독이 목적이 된다는 것은 곧 인간 존재의 근원에 이러한 '고독'이 존재하고 있다는 말이 된다.

시인이 보여주고 있는 바 '고독'의 개념이 기독교적인 신 관념의 상실이라는 점을 깊이 파고들어가다 보면, 거기에는 신의 존재 자체에 대한 근원적인 부정과는 다르다는 점을 확인할 수 있다. 시인은 신이라는 존재 자체를 부정하는 것이 아니라, 그러한 신의 세계에 이르지 못하는 인간 존재가 경험하는 근원적인 한계 속에서 경험하는 자아의 고립감을 노래하고 있는 것이다. 이러한 상태는 시인이 말하고 있는 고독이, '신으로부터 단절된 상태에서의 인간 존재에 대한 인식'이라고 할 수 있을 것이다. 다음 시는 이러한 측면을 잘 보여준다.

거기서
나는
옷을 벗는다.

모든 황혼이 다시는
나를 물들이지 않는
곳에서.

나는 끝나면서
나의 처음까지도 알게 된다.

신은 무한히 넘치어

내 작은 눈에는 들일 수 없고,

나는 너무 잘아서

신의 눈엔 끝내 보이지 않았다.

무덤에 잠깐 들렀다가,

내게 숨막혀

바람도 따르지 않는

곳으로 떠나면서 떠나면서

내가 할 일은

거기서 영혼의 옷마저 벗어 버린다.

- 「고독의 끝」 전문

이 시에 이르면 이 시기의 김현승 시인이 인식하고 있는 바 신 관념이 어떠한 양상인지를 명확하게 보게 된다. 시인은 이 시의 제목이기도 한 "고독의 끝"에서 자아가 신을 어떻게 인식하고 있는지를 잘 표현한다. 그 끝에서 자아는 "나의 처음까지도 알게 된다"고 진술하고 있는 것이다. 이것은 자아라는 존재의 시작과 끝을 알게 되었다는 의미, 즉 자아의 존재의 본질을 깨닫게 되었다는 의미라고 할 수 있다. 자아가 추구하는 '고독'이 시작되는 처음과 그 끝을 자아의 삶의 처음과 끝과 동일시하는 자리에 '고독'은 서 있다. 그리고 그것은 삶에 대한 시인의 인식 태도를 잘 보여준다는 점에서 상당한 의미가 있다.

그런데 여기에서 자아와 신 사이의 관계를 어떻게 인식하고 있으며,

그 인식의 결과 자아가 어떤 관점을 가지게 되었는지를 묘사하고 있는 점은 상당히 의미심장하다. "신은 무한히 넘치어 / 내 작은 눈에는 들일 수 없고 / 나는 너무 잘아서 / 신의 눈엔 끝내 보이지 않았다"는 구절에서 시인 자신과 신과의 관계에 대한 인식의 단서를 보게 되는 것이다. 여기서 자아는 신과 자신을 분명하게 구별할 뿐만 아니라, 그 존재 자체를 부정하고 있지도 않다. 단지 크고 무한한 신과 작고 유한한 인간인 자아 사이의 그 엄청난 차이 때문에 이 둘 사이의 관계가 파괴될 수밖에 없다고 주장하고 있는 것이다.

시인은 신의 존재 자체를 부정하고 있지 않다는 점이 여기서 지적될 필요가 있다. 단지 시인은 무한한 절대자인 신을 정확하게 바라볼 수 없는 자신의 눈의 한계를 명확하게 인식하고, 그러한 자아가 또한 신의 눈에 보이지도 않음을 인식할 뿐이다. 이것은 자아가 신의 존재 자체를 부정하고 있는 것이 아니라, 신과 자아 사이의 단절의 폭이 너무 넓음을 인식하게 되었다는 말이다. 자아의 눈에는 더 이상 무한하고 전능하며 영원한 절대자인 신을 찾을 수 없고, 그러한 신 또한 자아를 더 이상 보아주지 않는다는 인식에 이른 상태인 것이다. 기독교적인 하나님이 그 창조물로서의 인간을 따뜻하게 사랑하며 보살피고 품어주는 존재라면, 시인은 여기에서 그러한 사랑을 도무지 느낄 수 없게 되었다는 고백을 하고 있는 것이다. 자아는 더 이상 하나님을 찾을 수 없게 되었고, 그 하나님조차 자아를 찾아오지 않는다는 고백이다.

이것은 신이 없다는 표현이 아니라, 절대적인 존재인 신을 찾을 수 없다는 고백이며, 그것은 오히려 자아가 추구하고 있는 바 인간 존재의 근원에 대한 보다 본질적인 인식에 도달하는 길이 되기도 한다. '고독'이 시인이 생각하는 바 인간 존재의 본질을 잘 드러내고 있다는 점은 바로 이러한 요소로부터 말미암는 것이다. 자아는 '고독'의 자리, 즉 신과 자아와의 관계가 단절된 자리에서, 자아라는 존재의 본질을 새롭게 인식하게 되는 것이다.

첫 연의 "옷을 벗는다"는 말, 그리고 마지막 행의 "영혼의 옷마저 벗어버린다"는 표현에서 보다 구체적인 형태를 얻게 되는 이 말을 통해, 시인이 인간 존재의 본질을 어떻게 인식하고 있는지를 잘 알 수 있다. '고독'을 통해 파악할 수 있는 인간 존재의 본질은 신으로부터 떠나서 온전히 인간적인 상태의 자아를 인식한 단계, 즉 모든 가식으로부터 벗어난 자아 자체를 인식하게 되었다는 말이다. 그것이 이 시기의 시인이 말하는 '고독의 끝'이고 신으로부터 단절된 자아의 존재 본질인 것이다.

마른 열매와 같이 단단한 나날,
주름이 고요한 겨울의 가지들,
내 머리 위에 포근한 눈이라도 내릴
회색의 가란진 빛갈,
남을 것이 남아 있다.

몇 번이고 뒤적거린
낡은 사전의 단어와 같은……
츄잉 · 검처럼 질근질근 씹는
스스로의 그 맛,
그리고 인색한 사람의 저울눈과 같은 정확
남을 것이 남아 있다.

낡은 의자에 등을 대는
아늑함.

문 틈으로 새어 드는 치운 바람,

질긴 근육의 창호지,

책을 덮고 문지르는 마른 손등,

남을 것이 남아 있다.

뜰 안에 남은

마지막 잎새처럼 달려 있는

나의 신앙.

그러나 구약을 읽으면

그나마 바람에 위태로이

흔들린다

흔들린다.

- 「겨우살이」 전문

　　이 시의 전체적인 의미를 추적해 가는 과정에서 우선적으로 접근해야
할 문제 중의 하나는 첫 행에 나타나는 "마른 열매"의 문제이다. 그의 시
에서 열매는 많은 논자들에 의해 다양하게 논의되어 왔다. 열매는 일반적
으로 식물의 생명을 다음 세대로 이어주는 역할을 하는 것, 즉 풍성한 생
명력을 그 속에 간직한 것으로 인식되는 것이 사실이다. 김현승의 시에서
도 이러한 일반적인 의미의 '열매' 이미지가 자주 사용된다. 그리고 다양
한 논의에서 많은 논자들은 이러한 '열매'의 단단함 속에 들어 있는 생명
력을 지적하고 있기도 하다.[26] 초기의 많은 시에서 이러한 생명성을 소유

---

26) 오세영, 『한국 현대시 분석적 읽기』 (서울: 고려대학교 출판부, 1998), 289.
　　손진은, 「김현승 시의 생명시학적 연구」, 최승호 편, 『21세기 문학의 유기론적 대응』 (서울: 새
　　미, 2000).

하고 겨울을 나는 열매의 이미지가 그려지고 있는 것이 사실이다. 초기의 대표적인 시 중의 하나인 「가을의 기도」에 나타나는 "가장 아름다운 열매를 위하여 이 비옥한 / 시간을 가꾸게 하소서"와 같은 구절이 그것이다. 「가을의 기도」에서 열매는 비옥함이나 풍요로움의 상징으로 형상화되며, 그래서 단단함 속에서도 생명을 지닌 존재로 그려지는 것이다.

그런데 이 시에서는 이러한 열매의 이미지가 상당히 다른 의미를 지닌 것으로 형상화되고 있어서 문제가 된다. 그것은 "열매"라는 단어가 풍성함이나 생명성과는 대조된 자리에서 주로 사용되는 단어인 "마른"이라는 어휘의 수식을 받고 있다는 점으로부터 말미암는 것이다. '마르다'라는 말을 생명이라는 관점에서 볼 때에는 일반적으로 '생명이 사라지다' 혹은 '위축되다', '죽다'라는 의미를 함축하고 있는 단어이다. 그런 만큼 "마른 열매"로 시작하는 이 시의 첫 구절은 상당히 의미심장하다.

이 구절은 이어지는 구절인 "단단한 나날"이라는 말과 결합하면서 이러한 비생명적인 요소가 더욱 선명하게 부각된다. '단단하다'는 것은 일견하면 '흔들림이 없고 굳건하다'는 의미로 읽을 수도 있지만, 이 구절에서는 그것이 '열매'가 지닌 생명성과 관련되어 있기 때문에, 생명력이 사라지고 딱딱해져버린 열매, 말라비틀어져 딱딱해진 열매의 이미지를 떠올리게 하는 것이다. 이 시의 첫 구절에서 이미지화된 열매는 그러므로 넘치는 생명력을 그 내면에 간직하고 새로운 삶을 준비하는 열매가 아니라, 지니고 있던 생명력마저 거의 소진되어버린 말라비틀어진 열매인 것이다. 그것은 또한 내년의 새로운 부활을 꿈꾸는 풍성하고 아름다운 열매가 아니라, 차갑게 가라앉은 회색빛깔의 거울처럼 죽음이 드리워진 대지에서 차갑게 안으로 응축된 자아의 껍질이라고 해야 할 것이다.[27]

27) 금동철, 「김현승 시의 고독과 은유의 수사학」, 198.

결국 이 시의 의미를 제대로 해석하기 위해서는, 시인이 이러한 '말라버린 생명'이라는 이미지를 통해 드러내고자 하는 것이 무엇인가를 추적해야 한다. 이 시에서 '열매'는 '마른 열매'로 이미지화되면서 전혀 색다른 의미를 지니게 된다. 시인은 삶을 '마른 열매'와 같은 단단함으로 싸인 것으로 형상화할 뿐만 아니라, 다음 행에서 그것이 '겨울의 가지들'에 달려 있는 것으로 형상화함으로써 이러한 의미를 더욱 확장하고 있다. 일반적으로 사계절 중 가을은 풍요와 결실의 시간이라면, 겨울은 죽음과 시련의 시간으로 인식하고 형상화한다면, 시인이 삶의 순간들을 겨울의 열매로 비유했다는 것은 더욱 의미심장하다. 이 열매는 내년의 새로운 부활을 꿈꾸는 풍성하고 아름다운 열매가 아닌 것이다.

　　이 시의 마지막 연은 이러한 열매의 의미를 추적하는 데 매우 유용한 단서를 제공한다. 시인은 "뜰 안에 남은 / 마지막 잎새처럼 달려 있는 / 나의 신앙"이, "열매"라는 이미지의 원관념이라고 말하고 있는 것이다. 시인이 이 시에서 말하고 싶은 것이, 일반적인 삶의 여러 정황과 그것에 대한 자아의 정서와 같은 것이 아니라, 자신의 신앙에 대한 문제임을 명확하게 말하고 있는 것이다. 자아는 여기에서 바로 그러한 "신앙"이 "흔들린다 / 흔들린다"고 말하고 있다. 다시 말해 자아는 자신의 신앙이 "마른 열매"로 "겨울의 가지들"에 매달려 있는 상황에서, 바람에 따라 그 열매들이 지속적으로 흔들리고 있음을 말하고 있는 것이다.

　　이는 자아가 현재 심각한 신앙의 회의를 경험하고 있음을 말해 주는 표지이다. 신앙이 굳건하게 뿌리를 박고 그 생명을 키워나가는 것이 아니라, 겨울 가지에 붙어 있는 마른 열매처럼 죽어가고 있다는 말이다. 여기서 말하는 '흔들림'은 그 신앙이 아직 완전한 회의에 빠져 부정된 것이 아니라, 의심하고 있는 과정 중에 있다는 것을 의미한다. '마른 열매와 같이 단단한 나날'이 되는 이유를 시인은 여러 가지로 설명하지만 결국에는 그것이 신앙의 흔들림과 관련되어 있음을 마지막 연에서 보여준다. 시인은 매 연 마지막 행에 '남을 것이 남아 있다' 는 말을 사용하다가 마지막 연에는 '흔들린다 / 흔들린다' 는 말로 마무리한다. '뜰 안에 남은 / 마지막 잎새처럼 달려 있는 / 나의 신앙' 이 곧 '남을 것' 이라고 할 수 있다면, 이것이 결국에 가서는 차갑게 흔들리는 자리에 시인이 서 있는 것이다.

기독교적인 환경 속에서 자라난 시인의 성장과정을 고려한다면, 이러한 신앙이 흔들리는 자리는 삶의 절대적 근원으로서의 신을 상실한 자리, 다시 말해 신으로부터 오는 생명의 풍성함을 포기할 수밖에 없는 자리라고 하겠다. "마른 열매"는 바로 이러한 자아에 대한 인식을 보여주는 구절이다. 시인에게 있어서 하나님으로부터 떠난다는 것은, 삶의 절대적 근원인 하나님께로부터 오는 풍성한 생명력과 삶이 가진 절대적인 가치를 포기하는 것을 말한다. 신과의 관계의 단절이 바로 그러한 결과를 불러오는 것이다. 이러한 자리에서 시인은 '고독' 을 경험하게 되는 것이다.

시인은 여기서 '마른 열매' 가 살아가는 날들을 "단단한 날들"이라고 묘사한다. '단단함' 은 열매가 품고 있는 생명성이 훼손당하지 않도록 하는 견고함이라는 의미로 읽을 수도 있는 표현이기도 하지만, 여기에서는 오히려 그러한 생명성을 포기하게 만드는 단단한 벽, 혹은 신과의 관계를 가로막는 단단한 벽으로 형상화되고 있음이 분명하다. 그러므로 이 시에서 "단단함" 은 오히려 부정적인 의미가 훨씬 더 강한 표현이 된다. 마른 열매가 지닌 견고함의 이미지[28]는 오히려 부정적인 요소로 바뀌고

---

28) 김종길은 이러한 견고함을 '견고에의 집념' 이라는 말로 설명하면서, 이것이 서구적인 편향성을 지니고 있으며, 김현승 시의 시적 사고 전반을 지배하고 있는 이미지라고 지적하고 있다. 김종길, 「견고에의 집념」, 『다형 김현승 연구』 (서울: 보고사, 1996).

있는 것이다. 그 견고함이란 자아의 내면을 감싼 벽의 견고함을 말해 주는 것이며, 이는 곧 고독의 중요한 특징인 관계의 단절을 보여주는 것이기 때문이다. 이러한 관계의 단절은, 이 시에서는 일차적으로 신과의 관계의 단절을 의미하지만, 이는 또한 나 이외의 수평적인 다른 타자와의 관계의 단절 또한 포함하고 있는 단어이기도 하다. 그러므로 김현승 시에서 말하는 '고독'은 이처럼 자아가 경험하는 신앙의 흔들림, 즉 신과의 관계의 단절을 보여주는 것이며, 그것은 또한 생명력의 위축을 가져오는 것이기도 하다.

이것은 자아의 시선이 더 이상 외부에서 신을 찾는 것이 아니라, 자아의 내면으로 온전히 이동했음을 보여주는 것이다. 자아는 이제 자아의 바깥에 존재하는 영원하고 절대적인 존재로서의 하나님을 찾는 것이 아니라, 그와의 관계를 단절한 상태에서 자아를 둘러싸고 있는 모든 것을 벗어던지고, 오직 자아 자신과 만나고자 하는 것이다. 그것이 곧 시인이 찾고 있는 '고독'이며, 그래서 그것은 인간 존재의 본질로서의 고독이 되는 것이다.

소통불능과 외로움으로서의 고독

시인이 내세우는 바 '고독'의 개념이 이처럼 신으로부터 단절된 존재론적 자리에까지 이른 것이라면, 그것은 또한 타자와의 관계의 단절로까지 이어지는 것은 어쩌면 당연한 것이다. '고독'의 시편들 속에서 자아는 이제 수직적으로 신과의 단절을 경험하는 동시에, 수평적으로 타자 혹은 다른 존재들과의 단절을 경험하고 있음을 형상화한다. 여기서도 마찬가지로 타자 자체가 사라지는 것이 아니라, 타자와의 관계의 끈을 스스로 끊거나 막아버리는 경험하는 것이다. 이것 또한 김현승 시인이 경험하는 '고독'의 중요한 양상 중의 하나이기도 하다.

많으면 많을수록
적어지는 ─ 그리하여 사라지고 마는,

크면 커갈수록
가리워지는 ─ 그리하여 그리워지는,

군중 속의 고독이 있다.

즐거우면 즐거울수록
나를 잊는 ─ 그리하여 내가 남이 되는

흐르면 흐를수록
거대해지는 ─ 마침내 거대하게 마시고 따라서 웃는,

군중 속의 고독이 있다.

남이 입은 옷으로 내 몸에 옷을 입고
남이 세운 어깨에 열심히 팔을 걸친
빌딩 위의 바달이여

타인들의 불빛에 조심스레 담배를 붙여 물고
기껏 돌아서는,

희뿌연 빌딩 틈의 반달이 있다.

– 「군중 속의 고독」 전문

현대의 도시 생활을 할 수밖에 없는 현대인들이 경험하는 대표적인 경험 중의 하나는 '군중 속의 고독'일 것이다. 타자의 시선과 타자의 욕망을 따라 살아갈 것을 강요당하는 현대인들의 삶은, 끊임없이 자아 자체의 본질을 부정하기를 강요당하는 경험으로 가득 찬다. 자아의 본질을 그대로 인정하고 그대로 그 가치를 인정받는 것이 아니라, 사회의 요구와 욕망들에 부합하였을 때에만이 그 가치를 인정받을 수 있기 때문에, 자아는 끊임없이 그러한 욕망과 요구에 자신을 맞추기 위해 가면을 쓰고 살아야 하는 세계가 바로 현대인 것이다. 시인은 그러한 현대 문화의 특징을 "많으면 많을수록 / 적어지는" 것, 혹은 "크면 커갈수록 / 가리워지는" 그러한 세계라고 말하고 있다. 더 많은 군중 속으로 들어갈수록 더 커지고 더 감내하기 힘들게 다가오는 이 군중 속의 고독은, 현대 도시문명의 필연적인 결과물일 것이다. "남이 입은 옷으로 내 몸에 옷을 입"는 것이 너무나 당연해지는 세계, 그래서 자아는 점점 사라지고 진정하고 본질적인 자아를 만날 일조차 점차 없어져버리는 세계 속에 자아는 서 있는 것이다.

군중 속의 고독에 처한 상황은 곧 자아와 타자 사이의 관계의 상실을 형상화한다. 군중으로 많은 타자를 만나기는 하지만 그 군중은, 그 말이 의미하듯이 의미 있는 타자 혹은 서로 교류를 나누는 타자가 아니라, 의미 없는 타자 혹은 자아와 무관한 타자들의 군집 이상을 넘지 못하는 것이다. 자아는 그러므로 그 속에서 오히려 더욱 철저하게 소외되고, 그러한 무의미한 타자들 속에서 더욱 깊은 고립감, 즉 '고독' 속으로 빠져들게 되는 것이다. 시인이 형상화하는 '고독'의 개념에 이러한 타자들로부터의 고립이라는 의미가 있다는 것은 상당히 중요하다. '타인의 불빛에 조심스레 담배를 붙'이기도 하지만, 그것은 말 그대로 의미없는 행위에 지나지 않고, 여전히 자아는 무수히 넘치는 타자들 사이에서 '고독'을 경험하는 것이다. 이러한 군중들이 강제하는 압력은, 자아다운 자아가 아니라 타자를 위한 자아의 모습이며, 그래서 진정한 자아의 본질과 만나는 것을 포기하게 만드는 것이다. 이것이 그의 시에 나타나는 '고독'의 또 하나의 양상이다.

하물며 몸에 묻은 사랑이나
짭쫄한 볼의 눈물이야.

신도 없는 한 세상
믿음도 떠나,
내 고독을 순금처럼 지니고 살아 왔기에
흙 속에 묻힌 뒤에도 그 뒤에도
내 고독은 또한 순금처럼 썩지 않으려가.

그러나 모르리라.
흙 속에 별처럼 묻혀 있기 너무도 아득하여
영원의 머리는 꼬리를 붙잡고
영원의 꼬리는 또 그 머리를 붙잡으며
돌면서 돌면서 다시금 태어난다면,

그제 내 고독은 더욱 굳은 순금이 되어
누군가의 손에서 천년이고 만년이고

은밀한 약속을 지켜 주든지,

그렇지도 않으면
안개 낀 밤바다의 보석이 되어
뽀야다란 밤고동 소리를 들으며
어디론가 더욱 먼 곳을 향해 떠나가고 있을지도…….

- 「고독의 순금」 전문

　　시인은 신을 상실한 상태의 '고독'과 군중들 속에서도 만나는 '고독'을 경험한 자아의 삶을 결코 섞이지 않는 순금과 같은 것으로 형상화한다. 자아는 이제 "몸에 묻은 사랑"이나 "볼에 묻은 눈물"조차도 무의미하고 무가치한 것으로 돌려버리고 오직 다른 어떤 것과도 섞이지 않은 순수하고 아름다운 "순금" 같은 삶을 추구한다. 그런데 여기에서 말하는 '순금'은 긍정적인 의미보다는 부정적인 의미가 더욱 강한 단어라는 점이 중요하다. 타자와의 관계를 완전히 포기하고 순정한 모습으로 "천년이고 만년이고" 그렇게 '고독'하게 머무르고 있을 수 있음을 자각하고 있기 때문이다.
　　이것은 타자와의 관계의 단절이 만들어 내는 '고독'의 모습이다. 이 고독을 시인은, 단순히 한 시대의 의미망으로만 존재하는 것일 뿐만 아니라, 오랜 세월까지도 존재할 수 있는 것이라고 암울하게 내다본다. 이는 자아가 경험하는 '고독'이 얼마나 깊은 차원에서 작동하고 있는 것인지를 보여주는 것이기도 하다.

　　애오라지 나의 살결을 사랑할 뿐
　　당신은 나의 뼈를 사랑하지 않는다.

당신은 잿속에서 나의 **뼈**를 추리지만
당신은 그 속에서 내 속삭임을 추릴 수는 없다.

당신마저도 나의 곁을 스쳐가고 만다,
나를 사랑하지 못한다,
당신의 팔은 짧아서 나의 목을 겨우 두르고 만다.

당신은 나의 입술을 지나
나에게 뜨겁게 입맞출 줄을 모른다.
당신은 내 무덤 위에 꽃을 얹지만
당신의 나는 언제 고요히 눈을 감았던가?

당신은 끝내 나의 곁을 어루만지고 만다,
나를 사랑하지 못한다.
당신의 팔은 나의 가는 허리를 두르고 있다.

살과 **뼈**를 붙일 수는 없는
살과 **뼈**에 가로막힌 나는
당신의 사랑이 그리워 오늘도 당신의
집 앞을 지나고 있다.
허전한 바람과 같이 나는
당신의 집 앞을 맴돌고 있다.

－「당신마저도」 전문

이 시의 자아가 보여주는 것은, 타자와의 분리로부터 오는 단절감과 그것을 넘어서서 진정한 소통과 교류를 나누는 사랑의 관계의 회복에 대한 강렬한 욕망이다. 이는 곧 신앙의 회의와 상실에 빠져버린 이 시기의 시인이 그렇게 간절하게 원하는 것이 무엇인지를 보여주는 것이기도 하다. 자아는 여기서 "나의 살결" 너머에 있는 "나의 뼈"까지 "당신"이 사랑해 주기를 간절하게 바란다. 이는 피상적이고 표피적인 사랑이 아니라 내면 깊숙한 곳에 있는 자아의 본질까지도 사랑해 주는 진정한 사랑을 자아가 간절하게 바라고 있다는 말이다. 그런데 문제는 자아가 사랑하는 "당신마저도" 그러한 사랑을 보여주지 못한다. 당신의 사랑은 표피적이어서 진정한 사랑을 하지 못하고 "나의 곁을 스쳐가고" 말며, "입술을 지나" 입맞춤할 줄을 모르는 것이다. 다시 말해 당신의 사랑은 "끝내 나의 곁을 어루만지고" 마는 표피적인 사랑일 뿐인 것이다. 문제는 자아가 이러한 상황을 도저히 참아내기 어렵다는 데에 있다. 그래서 자아는 진정한 사랑을 얻기 위해 "당신의 / 집 앞"을 오늘도 지나고 있다고 고백한다.

김현승의 시에는 '너'나 '당신'과 같은 단어가 자주 사용되는데, 그것은 문맥에 따라서 여러 가지 의미를 지니고 있다. '너' 혹은 '당신'이라는 단어 자체의 의미를 정확하게 측정하기가 쉽지 않음을 보여주는 것이기도 하면서, 그 존재가 부정확하다는 말[29]도 된다. 물론 이것은 현실 속에서 시인이 만나는 타인이나 사랑하는 사람이나 시적 상황 속에서 대화를 건네는 타자로 읽히기도 하지만, 그의 시세계 전체를 고려할 때 절대자로서의 신이 되는 경우도 많다. 게다가 어떤 때에는 이러한 개념들이 서로 혼재하여 다양한 의미망을 지니게 되는 것을 본다.

이 시에서 사용된 "당신"의 개념도 이처럼 복잡한 것이 사실이다. 이 시에서 대명사 "당신"은 우선 자아가 생각하는 타인으로서의 당신 혹은

29) 신익호, 「김현승 시에 나타난 기독교 의식」, 숭실어문학회 편, 『다형 김현승 연구』, (서울: 보고사, 1996), 317.

사랑하지만 온전한 사랑을 확인하기는 어려운 대상으로서의 타인이다. 자아는 "당신"을 진정으로 사랑하고 싶어 하지만, 현실적으로 그것이 불가능하여 그저 단순히 표면적인 사랑에 그칠 수밖에 없음을 깨닫는다. "당신"은 나의 온전한 전부를 사랑하는 것이 아니라, 그저 "나의 살결"을 사랑하는 데 그칠 뿐이다. "나의 뼈" 혹은 "내 속삭임"에까지 이르지 못하는 사랑, 즉 자아의 내면 깊은 곳이나 자아의 존재의 본질에까지는 이르지 못하는 피상적인 사랑을 말하고 있는 것이다.

그래서 자아에 대한 "당신"의 사랑은 "나의 곁을 스쳐가고" 마는 사랑에 불과해진다. 사랑의 행위로 자아를 안는 "당신"의 팔도 "짧아서 나의 목을 겨우 두르고" 마는 것이다. 그리고 그 사랑은 "나의 입술을 지나 / 나에게 뜨겁게 입맞출 줄을 모른다". 그저 "내 무덤 위에 꽃을 얹"는 것으로 만족하고 있는 사랑일 뿐인 것이다. 자아는 그러한 "당신"의 사랑을 "끝내 나의 겉을 어루만지고" 마는 사랑이라고 못박는다. 그것은 "나를" 사랑하는 것이 아니라 "나의 겉"을 원하는 사랑, 즉 존재의 본질에까지는 결코 이르지 못하는 피상적인 사랑에 불과하다는 말이다.

여기서 자아가 "당신"의 피상적인 사랑을 표현하는 단어인 팔이 "짧다"라는 말이나 "뜨겁게 입맞출 줄 모른다"는 표현 속에는 "당신"의 사랑에 대한 자아의 욕망이 담겨 있다. "당신"의 팔이 좀 더 길었으면 하는 욕망, "당신"의 입맞춤이 좀 더 깊은 곳까지 닿는 진정한 사랑의 표현이었으면 하는 간절한 바람이 이 표현 속에 나타나 있다. 이는 자아가 "당신"과의 관계 속에서 원하는 것이 무엇인지를 분명히 보여주는 것이다. 자아는 "당신"에게 피상적인 사랑이 아니라 본질에까지 이르는 사랑, 뼛속까지 사랑하는 진정한 사랑을 간절하게 요구하고 있지만, "당신"이 자아에게 보여주는 사랑은 지극히 피상적이고 지극히 제한적이라는 것이다.

여기에서 자아와 "당신" 사이에 존재하는 커다란 벽을 발견한다. 자아는 "당신의 사랑"을 그렇게 간절히 원해서, 마지막 연에 형상화된 바와 같이 그 사랑을 확인하고 싶어 "오늘도 당신의 / 집 앞을 지나고" 있지만 끝까지 그 사랑을 확인하지 못한다. 자아와 "당신" 사이를 가로막고 있는 "살과 뼈" 때문에 존재의 본질에까지 이르는 사랑을 나누지 못하는 것이다. "살과 뼈"는 자아를 이루는 중요한 구성요소임에도 불구하고 "당신"과의 사랑을 방해하는 벽으로 형상화된다.

　이와 같은 벽에 대한 인식은 이 시의 자아가 요구하는 사랑의 본질과 "당신"의 의미에 대한 좀 더 깊은 이해를 요구한다. 이 시에서 형상화된 "당신"은 일상에서 만나는 현실적인 인간이라고 하기는 어렵다. 자아의 살결이나 속삭임, 입술과 같은 육체적 요소들, 즉 현실적이고 실제적인 것들이 오히려 자아가 그렇게 간절히 원하고 있는 "당신"과의 진정하고 온전한 사랑을 가로막는 방해물이 되고 있다. 인간들 사이의 관계나 사랑은 현실적으로 이러한 육체적 요소들을 통해 내면에까지 이르게 되는 것. 그런데 자아는 그러한 내면만이 아니라 존재의 본질, 즉 뼛속까지 이르는 사랑을 경험하고 싶어 한다. 그렇다는 것은 여기서 말하는 "당신"이 사실은 인간을 넘어서 있는 존재, 그래서 존재의 본질에까지 이르러 자아에게 존재의 의미를 부여해 주고 삶의 근원이 될 수 있는 존재를 지칭하고 있다고 보아야 하는 것이다.

　이러한 존재는 김현승 시인에게는 기독교적인 신이 될 수밖에 없고, 그래서 "고독"이라는 주제와 연결될 수밖에 없다. 시인은 여기에서 신이 베푸는 진정한 사랑, 존재의 본질에까지 이르는 진정한 사랑을 경험하고 싶어 하는 것이라고 보아야 하는 것이다. "당신마저도"라는 제목은 바로 이러한 의미망을 함축적으로 보여주는 것이다. 자아가 만나는 많은 사람들에게서 경험했던 그러한 피상적이고 제한적인 사랑이 아니라, 존재의 근원에 이를 수 있는 사랑을 줄 수 있을 것이라고 그렇게 기대했던 "당신마저도" 자아에게 그러한 사랑을 주지 못하는 실망감이 이 시를 물들이고 있다. 이러한 "당신"의 사랑에 대한 부정적 평가는 "고독"이라는 주제와 직접적으로 연결된다. 자아는 이 세상의 모든 관계들 속에서 얻을 수 있는 사랑에 만족하지 못하고 이제 마지막으로 "당신"에게서 그 사랑을 얻고자 하지만, 결코 만족스러운 사랑을 경험하지 못하고 그 간절함만 더하고 마는 것이다. 그럼에도 불구하고 자아는 그러한 사랑에 목말라 "당신의 집 앞"을 오늘도 지나가고 있다.

자아와 "당신" 사이의 이러한 관계의 단절은 김현승 시인이 추구하는 "고독"의 중요한 양상 중의 하나이다. 그가 스스로 밝히고 있는 바 "신을 상실한 고독"이 바로 이러한 양상이기 때문이다. 그럼에도 불구하고 여기서 지적되어야 할 것 중의 하나는 이러한 "사랑"에 자아가 여전히 간절히 매달리고 있다는 점이다. 즉, 자아의 의지의 방향성인 것이다. 자아는 신으로부터 오는 사랑이 제한적이고 피상적인 것에 그렇게 깊은 실망을 하면서도 여전히 그 사랑을 목말라하고 그리워하고 있는 것이다. 자아가 요구하고 있는 것은 존재의 근원을 가득 채울 수 있는 사랑, 즉 자아의 영혼에까지 이르는 진정한 사랑을 여전히 찾고 있는 것.

자아에게 있어서 이러한 제한적이고 피상적인 사랑은 일차적으로 "살과 뼈에 가로막힌 나"가 느끼는 벽 때문이기도 하지만, 더 본질적으로는 "당신"이 보여줄 수 있는 사랑의 능력의 한계 때문이기도 하다. "당신"은 자아를 사랑하지 '않는' 것이 아니라 사랑하지 "못한다". 살결과 겉에만 머무는 피상적 사랑을 넘어서고 싶어도 "당신"은 '나를 사랑하지 못한다"는 것이다.

그렇다면 이러한 사랑은 자아의 존재를 규정짓는 가장 본질적이고 근원적인 의미의 체계와 같은 것이 된다. 기독교적인 관점에서 보면 그것은 구원, 즉 인간의 죄에 의해 단절된 하나님과의 관계의 회복이요 인간이 거룩하게 되어 하나님과의 관계가 회복되는 구원이 되는 것이다. 그러므로 자아가 요구하는 "사랑"은 남녀 사이의 인간적인 사랑을 넘어서 신적인 사랑 혹은 자아의 진정한 '구원'에 이르는 길을 보여주고 이끌어 주는 사랑이다. 자아는 끊임없이 자아의 본질에 이르는 사랑을 요구하고, 그것을 통해 존재 자체의 구원에 이르고자 한다. 그러나 인간 세계의 사랑 속에서는 결코 그러한 '근원적인 사랑'을 발견할 수 없다. 그러한 인식 속에서 자아는 그러한 근원적이고 본질적인 사랑을 간절하게 욕망하고 있는 바, 이것은 신적인 사랑에 대한 자아의 간절한 바람을 형상화시켜 주는 것이라고 할 것이다.

이러한 사랑, 즉 구원의 길은 자아에게는 '고독'을 넘어서는 근원적인 방법이면서 자아의 존재의 의미를 회복하는 방법이기도 하다. 시인은 신과의 관계의 단절을 경험한 자아의 방황과 회의를 넘어서는 방법을 이러한 근원적인 사랑에서 찾고 있는 것이다. 이 시기의 김현승 시인의 시세계가 보여주는 '고독'이 시인의 종착점이 아님을 말해 주는 것이라고 하겠다. 시인이 추구하는 바 '고독'은 그것 자체가 목적이라기보다는 시인의 내적인 회의 혹은 고뇌의 형상화이며, 그래서 그의 후기 시에 나타나는 신앙의 회복과 낙원으로의 세계로의 전이가 가능하게 되는 것이다.

불완전한 존재로서의 고독

김현승 시에 나타나는 '고독'의 또 다른 모습은 자아의 존재를 인식한 상태에서 경험하는 바 불완전한 존재임을 인식할 때 발생하는 '고독'이다. 시인의 의식은 끊임없이 자아의 존재 자체로 향해 있지만, 그러한 자아는 완전한 존재가 아니기에 항상 불안함을 느끼게 되고, 그것이 '고독' 으로 연결되는 것이다. 이러한 불완전한 존재로서의 고독은 그의 시에서, 신앙을 상실한 상태에서 경험하는 신과의 단절로부터 발생한 고독과 함께, 자아의 상태를 결정짓는 중요한 고독으로 자리 잡는다. 인간이라는 존재 자체가 완전한 존재가 아님을 깨닫는 순간, 그 너머에 존재하는 절대자 또는 완전자로서의 신의 존재에 대해 생각하게 되고, 그러한 신과의 관계의 단절은 또 다른 근원적인 고독을 만들어 내는 것이다.

이것은 자아가 자아 자신과의 관계의 단절로부터 오는 '고독' 이라고 하겠다. 자아는 신적인 세계와의 단절, 타자와의 관계의 단절을 통해 '고독' 을 경험하였다면, 이제는 자아 자신과의 관계의 단절을 통해 '고독' 을 경험하게 되는 것이다. 이러한 관계의 단절은 보다 근원적인 존재론과 관련되어 있다는 점에서 중요한 의미를 지닌다. 그것은 존재론적인 불완전성에 대한 인식과 결합되어 있으며, 자아의 존재 의미에 대한 근원적인 물음과 긴밀하게 관련되어 있는 질문인 것이다.

내가 긋는 선은
아무리 가느다라도
넓이는 그냥 남는다.

네가 가는 칼날은
아무리 날카로와도
무게는 아직도 남는다.

그렇지 않을 수 없다.
사랑은 끝났는데
사랑은 어찌하여 머뭇거리고

마음 한구석 어딘가 바늘구멍으로
나는 눈물을 흘린다.

그럴 수밖에 없다.
밤이 오는데
별은 빛나고,
장미는 네 밝은 웃음 그 한복판에
벌레를 재운다.

우리는 그럴 수밖에 없다.
온전이란
국어 가운데 국어일 뿐.
우리는 선을 긋기는 하여도
우리는 선의 정의를 긋지는 못한다.
나의 착한 친구들이여.

　　　　　　　　　　　　　　　　－「선을 그으며」 전문

　넓이가 없는 완벽한 선을 긋고 싶어도 그것은 불가능한 것, 그리고 아
무리 날카로운 칼날이라도 무게는 아직 남아 있는 것과 같은, 현실을 살
아가는 인간 존재로서는 어쩔 수 없이 부딪힐 수밖에 없는 한계를 자아
는 인식하고 있다. 인간은 결국 "온전"할 수 없는 존재일 수밖에 없다는
것을 인식하고 있는 것이다. 그것은 오로지 관념상으로만 존재하는 것일
뿐, 우리가 실제에서 만날 수는 없다는 점을 분명히 인식한다. "우리는
선을 긋기는 하여도 / 우리는 선의 정의를 긋지는 못한다"는 말은 바로
이러한 현실을 표현하고 있는 것이다.

이러한 표현의 이면에는 '온전' 혹은 '절대'가 불가능할 수밖에 없는 인간 존재 자체의 한계에 대한 인식이 깔려 있다. 그것을 "국어 가운데 국어일 뿐"이라고 말하는 것, 다시 말해 "정의"일 뿐이라고 말하는 이면에는, 그러한 절대적인 정의를 지니고 있는 존재인 신에 대한 인식이 깔려 있다. 관념 속에서만 존재하는 절대적 "온전"을 완전하게 실현하고 있는 존재로서의 신에 대한 의식이 인간과 대비된 자리에 놓여 있는 것이다.

문제는 이러한 인간으로서의 한계를 지닌 자아와 절대적 온전을 소유한 존재로서의 신 사이의 관계가 단절되어 있다는 것이다. 이 시에서 자아는 끊임없이 그러한 "온전"에 대한 기대를 하며, 그러한 온전을 삶 속에 불러오고 싶어 하지만, 결국에는 그것이 불가능한 것임을 깨닫는다. 그것을 시인은 신과 인간 사이의 구분과 단절이라는 존재론적 구분으로 받아들이는 것이다. 이는 또한 자아를 '고독'이라는 정서에 빠지게 만드는 원인이 되는 것이다. '고독'은 그러므로 이 시에 오면, 불완전한 자아가 경험할 수밖에 없는 근원적인 한계에 대한 인식이 된다.

여기 나를 바스락거리는
내 빈 손바닥
내 손의 마른 잎사귀.

여기 붙잡고
또 내어 준
내 빈 손바닥
내 마른 뺨으로 어루만지는
내 빈 손바닥.

내 뺨의 눈물을 닦아 주던

내 눈물의 눈물을 닦아 주지 못한,

내 눈의 햇빛을 가리워 주던

내 햇빛의 눈을 가리워 주지 못한

내 빈 손바닥.

내 얼굴을 바라보게 하는

내 빈 손바닥.

여기 주먹을 힘있게 쥐었으나

주먹은 주먹 속에서 모래처럼

새어 버린,

내 빈 손바닥 ── 하나를 펴고

지금은 내 마지막 시를 그 위에 쓴다.

─「빈 손바닥」 전문

　이 시기의 시에 나타나는 자아의 존재론적 한계에 대한 인식은 '고독'
이라는 정서를 표현하는 여러 가지 표현법과 함께 형상화된다. 대표적인
것 중의 하나가 바로 이 시에서 형상화되는 "빈 손바닥"이다. '고독'의
이미지는 메마름이나 생명력이 사라져 말라비틀어진 자연 사물들의 이
미지를 통해 형상화된 경우가 많은데 여기에서도 그러한 메마름이 동일
하게 사용되고 있는 것을 본다. 시인은 손바닥을 "마른 잎사귀"에 비유
함으로써, 생명력이 사라진 비어 있는 것임으로 보여준다.
　"빈 손바닥" 혹은 "마른 잎사귀"와 같은 수식어를 통해 우리는 자아가
바라보는 삶이 결코 풍성하거나 아름답지 않음을 본다. 자신의 손을 비

유하기 위하여 잎사귀라는 자연 이미지를 가져오고 있지만, 그것은 생명력을 상실한 채 말라가는 존재일 뿐이다. 그러한 빈 손바닥은 "뺨의 눈물"은 닦아줄 수 있지만 "눈물의 눈물"은 닦아주지 못하고, "눈의 햇빛"은 가려주지만 "햇빛의 눈"은 가려주지 못한다. 실체로 만나는 뺨에 흐르는 눈물이나 햇빛은 닦아주고 가려줄 수 있지만, 그 너머에 있는 정신성 혹은 본질로서의 존재 자체에는 도달할 수 없다는 말이다.

그렇다면 여기서 말하는 "눈물의 눈물"이나 "햇빛의 눈"은 자아의 보다 근원적인 실체이거나 혹은 자연의 보다 근원적인 본질을 의미하는 것임이 분명하다. 자아는 바로 그러한 근원에는 이를 수없는 자아의 "빈 손바닥"의 한계를 느끼고 있는 것이다. 그런데 여기에 형상화된 "눈물의 눈물"이나 "햇빛의 눈"은 자아의 내면적인 것이기보다는 외적인 것 타자의 존재라는 점은 여기서 지적할 필요가 있다. 자아의 외부에 존재하는 타자의 본질이나 근원에 대해서는 자신의 "빈 손바닥"은 닿을 수 없다는 것을 시인은 여기서 보여준다.

뿐만 아니라 "빈 손바닥"은 "내 얼굴을 바라보게 하는" 것이기도 하다. 현실적으로 얼굴을 비쳐보는 것은 거울이라야만 가능한 것임에도 불구하고 이렇게 빈 손바닥이 그것을 할 수 있다고 말하는 것은, 그렇게 바라보는 "내 얼굴"이 실제로서의 얼굴이 아니라 정신적이고 내면적인 것임을 말해 주는 것이다. 다시 말해 이 "빈 손바닥"은 내면을 들여다보고 성찰하게 만드는 거울의 역할을 하고 있는 것이다.

그런데 문제는 그것이 "빈 손바닥"이라는 데에 있다. 그 손을 통해 비쳐보는 모든 것들을 움켜쥐기 위해 주먹을 쥐어보지만, "주먹은 주먹 속에서 모래처럼 / 새어버린" 존재일 뿐인 것이다. 자신이 바라보는 것들을 소유하기 위해 움켜쥐어본 주먹이 오히려 "빈 손바닥"으로 남을 뿐인 것임을 자아는 인식하고 있는 것이다. 결국 자아는 타자의 근원 혹은 본질에 대한 인식도 할 수 없었으며, 자아의 존재론적 본질에 대한 인식에도 도달할 수 없는 근원적인 한계를 알게 되었음을 보여주는 것이다.

이것은 자아로 하여금 인간 존재가 지닌 근원적인 한계를 인식하게 함으로써 이 시기의 중심 주제인 '고독' 으로 접근할 수밖에 없도록 만드는 것이 분명하다. 존재의 본질을 파악하고, 그것을 통해 존재의 한계를 극복하고 신적인 영역으로까지 나아가는 것이 아니라, 근원적인 한계 앞에 서서 완전으로서의 신의 영역과는 단절된 '고독' 을 경험하게 되는 것이다.

인간이라는 존재 자체가 근원적인 불완전함을 가진 존재이기에 '고독' 할 수밖에 없다는 인식은, 이제 더욱 발전하여 자아의 존재 자체에 대한 회의로 발전한다. 자아가 과연 어디에 존재하는 것인지를 끊임없이 질문하면서 자아를 찾아 나서는 것이다.

나는 네 눈동자 속에
깃들여 있지도 않고,

나는 네 그림자 곁에 따르지도 않고
나는 네 무덤 속에 있지도 않다.

나의 말은 서툴러
나는 네 언어 속에 무늬 맺어
남지도 않고,
나는 내 꿈속에 비치지도 않는다.

네가 나를 찾았을 때
나는 성전에 있지 않았고,

나는 또 돌을 들어 떡을 만든 것도 아니다.

나는 많은 사람들 가운데
내 튼튼한 발목으로 뛰어 내리지도 않았고,
나는 나의 젊음 곁에
암사슴처럼 길게 누워 있지도 않았다.

나는 끝내 어디에 있는가.
나는 내 한 줌의 재로 뿌려지는
푸른 강가 흐린 물 속에 있는가.
그 흐르는 강물을
한 개의 별빛이 되어
물끄러미 나는 바라볼 것인가.

나는 어디에 있는가
나는 내 단단한 뼈 속에 있지도 않고,
비 내리는 포도의 한때마저
나는 내 우산 안에 있지도 않았다.

— 「부재」 전문

　　"나"는 "네 눈동자 속"이나 "네 그림자 곁"이나 "네 무덤 속"에도 있지
않고, 어디에서도 찾을 수 없다고 말한다. 뿐만 아니라 "네 언어 속"에도
남지 않고 "네 꿈 속"에 비치지도 않는다고 말한다. "너"의 어디에서도
"나"는 확인할 수 없다는 것이다. 이는 자아가 타자와의 관계 속에서 자
아의 존재의 본질이나 의미를 찾을 수도 없다는 고백이다.

그러한 자아의 상태를 설명하기 위해 시인은 예수 그리스도의 이미지를 가져온다. "성전"이나 "돌을 들어 떡을 만든" 상황 속이나 성전과 같은 "많은 사람들 가운데 / 내 튼튼한 발목으로 뛰어 내리"지도 않았다는 것이다. 이것은 예수 그리스도가 사역을 시작하는 때에 경험하는 사탄의 시험과 관련된 이미지들이다. 예수 그리스도는 자신의 사역을 시작하기 직전에 광야에서 사십 일간의 금식을 하고 나서 사탄의 시험을 받게 되는데, 배고픔을 이기기 위해 돌을 떡으로 만들라는 시험, 세상의 권세를 줄 테니 사탄 자신에게 절을 하라는 시험, 사람들이 많은 성전 꼭대기에서 뛰어내리라는 시험 등 세 가지 시험을 당한다.[30] 예수 그리스도는 그러한 시험에서 승리하고 자신의 사역을 성공적으로 시작하는 것이다.

이 시에서 자아는 스스로를 이러한 예수 그리스도와 동일시하고 있다. 예수 그리스도가 그러한 시험을 성공적으로 이긴 것처럼, 자신도 "돌을 들어 떡을 만든 것도 아니"며, "내 튼튼한 발목으로 뛰어 내리지도 않았"다는 것이다. 뿐만 아니라 "암사슴처럼 길게 누워 있지도 않았"다고 말한다. 이것은 예수 그리스도에 대한 성경의 이미지와 자아를 동일시함으로써 자아 스스로에 대한 의미와 가치를 확보하고자 하는 노력이라고 할 수 있다. 그럼에도 불구하고 자아는 그러한 동일시 속에서도 존재의 본질로서의 의미나 가치를 확보하지 못하는 것을 볼 수 있다.

그 다음에 자아가 자기 존재의 본질을 발견하기 위해 시도하는 것은 자아의 내면을 들여다보는 것이다. "나는 끝내 어디에 있는가"라는 물음이 바로 그러한 근원적인 자아에 대한 내면적 성찰을 보여주는 것이다. 그런데 문제는 자아의 내면에서도 근원 혹은 본질로서의 자아를 발견할 수 없다고 고백한다. 자아는 "내 단단한 뼈 속"에도 있지 않고, 비가 내릴 때 받

---

30) 성경 마태복음 4장.

고 있는 "내 우산 안"에도 존재하지 않는다는 것이다. 결국 자아는 자기의 내면 어디에서도 존재의 본질을 발견할 수 없게 되었다는 말이다.

이것은 이 시의 제목인 "부재"의 진정한 의미일 것이다. 자아는 존재의 본질을 찾아 여러 가지 시도를 하게 된다. 첫째가 타자와의 관계를 통해 자신의 존재 의미나 가치를 찾아보는 일이었지만 불가능하였고, 구원자로서의 예수 그리스도와의 동일시를 통해 종교적인 차원에서 의미와 가치를 찾아보지만 이 또한 불가능하였다. 더 나아가 자아는 자신의 내면 속에서 자아의 본질을 찾고자 하지만 이 또한 불가능함을 깨닫게 된 것이다. 결국 어디에서도 찾지 못한 본질은, 자아를 "부재" 속으로 빠뜨리고, 그것은 자연스럽게 '고독'으로 연결되는 것이다. 이는 곧 불완전한 존재로서의 인간이 빠질 수밖에 없는 '고독'의 모습이기도 하다.

'고독'의 극복을 위한 변화

불완전한 존재로서의 인간성에 대한 긍정

인간은 본질적으로 불완전한 존재라는 인식이 '고독'을 불러온 중요한 이유 중의 하나라면, 그러한 불완전함에 대한 인식 혹은 긍정은, 그것으로 말미암은 '고독'을 극복하는 중요한 과정일 수 있다. 김현승 시인이 이 시기의 시에서 보여주는 중요한 특징 중의 하나는 바로 그러한 불완전한 인간 존재의 본질을 인정하는 과정을 통해 후기의 신앙 회복을 향하여 나아가는 길을 마련하는 것이다.

어쩌면 인간은 자신이 이러한 불완전한 존재라는 점을 인식하는 순간, 그 자신이 인간인 한에서는 그러한 자신에 대한 긍정이라는 관점을 완전히 버릴 수는 없다. 인간이 스스로 불완전함을 완전히 극복할 수 있다면 그 불완전함이 아무런 문제가 되지 않을 수도 있지만, 이것은 불가능한 일이다. 그렇다면 그 다음 단계에서 인간이 보여줄 수 있는 반응은, 그러한 불완전함 자체를 인정하고 긍정하는 태도이다. 이를 통해 인간은 스스로가 불완전한 존재이지만 그러한 존재 자체를 긍정함으로써 자아의 존재 의미를 확보하고 자아 너머에 존재하는 세계를 알아가게 되는 것이다. 이는 신적인 세계에 대한 긍정이나 부정과 상관없이 인간 존재 자체에 대한 긍정으로부터 출발하는 것이기에, 인간의 가치에 대한 인정을 보여주며, 그것은 인간 자신에 대한 따뜻한 시선으로 드러난다.

이 시기의 김현승 시에 나타나는 일부 시들에서 이러한 자아의 존재에 대한 따뜻한 시선을 발견할 수 있다. 그것은 '고독'의 세계와 함께 나타나면서도 그러한 '고독'한 상태에 대한 긍정의 눈빛을 내포하기도 하고, 인간 존재에 대한 긍정의 시선으로 발전하기도 한다. 그러나 그것이 인간 존재 자체에 대한 무조건적인 긍정인 것은 물론 아니다. 김현승 시인의 세계가 본질적으로 신의 세계를 인정하고 그러한 신으로부터의 구원을 기다리는 기독교적인 세계관 속에 머물러 있기 때문에, 인간 자체에 대한 무한한 긍정만으로는 자아를 온전한 구원의 자리로 데려갈 수 없음을 본질적으로 인지하고 있기 때문이다. 그러므로 이러한 자리에서 이루어지는 인간 존재에 대한 긍정은 부분적이면서 제한적인 것임이 분명하다.

더욱 분명히 듣기 위하여
우리는 눈을 감아야 하고,

더욱 또렷이 보기 위하여
우리는 우리의 숨을 죽인다.

밤을 위하여
낮은 저 바다에서 설탕과 같이 밀물에 녹고,

아침을 맞기 위하여
밤은 그 아름다운 보석들을
아낌없이 바다 속에 던진다.

죽은 사자의 가슴에다
사막의 벌떼는 단꿀을 치고,

가장 약한 해골은
승리의 허리춤에서 패자의 이름을 빛낸다.

모든 빛과 어둠은
모든 사랑과 미움은
그리고 친척과 또 원수까지도,
조각과 조각들은 서로이 부딪치며
커다란 하나의 음악이 되어,
우리들의 불완전을 오히려 아름답게
노래하여 준다.

—「불완전」 전문

자아는 여기서 인간 존재 자체가 분명히 "불완전"한 존재임을 인정하고 있기는 하지만, 그러한 존재의 불완전함 자체에 대해서도 인정하고 긍정하는 시선을 보낸다. 인간은 "더욱 분명히 듣기 위하여" 또 다른 감각인 "눈을 감아야" 하는 존재이며, "더욱 또렷이 보기 위하여" "우리의 숨을 죽"여야 하는 존재이다. 그만큼 전능한 존재가 아니라는 이야기이며, 한계에 갇힌 인간에 대한 시인의 인식이기도 하다. 이것은 단순히 인간이 불완전하고 부족하다는 점을 이야기하고자 하는 것만이 아니라, 그것이 곧 세상의 구성방식이라는 시인의 인식이 깔려 있는 것이다. 하나를 위하여 다른 하나를 희생해야 한다는 이러한 관점은 불완전한 인간 능력에 대한 인식이기도 하며, 이 세상의 유지방식이기도 하다고 시인은 인식하고 있는 것이다. 그래서 시인은 자신의 이러한 한계를 넘어서 자연 사물들 속에서도 이러한 현상을 발견한다.

그런데 자연 사물들 속에서 발견하는 이러한 원리는 그 양상이 조금 다르게 나타난다. 새로운 것을 위해 자신이 가진 귀한 것을 아낌없이 버려야만 한다는 것을 표현하고 있는 것이다. "아침"을 위하여 밤은 "그 아름다운 보석들", 즉 별들을 바다 속으로 던지고, 사막 벌떼의 "단꿀"을 얻기 위해서는 죽은 사자의 가슴이 필요하다는 것이다. 이것은 자연스럽게 "희생"이라는 주제와도 연결되는 것이다. "아침"도 중요하지만, 밤에게 있어서 별들, 즉 "그 아름다운 보석들"도 무척 중요한 것임에 분명하다. 이러한 귀중한 것들을 버려야만 "아침"을 얻을 수 있다는 것이다. 그리고 성경의 삼손 이야기[31]로부터 나온 것이 분명한 "사막의 벌떼"의 "단꿀"을 얻기 위해서는 사자가 죽어야 하는 것이다.

이것을 시인은 투쟁적인 관계로 바라보지 않고 "희생"과 "사랑"이라는 관계로 인식하고 있다. 사라지는 것들과 새로 생성되는 것들 사이의 관계가 결코 투쟁적이거나 파괴적이지 않고, 서로 조화를 이루며 아름다운 하나의 음악을 만들어 낸다고 인식하는 것이다. "빛과 어둠", "사랑과 미움", "친척과 원수"와 같은 "조각들"이 서로 부딪히면서 만들어 내는 "커다란 하나의 음악"이 인간의 "불완전"을 오히려 아름답게 만들어 주

---

31) 성경 사사기의 삼손 이야기 : 삼손은 이민족인 블레셋 출신의 여인과 결혼을 하기 위해서 가던 중 광야에서 사자를 만나서 손으로 찢어 죽인다. 그런데 며칠이 지난 후에 다시 그곳을 지나갈 때 보니, 죽은 사자의 입에 벌떼들이 집을 짓고 있어서 삼손이 그 꿀을 따서 먹었다.

다는 것이다. 이것은 한 가지만으로 존재하는 세계가 주는 아름다움이 아니라, 서로 부딪히는 것들 사이의 조화를 통하여 주어지는 더욱 큰 아름다움인 것이다. 인간이 존재론적으로 불완전할 수밖에 없다면, 그러한 불완전함이 부정적이고 파괴적인 것만이 아니라, 이렇게 부딪힘과 조화를 통해 "아름다운 노래"를 만들어 나갈 수 있다는 것이다.

조화를 통해 만들어지는 "하나의 음악"이 그의 시에서 중요한 이유는 이 시기의 그의 시가 보여주는 '고독'이 관계의 단절로 말미암는 것이기 때문이다. 관계의 단절을 통한 '고독'이라는 개념 속에는 타자 혹은 관계의 대상에 대한 배척 혹은 배제의 느낌이 강하다면, 그것은 또한 그러한 타자와의 부딪힘을 전제로 하는 말이기도 하다. 그런데 이 시에서 시인은 이러한 부딪힘 혹은 갈등을 오히려 조화를 통한 초극이라는 관점으로 접근하고 있는 것이다. 이러한 초극은 그의 후기 시에 나타나는 신앙의 회복과 결코 무관하지 않을 것이다. 그의 후기 시에서는 '고독'의 단계를 완전히 넘어서 신에 대한 관계, 인간과 자연에 대한 관계를 온전히 회복하는 것을 확인할 수 있다. 그러한 출발점에 서는 것이 이 시라고 하겠다.

이 시기의 시에서 시인이 '길 찾기'라는 이미지를 제시하고 있다는 점도 이러한 측면에서 중요한 의미를 지닌다. '고독'은 궁극적으로는 그 끝이 막힌 매우 답답하고 암울한 상황을 만들어 낼 수 있을 뿐이다. '고독'이 모든 외적인 존재들과의 관계를 단절하고 오직 내적인 세계 속으로 침잠하면서 만들어 내는 것이기 때문이다. 그러한 관점에서 보면 아래의 시에 나타나는 "등불" 혹은 "불꽃"을 통한 길 찾기는 그러한 '고독'을 넘어서고자 하는 시인의 의지의 표출이라고 하겠다.

나는 등불을 켠다.
내 방안 내 발 밑에서

밝은 등불을 켠다.

나는 그 등불을 가지고
밖으로 나간다.
그리고 가없는 들을 비춘다.
거기서 길을 찾으려 한다.

바람과 구름 속에 묻힌 길을
내 깜빡이는 등불로 찾으려 한다.

나는 또 불을 피운다.
내 손끝을 녹여 주는
불을 피운다.

나는 그 불꽃을 옮기어
밖으로 나간다.
그리고 넓으나 넓은 들의 가녘까지를
이 불꽃으로 따뜻하게 품어 주려 한다.

내 입술로 부는 불꽃으로
까마득한 들의 가녘까지를
나는 따뜻하게 품어 주려 한다.

– 「나의 지혜」 전문

시에서 자아는 두 개의 불을 켠다. 하나는 "등불"이며 다른 하나는 "불꽃"이다. "등불"은 길을 찾기 위한 것이며, 불꽃은 다른 사람에게 따뜻함을 주기 위한 것이다. 이러한 두 가지 이미지는 그의 '고독' 이미지와 상반된 자리에 서 있다는 점에서 매우 중요한 의미를 차지한다. '고독'의 이미지가 신, 타자, 그리고 자아 자신과의 관계를 단절하고 고립된 존재로서의 존재의 본질과 만나고자 하는 것이라면, 이러한 등불과 불꽃은 자아의 밖으로 나와서 길을 찾고 타자를 찾아 나서는 것이기 때문이다. '고독'이 내면으로의 침잠이라면 이것은 시선을 외부로 돌리는 것이며, 타인의 아픔까지도 품어서 달래고자 하는 따뜻함의 발로인 것이다.

이것을 시인은 '지혜'라는 말로 표현하고 있다. 그리고 그것은 이 시기의 중심 주제였던 '고독'에 대한 시인 나름의 대안이라고 할 수 있는 것이다. 물론 그렇다고 이것이 생명의 회복을 의미하는 것은 아니다. 다만 길을 찾아 나섰다는 것 자체가 중요하게 다가오는 것이다. 이러한 생명 회복 혹은 관계 회복에의 욕망은 그의 후기 시에서 보다 구체화된다. 그것은 신과의 관계의 회복으로부터 시작해서 다른 모든 관계들을 건강하게 회복하며 따뜻하게 바라보는 시야를 회복하게 되는 것이다.

이러한 측면에서 시인은 이 시기의 시들 중에서 생명을 다루고 있는 일군의 시들을 또한 발표한다. 시집 『견고한 고독』의 제3부에 실린 시들이 바로 그것이다. 여기에 실린 일군의 시편들은 봄, 여름, 가을, 겨울 4계절을 이어지며 변화하는 자연의 모습을 통해 시인이 바라보는 삶의 정경들을 담아내고 있는 것이다. 이것은 그의 '고독'의 시가 '마르다', '견고하다' 등 비생명적인 묘사가 중심이 되어 있는 자연 이미지를 형상화하고 있음을 고려한다면, 매우 특별한 시편들임이 분명하다. 여기에는 이 시기의 주제인 '고독'의 관념이 그대로 스며들어 있는 자연 이미지가 자리잡고 있기도 하고, 그와는 달리 자연의 풍성한 생명력을 새롭게 바라보고 기대하는 시편들이 공존하고 있기 때문이다.

자연에 대한 상찬

'고독'을 주제로 한 시편들이 중심이 된 이 시기의 시에 나타나는 자연은 전체적으로 메마르고 건조하며 그 생명력이 상실된 자연 이미지들이 주류를 이루고 있는 것이 사실이다. 그럼에도 불구하고 이 시기에 시인은 이러한 '고독'의 이미지와는 상관없이 시집 『견고한 고독』의 제3부에 각 계절의 자연을 이미지화하는데, 그 시편들에서 형상화된 자연은 상당히 다른 양상을 지니고 있음을 확인할 수 있다. 자연이 여전히 메마르고 딱딱한 이미지를 지니고 있는 경우도 있지만, 부드럽고 풍성한 생명력을 어느 정도 소유한 모습으로 이미지화되는 경우도 볼 수 있는 것이다.

이것은 이 시편들이 '고독'의 주제를 본격적으로 다루기 시작한 초기의 시편들이라는 점을 고려해 볼 때, 아직은 그 이전의 풍성한 자연 이미지들의 영향으로 볼 수 있는 것들이다. 이러한 점은 이 시기의 시편들이 지닌 세계관을 인식하는 과정에서 상당히 중요한 의미를 지닌다. 단순히 메마르고 생명력이 상실된 딱딱한 자연 이미지가 아니라, 아직도 여전히 부드럽고 풍성하며 생명력이 살아 있는 이미지가, 이 시기의 앞부분이기는 하지만 여전히 유지되고 있다는 것을 말해 주고 있기 때문이다. 또한 이러한 시편들에 나타난 시의식이, 이후의 신앙회복과 함께 신의 은총이 풍성하게 경험되고 그것이 자연의 풍성한 생명력이라는 이미지로 형상화되는 후기의 시세계 사이에 연결되어 있음을 보여주는 것이기도 하다.

내가 나의 모국어로 삼월의 시를 쓰면
이 달의 어린 새들은 가지에서 노래하리라.
아름다운 미래와 같이

알 수 없는 저들의 이국어로.

겨우내 어버이의 사랑을 받지 못한
아이들이 이제는 양지로 모인다,
그리고 저들이 닦는 구두 콧뿌리에서
삼월의 윤이 빛나기 시작한다!

도심엔 시청 지붕 위 비둘기들이
광장의 분수탑을 몇 차렌가 돌고선
푸라타나스 마른 뿔 위에 무료히 앉는
삼월이기에 아직은 비어 있다.

그러나 영(0) 속에 모든 수의 신비가
묻쳐 있듯,
우리들의 마음은 개구리의 숨통처럼
벌써부터 울먹인다. 울먹인다.

그러기에 지금
오랜 황금이 천리에 뻗쳐 묻혔기로
벙그는 가지 끝에 맺는
한 오라기의 빛만은 못하리라!

오오, 목숨이 눈뜨는 삼월이여
상자에 묻힌 진주를 바다에 내어 주라,
이윽고 술과 같이 출렁일 바다에 던지라!

그리하여 저 아즈랑이의 요정과 마법을 빌려

피빛 동백으로

구름빛 백합으로

다시 살아나게 하라!

다시 피게 하라!

출렁이는 마음 ── 그 푸른 파도 위에……

─「삼월의 시」 전문

자아가 바라보고 노래하는 현재의 자연은 벌써부터 마르고 견고한 겨울의 이미지를 지니고 있는 것을 여기서도 확인할 수 있다. 비둘기가 내려앉는 자리가 "푸라타나스 마른 뿔"인데, 초기 시에서 "푸라타나스"는 풍성함 혹은 비옥함의 중요한 이미지로 사용된 바 있다. 그런데 여기서는 겨울의 푸라타나스의 이미지, 즉 마르고 견고해진 이미지로 형상화되고 있는 것이다. 자연은 겨울이라는 시간의 영향을 받고 있지만 그 자체의 생명력을 온전히 잃어버리지는 않고 새롭게 태어나 그 생명력을 꽃피운다. 자아는 그러한 자연의 생명력을 인정하고 받아들이며 또한 기대하고 있음을 보여준다. 봄에 겨울잠을 자던 땅 속에서 솟구쳐 오르는 "개구리"처럼 이 땅의 어린아이들은 하나님이 주신 풍성한 생명력으로 어떠한 고난과 역경도 뚫고 일어날 것임을 자아는 믿고 있는 것이다.

자아의 눈에 들어오는 아이들은 고아로 자라서 구두닦이를 하고 있는 아이들이다. 이러한 아이들이 현실적으로 부딪히는 고통과 힘든 현실이 이들의 의지를 꺾는 것이 아니라, 이러한 고통스러운 현실을 이기고, 겨울잠을 자고 일어나는 개구리처럼 그 환한 생명력을 뿜어낼 수 있을 것이라는 희망을 가지고 있는 것이다. 시인이 "다시 살아나게 하라! / 다시 피게 하라!"고 간절한 마음으로 노래하고 있는 이유가 바로 이러한 생명에 대한 믿음으로 말미암고 있다는 점은 상당히 의미심장하다. 이 시기의 시인의 의식이 이러한 부분에서도 작동하고 있었음을 보여주는 것이다.

눈보다 입술이 더 고운
저 애는,
아마도 진달래 피는 삼월에 태어났을 거야.

삼월이 다하면 피는 튜우립들도
저 애의 까아만 머리보다
더 귀엽지는 못할 거야.

저 애는 자라서
아마 어른이 된 후에도,
푸라타나스 눈이 틀 때
타고난 그 마음씨는 하냥 부드러울 거야.

그렇지만 저 애도
삼월이 가고 구월이 가까우면
차츰 그 가슴이 뿌듯해 올 거야,
어금니처럼 빠끔이 터지는
그 여린 가슴이……

겨울은 가도
봄은 아직 오지 않는
야릇한 꿈에서 서성일지도 모를 거야.

수선화 새 순 같은 삼월생
저 애는 돌맞이 앞니같이 맑은
삼월생.

-「삼월생」전문

새로이 진달래가 피는 계절에 태어난 어린아이를 시적 대상으로 삼았
다는 것 자체가 생명의 새로운 시작과 그 생명력의 왕성함을 바라는 시
인의 의지가 담겨 있다고 하겠다. 시인은 "겨울은 가도 / 봄은 아직 오지
않는" 삼월이지만, 그 속에서도 자신이 지닌 풍성한 생명력으로 말미암
아 "새 순" 같이 자라갈 것이라는 희망을 내비친다. 겨울의 메마른 자연
이 아니라, 새롭게 여름을 향해 자라나는 새 순을 그리고 있다는 점에서
이 시가 가진 의미는 작지 않다.

구월에 처음 만난 네게서는
나푸타링 냄새가 풍긴다.
비록 묵은 네 양복이긴 하지만
철을 아는 너의 넥타인 이달의 하늘처럼
고읍다.

그리하여 구월은 가을의 첫 입술을
서늘한 이마에 받는 달.
그리고 생각하는 혼이 처음으로
네 육체 안에 들었을 때와 같이
상수리나무 아래에서
너의 눈은 지금 맑게 빛난다.

이 달엔
먼 수평선이
높은 하늘로 서서이 바꾸이고,
뜨거운 햇빛과
꽃들의 피와 살은
단단한 열매 속에 고요히 스며들 것이다.

구월에 사 드는 책은 다 읽지 않는다.
앞으로 밤이 더욱 길어질 터이기에
앞으론 아득한 별들에서
가장 가까운 등불로
우리의 눈은 차츰 옮아 올 것이다.

들려 오는 먼 곳의 종소리들도
이제는 더 질문하지 않는다.
이제는 고개 숙여 대답할 때다.
네 무거운 영혼을 생명의 알맹이로 때려
얼얼한 슬픔을 더 깊이 울리게 할 것이다.

그리고 구월이 지나 우리의 마음들
갈가마귀처럼 공중에 떠 도는 시월이 오면,
이윽고 여름의 거친 고슴도치는
산과 들에 누워
제 털을 호을로 뽑고 있을 것이다.

-「가을이 오는 달」 전문

이 시의 가을은 '고독'이라는 단절의 개념보다는 자아의 내면이 더욱 깊어지는 성숙의 계절로 이미지화된다. 가을이 왕성한 생명력을 지닌 시간으로 묘사되는 것이다. "생각하는 혼이 처음으로 / 네 육체 안에 들었을 때"와 같이 "너의 눈"이 찬란히 빛나는 시기, 즉 처음 태어났을 때의 그 왕성한 생명력을 다시금 보여주는 시기라고 가을을 묘사하고 있는 것이다. 뿐만 아니라 가을은 자아에게 열매를 맺고 내적인 성숙이 이루어지는 시간으로 다가오는 것이며, 그래서 풍성함이 자리 잡고 있는 계절이기도 하다. "뜨거운 햇빛과 꽃들의 피와 살은 / 단단한 열매 속에 고요히 스머드"는 시간이며, 이러한 단단함이 생명력의 상실이 아니라 새로운 생명을 준비하는 단단한 강인함으로 이미지화되는 것이다. 이는 가을이 내적으로 풍성한 사유가 열매로 맺어지는 계절이라고 묘사하는 것임을 알 수 있다.

이러한 자연 이미지는 중기 중의 '고독'을 노래할 때 형상화되던 마르고 딱딱한 겨울의 이미지, 생명력이 상실된 죽음의 이미지와는 상당히 다르다. 시인이 구월 혹은 가을을 이렇게 묘사하고 있다는 점은 '고독'이라는 주제와 대비할 때 중요한 의미를 지니게 된다. 가을이 마르고 딱딱해진 비생명성의 시간이 아니라, 내적으로 더욱 성숙해지는 생명의 계절이라는, '고독' 이전의 초기 시편들에서 보여주고 있는 가을 이미지와 일치하고 있기 때문이다. 뿐만 아니라 이러한 내적인 성숙으로서의 가을 이미지는 그의 후기 시에서 보여주는 풍성함을 회복한 자연 이미지와도 유사함을 보인다. 시인은 '고독'을 이러한 자연 이미지의 풍성함을 통해 극복할 길을 마련하고 있는 것이다.

땅에서 나는
꽃들이 아무리 어여뻐도,

하늘에서 나리는 첫눈만큼
땅을 사랑하진 못한다.

그의 마른 손등에 입맞추고,
그의 여윈 어깨를 가득히 안아주고,
그리고 나선 사라져
마지막엔 그의 뼛속까지 깊이 깊이
스며 들진 못한다

오월의 풀밭이
아무리 알뜰하여도,
십이월의 흙만큼 다숩고 깨끗하진 못하다.

오랜 친구를 위하여
포도주의 단 맛을 지하실에
깊이 깊이 숨겨 두고,
어린 씨앗들의 머리를
어둠 속에 쓰다듬어 주고,

그리고 나서
한푼어치 개구리의 할딱이는
숨통마저도,
뛰는 너의 맥처럼 조심성스럽게
품어 주진 못한다.

—「겨울의 입구에서」전문

이 시에서 형상화된 '겨울'은 사물들 사이의 사랑의 관계 혹은 서로에 대한 이해와 헌신의 관계가 견고하게 유지되는 시간이라는 점이 특징적이다. 이 시에서 "첫눈"은 "땅"을 가장 사랑하는 존재로 형상화된다. 그것은 봄철에 난만하게 피어나는 꽃보다 더욱 땅을 사랑하는 존재이다. 땅의 "손등"에 입을 맞추며 땅의 "어깨를 안아주고" 마지막에는 땅의 "뼈속으로" 사라지는 존재가 바로 "눈"이라고 묘사하고 있는 것이다. 이것은 "첫눈"이 "땅"을 향해 보여주는 온전한 사랑, 온전한 헌신이며, 이를 통해 "땅", 즉 "십이월의 흙"이 "오월의 풀밭"보다 더욱 "다숩고 깨끗"하게 되는 것이다. "어린 씨앗들의 머리를" 쓰다듬어 주고, "개구리의 할딱이는 / 숨통마저도" 품어주기 때문이다. 즉, 12월의 대지를 가장 포근하고 아름답게 감싸주는 "눈" 때문에 겨울의 땅이 "다숩고 깨끗"하다는 것이다.

　'겨울'이라는 계절을 이렇게 묘사하는 것은 이 시기의 그의 전체적인 시세계와 비교할 때 상당히 의미심장하다. 시인은 '고독'을 이야기하는 중기 시에서 전체적인 계절을 주로 겨울로 형상화하는 것을 볼 수 있다. 겨울의 그 바싹 마른 잎과 추위에 떠는 벗은 가지들의 메마른 비생명성을 '고독'의 핵심적인 이미지로 형상화하고 있는 것이다. 이러한 겨울 이미지 속에서 자아는 신이나 다른 타자와의 모든 관계를 포기하고 자신의 자아 속에 웅크리고 들어가 고립을 택하는 것. 여기에 타자에 대한 사랑과 같은 관계 형성을 보여주는 행위나 감정은 전혀 스며들 여지가 없었다. 그런데 이 시에서는 이러한 '겨울' 이미지조차 다른 것으로 형상화되는 것이다.

　여기에서도 겨울의 땅 자체는 분명히 마르고 딱딱하며 생명력이 소진된 공간인 것은 이 시기의 그의 전체적인 시세계와 유사하다. 2연에서 눈이 내려 덮이는 공간으로서의 땅을, "마른 손등" 혹은 "여윈 어깨"로 묘사하고 있는 것이 바로 그러한 인식을 보여준다. 자아는 이 시간의 땅을 여전히 '마르다', '여위다' 등의 상태로 표현하고 있는 바, 이것은 분명히 '고독'을 노래하는 중기의 시세계에서 자연 이미지가 보여주는 상태와 동일하다. 그런데 시인은 이러한 자연 이미지 위에 하늘로부터 내리는 "눈"을 더함으로써 다른 의미망을 만들어 낸다. 땅을 사랑하고 따뜻하게 품어주는 "눈"을 통하여, 딱딱하고 메말라서 생명력을 잃어버린 "땅"이 오히려 "오월의 풀밭"보다 더욱 "다숩고 깨끗"한 세계로 바뀌게 되는 것이다.

이러한 겨울 이미지의 형상화 방식은 그의 초기 시세계와 연결되어 있음과 동시에, 신앙을 회복한 후기의 풍성한 자연 이미지와도 연결되는 것임이 분명하다. 시인이 보여주는 기독교 신앙의 회복은 그의 시세계 속에서의 자연 이미지 또한 생명력 넘치는 공간으로 바꾸어 주는 역할을 하는 것을 후기 시세계를 통해 확인할 수 있다. 이 시에 형상화된 자연 또한 바로 그러한 특징을 볼 수 있다는 점에서 특징적이라고 하겠다. 특히 메마르고 건조한 겨울의 대지가 천상으로부터 내리는 "눈"의 헌신적인 희생과 사랑을 통해 이렇게 따뜻하고 깨끗한 세상으로 바뀐다는 것은, 시인이 지니고 있던 기독교적 구원의 이미지의 형상화라고 보아야 할 것이다. 기독교적 구원이 전적으로 하나님의 은혜에 의해서만 이루어질 수 있다는 점과 유사한 것이다. 뿐만 아니라 메마르고 견고하여 생명력을 거의 소진한 인간들이 하늘로부터 내려오는 그 풍성한 사랑과 은혜에 힘입어 새로운 생명을 얻을 수 있게 된다는 것과도 유사한 이미지로 볼 수 있다. 여기에서 우리는 이러한 시편들 속에서 초기 시세계와 후기 시세계 사이를 이어주는 연결점을 발견하게 된다.

신앙 회복으로의 과정

시인이 보여주는 이러한 자연 이미지와 함께, 이 시기의 시편들에서 나타나는 또 다른 특징 중의 하나는 신앙의 절대성을 여전히 인식하고 있음을 보여주는 단서들을 발견할 수 있다는 점이다. 이것은 시인의 후기 시세계가 보여주는 신앙 회복의 단계를 이미 이 시기에 내적으로 준비하고 있음을 보여주는 것이다. 시인은 어느 한 순간의 갑작스러운 변혁을 통해 신앙을 회복하는 것이 아니라, '고독'을 노래하던 60년대 후반부터 이미 서서히 변화해 가고 있었던 것이다. 이 시기의 신앙의 절대성에 대한 시인의 새로운 인식은 바로 이러한 내적 변화를 위한 단서를 보여주고 있다는 점에서 의미심장하다.

당신의 불꽃 속으로
나의 눈송이가
뛰어 듭니다.

당신의 불꽃은
나의 눈송이를
자취도 없이 품어 줍니다.

- 「절대신앙」 전문

시집 『절대고독』의 제3부에 실린 이 시의 존재는 그의 시에 나타나는 '고독'의 개념을 이해하는 데 있어서 상당히 중요한 의미를 차지한다. '고독'이 이제까지 살핀 바와 같이 신과의 관계가 단절된 상태에서 느끼는 단절감으로부터 오는 것이라면, 이 시에서 말하고 있는 바 '절대 신앙'은 바로 그 반대편에 서 있는 것이라고 할 수 있기 때문이다. 이 시에서 말하는 바 "당신의 불꽃"은 분명히 절대자로서의 기독교적 하나님을 지칭하는 포현임이 분명하다. 그러므로 그 불꽃 속으로 자아를 온전히 던져 넣는 행위는 하나님에 대한 믿음 속으로 자신을 던져 넣는 행위라고 할 수 있는 것이다. 이는 자아가 시도하는 신앙 회복을 위한 몸부림이라고 할 수 있는 것이 아닐까. 이 시집의 서문에서 시인은 이 시가 실려 있는 제2부가 "경험을 거쳐 차츰 생명에 대하여 반성하고 깨달아져 가는 것들"[32]에 대한 시편들을 싣고 있다고 고백하고 있다. 이 말은 여기에 실린 시편들이 시인의 '생명'에 대한 사유의 흔적들을 보여주는 것이라고 할 수 있다는 말이다. 그리고 그 첫 번째에 실린 이 시에서 우리는 '고독'과 반대되는 자리에 서 있는 '신앙'을 만나게 된다.

시인이 시의 제목을 "절대신앙"이라고 달고 있는 부분도 상당히 의미심장하다. 이 시가 실린 시집의 제목이 "절대고독"인 점에 비추어 보면, 이 시의 제목은 그러한 '고독'의 세계에 대한 대안 혹은 반대의 자리에 서 있는 것임을 말해 준다. 그런데 그러한 반대의 자리가 "생명에 대한 인식"으로부터 출발하고 있다는 점은 또 다른 해석의 가능성을 생각하게 한다. 시인은 "생명"을 통해 '고독'이 보여주는 메마르고 건조한 생명력 상실의 세계를 넘어서고 싶어 하는 것이다. 이 시기의 시에서 '고독'을 넘어서고자 하는 의지 또한 함께 보여주고 있는 것이다.

그런데 문제는 이러한 두 가지의 시가 시인의 입장에서는 거의 동시에 발표되고 있다는 점이다. 이것은 시인의 고뇌의 방향이 어디로 향하고 있는가를 보여주고 있다는 점에서 시인의 시 의식을 이해하는 중요한 단서가 된다. 시인은 '고독'을 통해 신과의 단절 혹은 신의 상실이라는

---

32) 김현승, 시집 『절대고독』의 서문, 『김현승 시전집』, 김인섭 편 (서울: 민음사, 2005), 259.

상황에 처한 인간 존재의 본질을 보여주기는 하지만, 그것이 결코 끝이 될 수 없다고 느끼고 있음을 말해 주는 단서이기도 하다. 그러한 고뇌를 통해 '고독'이, 오히려 신을 상실해 버린 자아가 신을 찾아 나서지만 그것을 찾지 못하고 방황하는 자의 상실감에서 오는 존재론적 '고독'임을 짐작할 수 있게 하는 것이다. 그가 '고독'을 노래하는 과정에서도 결코 신 존재 자체에 대한 부정에 이르지 않고 있다는 점도 이러한 추론을 더욱 강화시켜 준다.

여기서 또한 기억해야 할 것은 이 시기에도 시인이 기독교를 완전히 떠나 있지는 않았다는 점이다. 시인의 의식 속에서 기독교적인 세계관이 여전히 작동하고 있었으며, 그것은 그의 시 곳곳에서 나타나는 현상이다. 이 시에 나타나는 "나"와 "당신" 사이의 관계가 바로 그것을 보여준다. '눈'으로 이미지화된 자아가 '불꽃'으로 이미지화된 당신, 즉 신의 세계 속으로 던져지며, 그것을 "당신"은 온전히 받아들이고 품어준다는 것이다. 이는 결국 자아의 모든 고뇌와 갈등마저도 온전히 포용하고 용납하는 신의 절대적인 사랑에 대한 은유인 것이며, 그를 통해 자아가 새롭게 살아갈 힘을 얻고 있음을 말해 준다. 신의 은총은 이렇게 '고독'에 빠져 있는 자아의 존재도 용납하고 받아들여 녹여주는 존재라고 시인은 말하고 있다.

이러한 신앙 회복을 향한 길에서 시인은 그러나 자아의 한계를 분명하게 느끼고 있다. 그것이 또 다른 관점에서 이 시기의 시적 자아가 느끼고 묘사하고자 하는 '고독'의 중요한 본질 중의 하나를 보여주는 단서가 된다. 이와 같은 인식은 그를 신앙의 회복 혹은 신의 존재에 대한 새로운 인식의 세계로 그를 이끌게 된다. 신을 인정하고 신에 대한 믿음을 회복하는 것이 오히려 자아의 존재의 본질을 온전히 인식하는 것임을 새롭게 깨닫게 되는 것이다.

내 아침상 위에
빵이 한 덩이,
물 한 잔,

가난으로도
나를 가장 아름답게
만드신 주여

겨울의 마른 잎새
한 끝을,
당신의 가지 위에 남겨 두신
주여.

주여,
이 맑은 아침
내 마른 떡 위에 손을 얹으시는
고요한 햇살이시여.

–「아침 食事」전문

이 시에서 시인은 가난 속에서도 복을 부어주시는 "주"를 찬양하고 있
는데, 이러한 찬양에 이르는 과정이 상당히 의미가 있다. 자아가 현재 처
해 있는 상태는 현실적으로 볼 때 결코 감사나 찬양을 할 상태라고 하기
는 힘들다. 아침상은 "빵 한 덩이, / 물 한 잔."에 불과한 만큼 자아가 처
한 현실은 가난하고 힘겨운 것이다. 그런데 자아는 이러한 삶의 상태도
오히려 "가장 아름답게" 만들 수 있는 존재가 있다고 주장한다. "가난으

로도 / 나를 가장 아름답게 / 만드"는 것이 "주"님은 가능하다는 신앙의 고백이 여기에서 나타나는 것이다. 자신의 가난한 상태에서 아침 식사로 먹을 만한 것이라고는 "빵 한 덩이"에 "물 한 잔"뿐이지만, 그것을 통해서도 하나님께서는 "나를 가장 아름답게 / 만드"신다는 것이다.

무엇이 가난하고 초라한 자신을 가장 아름답게 만드는 것인지를 살피는 과정에서 우선적으로 다가오는 것 중의 하나는, 자아를 비유하는 자연 이미지가 여전히 마르고 견고한 사물들, 즉 생명력을 상실한 상태에서 힘겹게 삶을 살아가고 있는 자아 지향성의 자연 이미지를 지니고 있다는 점이다. 3연에서 시인은 자아를 "겨울의 마른 잎새"로 비유하고 있는데, 이것은 '고독'을 주제로 한 이 시기의 시들이 보여주는 자아의 이미지와 동일한 것이다.

그런데 시인은 이러한 자아의 상태에도 불구하고 신은 그 삶을 가장 아름답게 만드신다고 고백한다. "겨울의 마른 잎새"에 머물러 있는 자아에게 "주"님이 그 "한 끝을, / 당신의 가지 위에 남겨 두"었기 때문이라는 것이다. 자아의 "마른 잎새"와 "당신의 가지" 사이가 단절된 것이 아니라 그 "한 끝"이 서로 연결되어 있기 때문에 이러한 기적과 같은 변화가 가능하다는 것이다. 그리고 이러한 상태는 4연에서 더욱 선명하게 이미지화된다. 자아가 먹는 "내 마른 떡 위에 손을 얹으시"고 축복하는 "主"가 있기에 이 모든 것이 가능한 것이다. 그리고 시인은 그러한 "당신"을 "고요한 햇살"의 이미지로 형상화한다. 신적인 존재 혹은 천상적인 존재가 지상으로 다가오는 빛의 이미지를 여기서 사용하고 있는 것이다. 이러한 존재로 말미암아 자아는 이제 자신의 그 힘겹고 고통스러운 삶의 현실로부터 오히려 "가장" 아름다운 삶의 상태로 변화할 수 있게 된다. 이렇게 보면 이 시는 자아의 존재를 가능하게 해 주고 생명을 얻어 살아갈 수 있게 만들어 주는 신의 존재를 인정하고, 그분으로부터 오는 복을 누리는 자의 노래라고 할 수 있는 것이다.

이것은 "고독"이라는 주제를 주로 다루고 있는 이 시기의 시세계 전체를 생각할 때 상당히 이질적인 것이 분명하기는 하지만, 다른 관점에서 본다면 그것은 "고독"이 지닌 또 다른 의미망을 확인할 수 있는 중요한 단서로 작용하기도 한다. 이 시기에도 이러한 시를 쓰고 발표하고 있었다는 것은, 신앙에 대한 시인의 '회의'가 말 그대로 기독교 신앙에 대한 전적인 부정으로 나아간 것이 아니라, 기독교적 사유의 영역 안에서 이루어지는 의심이나 회의의 차원을 넘지 않았음을 보여주는 것이다.[33] 이 시기의 '고독'을 시인 스스로 "부모 있는 고아와 같은 고독"이라고 말하고 있는 이유가 여기에 있다고 하겠다.

자아는 마지막 연에서 "웃음 / 눈물"의 상관관계 속에서 "눈물"의 이미지를 형상화하기도 하는데, 이를 통해 많은 것을 추측해 볼 수 있다. 자아는 "웃음 / 눈물"이라는 두 개의 대비적인 이미지를, 아름다운 나무의 "꽃 / 열매"의 관계와 동일한 자리에 서는 것으로 설명하고 있다. 봄날에 꽃이 핀 나무는 시간의 흐름에 따라 그 꽃이 시들고, 그 자리에는 풍성하고 아름다운 열매가 맺히게 된다. 꽃과 열매는 시간의 선후관계를 통해 결합되어 있는 것으로, 시간의 흐름에 따라 필연적으로 이어질 수밖에 없는 자연의 섭리이다. 시인은 이러한 비유를 통해 "웃음"과 "눈물" 사이의 관계 또한 마찬가지의 관계로 인식하고 있음을 보여준다. 즉, "웃음 / 눈물"이 긴밀하게 서로 연관되어 있고, 그것은 또한 필연적으로 거쳐 갈 수밖에 없는 과정 속에 존재하고 있다는 말이다. 여기에는 아이의 죽음에 대한 시인의 절절한 아픔과 함께 섭리에 순응하고자 하는 아픈 인식이 자리 잡고 있다. 아이의 태어나고 자라는 것을 보면서 누리

---

33) 금동철, 「김현승 시에서 자연의 의미」, 218.

는 그 즐겁고 행복한 기억들이, 아이의 죽음으로 말미암아 슬픔으로 변하고 "눈물"로 이어지더라도, 자아는 그것을 섭리로 받아들이고 그 슬픔마저 온전히 자신의 것으로 감내하겠다는 의지의 표명으로 읽을 수 있게 되는 것이다.

여기서 한 가지 고려해야 할 사항은 꽃과 열매의 관계를 만들어 가는 존재가 마찬가지로 웃음과 눈물의 관계를 만들어 가고 있다는 점이다. 5, 6연의 행위의 주체는 모두 그렇게 만드는 존재, 즉 하나님으로 되어 있다. 하나님께서 꽃을 시들게 하시고 그 자리에 더욱 풍성한 열매를 주셔서 새로운 생명을 주시듯이, 하나님이 자아에게 "웃음"을 주시고 그 후에 새롭게 "눈물"을 지어 주신다는 것이다. 결국 하나님께서 만들어 주시는 "눈물"이기에 기쁜 마음으로 감내하고 자신의 전체로서 온전하게 하나님께 드리겠다는 고백이 되는 것이다. 이것은 아이의 죽음마저도 하나님의 섭리하심으로 받아들이는 시인의 신앙고백이라고 할 수 있는 부분이다. 시인은 지극한 슬픔을 오히려 담담히 받아들이고, 그것이 하나님의 섭리이며 은혜일 수 있음을 새롭게 인식하고 감사하게 되는 것이다.

'고독'을 노래하는 시기에 이처럼 동시에 하나님의 축복과 섭리를 노래하고 있다는 점은 의미 있는 일이다. 그의 신앙의 단편들을 이렇게 확인할 수 있기 때문이다. 이러한 시편들은 1974년에 출간된 『김현승 시 전집』의 「날개」 부분에 실려 있는 시들과 상당한 유사성을 지니고 있다. 그 시편들은 주로, 신앙의 회복으로 나아가는 과정에 대한 고뇌와 갈등을 표현하고 있는 것들로 이루어져 있는데, 신앙의 상실이 주류를 이루고 있던 줄기의 시들 속에서도 이러한 신앙을 고백하는 시들이 존재하는 것은 상당히 의미 있는 일이다. 이러한 시들은 70년대 이후 그의 시세계가 보여주는 변화의 모습, 즉 신앙 회복의 단계를 예비적으로 보여주고 있다는 점에서 상당히 중요한 의미를 지닌다.

*****

김현승 시인은 자신이 지닌 기독교적 세계관을 철저하게 자신의 시세계 속에 녹여내고 있기 때문에
한국 현대 시사에서 얼마 되지 않는 기독교적인 시인이라고 할 수 있다.

*****

Chapter 4

신앙의 회복과 절대 세계로의 회귀

고독과 신앙 사이의 흔들림

자아의 근원에 대한 탐구

1960년대 김현승 시인의 시세계가 '고독'이라는 주제를 통한 내면적 탐구의 시간이었다면, 70년대는 인생의 마지막 시기와 맞물리면서 신앙을 회복하고 신의 세계로 회귀하는 시간이라고 할 수 있다. '고독'을 주제로 한 60년대 김현승 시세계의 대표적인 특징 중의 하나가, 시인이 어린 시절부터 절대적인 것으로 믿어 왔던 기독교 신앙의 절대성에 대한 회의 혹은 상실이라면, 70년대로 들어선 그의 시세계에서는 이러한 신앙이 회복되고 있음을 확인할 수 있는 것이다. 뿐만 아니라 그러한 기독교 신앙의 회복이 어느 한 순간 특징적으로 일어나는 것이기보다는 서서히 이루어진 변화의 결과임을 확인할 수 있는 것도 그의 시세계가 보여주는 중요한 특징이기도 하다.

이것을 확인하는 것은 상당히 중요한 의미를 지닌다. 이미 우리는 앞선 '고독'의 시기에도 여러 편의 시들 속에서 신을 인정하고 그 세계 속으로 회귀하고자 하는 시인의 의지를 보여주는 단서들을 발견하기도 했다. 어쩌면 그것은 기독교 신앙 속에서 자라고 살아간 시인이 필연적으로 도달한 영역이라고 할 수 있을 것이다. 목사의 아들로 태어나서 집안 전체가 기독교적인 분위기를 형성하고 있었던 그에게, 50대의 한 시기에 보여 주었던 신앙의 상실과 그것 때문에 일어나는 여러 가지 관계의 단절, 내적인 갈등과 같은 것들에서 이 시기에 이르면 신앙의 회복과 하나님과의 관계 회복이라는 단계로 발전하는 것을 확인할 수 있다.

그의 중기 시세계를 형성하는 '고독'이 자아의 존재의 본질을 이루고 있던 서정적 근원과의 분리라는 존재론적 본질의 문제와 관련되어 있다는 점에서, 그 시기가 매우 불안정한 상태였음을 보여주는 것이기도 하다. '고독'을 주제로 삼기 이전의 시인은 자신의 서정적 근원을 절대적 존재인 기독교적 하나님에 두고 있었다. 그것은 그의 신앙이기도 했으며 동시에 시의 서정적 근원으로도 작용하고 있었던 것이다. 그런데 '고독'이라는 주제를 다루기 시작하면서 자아는 이러한 절대적 존재로서의 신과의 분리라는 근원적인 문제에 봉착하게 된 것이다. 물론 신의 존재 자체를 처음부터 부정한 상태에서 존재하는 세계관이라면 이러한 세계 인식 방식을 받아들이는 것이 큰 문제가 되지 않겠지만, 김현승 시인에게 있어서 절대적 존재로서의 하나님과의 내적인 분리 문제는 자아의 존재 자체를 뒤흔드는 매우 심각한 문제였음이 분명하다. 그래서 이 시기의 시세계에는 두려움이나 안타까움 같은 정서들이 상당히 진하게 깔려 있는 것을 확인할 수 있다. 그만큼 신으로부터 단절되는 것을 시인이 두려워하고 있었음을 보여주는 것이다.

그런데 이러한 상황에 이르러서도 시인은, 절대적 존재로서의 기독교적인 하나님이라는 존재 자체를 온전히 부정하는 데까지 이르지는 않고 있다는 점은 분명히 기억할 필요가 있다. 시인이 고뇌하고 갈등하는 것은 신의 존재 유무가 아니라 신과의 관계의 단절이었기 때문이다. 신앙의 회의 상태를 보여주는 이 시기의 시인이 보여주었던 세계 인식은 신의 존재 자체를 부정하는 무신론의 상태에 이른 것이 아니라, 신의 존재는 인정하지만 그 존재와 자아 사이의 관계의 끈을 부정하는 상태에 처해 있었던 것이다. 시인은 이러한 인식 앞에서 고뇌하고 갈등하였던 것이다.

이것은 또한 서정시에서 그 서정적 근원과의 분리라는 치명적인 문제를 야기한다. 이러한 자리에서 자아의 진정한 모습을 찾는다는 것은 서정시인으로서는 불가능하게 된다. 서정적 근원으로부터 분리된 자아는 존재의 의미를 확인하기 어렵기 때문이다. 이것은 자아와 세계 사이에 존재하던 관계의 끈의 상실이며, 서정적 동일성의 상실이라고 할 것이다. 이러한 서정적 동일성의 상실은 현대인들이 직면한 근원 상실과 동일한 자리에 서는 것이며, 김현승은 이러한 측면을 '고독'이라는 이름으로 부르고 있다.

문제는 시인이 이러한 자리에서 그대로 머무를 수만은 없다는 데에 있다. 앞서 살핀 바와 같이 서정시는 본질적으로 서정적 근원을 회복하고자 하는 욕망을 지니고 있으므로, 시인은 어떠한 모습으로든지 이와 같은 관계 단절을 극복하고자 시도하게 하는 것이다. 그것은 김현승의 시에서 서정적 근원으로서의 신의 세계를 다시 인정하고 추구하는 것으로 드러난다.

서정적 근원으로서의 신에 대한 이와 같은 추구는 '고독'을 노래하던 중기의 다른 시편들 속에서 발견되는 요소이기도 하다. 이것은 또한 그의 후기 시에 나타나는 신앙의 회복 문제와 결부될 때 중요한 요소로 나타나기도 한다. 이러한 요소는 특히 1974년에 발간된 『김현승 시 전집』에 여실히 드러난다. 이 시 전집은 김현승 시인이 살아 있는 동안에 나온 마지막 시집이라는 점에서 중요한 의미를 지닐 뿐만 아니라, 그의 이전까지의 시세계를 포괄하고 있다는 점에서도 상당히 중요한 의미를 지닌다. 이 시 전집은 이전까지 나온 시집들을 모두 묶은 것과 함께, 『날개』, 『새벽교실』 등의 내용이 실려 있다. 이 중 『날개』는 『절대고독』 이후에 발표한 시들이 중심이 되어 있고, 『새벽교실』은 해방 전에 시인이 발표한 작품 15편[1]을 실어놓은 것이다. 김현승 시인의 후기 시세계가 지닌 특징을 검토하는 자리에서 특히 문제가 되는 것은 이 시 전집의 『날개』 부분에 실린 시편들이다.

이 시편들이 보여주는 세계는 '고독'과 '신앙'이라는 두 세계 사이의 흔들림을 보여주고 있다는 점에서 매우 중요한 의미를 지닌다. 전 단계의 '고독'이라는 주제를 중심으로 한 중기 시세계와, 신앙회복과 절대의 세계에 대한 강렬한 지향을 보여주는 후기 시세계 사이의 흔들림이라는 인상적인 상태를 담고 있는 것이다. 이것은 후기의 시세계가 어떻게 신앙 회복의 상태로 나아갈 수 있었는지를 보여주는 단서들을 품고 있을 뿐만 아니라, 시인이 지니고 있던 시적 세계에 대한 고민과 갈등을 보여주고 있다는 점에서도 상당히 의미심장하다.

여기에는 이러한 고민과 갈등이 자아의 전적인 무력함을 깨닫는 것과 그래서 절대자로서의 하나님 앞에 나아가는 과정이 그려져 있다. 뿐만 아니라 이 시집에는 인간 존재와 삶, 인생 등에 대한 보다 근원적이고 본질적인 고민을 담고 있어서, 이전 시기의 시들보다 더욱 사색적이고 철학적인 성격을 지닌 시들이 많아 오히려 난해해지고 있음을 확인할 수 있다. 어떤 경우에는 명확하거나 명징하지 못한 감정이나 표현을 사용하기도 할 정도로, 두 세계 사이의 전이 단계가 보여주는 혼란스러움을 담고 있는 것이다. 그러므로 이 시집은 시인의 중기 시세계로부터 후기의

---

1) 이 시편들은 김현승의 초기 시세계를 이루는 것들로, 이 책의 2장에서 주로 다루고 있다.

시세계로 이어지는 중간 단계의 역할을 하고 있다고 하겠다.

> 터지는 출발에서
>
> 꺾여 버릴 끝까지 ──
>
> 당겼다 힘껏 놓은 강철처럼
>
> 칼에 찔린 힘줄처럼
>
> 도끼날에 튀는 통나무처럼
>
> 아름답게 아름답게 일그러진 그 얼굴.
>
> 아낌없이 내어민 그 가슴 ── 외려 부족한 가슴.
>
> 숨을 죽인 숨을 죽인
>
> 아아, 단 한번의 오늘 속에
>
> 불을 쟁여,
>
> 쏘는 너의 하루
>
> 영원의 내일일 아아, 너의 하루.
>
> –「질주」전문

온힘을 다해 달리는 이미지로 "너의 하루"로 형상화하고 있는 이 시에서 주목해야 할 것은, 그러한 질주하는 자에 대한 자아의 동경이다. 자아는 '나'가 아니라 "너"의 하루임을 명확하게 보여줌으로써, 그러한 질주가 자신의 것이 아니라 타자의 것임을 보여주는데, 이러한 서술의 이면에는 그렇게 온몸을 던져 질주하는 자의 그 태도를 매우 긍정적으로 바라보는 시선이 깔려 있는 것이다. 출발부터 끝나는 순간까지 온힘을 다해 달려가는 모습을 시인은 "당겼다 힘껏 놓은 강철", "칼에 찔린 힘줄", "도끼날에 튀는 통나무" 같다고 비유한다. 모두 한껏 움츠렸다가 튀어나가는 강한 힘을 비유적으로 보여주는 이러한 이미지들을 통해 자아는 달려가는 그 "질주"가 주어진 삶을 온힘을 다해 뛰어가는 모습으로 그리고 있는 것이다. 그것은 자아에게 "영원의 내일"이 되는 것이기도 하다.

이러한 달리기 모습을 묘사하는 자아의 시선에는, 자신이 생각하는 올바른 삶의 자세에 대한 관점이 내재되어 있다. 달리기 경주의 경우에는 그 목표가 명확하게 설정되어 있고, 경주자는 그것을 목표로 온힘을 다해 달려가게 된다. 시인의 눈에는 바로 그러한 달려감 자체에 중요한 의미를 두고 있는 것이고, 그것이 곧 삶을 의미 있게 만드는 것이라고 말하고 있다. 자신에게 주어진 한 번뿐인 시간 속에서 자신의 최선을 다해서 전력으로 질주하는 자의 아름다움을 이렇게 노래하고 있는 것이다. 그래서 "단 한번의 오늘 속에" 주어진 그렇게 귀한 기회를 온전히 불꽃처럼 살아내는 경주자의 삶의 자세가 자아에게는 그렇게 아름답게 다가오는 것이다.

이러한 시인의 시선은 '고독'을 추구하던 중기의 시세계와는 상당히 다른 분위기를 만들어 낸다. '고독' 시기의 시편들에서 자아는 자신의 내면에 깊이 침잠하고 그 속에서 자아의 본래적인 모습을 발견하고자 해왔다면, 이 시에서 자아는 적극적인 행위 속에서 주어진 삶의 의미를 발견하고자 하는 것이다. 이것은 신을 피해서 자아의 내면에 숨어 고독의 끝을 보고자 하던 중기의 자아의 존재방식과는 확연하게 다른 부분임이 분명하다. 여기서는 이러한 수동적이고 내면지향적인 시선이 아니라, 오히려 적극적으로 세상을 살아가는 삶에 대한 동경을 강하게 드러내고 있다. 이러한 과정에서 나타나는 중요한 현상 중의 하나는 자아가 살아가고 있는 삶 자체에 대한 긍정적 인식이다.

'고독'의 주제를 다루고 있던 중기 시의 경우 시인은 자신이 처한 현 상태에 대해 부정적인 이미지가 강하게 형상화되었던 것을 볼 수 있다. 김현승 시인이 형상화하는 '고독'이라는 개념이 다분히 신과의 관계 속에서 정립된 주제이기는 하지만, 그 속에는 신과의 분리 속에서 경험하는 메마르고 건조한 삶의 자리가 자리 잡고 있었던 것이다. 자아를 비유하는 "마른 나무가지"나 "까마귀" 같은 이미지들이 바로 이러한 스스로의 자아상을 드러내 주는 것이라고 할 수 있는 바, 그것은 곧 자신의 현상태가 내적이든 외적이든 풍성함이나 부요함과는 거리가 멀다는 것을 보여준다.

자아의 현상태를 메마르고 건조한 이미지로 형상화하는 것은 이 시기에도 마찬가지로 이어지고 있음이 분명하다. 「질주」에 나타나는 자아의 상태도 이와 유사하다. 자아는 자신의 모든 것을 불사르며 달려 나가는 그러한 삶의 자세에 대한 동경을 내비치지만, 이러한 동경은 자아가 역으로 그 반대의 자리에 서 있음을 보여주기도 하는 것이다. "너의 하루"라는 표현 속에 나타나는 '나'와 '너' 사이의 선명한 구분은, "너"의 이러한 현재의 모습과는 다른 '나'의 현상태에 대한 인식이 자리 잡고 있는 것이다.

자아의 현상태에 대한 이러한 인식은 존재의 본질 혹은 존재의 근원에 대한 시적 인식으로 발전한다. 다음 시에서 자아는 자신의 인식이 끝도 없이 확장되어 나가는 세계를 그리는 것이 아니라, 자아와 세계 사이에 가로놓인 벽을 인식하고 그것을 존재의 "벽"으로 형상화한다. 이는 세계에 대한 존재론적 근원 혹은 존재의 본질에 대한 시적 탐색이라고 할 수 있는 것이다.

나는 차를 앞에 놓고
고즈넉한 저녁에 호을로 마신다.
내가 좋아하는 차를 마신다.
그러나 이것은 다만 사실일 뿐,

차의 짙은 향기와는 관계 없이
이것은 물과 같이 담담한 사실일 뿐이다.

누구의 시킴을 받아
참새 한 마리가 땅에 떨어지는 것도 아니고
누구의 손으로 들국화를 어여삐 가꾼 것도 아니다.
차를 마시는 것은
이와 같이 스스로 달갑고 가장 즐거울 뿐,
이것은 다만 사실이며 또 관습이다.
나의 고즈넉한 관습이다.

물에게 물은 물일 뿐
소금물일 뿐
앞으로 남은 십년을 더 살든지 죽든지
나에게도 나는 나일 뿐,
이제 차를 마시는 나일 뿐,

이 짙은 향기와는 관계도 없이
차를 마시는 사실과 관습은
내가 아는 내게 대한 모든 것이다.
그리고 모든것에 대한 모든것도 된다.

                    －「사실과 관습」 전문

  "고독 이후"라는 부제를 달고 있는 이 시는, 이 부제 때문에도 중요한
의미를 지니고 있다. 시인이 중기 시에서 지속적으로 추구하는 '고독' 이

라는 주제를 이제는 본격적으로 넘어서려 하고 있음을 보여주는 단서이기도 하며, 그래서 '고독' 다음의 시세계가 지니고 있는 주제 의식을 보여주는 중요한 단서이기도 하다. 그러므로 이 시를 통해 전환의 시기에 보여주는 시인 의식의 흐름을 알아볼 수 있는 시인 것이다. 뿐만 아니라 이 시는, 여기서 주된 묘사의 대상으로 그려지는 것이 '나', 즉 자아라는 사실에서 확인할 수 있는 바 중기의 고독을 다룬 시의 연장선으로 볼 수 있기도 하다. 그런 점에서 이 시는, 그의 시세계가 지속적으로 추구하고 있던 자아의 존재 방식에 대한 탐색과 맞물려 있다. 그가 추구하던 '고독'이라는 개념 자체는, 자아의 존재 방식과 의미에 대한 질문이며 그 답이라고 할 수 있다. 하나님과의 관계의 단절 속에서 발견하는 자아의 존재 방식이 '고독'이라고 할 수 있기 때문이다. 그렇다면 이 시에서 보여주는 자아 이미지는 결국 자아의 존재 방식에 대한 탐색의 연장이면서 이 시기에 들어와서 시인의 인식이 보여주는 새로운 변화의 가능성을 드러내고 있다는 점에서 매우 중요한 의미를 지닌다.

시인의 중기 시가 보여주는 '고독'은 절대적 존재인 신 앞에 선 연약한 인간의 자아 인식이며, 그럼에도 불구하고 신에게 의지하고 귀의하는 것이 아니라 자아 스스로 신과의 단절을 선언하고 경험하는 존재였다. 이러한 자아 인식 태도 또한 인간 존재의 근원으로서의 신과의 관계 속에서 스스로의 존재방식을 찾고자 하는 태도의 또 다른 측면인 것은 분명하다. 비록 부정적인 방식이기는 하지만, 자아의 인식 내에서는 언제나 하나님이 존재했을 뿐만 아니라 그러한 구조 속에서 자아의 위치를 정하는 것이었기 때문이다. 그렇다면 그러한 세계에서 근원으로서의 신과 단절된 존재로서의 자아는 메마르고 딱딱한 '고독'의 세계 속으로 던져질 수밖에 없으며, 그것이 시인의 중기 시가 보여주는 자아의 중요한 특징이기도 했다.

그런데 이제 시인은 이제 그러한 절박한 상태에서 벗어나서 현상 자체를 인정하고 긍정하는 자리로 나아간다. 이 시에서 자아는 한 잔의 차를 앞에 놓고 그것을 마시고 있는 자아의 현재태와 마주하고 있는 것이다. 자아는 그것을 "사실이며 관습"이라고 인식하고 있으며, 그것이 자아에게 가장 중요한 의미를 지닌 것이라고 말하고 있다. 이는 현재태로서의 자아의 존재 자체를 인식하고 인정하는 과정일 뿐만 아니라, 그동안 끊임없이 자아를 붙잡고 있던 신이라는 근원 혹은 본질을 찾고자 하는 노력을 일시적으로 내려놓는 것일 수 있는 것이다. 그러한 자리에서 시인은 "나는 나에게도 나일 뿐"이라는 인식에 도달하게 되는 바, 차를 마시고 있는 현실적인 자기 자신이 곧 자아라는 인식에 도달한 것이다. 그리고 자아는 그러한 사실과 함께 그것을 "관습"으로 가진 존재라고 말하고 있다. 자아가 그러한 "관습"을 가졌다는 것은, 자신이 자주 그러한 행동을 하는 자, 다시 말해 습관적으로 그러한 일을 하는 자임을 말하고 있고, 그것이 곧 자아를 형성하는 가장 중요한 요소로 인식하고 있다는 것이다.

차를 마시는 이 행위 자체에 이렇게 큰 의미를 부여해 놓는 시인은, 그러한 의미부여와는 반대의 자리에 서 있는 것을 2연에서 나열하여 놓는다. "누구의 시킴을 받아 / 참새 한 마리가 땅에 떨어지는 것도 아니고 / 누구의 손으로 들국화를 어여삐 가꾼 것도 아니다"는 구절이 여기서 중요한 의미를 지니는 이유는, 그것이 자아에 대한 인식 방식의 정반대에 서 있는 인식 태도임을 보여주고 있기 때문이다. "참새 한 마리가 떨어지는 것"이나 "들국화를 어여삐 가꾼 것"은 성경 마태복음에 나오는 예수의 비유이다. 예수는 제자들에게 세상의 여러 근심과 걱정이나 먹고 입는 것들에 대한 걱정보다는 전적으로 하나님의 나라를 추구하여야 할 것을 가르치는데, 하나님께서 허락하지 아니하시면 그렇게 보잘 것 없는 참새 한 마리도 땅에 떨어지지 아니할 것이며[2], 들에서 자라는 백합화

271

와 같은 들풀의 아름다움이 오히려 솔로몬의 영광보다 더 아름답다[3]고 말한다.

시인은 여기서 이러한 이미지들을 살짝 비틀어 다른 의미를 추가하고 있는 바, 이것이 이 시의 중요한 의미를 결정하는 표지로 작용한다. 시인은 단순히 성경에서 사용된 비유를 그대로 가져와 쓰는 것이 아니라, 오히려 그것을 뒤집어 새로운 의미망을 부여하고, 그를 통해 이제까지 자신이 추구해 왔던 자아의 존재 방식에 대한 인식으로부터 새로운 영역으로 나아가고 있음을 보여주는 것이다. 자아는 여기서 이것들의 존재가 "누구의 시킴"을 받거나 "누구의 손으로" 가꾸어서 일어난 것이 아니라고 말하고 있다. 성경의 비유를 고려한다면, 하나님의 허락 없이는 떨어지지 않는 참새 이미지나 하나님께서 가꾸시는 백합의 이미지는 그렇게 지키시고 가꾸시는 존재, 즉 신의 손길이 자리하고 있음을 상정하고 사용한 이미지이다. 이러한 이미지를 시인은 "누구의 시킴"이나 "누구의 손"에 의해 죽거나 가꾸어지는 것이 아니라는 말로 바꿈으로써, 이 이미지들을 신으로부터 벗어나게 만든다. 즉, 참새 한 마리가 땅에 떨어지는 것이나 들국화를 예쁘게 가꾼 것이 신과는 관계없이 이루어지는 것이라고 보고 있는 것이다.

물론 이것이 신의 존재 자체를 완전히 부정한 자리에 서 있는 진술이라고 말하기는 어렵다. 중기 시의 '고독' 개념이 그러하였듯이 시인의

---

2) 성경 마태복음 10:29-31. "참새 두 마리가 한 앗사리온에 팔리지 않느냐. 그러나 너희 아버지께서 허락하지 아니하시면 그 하나도 땅에 떨어지지 아니하리라. 너희에게는 머리털까지 다 세신 바 되었나니, 두려워하지 말라. 너희는 많은 참새보다 귀하니라."

3) 성경 마태복음 6:28-30. "또 너희가 어찌 의복을 위하여 염려하느냐. 들의 백합화가 어떻게 자라는가 생각하여 보라. 수고도 아니하고 길쌈도 아니하느니라. 그러나 내가 너희에게 말하노니 솔로몬의 모든 영광으로도 입은 것이 이 꽃 하나만 같지 못하였느니라. 오늘 있다가 내일 아궁이에 던져지는 들풀도 하나님이 이렇게 입히시거든 하물며 너희일까보냐. 믿음이 적은 자들아."

인식 세계 속에서 '신'은 결코 사라지지 않는 절대의 존재였으며, 그러한 인식은 여전히 유효하다. 다만 여기에서 중요한 것은 이 "참새"와 "백합"을 신의 존재와의 관계로부터 단절한 상태에서 형상화하는 시인의 인식이다. 신과의 관계에 의해 의미가 정해지고 가치가 부여되는 것이 아니라, 참새와 백합의 존재 자체가 그대로 존재인 것을 인정하고 싶어하는 인식 태도인 것이다.

이것은 자아에 대한 인식 태도와 깊게 맞물려 있다. 이 시에서 시인은 자아를 바라보는 시선을 신과의 관계보다는 있는 그대로의 현상 자체에 두고 있음을 보여준다. 이것은 시인이 사물을 바라보는 관점을 신과의 관계, 신의 영광 혹은 신의 전적인 권능의 관점에서 바라보는 것이 아니라, 참새가 떨어지는 것 자체, 들꽃이 아름다운 현상 그 자체를 바라보는 것과 동일한 자리에 서 있는 것이다. 그것을 시인은 '나에게도 나는 나일 뿐 / 이제는 차를 마시는 나일 뿐'이라고 말하고 있다.

이 구절에서 "이제는"이라는 어휘 자체도 상당한 의미를 내포한다. 이 말이 내포하고 있는 바 이전과는 다른 '나'를 보여주고 있다는 말이기 때문이다. 이는 이전의 그의 시세계가 보여주는 자아 이미지와는 다른 자리에 선 이미지, 다시 말해 신과의 관계의 단절로부터 말미암은 메마르고 딱딱한 자아의 이미지로부터 이제는 다른 존재로 서게 되었다는 것을 말해 주는 것이다. 이제는 자아의 본질이나 근원보다는 구체적이고 실체적인 현상 자체 혹은 행동하는 자아의 현상태를 있는 그대로 인정하고 긍정하고 있음을 보여주는 것이다. "나는 나일 뿐"이라는 구절은 바로 이러한 자신에 대한 인식을 명확하게 보여주는 구절이다. 시인이 이 시의 부제로 "고독 이후"라고 달고 있는 이유도 바로 이러한 자아에 대한 관점의 변화를 보여주기 위한 장치라고 할 것이다.

이 시에서 시인은 자기가 살아가고 있는 삶에 대해 매우 긍정적으로 바라보고 있음을 분명히 보여준다. "나는 나일 뿐"이라는 말에는 그러한 삶에 대한 긍정이 강하게 묻어 있다. 차의 맛이나 향이 어떠한지가 중요한 것이 아니라, 차를 마시는 그 자체의 "사실과 관습"이 곧 "내가 아는 내게 대한 모든 것"이며, 그것이 "모든것에 대한 모든것도 된다"고 하고 있는 데서 이것을 알 수 있다. 사실과 관습, 즉 자아가 만들어 가는 일상의 현실적이고 구체적인 삶의 행위들이 세계를 이루는 "모든 것"이기에, 그 구체적이고 현실적인 행위를 하는 자신이 곧 세상의 모든 것이 되며, 그러므로 현재태로서의 자아의 구체적인 삶이 긍정되는 것이다.

파초는 파초일 뿐,
그 옆에 핀
칸나는 칸나일 뿐,
내가 넘기는 책장은 책이 되지 못한다.

의자는 의자일 뿐,
더운 바람은 바람일 뿐,
내가 누워 있는 집은 하루 종일
집안이 되지 못한다.

그늘은 또 그늘일 뿐,
매미 소리는 또 매미 소리일 뿐,
하루종일 비취는 햇볕이
내게는 태양이 되지 못한다.

넝쿨장미엔 넝쿨장미가

담은 담일 뿐

차라리 벽이라도 되지 않는다.

나는 그만큼 이제는 행복하여져 버렸는가?

–「평범한 하루」 전문

자아가 자신에게 주어진 삶 자체를 있는 그대로 받아들이고, 그것을 '평범한 하루'라는 제목으로 달고 있다는 것 자체가 이 시를 이해하는 핵심적인 출발점이 된다. "파초는 파초일 뿐"이며 "칸나는 칸나일 뿐"이라는 인식의 바탕에는 주변 사물에 대한 인식 태도의 일단이 명확하게 표현되어 있다. 사물들 사이에 명확한 나눔 혹은 벽이 존재함을 인식하는 것이다. 나머지 시행들의 의자, 바람, 그늘, 매미 등의 이미지들도 동일한 역할을 한다. 사물들 사이에 존재하는 이러한 나눔은 시인의 의식 속에서 어떠한 의미를 지니고 있는 것일지를 추적하는 것이 이 시를 이해하는 중요한 핵심 중의 하나가 될 것이다.

이러한 개별 이미지들은 그런데 시인의 의식 속에서 발전 혹은 승화하여 다른 존재로 변화되지 않는 특징을 지닌다. 시인은 첫 연의 "책장"들이 모인다고 "책"이 되지는 않는다고 말한다. 마찬가지로 "집"이 곧 "집안"이 되지는 않는다고 말한다. "햇볕"이 곧 "태양"이 되는 것도 아니라고 말한다. 이러한 표현들을 보면, 시인의 인식 세계 속에서는 부분들이 모여 전체가 되거나 양들이 모여 질적인 변화를 일으키는 과정이 불가능하다고 인식하고 있음을 보여준다는 면에서 상당히 의미심장하다. '책장 / 책'의 대립구조나 '집 / 집안', '햇볕 / 태양'이라는 각각의 대립구조 사이에는 양의 집적이 질적인 변화를 일으키는 과정에 대한 부정이 깔려 있다. 책장들을 아무리 모아도 그것을 하나의 구조를 가진 전체로 배열하고 묶어서 체계를 갖춘 책으로 전환되는 것이 아니라는 인식이나, 집이라는 물리적인 구조가 한 가족이 함께 시공간을 공유하며 혈연적이고 정신적인 관계로 묶이는 집안이라는 관계로 전환되는 것이 아니라는 인식, 또는 햇볕이 아무리 많아도 그것이 결코 태양이라는 근원으로 회귀하지는 못한다는 인식이 이 표현 속에 깔려 있는 것이다.

　중요한 것은 마지막 행에 나타나는 "나는 그만큼 이제 행복하여져 버렸는가?"라는 구절이다. 자신의 현재의 삶을 '행복'이라고 표현하고 있지만, 그것이 시인이 의도하는 긍정적 의미의 행복이라고 하기 어려운 어감을 지니고 있다는 데서 문제가 발생하는 것이다. 사물들 사이의 전화 혹은 승화를 부정하는 세계는 사물들 사이의 단절을 인정하는 세계이고, 그것은 또한 자아의 존재방식과 긴밀하게 관련되어 있는 것이기도 하다.

　이제까지 시인에게 있어서 중요한 것은 정신적인 것 혹은 신적인 세계였다. 기독교적인 신의 세계를 지향하던 시인의 관점에서 보면, 자아의 중요한 존재 의미는 신을 닮아가는 것, 즉 기독교적 구원에 이르는 것이라고 할 수 있다. 그런데 자아가 바라보는 현재의 세계는 사물들 사이에 명확한 벽이 있어서, 서로 모여 새로운 변화를 일으키거나 질적인 전환이 이루어지지 않는 단절의 세계 속에 놓여 있는 것이다. 이것은 자아가 확장이나 승화를 통해 신을 닮아가는 것이 불가능하다는 것을 보여주는 것이 아닐까. "그만큼 이제는 행복하여져" 버렸다는 표현의 이면에는 그러한 전환의 가능성을 포기하고, 그러한 상태 자체를 받아들여버린 스스로에 대한 자아의 처연한 자아인식이 깔려 있는 것이다.

　이것은 주어진 삶, 즉 자아가 살아가는 현재로서의 삶 자체를 인정하고 긍정하는 달관의 자세로 나타난다. 자아뿐만 아니라 모든 사물들을 있는 그대로 인정하면서 그러한 사물들 사이의 벽을 또한 받아들이는 상태 속에 자아가 서 있게 되는 것이다. 이것을 자아와 신과의 관계라는 측면에서 보면, 중기의 시와는 다른 측면의 관계의 단절이라고 할 수 있다. 자아는 존재 자체의 한계를 스스로 인정하고, 그것을 그대로 긍정하며 받아들이고 마는 것이다. 이것이 자아에게는 신적 구원마저도 의미가 없는 것으로 돌리는 관계의 단절로 나타나는 것이다. 중기의 "고독"의 시편들이 보여주는 자아와 신 사이의 관계의 단절이 두 존재 사이의 근원적인 차이로 말미암는 커다란 간극이었다면, 여기서의 관계의 단절은 있는 그대로의 자아를 긍정하는 것으로부터 오는 관계의 자아에 대한 한계의 인식이 된다.

아는 것은 신
알려는 것은
인간이다.

마침내 알면
신의 탄생 속에서
나는 죽어버린다.

사랑은 신,
사랑하는 것은
인간이다.

인간은
명사(名詞)보다
동사(動詞)를 사랑한다.
나의 움직임이 끝날 때

나는 깊은 사림(辭林) 속에서

그러기에

핏기 없는 명사가 되고 만다.

아는 것은 신

알려는 것은 인간이다.

알려는 슬픔과

알아가는 기쁨 사이에서

나는 끝없는 길을 간다.

나의 길이 끝나는 곳은

나를 끝내고 만다.

–「인간의 의미」 전문

이 시 또한 다분히 사변적이고 사색적인 시이다. 이 시에 나타나는 "인간"에 대한 시인의 사유는 다분히 동적이다. 시인은 인간의 본질 혹은 의미를 움직이는 존재로 보고 있다. 완전태요 절대태인 "신"은 이미 "아는" 존재이며 "사랑"이기에, 더 이상 새로운 앎을 위해 노력하거나 사랑하기 위해 노력할 필요가 없는 존재이다. 이 말은 시인이 보기에 신은 이미 알고 있는 존재이며, 사랑 그 자체이기에 그 존재 자체가 지식이며 사랑인 것이다. 그러나 인간은 아직 그러한 완전한 지와 완전한 사랑에 도달하지 못한 불완전한 존재이기에 그것을 위해 노력하고 행동하는 존재로 묘사하고 있는 것이다.

그런데 여기서 주목해야 할 것은 인간이 알려는 자와 사랑하는 자, 즉 "동사"의 삶을 보여주고 있을 때에야 진정으로 살아 있는 존재가 된다는 관점이다. 인간이 인간일 수 있는 중요한 이유를 시인은, 신에 비해 부족하거나 전능하지 못한 존재로 보는 것이 아니라, 온전한 지식이나 온전한 사랑을 이루어가기 위해 행위하고 있기 때문이라고 말하는 것이다. 시인은 그러한 행동이 멈추고 딱딱하게 굳어서 "명사"가 될 때 죽은 것이라고 말한다.

삶을 이처럼 움직임 혹은 행위를 통해 파악한다는 것은, 인간을 여전히 부족하고 완전하지 못한 존재임을 인지하고 인정하는 것이면서, 동시에 그러한 인간을 긍정적으로 바라보고 있음을 말해 준다. 알기 위해 노력하는 행위, 사랑하기 위해 나아가는 행위를 통해 현재의 삶을 살고 있는 인간 자신을 긍정하고 그 삶을 인정하는 것이다.

자아의 본질을 이러한 행위하는 상태, 즉 과정으로 인식하는 것은 자아를 신과의 대립관계에 놓는 것만큼이나 중요한 의미를 지닌다. 자아라는 존재의 본질을, 알려는 의지를 가지고 알아가는 과정 속에 있는 것으로 봄으로써, 자아는 신과는 다른 존재라는 점을 명확하게 인식하게 되는 것이기 때문이다. 이는 전능자 혹은 완전태로서의 신과 달리 불완전한 존재로서의 자아에 대한 긍정이 되는 것이다. 그런데 재미있는 것은 삶 자체에 대하여 긍정하고 인정하기 시작하면서 시인이 점차 현실 공간의 삶 너머에 있는 것에 시선을 두기 시작한다는 점이다. 자아가 현생 너머의 삶, 내세의 삶에 대해 관심을 두고 시선을 던지고 있다는 것은 이 시기의 시가 보여주는 중요한 특징 중의 하나가 된다. 그리고 그것은 삶에 대한 달관이 전제가 되어 있다. 이러한 삶에 대한 달관과 내세에 대한 관심이 그의 시선을 다시 '신'에게로 돌리게 만드는 중요한 원인이 된다.

이러한 시에는 자신의 존재 자체에 대한 긍정 혹은 달관이라는 주제가 새롭게 자리 잡고 있는데, 문제는 이 시기의 그의 시에 나타나는 삶에 대한 달관 혹은 긍정이 기독교적 관점에서의 구원이나 신적인 세계로의 승화와 같은 강렬한 종교적 열망에 대한 포기와 유사하다는 점이다. 이는 중기 시에 형상화되던 '고독' 이라는 주제의 영향이라고 할 수도 있는 부분이기도 하다. 신과의 관계 단절을 오히려 긍정하고 받아들임으로써 신과 단절된 인간적 삶을 긍정하고 싶어 하는 자아의 의지가 여기에서 형상화되는 것이다.

　사는 것 그것은
　살고 있는 것도 아니고
　살아 버린 것도 아니다.

　살기를 바라는 것도 아니고
　살려면 못 사는 것도 아니다.

　사는 것
　그것은 살려는 것이다.
　내가 아니며 나이려 하고
　네가 아니며
　너의 옷을 입어 본다.

　복숭아 속에
　복숭아인
　오직 복숭아의 씨로,
　복숭아가 되게 한다.

　사는 것 ― 그것은
　살지 않는 것이다.

나를 위하여 둘이 되지 않으며,

너를 위하여

너의 슬픔이 되지 않는다.

살기 전에

죽기도 하고,

살기 전엔

끝내 살지도 않는다.

―「사는 것」 전문

　다분히 사색적이고 철학적인 이 시에서 시인은 "사는 것", 즉 자아의 삶이 무엇이냐에 대한 시적인 탐색을 보여준다. 자아는 1연에서 "사는 것"을 "살고 있는 것"도 아니고 "살아 버린 것"도 아니라고 함으로서, 즉 삶이 현재의 모습만으로 인식되는 것도 아니고, 과거만으로 인식되는 것도 아니라고 말한다. 또한 2연에서 그것이 "살기를 바라는 것", 즉 미래에 대한 욕망만으로 이루어지는 것도 아니며, "살려면 못 사는 것도 아"닌 것, 즉 억지로 사는 것도 아니라고 말한다. 과거와 현재, 미래와 억지로 사는 것 이 모든 양상들을 부정한 자아는 자신이 생각하는 "사는 것"을 '삶에의 의지'라는 측면에서 정의한다. 3연에서 시인이 삶을 "살려는 것"이라고 말하는 것은, 시인이 바라보는 삶의 가장 본질적인 요소가 '삶에 대한 의지' 혹은 '삶에의 열정'이라고 말하고 있는 것이다.

　그것을 위해 자아는 자신이 아닌 모습도 지어보고 타자의 모습을 지어보기도 한다. 그러나 중요한 것은 복숭아 속에 감춰져 있는 "복숭아의 씨"가 복숭아가 되게 하듯이, 인간의 내면에 깊이 감춰져 있는 가장 근원적이고 본질적인 것이 삶을 삶답게 만들어 준다는 것이다. 그래서 시인은 "사는 것"을 다시 "살지 않는 것"이라는 역설적이면서도 다소 현학적인 표현을 쓰고 있다. 이렇게 "살지 않는 것"에는 "나를 위하여 둘이 되지 않"는 것, 즉 자아를 위한다면서 자아 아닌 삶까지 살아내지 않는 것과, "너를 위하여 / 슬픔이 되지 않는" 것, 즉 다른 사람을 위한다고 하면서 오히려 그 사람의 슬픔이 되는 삶을 살지 않는다는 것이다.

결국 자아에게 "사는 것"은 자신의 내면에 잠재되어 있는 가장 본질적이고 가장 근원적인 그 무엇을 발현시키는 삶을 사는 것을 말한다. 그러한 발현을 이루어낼 때 그 삶을 시인은 온전히 "사는 것"이라고 보는 것이다. 그러므로 자신의 삶을 통해 그러한 발현을 이루어내지 못한다면 "살기 전에 / 죽기도" 하는 것이다. 뿐만 아니라, 그러한 삶을 살기 전에는 "끝내 살지도 않는다", 즉 삶을 거부할 것이라는 단호함마저 보여준다.

"사는 것"에 대한 이러한 이미지화는 시인의 삶에 대한 의지와 단호함을 보여주는 것이라고 하겠다. 중기 시에서 시인은 자아의 삶을 메마르고 견고한 '고독'이라는 주제 속에서 바라보고 있었다면, 이제는 삶을 의미 있는 것으로 바꾸고자 하는 '의지'를 선명하게 보여주고 있는 것이다. 이것은 삶을 바라보는 시선이 중기의 그것과는 상당히 다른 자리에 놓임을 의미하는 것이며, 삶을 긍정적으로 바라보고 적극적으로 살아내고자 하는 의지를 보여주는 것이라고 하겠다.

문제는 이러한 현재적 삶 혹은 인간적인 삶에 대한 자아의 긍정적인 인식이라는 달관적 자세가 자연스럽게 인간으로서의 자아의 허물과 존재의 본질에 대한 부정적 인식으로 연결되고 있다는 점이다. 이것은 기독교적 관점에서 볼 때, 인간 존재의 창조자로서의 존재론적 근원인 신과의 단절을 경험하는 인간이 자연스럽게 경험할 수밖에 없는 한계 상황이기도 하다. 신과의 관계의 단절은 인간을 죄의 영향력 속에 빠지게 만들고, 인간 자체로는 그러한 세계로부터 벗어나 신적인 세계로 나아가는 구원이 불가능한 상황에 빠지게 되는 것이다. 기독교적 관점에서 구원은 전적으로 하나님의 은혜에 의해 이루어질 수 있는 것이기 때문에, 자아의 어떠한 노력으로도 그러한 한계 상황을 본질적으로 벗어날 수는 없는 것이다.

나는 나의 재로
나의 모든 허물을 덮는다.
나의 모든 기쁨과 슬픔을
나는 한 줌의 재로 덮고 간다.

그러나 까마귀여,
녹슨 칼의 소리로 울어 다오.
바람에 날리는 나의 재를
울어 다오.

나의 허물마저 덮어 주지 못하는
내 한줌의 재를
까마귀여,

모든 빛깔에 지친
너의 검은 빛 — 통일의 빛으로
울어 다오.

– 「재」 전문

이 시에서 자아는, 자신의 삶에 "허물"이 자리잡고 있으며, 자신을 불사른 "재"로 그 허물을 덮어보려 하지만 그것이 불가능함을 깨닫는다.

허물로 덮인 삶을 자신의 그 무엇으로도 덮을 수 없음을 명확하게 인식하게 되는 것이다. 이는 곧 인간이 자신의 허물과 죄로부터 스스로 벗어날 수 없으며, 그것은 오직 하나님의 은혜로만 말미암는다는 것[4]을 인식하는 것과 동일하다.

까마귀라는 이미지의 등장은 여기서 의미심장하다. 까마귀는 그의 '고독'을 상징하는 동물이었던 것. 이 이미지의 사용은 곧 '고독'에 집중하던 시기의 시들이 보여주었던 정신성 혹은 존재의 본질에 대한 탐구라는 시인의 인식 태도를 떠올리게 하는 것이다. 그러므로 이 시에서 형상화되는 "허물"이나 "재"와 같은 이미지들은 기독교적 세계관에서 볼 수 있는 바 본질적으로 죄인일 수밖에 없는 인간 존재에 대한 인식이라고 볼 수 있는 것이다. 자신의 전부를 불사른 재마저도 덮을 수 없는 자신의 허물 속에서 쓰러질 수밖에 없는 자아를 인식한다는 것은 인간으로서는 헤어나기 힘든 지경임이 분명하다. 그리고 시인은 그러한 자아를 구원할 수 있는 길로 "까마귀"를 형상화하는 것이다.

고독의 시편들 속에서 까마귀는 '자아'의 또 다른 형상화이기도 했다는 점을 상기한다면, 이러한 까마귀가 자아의 허물을 온전히 덮어줄 수 없다는 것은 자명하다. 그것은 기독교적 세계관에서 인간 존재가 부딪힐 수밖에 없는 근원적인 한계라고 할 수 있는 것이다. 이러한 처연한 자아 인식은 시인이 부딪히는 당대인들의 삶이 지닐 수밖에 없는 근원적인 한계에 대한 인식으로 발전한다. 이 시기의 시인에게 현대인들의 삶이란 상당히 부정적인 것으로 이미지화된다.

무릎을 꿇고 다소곳이 절하기란

---

4) 성경 로마서 3장.

머리를 숙여 아끼고 받들기란,

낡은 것도 새롭게 만들기란,

새 것을 낡은 것으로 만들기보다

우리들의 세상에서 더욱 어렵다.

사랑의 품 속엔

사랑하는 이가 없고,

사랑하는 사람들에게도

사랑은 없다.

어버이의 따뜻한 품은

아직도 따뜻하지만,

아들들의 문 밖에서 오히려 떨고 있다.

아침 안개와 저녁 바람에 떨고 있다.

내일의 품 안엔

바라는 이가 없으니,

사람들의 품 안에도

내일은 보이지 않는다.

우리가 살고 있는 이 세상에선

다사로움엔 빵과 같이 굶주리고

새로움엔 술과 같이 저마다 취한다.

모든 땅이

새로움으로 황색과 같이 차갑게 빛날 때,

어디 가서 한줌의 흙을 찾을까.

그 흙 속에 가난하게 핀

한 송이의 들꽃을 어디 가서 입맞출 수 있을까. 입맞출 수 있을까.

- 「보존」 전문

현대인들이 강하게 추구하는 바 "새로움"이라는 것이 어떤 함정을 지니고 있는지를 시인은 이 시에서 분명하게 지적하고 있다. "우리가 살고 있는 이 세상에선 / 다사로움엔 빵과 같이 굶주리고 / 새로움엔 술과 같이 저마다 취한다"는 구절에서 확인할 수 있는 바는, 현대인들이 인간적인 따뜻함과 사랑 그리고 타인에 대한 배려라는 낡은 것들보다는 새로움만을 추구하는 차가운 정서에 지배되고 있다고 말하고 있는 것이다. 시인이 보기에 이러한 새로움은 생명을 품기 어렵다. 그래서 생명이 피어날 수 있는 "한줌의 흙"도 발견하기 어려운 지경에 처하게 되는 것이다.

시인은 현대인들이 살아가고 있는 이 세상을 "무릎을 꿇고 다소곳이 절하기"와 "머리를 숙여 아끼고 받들기"가 너무나 힘든 세상이라고 말하고 있다. 이는 곧 겸허하게 상대방을 인정하고 받아들이는 자세가 사라져 가는 현상을 지적하고 있는 것이기도 하다. 이러한 세상에는 사랑도 없는 것이다. 어버이의 따뜻한 품은 여전히 따뜻하지만 아들들의 문 밖에서 떨고 있을 수밖에 없는 세상이라는 것이다. 이것은 현대인들의 삶의 자리가 생명이 사라지고 오히려 굶주리고 있는 세상이라는 것을 말해 준다.

우리는 짧아졌다

우리는 통나무가 되었다.

우리는 배와 배꼽 아래께서

한여름의 생선처럼

토막나 버렸다.

배는 먹고 또 씨앗을 보존하면서
우리는 마른 통나무로
쌓여 가고 있다.

넝쿨장미가 그 가슴에서 순돋아
아름다운 어깨 위로 저 구름에까지
자라가기는 틀렸다.
깊이 생각할 뿌리는 말라,
우리와 우리의 어린것들에게도
남아 도는 유희가 없다.

우리는 지금
도끼 옆에 놓여 있다!
통나무가 부르는
가장 친근한 이미지는
도끼다.
손바닥에 침 뱉는
든든한 도끼다.

– 「동체시대(胴體時代)」 전문

　　이 시에서 자아는 인간들을 허리 아래가 잘려나가고 가지가 다 떨어져
나간 "마른 통나무"라는 이미지로 형상화한다. 나무는 줄기와 가지와 잎
그리고 뿌리가 온전히 살아 있을 때 튼튼하고 강하게 자라가며 꽃을 피

287

우고 열매를 맺는 존재이다. 그런데 자아는 현대인들이 그러한 나무 중에서 뿌리가 잘려 없어지고, 가지도 다 떨어져버린 통나무로만 남은 존재들이라고 말하고 있는 것이다. 이러한 통나무들이 하는 것이라고는 "먹고 또 씨앗을 보존"하는 것이다. 뿌리로부터 더 이상의 영양분 공급을 받을 수 없기 때문에 자라날 수 없고 무성한 잎을 달 수도 없으며 새로운 열매를 맺을 수도 없는 존재가 되어버린 인간들. "깊이 생각하는 뿌리"가 사라져버렸기에 더 이상 "남아도는 유희"도 생각할 없는 존재가 되어버린 것이다.

이러한 통나무들이 만들어 가는 현대는 심판의 도끼를 부르는 시대라고 자아는 말한다. 여기서 말하는 "심판"은 그의 신앙을 고려한다면 자연스럽게 신의 심판으로 볼 것이다. 그래서 "통나무가 부르는 / 가장 친근한 이미지는 도끼다"라는 구절이 의미하는 바는 명확하다. 신의 심판을 초래할 수밖에 없는 현대 문명의 치명적인 한계를 자아는 말하고 있는 것이다. 이러한 도끼는 나무들 너머에 존재하는 자의 심판의 도구로 볼 수 있다. 그러므로 이러한 심판은 시인의 시선이 초월세계와 맞닿아 있다는 점을 보여주는 도구가 되기도 한다.

초월세계에 대한 탐색

초월세계 대한 탐색은 시인이 지속적으로 지향해 온 세계이다. 초월세계에 대한 그 추구는 근원적으로 소유한 기독교 신앙에 바탕을 두고 있기에 그것은 항상 기독교적인 신의 세계와 맞물려 있었고, 그래서 그의 시세계 전체에 토대 혹은 전제를 형성하고 있었던 것이다.

이러한 초월세계에 대한 탐색은 시인으로서의 자신이 어떠한 존재인

가에 대한 인식으로부터 출발한다. 시를 쓰는 것을 업으로 삼는 시인으로서 자아의 존재방식이 무엇인가를 고민하고 있는 것이다. 이것은 자신의 존재 자체에 대한 인식으로부터 시작한다. 여기에는 현대인들의 삶의 방식에 대한 근원적인 회의와 그래서 자아의 그전환, 즉 새로운 세계, 초월적 세계로 나아가는 단서가 마련된다.

아무리 아름답게 지저귀어도
아무리 구슬프게 울어 예어도
아침에서 저녁까지
모든 소리는 소리로만 끝나는데,

겨울 까마귀 찬 하늘에
너만은 말하며 울고 간다!

목에서 맺다
살에서 터지다
뼈에서 우려낸 말,
중에서도 재가 남은 말소리로
울고 간다

저녁 하늘이 다 타 버려도
내 사랑 하나 남김 없이
너에게 고하지 못한
내 뼈속의 언어로 너는 울고 간다.

– 「산까마귀 울음 소리」 전문

시인은 여기에서 두 가지 새의 소리를 대비적으로 이미지화한다. 하나는 "모든 소리는 소리로만 끝나는" 세계와 또 다른 하나는 "말하며 울고" 가는 세계이다. 다른 새들의 소리가 아름다울 수도 있고 구슬플 수도 있으며 아침부터 저녁까지 끊임없이 울 수도 있지만, 시인에게 그것은 그냥 소리로만 머물 뿐인 세계에 존재하는 울음이다. 그러나 "겨울 까마귀"의 울음 소리는 시인에게 "말하며 울고" 가는 세계, 즉 의미가 부여되는 세계이다. 그것은 "목에서 맺다 / 살에서 터지다 / 뼈에서 우려낸 말 / 그 중에서도 재가 남은 말소리"인 바, '내 뼈속의 언어'라고 형상화하고 있다.

여기서 자아의 시적인 언어를 "뼈속의 언어"로 표현하고 있다는 것은 의미심장하다. 그것은 자아의 겉을 덮고 있는 모든 것들, 즉 피부나 근육과 같은 표면적인 것들이 아니라 자아의 존재 자체를 규정짓고 있는 근원 혹은 본질로부터 나오는 언어라고 말하고 있는 것이다. 자아의 진정한 내면의 소리를 "겨울 까마귀"가 말하고 있다고 형상화하고 있는 것이다.

시인은 여기서 존재의 가장 근원에서부터 우러나오는 소리를 듣고 싶어 한다. 시인의 언어가 자신의 존재의 본질을 다 말하지 못하는 그 순간에도 시인은 자신의 존재의 본질을 토해내고 싶어하는 것을 보여주는 것이다. 까마귀의 울음은 바로 그러한 세계에 대한 표현을 보여주는 존재의 언어이며, 그러한 본질을 표현함으로써 시적 구원에 이르고 싶어하는 자아의 간절함이 담겨 있는 것이다.

"뼈 속의 언어"로 울 수 있는 시인은 그렇지 못한 여러 새들과는 명확하게 구분된 존재이다. 그 시인의 언어는 존재의 본질에 닿을 수 있으며, 그래서 근원을 노래할 수 있는 언어가 된다. 이러한 언어를 소유한 그 시인은 "소리로만 끝나는" 언어를 소유한 다른 사람들과는 다른 경지를 지닌 자일 수밖에 없다. 자아에게 있어서 이러한 시인은 물질적이고 세속적인 세계와는 다른 고아한 세계를 살아가는 존재가 된다.

　이처럼 이 시기의 김현승 시세계에서 특징적으로 나타나는 현상 중의 하나는 자아를 고고함 혹은 세속으로부터 분리된 이미지로 형상화하고 있다는 점이다. 그런데 이것이 물질적이고 세속적인 세계로부터 스스로를 분리하여 초월적인 세계로 시선을 돌리는 과정으로 나아간다는 점에서 더욱 의미심장하다. '허물'로 가득한 자아, 한계에 갇혀 있는 인간들의 현세적인 삶으로부터 스스로를 분리하여 고아하고 높은 자리에 올라가고 싶은 시인의 의지가 여기에서 초월의 세계에 대한 추구로 발전하는 것이다.

　아름다운 모든 천사
　모든 꽃송이
　그 날개로 쓸어 버리고,
　목이 메이도록
　깨끗이 쓸고,

　거친 발톱으로 하늘가에 호을로 앉아,
　목이 타는 짐승들을 기다린다.
　비틀거리며 아직도 꿈을 쫓는 시체들을
　기다린다.

　아름다운 모든 노래
　흐느끼는 눈물들을
　그 견고한 날개로 쓸어 버리고,
　뉘우침도 없이

말끔히 쓸어 버리고,

끊어진 절벽 위에 호을로 올라,
벼락에 꺾인 가지 위에 집을 짓는다.
천길 낭떠러지에
외로운 목숨의 새끼들을 기른다.

- 「나의 독수리는」 전문

이 시에서 핵심적인 이미지를 차지하고 있는 "독수리"의 정확한 면모를 그려보는 것은 이 시기의 시인의 내적 지향을 확인하는 중요한 방법이될 것이다. 독수리는 "아름다운 모든 천사"나 "모든 꽃송이" 같이 인간적인 관점에서 아름답다고 생각하는 것들을 모조리 쓸어버리는 존재로 그려질 뿐만 아니라, "거친 발톱으로 하늘가에 호을로 앉아" 있는 존재로 그려진다. 그 자세로 "목이 타는 짐승들" 다시 말해 "아직도 꿈을 좇는 시체들"을 노략하기 위해 기다리고 있는 것이다.

이 시에서 독수리는 두 개의 세계에 대한 부정을 형상화하는 이미지이다. 하나는 천사나 꽃송이로 이미지화되는 아름다운 세계에 대한 부정이며, 다른 하나는 비틀거리며 꿈을 좇는 시체들로 이미지화되는 서글픈 세계에 대한 부정이다. 그것을 3연에서는 "아름다운 모든 노래 / 흐느끼는 눈물들을 / 그 견고한 날개로" 쓸어버리는 것이라고 형상화한다. 그런데 이 두 세계는 인간이 지향하거나 경험할 수 있는 일상적이고 대표적인 두 세계라고 할 수 있는 것이다. "아름다운 모든 천사"나 "모든 꽃송이"의 세계가 심미적 아름다움을 추구하는 세계라면, "꿈을 좇는 시체들"이 지배하는 공간은 탐욕에 물든 세속적인 세계를 의미할 것이다. 이 두 세계는, 시인의 시선에 비친 현대의 인간들이 일상으로 경험하고 살아가는 세계의 대표적인 두 양상이라고 할 수 있는 것이다. 이러한 두 세계를 부정하는 자아의 지향은 결국 현실적이고 일상적인 세계로부터 벗어나서 초월의 세계에 이르고자 하는 태도로 발전한다.

그러나 이러한 초월적인 세계에 대한 추구가 성공적인 것만은 아님은 마지막 연에서 형상화되고 있는 독수리의 삶의 방식에서 확인할 수 있다. "끊어진 절벽 위"에서 살아가고 있으며, "벼락에 꺾인 가지 위에 집을" 짓고, "외로운 목숨의 새끼들"을 기르고 있는 존재가 독수리인데, 문제는 여기에 사용된 수식어들이 부정적인 어감을 지니고 있다는 점이다. "끊어진", "꺾인", "외로운" 등의 수식어 내포되어 있는 부정적인 어감은 그렇게 고고한 자리에 올라앉은 독수리의 삶이 시인에게는 긍정적으로만 다가오는 것이 아님을 보여주는 것이다. 사실 이러한 독수리의 모습은 김현승 시인이 중기의 고독의 시편에서 보여주었던 자아의 이미지와 매우 유사하다. 메마르고 황량한 세계에 도달한 겨울 까마귀의 이미지를 여기에서도 발견하는 것이다.

삶의 현실에 대한 이러한 인식은 이제까지 자신이 추구해 왔던 '고독'의 세계에 대한 근원적인 흔들림으로 연결되며, 신의 세계로 향하는 길을 열어놓는 계기가 된다. 이것은 시집 『날개』에 실린 시들이 보여주는 내적 흔들림의 대표적인 모습이다.

사랑의 두 눈이었던 곳에 빗물이 고이고
꿈은 미역냄새 풍기며 바다로 밀려 간다,
하루는 백년보다 길게 땅거미로 물들지만
나는 목발로 걸어가며 내 발을 잃는다.

떡어 떼어 살을 먹고

술을 딸아 피를 마신다.

너는 아직도 시를 쓰고 있다.

밖에는 눈이 나려 성탄절을 꾸민다.

가시마다 입맞추고 걸음마다 땅을 핥는다.

그래도 어디선가 뻐꾸기가 울고 있다.

마음은 손발을 떠나 모질게도 사는데

손발은 마음을 두고서는 살 수도 없다.

나는 무엇보다 재로 남는다

바람만 불지 않으면 재로 남는다.

무덤도 없는 곳에 재로 남아

나는 나를 무릅쓰고 호을로 엎드린다.

-「사행시」 전문

이 시는 시인의 내적인 변화를 보여주는 중요한 단서를 포함하고 있는 시이다. 마지막 연에서 자아는 자신의 삶을 활기차고 힘있게 살아가는 것이 아니라 "재로 남는" 상황 속에서 빠져버린 것을 발견한다. 여기서 '재'의 이미지는 시인의 시세계가 보여주는 변화를 고려할 때 중요한 의미를 지닌다. 재는 모든 것이 타버린 흔적으로 남은 것을 말하는 바, 그 이전의 삶에서 추구했던 모든 것들, 즉 자아의 가치나 가능성 능력과 같은 모든 것들이 무가치해져버렸음을 절실하게 깨닫고 있음을 보여주는 이미지이다.

이는 기독교적 구원을 위한 출발점이 된다. 인간이 스스로의 가치를 포기하고 신 앞에 엎드릴 때 진정한 구원의 문이 열리는 것이다. 자신의 무능력함을 깨닫고 구원을 위해 신 앞에 엎드리는 것이다. 이 시의 마지막 행에 형상화된 엎드리는 행위는 이 시를 이해하는 열쇠의 역할을 한다. 시인은 이제 절대의 세계 앞에 엎드리는 것이다.

다음 시는 이러한 두 세계 사이의 흔들림을 보다 직접적으로 보여준다.

이제는
밝음의 이쪽보다
나는 어둠의 저쪽에다
귀를 기울인다

여기서는
들리지도 않고
보이지도 않는
어둠의 저쪽에다 내 귀를 모두어 세운다.
이제는 눈을 감고
어렴풋이나마 들려 오는 저 소리에
리듬을 맞춰 시도 쓴다.
이제는 떨어지는 꽃잎보다
고요히 묻히는 씨를
내 오랜 손바닥으로 받는다.

될 수만 있으면
씨 속에 묻힌 까마득한 약속까지도……

그리하여 아득한 시간에까지도 이제는

내 웃음을 보낸다,

순간들 사이에나 떨어뜨리던 내 웃음을

이제는 어둠의 저편

보이지 않는 시간에까지

모닥불 연기처럼 살리며 살리며……

-「전환」 전문

이제 시인은 "밝음의 이쪽", 즉 현실적인 삶의 공간보다 "어둠의 저쪽", 즉 죽음 이후의 피안의 세계에 귀를 기울이고 있다고 밝힌다. 이것은 그의 시선이 삶의 자리보다는 죽음 너머의 세계로 향해 있음을 말하고 있는 것이다. 이러한 시인의 귀에는 "어둠의 저쪽"에서 "어렴풋이나마 들려오는 소리"에 귀를 기울이는 것이다. 그런데 여기서 시인은 이러한 두 세계를 "떨어지는 꽃잎"과 "고요히 묻히는 씨"라는 이미지로 비유한다. 꽃잎이 화려하고 찬란한 빛을 통해 현재의 순간을 살아가는 것이라면, 열매는 미래의 새로운 생명을 간직한 채 땅에 묻혀 준비하는 존재이다. 시인에게 삶은 이제 꽃잎이 아니라 열매로 다가옴을 알 수 있다.

여기서 다시 생각해 볼 필요가 있는 것은 "어둠의 저쪽"에서 들려오는 소리라는 이미지이다. "어둠의 저쪽"이 죽음 이후의 세계 혹은 신이 다스리는 피안의 세계라는 점을 인정한다면, 시인의 삶과 세계관을 고려할 때 그것은 현재적인 삶 너머에서 들려오는 진리의 소리 혹은 천국의 소리라고 할 수 있을 것이다. 그런데 그러한 소리를 자아는 "어렴풋이나마" 듣고 있다. 아직은 명확한 소리를 들리는 것이 아니라 희미한 소리를 듣고 있는 것이다. 그리고 자아는 그러한 소리에 점점 귀를 기울이고, 그 "리듬에 맞춰 시도" 쓰는 것이다. 현실을 살아가면서 현실의 소리에 따라 반응하는 삶이 아니라, 차츰 "어둠의 저쪽"에서 들려오는 그 소리에 익숙해지고 그 소리를 따라 살아가는 자신을 발견하는 것이다. 이것은 현실적 삶에 대한 달관과 내세 혹은 천국에 대한 소망으로 나타나는 것이라고 하겠다.

이러한 "어둠의 저쪽"에 대한 시인의 관심은 삶에 대한 긍정과 함께 신에게로 다시 다가가는 중요한 통로가 된다. 죽음 이후의 세계에 대한 관심과 귀 기울임은 삶의 근원에 대해 사유하게 만들고, 그것을 통해 신을 만나게 하기 때문이다. 특히 기독교적인 세계관 속에서 살아온 시인에게 죽음 너머의 세계는 신이 다스리는 세계임이 분명하기에, 어둠의 저쪽에 대한 관심은 신에 대한 관심으로 나타나는 것은 당연할 것이다.

이 시가 1972년에 발표된 시라는 점을 고려한다면, 그가 지병으로 쓰러져 거의 죽을 뻔한 경험을 하는 1973년을 떠올리게 만든다. 시인 스스로도 이 경험이 기독교적 신앙을 회복하는 매우 중요한 경험이었음을 말하고 있다는 것은, 이 경험이 그에게 얼마나 충격적이었는지를 알게 한다. 시인은 이러한 경험 이후에 그의 시세계도 바뀌었다고 말하고 있지만, 이 시를 통해 확인할 수 있는 바는 이미 이 시기에 시인의 시세계는 "어둠의 저쪽"에 대한 관심을 기울이고 있었다는 점이다. 그만큼 그의 시세계는 하나의 경험을 통해 큰 굴곡을 가지고 변화한 것이기도 하지만, 그 이전에 이미 다양한 변화의 동인을 가지고 있었음을 확인할 수 있는 것이다.

이 시가 실린 『날개』는 김현승 시인이 생전에 마지막으로 직접 편집한 것으로, 그의 생전에 출간된 시집 『김현승 시 전집』에 실려 있다. 이후의 시들은 그의 사후에 『마지막 지상에서』라는 제목으로 출간되는 바, 여기에는 시인의 1973년의 경험 이후의 세계, 즉 기독교적인 신앙의 회복 이후의 세계가 담긴 시들이 주로 발표되는 것을 볼 수 있다.

회복된 신앙과 초월세계의 추구

죽음의 경험과 신앙의 회복

　김현승 시인의 마지막 시세계는 그의 사후인 1975년에 출간된 시집 『마지막 지상에서』에 담겨 있다. 이 시집에서 시인은 이전까지 보여주었던 신과 타자, 세계와의 단절을 극복하고, 상실되었던 신앙을 회복하는 경험을 보여준다. 그는 1973년의 어느 날 고혈압으로 인해 졸도하여 거의 죽을 지경에 처하는 경험을 하게 되는데,[5] 그 이후 삶과 죽음에 대한 새로운 인식을 하면서 그때까지 시인이 보여주던 신앙에 대한 회의를 온전히 극복하고 기독교 신앙에 굳건하게 서는 것을 볼 수 있다. 이는 시인 스스로 밝히고 있는 바와 같이 세계를 바라보는 그의 눈이나 그의 시세계에 있어서도 매우 중요한 전환점으로 역할을 하고 있는 것이다.

　나는 햇수로는 3년, 만으로는 2년 전에 뜻하지 않은 고혈압 증세로 쓰러

---

5) 김현승, 「나의 생애와 나의 확신」, 『김현승 전집 2』, 288.

져 죽었다가 깨어났다.

쓰러지기 이전의 나의 생애는 양적으로 거의 나의 일생에 해당하는 세
월이었고, 쓰러진 후 지금까지의 나의 생애는 2, 3년에 지나지 않는다.
그러나 질적으로는 나의 두 개의 생애는 맞먹는다고 할 수 있다.[6]

　　김현승 시인이 사망하기 1년 전인 1974년에 발표한 이 글에서 시인은
자신의 이 경험이 말년에 얼마나 충격적이며 중요한 변화를 가져왔는지
를 담담하게 밝히고 있다. 이 경험이 이전까지 그의 의식을 지배하고 있
었던 신앙에 대한 회의로부터 벗어나 기독교 신앙을 회복하는 기회가 되
었을 뿐만 아니라, 그의 시세계도 그 이전과는 확연하게 달라지는 것을
볼 수 있는 것이다. 시인은 이제 온전히 회복된 신앙의 눈으로 세상을 바
라보며, 그 속에서 하나님께 대한 감사를 느끼고 있는 것을 볼 수 있는 것
이다. 그는 자신의 그러한 상태를 "지금의 나의 심경은 시를 잃더라도 나
의 기독교적 구원의 욕망과 신념은 결단코 놓칠 수 없다"[7]고 말할 정도로
온전한 신앙을 회복하고 있는 것을 볼 수 있다.

　　이러한 신앙의 회복은 자아의 인식에 상당한 영향을 끼쳤을 뿐만 아니
라, 그의 시세계에도 많은 변화를 가져온다. 이전의 '고독'을 주제로 시
를 쓰던 시기의 자연이 메마르고 차가우며 딱딱한 반생명성의 이미지가
주류를 이루고 있었다면, 이 시기에 들어서면 자연이 풍성한 생명력을
간직한 아름다운 세계로 바뀌고 있는 것이다. 뿐만 아니라 세계를 바라
보는 시인의 시선 또한 감사와 찬양으로 바뀌면서 자연의 풍성함을 같이
누리고 감사하는 정서가 주류를 이루게 된다. 그와 함께 시인의 시선이

---

6) 김현승, 위의 글, 228.
7) 김현승, 위의 글, 228.

죽음 이후의 세계, 즉 기독교에서 말하는 천국에 대한 소망도 그려내는 것을 볼 수 있다.

이 시기에 창작되고 발표된 시들은 기독교적 신앙의 회복이라는 시인의 경험을 선명하게 담고 있다. 그런데 시인이 1975년 사망하기까지 새로운 시집을 출간하지 못하여, 이 시기의 시들은 그의 사후에 유고시집의 형태로 『마지막 지상에서』라는 제목으로 출간하게 되었다. 이 시집에는 후기의 김현승 시인의 회복된 신앙 고백이 고스란히 묻어나는 시들이 주류를 이루고 있다.

여기서 기억해야 할 사항 중의 하나는 김현승의 시세계가 거의 죽을 뻔한 어느 한 순간의 경험을 통해 충격적으로 바뀐다기보다는, 그 이전부터 이미 그러한 변화의 단초를 보여주고 있다는 점이다. 바로 앞의 절에서 살펴본 바와 같이 1960년대 후반에 발표된 시편들을 모아 놓은 『날개』는 바로 그러한 시편들을 대표적으로 보여준다. 이 시기의 시편들은, 하나님으로부터 등을 돌렸던 '고독' 시기의 시편들과는 달리, 하나님 앞으로 나아가는 길을 모색하는 과정 중에 있는 시들이 주류를 이루고 있다. 여기에는 자신의 무력함을 깨닫고 이를 형상화하는 시편들도 있고, 그래서 하나님 앞에 나아가 온전히 무릎 꿇고 그 은혜를 바라는 심정을 형상화한 작품들도 다수 존재하는 것을 볼 수 있었다. 이러한 과정에서 많은 시편들이 인간 존재 자체나 삶에 대한 철학적 사색을 보여주기도 하였으며, 인간 존재에 대한 보다 본질적이고 근원적인 고민을 하다 보니 상당히 사색적이고 철학적인 분위를 지니고 있었던 것도 사실이지만, 이 시기의 시가 그의 시세계에서 마지막 시기를 준비하고 있다는 의미 또한 매우 중요하다고 하겠다.

나도 처음에는

내 가슴이 나의 시였다.
그러나 지금은 이 가슴을 앓고 있다.

나의 시는
나에게서 차츰 벗어나
나의 낡은 집을 헐고 있다.

사랑하는 것과
사랑을 아는 것과는 나에게서는 다르다.
금빛에 입맞추는 것과
금빛을 캐어내는 것과는 나에게서 다르다.

나도 처음에는 나의 눈물로
내 노래의 잔을 가득히 채웠지만,
이제는 이 잔을 비우고 있다.
맑고 투명한 유리빛으로 비우고 있다.

나는 무엇을 생각하고 있는가,
얻으려면 더욱 얻지 못하는가,
아름다운 장미도 아닌
아름다운 장미와 시간의 관계도 아닌
그 장미와 사랑의 기쁨은 더욱 아닌 곳에,
아아 나의 시는 마른다!
나의 시는 잠을 이루지 못한다!

나의 시는 둘이며 둘이 아닌

오직 하나를 위하여,

너와 나의 하나를 위하여 너에게서 쫓겨나며

나와 함께 마른다!

무덤에서도 캄캄한 너를 기다리며……

－「고백의 시」 전문

이 시는 1974년도에 발간된 『김현승 시 전집』의 『날개』 부분에 실린 작품이기는 하지만, 그 발표 시기가 그가 크게 한 번 앓고 난 1973년 이후라는 점을 감안하여 신앙 회복과 관련된 자리에서 분석할 필요가 있다. 이시가 그가 한 번 거의 죽을 뻔한 경험을 하고 난 다음 해인 1974년에 발표되었다는 점은 그래서 이 시의 의미를 이해하는 데 상당히 의미심장하다. 시인이 밝히고 있는 바와 같이 이 경험을 기점으로 많은 것이 변하고 있음을 확인할 수 있는 바, 그러한 시인이 스스로 파악하고 있는 변화의 방향을 이 시가 보여주고 있기 때문이다. "낡은 집"을 헐고 있는 자신을 발견하고 있는 시인에게 시가 어떤 의미를 지니고 있는지를 이 시에서 확인할 수 있는 것이다.

이 시에서 시인은 시에 대한 자신의 인식의 중요한 단면을 드러내 놓는다. 시를 쓰는 행위 자체를 자아는 "가슴을 앓는다"는 것으로 표현하고 있다는 것은 중요한 의미를 지닌다. 시인에게 있어서 시를 쓴다는 것이 자신의 존재 자체를 드러내는 작업으로 다가왔고 그렇게 시를 써 왔지만, 이제는 그러한 작업이 불가능해져버린 상태에 빠진 것이다. 시인은 그것을 "가슴을 앓고 있다"고 표현하고 있으며, 2연에서는 그 시가 자아의 "낡은 집을 헐고 있다"고 표현한다. 여기에서 이러한 표현은 중요한 의미를 지닌다. 그것은 곧 시인이 이제까지 작업해 오던 시작 방법으로부터 스스로 벗어나고 있음을 인지한 것을 보여주기 때문이다. 시인은 이제 과거의 시세계로부터 벗어나 새로운 세계로 진입하고 있는 것이다. 이어지는 시행들은 이러한 변화가 어떠한 양상으로 나타나고 있는지를 보여준다.

세 번째 연에서 자아는 두 개의 세계를 비교하면서 인간으로서의 시인의 존재방식이 어떠한 차이가 나는지를 말하고 있다. "사랑하는 것과 / 사랑을 아는 것" 또는 "금빛에 입맞추는 것과 / 금빛을 캐어내는 것"이 다르다고 말하고 있다. '사랑'이나 '금' 자체를 누리는 것과 그것에 대한 지적인 인지의 자리에 서는 것 사이의 차이를 시인은 지적하고 있는 것이다. "사랑을 아는 것"이나 "금빛을 캐어내는 것"이 지적인 인식의 자리에 머무는 행위라면, "사랑하는 것"과 "금빛에 입맞추는 것"은 대상 자체를 온전히 즐기고 누리는 방식이라고 할 수 있다.

이것은 시인이 파악하는 바 삶의 방식에 대한 차이를 드러내 주는 두 세계라고 하겠다. 시인은 이 중 대상을 지적으로 인식하는 데서 그치는 것이 아니라 대상 자체를 누리고 즐기는 세계를 향해 나아가고 있다고 말한다. 그것은 시인에게 있어서 자아와 세계를 하나로 만드는 작업임과 동시에 시적 구원에 이르는 길이기도 하다. 시인은 그러한 세계를 마지막 연에서 "나의 시는 둘이며 둘이 아닌 / 오직 하나를 위하여" 있는 것이라고 형상화한다. 자아와 시 사이를 구분하지 않고 하나가 되어 즐기고 누리는 세계가 되는 것이다.

그럼에도 불구하고 자아가 아직 그러한 세계에 온전히 이르렀다고 말하기는 어렵다. 마지막 연의 "무덤에서도 캄캄한 너를 기다리며"라는 표현 속에서 그러한 세계를 기다리는 시인의 간절함을 읽을 수 있다. 시인이 기다리는 세계가 어떠한 것인지를 알 수 있는 단서는 4연에 있다. 전에는 시인이 자신의 잔을 '눈물'로 채웠지만 이제는 오히려 "이 잔을 비우고 있다"고 말한다. 여기서 "비운다"는 표현은 자신의 가능성이나 가치와 같은 의미부여를 거부하고 모든 것들을 내려놓는 것을 이미지화하는 것이다.

이 시기에 그의 신앙이 회복되고 있다는 점은 그래서 중요한 의미를 지닌다. 하나님과의 관계의 회복은 자아의 비움과 긴밀하게 관련되어 있는 것이 사실이다. 인간이 스스로 부여한 가능성과 의미나 가치를 포기하고 하나님으로부터 오는 새로운 은혜를 받아들여야 하기 때문이다. 이것은 인간이 태생적으로 지니는 자기중심성을 벗어나는 작업이며, 새로운 신앙의 세계로 나아가는 과정의 표현이라고 할 수 있다. 그러므로 이 시에서 시인은 내면적으로 신앙을 버렸던 과거의 자아와 신앙을 회복한 새로운 자아 사이에 존재하는 중요한 인식의 변화를 형상화하고 있는 것이다.

그렇다면 시인에게 있어서 '낡은 집'은 그의 중기 시세계를 형성하는 '고독'에 집중하던 시기의 시라고 할 수 있다. 그것은 메마르고 황량한 이미지가 지배하던 시기이며, 시인은 그것을 "사랑을 아는 것" 혹은 "금빛을 캐어내는 것"에 집중하던 시기라고 말하고 있는 것이다. 이제 시인은 새로운 경지의 세계, 즉 "사랑"과 "금빛"과 하나가 되어 온전히 즐기고 누리는 세계 속으로 나아간다. 그렇지만 시인은 스스로가 아직도 온전히 그러한 자리에 이르지는 못하고 있으며, 이를 5연에서 "얻으려면 더욱 얻지 못하는가" 하고 한탄하는 것이다. 아직도 시인에게 시는 말라가는 상태에 머무르고 있는 것이며, 무덤에서도 기다리고 있는 그 무엇인 것이다.

이러한 상태를 해결하고 온전히 회복된 세계를 기다리는 것은 시인에게 있어서는 구원에 이르는 길이라고 하겠다. 기독교 세계관에서 가장 중요한 요소 중의 하나는 신앙을 통한 구원에 이르는 것이다. 원죄를 지니고 신으로부터 멀어질 수밖에 없는 인간 존재가 신으로부터의 은총에 힘입어 신의 세계에 이를 수 있는 길을 찾는 것이 기독교적 구원이라면, 김현승 시인은 자신의 시창작 전 기간을 통해 끊임없이 이 구원의 길을 찾아온 것이라고 할 수 있을 것이다. 초기의 두 세계, 즉 신을 지향하는 풍성한 자연 이미지와, 자아의 내면을 표상하는 메마른 자연 이미지 사이의 선명한 대립은, 인간과 세계를 인식하는 시인의 세계 인식 방식을 정면으로 드러내는 것이라고 할 수 있다. 메마르고 위축된 자리에 서 있는 인간은 본질적으로 풍성하고 아름다운 세계를 지향할 수밖에 없고, 그것이 신적인 구원의 길로 향하는 문을 열어주는 것이라고 하겠다. 시인은 신을 지향하는 자연의 풍성함을 통해 자아가 소망하는 것이 바로 이러한 신적 구원임을 은연중에 내보인다. 플라타너스와 함께 하고 싶어 하는 소망은 플라타너스로 형상화된 구원의 길과 무관하지 않은 것이다.

　그렇게 본다면 시인이 그려내고 있는 자아를 지향하는 자연의 메마르고 위축된 이미지는 시인의 세계관 속에서 결코 부정적인 것으로 받아들여지지는 않는다. 왜냐하면 기독교적인 세계관 속에서 그것은 신에게로 이르는 중요한 길 중의 하나가 되기 때문이다. 인간 스스로 풍요롭고 여유로운 존재가 될 때 그에게 신은 의미가 없는 존재가 될 수 있지만 가난하고 힘겨울 때 그 상황을 넘어 설 수 있게 하는 신이 의미를 지니게 되는 것이다. 시인이 인간으로서의 자아의 내면을 이렇게 메마르고 위축된 가난한 모습으로 그리고 있는 것은 그 너머에 있는 신적인 구원의 길을 찾고자 하는 갈망의 출발점이라고 할 수 있는 것이다.

　메마르고 황폐한 세상을 살아가는 자아가 구원을 얻을 수 있는 길은 바로 자신의 한계를 선명하게 인식하고 눈을 들어 신의 풍성하고 축복된 세계를 바라보는 것이다. 이 때 인간은 자신의 소유물이나 가치와 능력까지도 모두 포기하는 자세가 필요해진다. 기독교적인 관점에서 볼 때, 절대적인 존재인 신 앞에서 피조물인 인간이 가진 소유물들은 오히려 신의 은총을 가리는 역할을 한다. 이러한 자신이 가진 모든 것을 포기하는 것은 그러므로 신 앞에 선 인간의 겸손임과 동시에 구원에 이르는 길이 되기도 하는 것이다.

이러한 신적 구원에 대한 갈망은 그의 후기 시에서 더욱 구체화된다. 그가 심하게 앓고 난 1973년을 지나면서 이러한 구원에의 갈망 혹은 신에의 귀의는 더욱 뚜렷하고 구체적인 사유로 자리 잡는 것을 볼 수 있다. 유고시집 『마지막 地上에서』에 실린 시들은 이러한 특징을 잘 드러내 준다. 이 시기에는 초기 시에서 이미지화되었던 두 가지 자연 이미지가 하나로 통합되는 과정을 통해 시적인 구원에 도달하게 되는 것을 확인할 수 있다.

이 어둠이 내게 와서
요나의 고기 속에
나를 가둔다.
새 아침 낯선 눈부신 땅에
나를 배앝으려고.

이 어둠이 내게 와서
나의 눈을 가리운다.
지금껏 보이지 않던 곳을
더 멀리 보게 하려고,
들리지 않던 소리를
더 멀리 듣게 하려고.

이 어둠이 내게 와서

더 깊고 부드러운 품안으로

나를 안아 준다.

이 품속에서 나의 말은

더 달콤한 숨소리로 변하고

나의 사랑은 더 두근거리는

허파가 된다.

이 어둠이 내게 와서

밝음으론 밝음으론 볼 수 없던

나의 눈을 비로소 뜨게 한다!

마치 까아만 비로도 방석 안에서

차갑게 반짝이는 이국의 보석처럼,

마치 고요한 바닷 진흙 속에서

아름답게 빛나는 진주처럼……

– 「이 어둠이 내게 와서」[8] 전문

　이 시에서 자아는 자신을 덮는 "어둠"을 신의 세계 혹은 은총으로 형
상화하는 것을 볼 수 있다. "어둠"은 이 시에서 자아를 가두기도 하고 자
아의 눈을 가리기도 하지만, 그러한 가둠이나 가림은 부정적인 의미를
지니지 않는다. 1연에서 그 어둠은 자아를 가두지만 그것은 오히려 "새
아침 낯선 눈부신 땅에 / 나를 배앝으려고" 하는 것이며, 2연에서 어둠은
"더 멀리 보게" 하고 "더 멀리 듣게 하려고" 눈을 가린다고 진술한다. 다

---

8) 이 작품은 그가 크게 앓고 난 직후인 1973년 6월에 『신동아』에 발표된 작품이다.

시 말해 어둠이 자아를 가두고 가리는 것은, 자아를 더 나은 세상, 새롭고 아름다운 세계로 이끌어 가는 과정 중의 하나가 되는 것이다. 그러므로 이러한 어둠 자체가 자아에게는 매우 긍정적인 요소로 작용하는 것이다.

1연에서 자아를 가두는 어둠을 "요나의 고기 속"이라는 것으로 비유하고 있는 바, 이것은 이 시의 "어둠"이 신의 의지 혹은 신의 인도하심이라는 의미를 지니게 만든다. 성경에 나타나는 요나는 이스라엘의 선지자로서, 당시 이스라엘을 압박하고 침략하던 적국 앗시리아에 가서 그 나라의 멸망을 선포하라는 하나님의 명령을 받은 예언자이다.[9] 하나님의 명령을 받은 요나는 그러나 적국 앗시리아에 가서 하나님의 말씀을 선포하는 것을 심히 싫어하여 하나님을 피해 배를 타고 다른 곳으로 도망하다가 결국 바다에 빠져 물고기 뱃속에서 사흘을 지내고, 결국에는 앗시리아의 수도 니느웨로 가서 하나님의 메시지를 선포하게 된다.

여기에서 중요한 것은 요나가 물고기의 뱃속에 갇힌 이유일 것이다. 요나에게 물고기 뱃속에 갇히는 사건은, 자신에게 주어진 하나님의 명령을 거부하여 다른 곳으로 도망하고 싶어 했던 선지자의 불복종에 대한 하나님의 징벌이면서, 동시에 선지자로 하여금 신의 뜻을 다시 한 번 확인하게 만드는 기회가 되기도 한다. "요나의 고기 속"이라는 이미지가 가지고 있는 이러한 이중적인 의미망은 김현승 시인의 중기 시시계와 관련지어 생각해 보면 여러 가지 의미를 가진 이미지가 된다. 시인은 중기의 자아가 보여주었던 신앙에 대한 회의를 하나님의 명령 혹은 하나님의 사랑에 대한 부정이자 불복종이라고 보고 있으며, 그래서 이 "어둠"은 자신이 과거에 저지른 잘못과 죄에 대한 징벌이라고 인식하고 있음을 보여주는 것이다.

---

9) 성경 요나서 1장.

그리고 시인은 자신을 가두고 있는 이 "어둠"의 또 다른 역할을 "새 아침 낯선 눈부신 땅에 / 나를 배앝으려고" 하는 것으로 받아들인다. 이것은 "어둠"이 가지고 있는 미래적인 역할이기도 하다. 어둠은 자아를 새로운 세계, 낯설지만 밝고 아름다운 세계로 데려가고자 한다는 것이다. 이는 어둠이 과거의 잘못에 대한 징계뿐만 아니라, 이처럼 미래의 새로운 세계에 대한 희망을 품게 만들어 주는 것이기도 하다.

　2연에서 형상화된 어둠의 이미지 또한 1연의 이미지와 유사하다. 어둠은 "나의 눈을 가리우"는 것이기는 하지만, 그것을 통해 자아는 "더 멀리 보게" 되고 "더 멀리 듣게" 되는 것이다. 어둠이 자신의 눈을 가림으로써 이러한 복을 누리고, 그것을 통해 새로운 세계, 더욱 아름답고 행복한 세계로 향한 시선과 귀를 열어주는 것이다. 이러한 어둠의 긍정적인 이미지는 3연에서 더욱 선명하게 부각된다. 어둠이 자아를 "더 깊고 부드러운 품안으로" 안아주고, 자신의 사랑이 더 두근거리게 만들고, 자신의 눈을 뜨게 하는 존재가 되는 것이다. 그래서 그것은 4연에서 "아름답게 빛나는 진주" 같은 "이국의 보석"이 된다.

　자아로 하여금 새로운 세상으로 이끌어가서 눈을 뜨게 하여 새로운 세계를 보고 듣게 하는 이러한 "어둠"의 이미지는 그의 신앙을 고려한다면 분명히 기독교적인 하나님의 뜻이 반영된 이미지가 된다. "요나의 고기 속"이라는 비유에서부터 이러한 신의 역할에 대한 인식은 명확하게 드러난다. 이러한 신을 새롭게 인식하고, 그 신이 제시하는 새로운 세계를 아름답고 눈부신 땅으로 바라보는 자아의 시선은 신앙을 회복한 시선이 되는 것이다. 이것은 이 시기의 시인이 보여주는 신앙 회복의 양상을 실제적으로 보여주는 이미지이기도 하다.

　1973년에 발표된 이 작품은 처음 발표된 작품이기보다 1967년에 발표된 작품의 개작이다. 이 작품과 동일한 제목과 유사한 이미지를 사용한 작품이 1967년에도 발표되었는데, 이 두 작품 사이에는 미묘한 차이가 있으며, 이러한 차이는 중기의 시세계와 후기의 시세계의 차이를 보여주고 있다는 점은 상당히 흥미로운 부분이기도 하다. 1973년도에 발표한 개작은 전체적으로 긍정적이고 밝은 세계로의 이행에 초점이 맞추어져 있다면, 1967년의 시는 자아의 부정적이고 메마른 이미지들에 초점이 맞추어져 있음을 확인할 수 있다. 이는 이 작품들이 발표된 두 시기의 그의 시세계 전체의 특징과 잘 부합하는 것이기도 하다.

이 어둠이 내게 와서
나의 옷과 나의 몸을 가리우고
내 영혼의 여윈 얼굴을 비춰 주도다.

이 어둠이 내게 와서
나의 장미와 나의 신부를 가리우고
내 살과 내 마른 뼈에
땅거미와 같이 스며 들도다.

이 어둠이 내게 와서
싸우던 나의 칼날 나의 방패에 빛을 빼앗고,
그 이슬 아래 그 눈물 아래
녹슬게 하도다.

이 어둠이 내게 와서
나의 착함 나의 옳음을 벌거벗기고,
그 깊은 품 속에 부끄러이 안아 주도다.

이 어둠이 내게 와서
나의 태양 나의 이름 모두 가리우고,
증거할 수 없는 곳에 가장 멀고
가장 희미한 얼굴들을
별과 같이 별과 같이 또렷하게 하도다.

이 어둠이 내게 와서
까아만 비로도 상자 속에 안긴
아름다운 보석과도 같이,
그 한 복판에 빛내 주도다 빛내 주도다
눈뜨는 나의 영혼을……

– 「이 어둠이 내게 와서」[10] 전문

이 시를 앞에서 살핀 동일한 제목의 개작과 비교해 보면, 이 두 시기에
세상을 바라보는 시인의 관점의 차이를 확인할 수 있다는 점이 상당히
흥미롭다. 이 시에는 앞의 개작보다 "어둠"이 드러내 보이는 자아의 부
정적인 측면이 훨씬 두드러지게 강조된다. 1연에서 어둠은 "내 영혼의
여윈 얼굴을 비춰 주"는 존재이며, 2연에서 어둠은 "내 살과 내 마른 뼈
에 / 땅거미 같이 스며 들"어오는 존재로 형상화된다. 그리고 3연에서 그
것은 "나의 칼날 나의 방패에 빛을 빼앗"고 녹슬게 하는 존재이며, 4연에
서 그것은 "나의 착함 나의 옳음을 벌거벗기"는 존재이고, 5연에게 어둠
은 "나의 태양 나의 이름 모두 가리우"는 존재로 형상화된다.
　이러한 이미지들은 모두 자아의 부정적인 측면과 관련되어 있다는 점

<hr>

10) 이 작품은 1967년 1월에 『기독교 문학』에 발표된 작품이다.

에서 중요한 의미를 지닌다. 1연과 2연에서 자아는 "여윈 얼굴"을 가진 영혼이며 마른 뼈를 지닌 존재로 형상화된다. 자아가 풍성하고 아름다우며 여유로운 존재가 아니라 여위고 마른 존재로 이미지화된다는 것은, 고독을 주제로 하는 그의 중기 시세계에서 형상화되는 자아의 대표적인 이미지이기도 하다. 그만큼 이 시는 중기의 자아 이미지와 닮아 있는 것이다.

3연과 4연에서 어둠이 빼앗는 것이 "나의 칼날 나의 방패의 빛"이라는 것과 "나의 착함 나의 옳음"이라는 것도 중요한 의미를 지닌다. 칼날과 방패가 사람들과의 관계에서 공격하고 방어하는 물리적인 무기라면, 착함과 옳음은 자아가 스스로에게 부여하는 존재의 의미와 가치일 수가 있는 것이다. 어둠은 바로 이러한 자아의 무기와 존재 의미가 무의미하며 심지어는 잘못되고 타락한 것임을 보여주는 것이다. 그러므로 어둠의 이미지는 여기서 자아의 부정적인 측면을 여실히 드러내는 역할을 하는 것이다.

물론 이 시의 마지막 행에서 자아는 "어둠"을 통해서 "눈뜨는 나의 영혼"을 발견하지만, 이 시 전체를 주도하고 있는 이미지는 이러한 자아의 부정적인 이미지인 것이 분명하다. 이러한 부정적인 이미지의 사용은, 신과의 관계가 단절된 그의 중기 시의 고독 이미지가 지닌 세계와 매우 유사하다는 점이 지적될 필요가 있다. 메마르고 건조하며 딱딱한 세계, 그래서 생명력이 상실되어버린 세계 속에서 자아는 자아의 부정적인 측면에 더욱 시선을 집중하고 있는 것이다.

그러므로 1973년에 개작된 시가 보여주는 밝고 눈부신 세계는, 이러한 자아의 부정성을 넘어서 회복된 신앙을 통해 신의 세계에 이르는 자아의 밝은 이미지를 보여주고 있다는 점에서 매우 의미심장하다. 자아는 이제 명확하게 밝고 환한 세계, 긍정적인 세계 속으로 옮겨와서 하나님의 은혜와 사랑을 온전히 경험하며 누리고 있는 것이다. 이것은 이 시기의 시인이 경험한 신앙의 회복과 긴밀하게 관련된 시세계의 변화라고 할 수 있는 것이다.

이러한 하나님 이미지의 회복은 그의 거의 마지막 시기에 발표한 작품 속에서 더욱 선명하게 드러난다.

당신의 핏자욱에선
꽃이 피어 사랑의 꽃 피어,
따 끝에서 따 끝까지
사랑의 열매들이 아름답게 열렸습니다.

당신의 못자욱은
우리를 더욱 당신에게 못박을 뿐
더욱 얽매이게 할 뿐입니다.

당신은 지금 무덤 밖
온 천하에 계십니다. 충만하십니다!

당신은 당신의 손으로
로마를 정복하지 않았으나,
당신은 로마보다도 크고 강한 세계를
지금 다스리고 계십니다!
지금 울려 퍼지는 이 종소리로
다스리고 계시옵니다!
당신은 지금 유대인의 수의를 벗고

모든 땅의 훈훈한 생명이 되셨습니다.

– 「부활절에」 중에서

신앙고백의 성격이 강한 이 시는 1975년 4월, 시인이 타계하기 직전에 발표한 작품이다. 여기에서 "당신"은 이 땅에 오셔서 인간의 죄를 대신하여 십자가에 달려 죽었다가 부활하신 예수 그리스도를 지칭하고 있음을 쉽게 알 수 있다. 자아의 시선 속에서 예수 그리스도는 십자가에 못박혀 죽었을 뿐만 아니라 다시 살아서 "지금 무덤 밖 / 온 천하에 계시"는 분, 그래서 온 천하에 "충만하신" 분이다. 그러한 예수 그리스도로 말미암은 "사랑의 열매들"이 아름답게 열려서 온 세계를 다스리고 있으며 "모든 땅의 훈훈한 생명이" 되었다는 것이다.

이 시는 이러한 예수 그리스도를 온전한 믿음의 눈으로 바라보고 인정하는 자리에 시인이 서 있음을 보여주는 것이다. 이것은 그의 삶의 마지막 몇 해 동안 그의 신앙이 온전히 회복되고 있음을 보여주는 것이라는 점에서 의미가 있다.

풍성한 자연 이미지의 회복과 신의 세계의 추구

김현승 시인의 신앙이 회복된 이 시기의 시에 형상화되는 자연 이미지도 상당한 변화를 보여준다. 그의 시에서 자연 이미지는 몇 번의 변화를 거쳐 왔다. 초기 시에서 자연 이미지는 신 지향적 자연 이미지로, 풍요로운 신의 세계에 맞닿아 있는 풍성하고 여유로운 이미지로 형상화되었다. 이러한 자연은 힘겨운 인생길을 걸어가는 자아의 위로자요 동행자의 역할을 했던 것이다. 중기 시에서 자연 이미지는 자아 지향적 자연 이미지로 메마르고 건조한 자연 이미지를 보여주었다. 그러나 이제 시인의 신앙이 온전히 회복된 이 시기에 오면, 자연 이미지는 다시 신 지향적인 풍성한 자연으로 회귀하는 것을 볼 수 있다. 신 지향적 자연 이미지의 가장 중요한 요소는 자연이 항상 신의 세계와 맞닿아 있으며, 그래서 신의 세계가 지닌 풍요로움과 여유를 누릴 뿐만 아니라 그것을 다른 존재들에게 전달해 주는 상징이 되는 것이다.

이와 함께 이 시기에 나타나는 중요한 변화 중의 하나는 자아 이미지가 긍정적으로 바뀌는 것이다. 초기와 중기의 시세계를 지배하고 있던 건조하고 메마른 자아의 이미지가 이 시기에 이르면서 사라지고, 신의 은혜를 온전히 누리는 풍성하고 여유로운 존재로 그 이미지가 바뀌어 있는 것을 확인할 수 있는 것이다. 세계는 자아에게 여전히 부족하고 힘겨운 삶의 자리를 강요하지만, 신의 은총을 확인하고 난 자아는 이제 신의 세계를 지향하고 그 은혜를 누림으로써, 고통스러운 현실을 넘어서 신의 축복을 누리는 자리로 나아가는 것이다. 그러므로 후기 시의 자아는 풍성하고 여유로운 긍정적 이미지로 자리잡게 되는 것을 확인할 수 있다.

그의 시에서 자아는 상당히 부정적인 존재로 형상화되어 온 것이 중기까지의 경향이었다. 신 지향적인 풍성한 자연 이미지가 형상화되는 초기의 시에서조차도 자아의 이미지는 온전한 긍정성을 지니지 않았던 것이 사실이다. 자아가 살아가는 길은 힘겹고 어려운 고통의 길이었으며, 자연은 그러한 자아의 위로자요 동행자가 되었던 것이 「푸라타나스」의 자아와 자연 이미지였다. 이러한 초기 시의 자아는 신을 찾기는 하지만, 온전히 그 은혜를 누리지는 못하는 인간의 초조함 혹은 갈망을 담고 있는 존재로 형상화된 것이라고 할 수 있을 것이다. 풍성함과 여유로움의 근원인 신의 세계에 온전히 도달하지 못하고, 단지 그 세계를 향한 추구와 갈망만을 소유한 존재였던 것이다. 이러한 자아는 중기의 고독을 주제로 하는 시에 와서는 더욱 심각하고 선명하게 건조하고 메마른 존재로 형상화된다. 그가 어린 시절부터 추구하고 도달하고 싶어 하던 신의 세계와의 단절을 경험하던 시기였던 중기의 시세계에서 이러한 메마르고 건조한 자아의 형상화는 당연한 것이다.

그런데 이제 그가 크게 아프고 나서 하나님을 다시 만나 기독교 신앙을 회복하고 그 은혜의 세계에 들어가면서 자아와 자연은 이제 건조하고 메마른 자리를 떠나 풍성하고 여유로운 세계로 들어간다.

하느님이 지으신 자연 가운데
우리 사람에게 가장 가까운 것은
나무이다.

그 모양이 우리를 꼭 닮았다.
참나무는 튼튼한 어른들과 같고
앵두나무의 키와 그 빨간 뺨은
소년들과 같다.

우리가 저물녘에 들에 나아가 종소리를
들으며 긴 그림자를 늘이면
나무들도 우리 옆에 서서 그 긴 그림자를
늘인다.

우리가 때때로 멀고 팍팍한 길을
걸어가면
나무들도 그 먼 길을 말없이 따라오지만,

우리와 같이 위으로 위으로

머리를 두르는 것은

나무들도 언제부터인가 푸른 하늘을

사랑하기 때문일까?

가을이 되어 내가 팔을 벌려

나의 지난 날을 기도로 뉘우치면,

나무들도 저들의 빈 손과 팔을 벌려

치운 바람만 찬 서리를 받는다, 받는다.

- 「나무」 전문

이 시에 형상화된 나무는 메마르고 건조한 중기의 자연 이미지와는 달리 신의 세계를 지향하는 풍성하고 여유로운 자연이다. 이 시기의 자연 이미지가 신 지향적인 초기의 자연 이미지로 회귀하고 있는 것이다. 그런데 이 시의 자연 이미지는 초기의 자연 이미지와도 어느 정도의 차이가 존재한다. 초기의 자연 이미지가 자아보다는 천상의 세계에 대한 지향성을 더욱 강하게 함축하고 있을 뿐만 아니라, 그러한 천상으로부터 풍요로움과 여유로움을 공급받는 존재였지만, 자아와는 분리된 존재였다. 그런데 이 시의 자연 이미지인 나무는 천상의 세계를 지향하고 천상으로부터 풍요로움을 공급받기는 하지만, 자아와 서정적 동일성을 형성하고 있는 것이다.

추기의 「푸라타나스」와 같은 시에서 형상화된 자연 이미지로서의 나무는 자아와 동일성을 형성하는 존재가 아니라, 그저 자아에게 연민을 가지고 자아가 힘겹게 걸어가는 길에 동행을 하는 존재이거나 힘들어 하는 자아에게 위로를 베푸는 존재로 형상화되고 있었다. 다시 말해 자연과 자아는 서로 호의를 갖고 연민을 느끼거나 같은 정서를 어느 정도 공유를 하는 존재였지만, 본질적으로 하나의 정서로 통합되는 존재가 아니었던 것이다.[11]

이것은 천상의 질서에 결합되어 있는 자연과 지상의 힘겨운 삶의 자리에 사로잡힌 자아 사이의 차이로 말미암은 현상이라고 말할 수 있을 것이다. 초기 시의 자연 이미지는 대부분 천상의 풍요로운 세계에 한 끝이 닿아 있어서 그러한 풍요와 여유를 지상으로 전달해 주는 통로로 작용했었다. 그러나 자아는 초기 시에서부터 중기 시에 이르기까지 메마르고 건조한 자아, 즉 힘겹고 고통스러운 삶을 살아내야 하는 존재로 이미지화되고 있었던 것이다. 그러므로 자아의 내면에서 이 둘 사이에 존재하는 벽은 무엇보다 견고한 모습으로 시에 형상화되고 있었던 것이다.

이러한 자아와 자연의 이미지가 이 시에 와서는 전혀 달라진 모습을 보인다. 자연이 천상의 세계에 서정적 동일성의 기준을 두는 것이 아니라 자아와 서정적 동일성을 형성하는 것이다. 1연에서 자아는 사람과 나무를 "하느님이 지으신 자연"에 속한 동일한 창조물로 바라보며, 그러한 창조물 중에 가장 닮은 것이라고 말하고 있다. 그리고 그 닮은 이유가 이 시의 이어지는 부분 전체를 형성하고 있다. 우선 2연에서 둘은 모양이 서로 닮았다고 진술한다. 튼튼한 어른 같은 참나무와 소년들의 빨간 뺨을 닮은 앵두나무와 같은 외형적인 유사함이 그 둘 가운데 있다는 것이다. 그리고 2연에서는 사람과 나무가 둘 다 저물녘에 들에서 종소리를 들으며 긴 그림자를 드리우는 존재로 형상화된다. 이것은 화가 밀레의 『만종』을 생각하게 하는 바, 하루의 고단한 일과를 마치고 멀리서 은은히 들려오는 저녁 종소리를 들으며 하나님께 감사의 기도를 올리는 그 장면을

---

11) 본서 제2장 2절 참조.

떠올리게 만드는 것이다.

4연에서 시인은 초기의 시 「푸라타나스」에서 형상화했던 나무의 이미지를 상기시키는 가로수로서의 나무 이미지를 가져온다. 나무가 "때때로 멀고 팍팍한 길"을 걸어가야 하는 자아와 동행하여 "먼 길을 말없이 따라오는 존재"라는 것이다. 이러한 이미지에 시인은 한 가지를 더 추가한다. "우리와 같이", 즉 자아와 동일하게 "위으로 위으로 / 머리를 두르는" 존재라는 것이다. 이러한 이미지가 5연에서는 "지난 날을 기도로 뉘우치"는 자아와 동일한 모습으로 "저들의 빈 손과 빈 팔을 벌려" 기도하는 존재가 된다는 것이다. 이것은 자아와 나무 사이에 서정적 동일성이 형성되고 있다는 것을 말해 준다. 특히 4연과 5연에서 나무는 자아와 같은 모양을 취하고 자아와 같은 정서를 가지고 하늘을 쳐다본다. 머리를 "위으로 위으로" 두르는 존재이면서 지난날을 뉘우치는 기도를 간절하게 올리는 "빈 손과 빈 팔"을 벌린 존재로 형상화되어 있는 것이다.

초기 시에서의 자아와 나무 사이의 분리와는 달리, 이 시기의 시에서 이와 같은 둘 사이의 서정적 동일성이 형성될 수 있는 중요한 이유는 자아가 온전히 신의 세계를 지향하고 있기 때문으로 보인다. 초기의 시에서 자아는 지상에서 이루어지는 현실적인 삶의 조건에 얽매여 있는 존재였다면, 이 시에 형상화되는 자아는 지상의 삶의 조건보다는 천상의 질서와 신의 은혜를 지향하는 존재이다. 그 머리를 위를 향하고 있을 뿐만 아니라 "지난 날을 기도로 뉘우치"고 하늘을 향해 간절히 기도하는 존재라는 것은, 자아의 시선이 온전히 하늘의 하나님에게 향해 있다는 것을 보여준다. 지연은 그러므로 이러한 자아의 변화로 말미암아 자연스럽게 자아와 서정적 동일성을 형성할 수 있게 된 것이다.

이러한 변화는 자연의 변화 때문이 아니라 시인의 신앙이 회복된 것으로 말미암아 일어난 변화라고 할 수 있을 것이다. 신앙의 온전한 회복은 자아의 시선의 변화를 가져오고, 그것은 초기의 자연 이미지가 지닌 풍성하고 여유로운 이미지를 회복하게 함과 동시에, 자아와 자연 사이의 서정적 동일성을 이룰 수 있게 만든 것이다. 그리고 이러한 자아와 자연 사이의 이러한 서정적 동일성은, 중기의 시세계에서 발견할 수 있는 자아와 자연 사이의 서정적 동일성과 유사한 구조이기는 하지만, 그 위치는 전혀 반대의 자리에 서 있는 것이다. 중기의 자아와 자연 사이의 서정적 동일성이 이루어지는 자리는 메마르고 건조한 자아 쪽으로 치우쳐 이루어지는 동일성이었다면, 이 시기의 서정적 동일성은 하늘로부터 오는 풍성하고 여유로운 세계, 생명력이 넘치는 세계 속에서 이루어지는 서정적 동일성인 것이다.

온 세계는
황금으로 굳고 무쇠로 녹슨 땅,
봄비가 내려도 스며들지 않고
새 소리도 날아 왔다
씨앗을 뿌릴 곳 없어
날아가 버린다.

온 세계는
엉겅퀴로 마른 땅,
땀을 뿌려도 받지 않고
꽃봉오리도
머리를 들다
머리를 들다
타는 혀끝으로 잠기고 만다!

우리의 흙 한 줌
어디 가서 구할까,
누구의 가슴에서 파낼까?

우리의 이슬 한 방울
어디 가서 구할까
누구의 눈빛
누구의 혀끝에서 구할까?

우리들의 꽃 한 송이
어디 가서 구할까
누구의 얼굴
누구의 입가에서 구할까?

– 「흙 한 줌 이슬 한 방울」 전문

 자아가 발붙이고 살고 있는 현실 공간은 이제 "황금으로 굳고 무쇠로 녹슨 땅"일 뿐이다. 그 땅은 새로운 생명을 주는 "봄비"가 내려도 땅으로 스며들지 못하는 땅이며, "새 소리"조차 "씨앗을 뿌릴 곳 없어" 왔다가 그냥 날아가는 공간이다. 그만큼 불모의 땅이며 생명력이 사라진 공간이 되어 있는 것이다. 그러한 땅을 시인은 "엉경퀴로 마른 땅"이라고 비유하고 있다. 여기서 "엉경퀴"라는 식물의 이미지는 인간의 죄로 말미암아 황폐화된 세계의 상징으로 작용한다. 성경에서 아담과 하와가 살도록 창조된 낙원인 에덴이 아담과 하와의 죄로 인해 황폐해질 때 그 결과로 자라나는 식물이 가시와 엉경퀴이다.[12] 자아가 이렇게 생명력이 사라지고 황폐한 땅으로 이 세상을 묘사하면서 엉경퀴가 나는 마른 땅의 이미지를 가져온 것은, 이러한 땅의 황폐함의 원인을 인간의 죄와 그것으로 인한 신의 저주로 보고 있음을 드러내고 있는 것이다.

이 땅의 황폐함이 인간의 죄 때문이라는 것은 1연에서도 확인할 수 있다. "온 세계는 / 황금으로 굳고 무쇠로 녹슨 땅"이라는 구절이 바로 그것이다. "황금으로 굳은 땅"은 자본주의적인 욕망과 과도한 소유욕에 의한 인간의 타락과 그것으로 인한 이 땅의 타락을 말하는 것이며, "무쇠로 녹슨 땅"은 이러한 욕망과 탐욕이 만들어 내는 거대한 전쟁의 소용돌이 때문에 파괴되어버린 땅을 말하고 있음이 분명하다.

이러한 자리에서 시인은 "흙 한 줌", "이슬 한 방울", "꽃 한 송이"를 구하고자 한다. 여기서 말하는 흙, 이슬, 꽃은 생명의 상징으로 작용하고 있다. 시인은 이러한 상황에서 새로운 생명을 피워낼 수 있는 공간을 새롭게 만들어 가고 싶은 강한 열망을 느끼는 것이다. 시인은 그것을 다른 곳보다는 사람들 속에서 찾고 싶어 한다. 사람들을 통해서만 발견하고 키워나갈 수 있는 것이기 때문이다. 그래서 시인은 계속해서 "누구의 가슴", "누구의 혀끝", "누구의 입가"를 나열하고 있지만, 현실은 그것이 쉽지 않다고 말하고 있다. 사람들이 이미 죄악으로 물들어 이 세상을 파괴하고 있었기 때문이다. 그렇다면 시인은 이러한 타락하고 훼손된 세계에서 그것을 넘어설 수 있는 생명을 찾고자 하는 것을 알 수 있다.

이러한 자리에 서게 될 때 사람들은 자연스럽게 현실 너머에 존재하는 신을 찾게 된다. 김현승 시인에게 있어서 그것은 어린 시절부터 그의 삶을 지배해 온 하나님임은 너무나 당연하다.

깊은 산골에 흐르는

---

12) 성경 창세기 3장 18절.

맑은 물 소리와 함께

나와 나의 벗들의 마음은

가난합니다

주여 여기 함께 하소서.

밀 방아가 끝나는

달 뜨는 수요일 밤

육송으로 다듬은 당신의 단 앞에

기름불을 밝히나이다

주여 여기 임하소서.

여기 산 기슭에

잔디는 푸르고

새소리 아름답도소이다.

주여 당신의 장막을 예다 펴리이까

나사렛의 주여

우리와 함께 여기 계시옵소서.

－「촌 예배당」 전문

시인은 이제 예수 그리스도의 임재를 간절히 기원한다. 자아가 서 있
는 공간은 결코 화려하지 않지만 생명력이 풍성한 공간이 되어 있음을
볼 수 있다. "맑은 물소리"가 있고 "잔디는 푸르고 / 새소리 아름답"게 울
리는 공간인 것이다. 그럼에도 불구하고 자아는 여전히 가난하다. 스스
로 "가난합니다"라고 말하고 있는 이 구절은 누구를 향하여 말하는 것인
가가 상당히 중요하다. 시인은 함께 있는 다른 친구들을 향해 이러한 말

을 하는 것이 아니라, 예수 그리스도를 향해 이 말을 하고 있는 것이다. 그러므로 여기서 말하는 "가난"은 물질적이고 육신적인 가난을 말하는 것이 아니라, 하나님 앞에 선 자가 느낄 수밖에 없는 영적인 가난임이 분명하다. 시인은 하나님 앞에 서면서 진정한 가난을 느끼고, 그래서 "나사렛의 주"님이 여기에 자기와 함께 임재하여 주시기를 간절히 기원하는 것이다.

여기에서 확인하는 것은 시인의 시선이 이제는 자아의 내면이나 그가 삶을 영위하는 현실공간을 향해 있는 것이 아니라, 절대적인 존재인 하나님을 향해 열려 있다는 점이다. 그리고 그것은 그의 기독교 신앙의 회복과 함께 하나님의 임재를 온전히 기원하는 것으로 나타난다. 이러한 시선의 전환은 그의 마지막 시세계를 이해하는 데 있어서 매우 중요한 의미를 지닌다. 중기까지의 시인의 시선이 인간과 인간의 삶, 인간의 내면으로 향해 있었다면, 이제는 이러한 인간의 존재론적인 한계를 시선의 이동을 통해 넘어서고 있기 때문이다. 자아의 시선은 이제 인간 존재를 넘어서 절대의 세계, 신적인 세계를 향해 열리게 된 것이다.

이것은 시인의 신앙이 온전히 회복되었음을 보여주는 것이기도 하다. 이 시기의 그가 신앙을 회복하고 신적인 세계를 회복함으로써 그의 시세계 또한 이러한 변화를 보여주고 있는 것이다. 이러한 자리에 시 「마지막 地上에서」가 놓인다.

산까마귀
긴 울음을 남기고
해진 지평선을 넘어간다

사방은 고요하다!

오늘 하루 아무 일도 일어나지 않았다.

나의 넋이여,
그 나라의 무덤은
평안한가.

– 「마지막 地上에서」 전문

그의 생애의 거의 마지막에 발표한 시들 중의 하나인 이 시에서 시인의 시선은, 자신이 발붙이고 살고 있는 현실의 공간이 아닌 그 너머의 세상으로 향해 있다. 이 시의 제목처럼 시인은 지상에서의 마지막을 마무리하고 이 시를 발표한 몇 달 후 명을 달리한다.[13] 그가 세상을 떠나기 전 그 해에 몇 편의 작품을 발표하는데, 이들 작품들 속에서 시인은 이 시와 유사한 주제를 보여준다. 이 시에서 읽을 수 있는 특징적인 요소 중의 하나는 시 전체를 지배하는 편안하고 여유로운 분위기이다. 마치 세상의 모든 것을 달관한 듯한 여유로움이 묻어나는 바, 이러한 여유로움은 이미 죽음을 어느 정도는 인지하고 받아들인 상태에서 나타나는 현상이라고 할 수 있다.

게다가 자아의 시선은 현실을 넘어 죽음 이후의 세계에 닿아 있다. 자아는 자신의 "넋"을 향해 "그 나라의 무덤은 / 평안한가"라는 질문을 잔잔하게 던지고 있는데, 여기에는 "그 나라" 혹은 "무덤"과 같은 기호를 통해 죽음이라는 의미망을 내포하고 있다. 이러한 측면은 1연이나 2연에서도 마찬가지로 확인할 수 있다. 1연에서 시인은 지평선을 넘어가는 산 까마귀의 이미지를 형상화한다. 까마귀는 중기의 시에서 자아의 '고독'

---

13) 이 작품이 발표된 것은 1975년 2월이며, 김현승 시인은 같은 해 4월에 사망한다.

을 형상화하는 대표적인 이미지로 사용되던 새였다.[14] 그러한 산까마귀가 긴 울음을 남기고 지평선을 넘어간다는 것은 곧 자신의 죽음을 예상하고 있음을 말해 주는 것이기도 하다. 2연에서 자아는 또 "고요하다"라는 시어를 통해 이러한 죽음과 관련된 의미망을 제시하면서 이어지는 3연의 "평안"이라는 기호와 연결한다.

죽음 이후의 세계에 시선을 돌리는 것 자체도 상당히 중요하지만, 그러한 세계를 "평안하다"라는 수식어를 사용하여 묘사하는 것도 자아가 바라보는 세계의 의미를 이해하는 데 있어서 상당히 중요한 의미를 지닌다. 자아는 지금 자신이 존재하고 있는 현재의 현실적 공간을 "고요하다" 혹은 "아무 일도 일어나지 않았다"고 묘사하는 바, 이는 자신에게 주어진 하루를 무사하고 평온한 가운데 보냈음을 말해 주며, 그만큼 자아의 내면이 고요하고 안정되어 있음을 말해 주는 것이기도 하다. 게다가 자아는 자신의 "넋"에게 말하는 방법으로 그러한 평안을 죽음 이후에도 누리고 싶어 한다. "그 나라의 무덤은 평안한가"라는 물음 속에는 현실 너머의 세계 또한 지금 자아가 살고 있는 현실의 공간처럼 안온하고 평안하기를 바라는 욕망이 담겨 있을 뿐만 아니라, 그러할 것이라는 내적인 확신이 담겨 있다. 이것은 자아의 내면이 죽음을 앞에 두고도 지극히 평온한 상태에 자리하고 있음을 보여주는 것이기도 하다.

죽음 앞에서 누리는 이러한 평안은 이 시기의 시인이 보여주는 회복된 기독교 신앙으로부터 온 것임을 쉽게 짐작할 수 있다. 시인의 시선은 이 땅으로부터 죽음 너머의 세계로 이어져 있고, 그러한 현실 너머의 세계는 신이 다스리는 세계, 즉 기독교적인 하나님 나라이다. 그리고 그 세계는 그만큼 영혼의 평안과 안식이 있는 세계이기도 한 것이다. 기독교적

---

14) 신익호, 「김현승 시에 나타난 기독교 의식」, p.324.

세계관에서 볼 때, 하나님이 다스리는 천국의 가장 중요한 속성 중의 하나는 평안이다.[15] 그러므로 시인에게 "그 나라"는 "평안"이 지배하는 세계일 수밖에 없고, 그러한 세계를 지향하고 추구하는 시인의 현재는 죽음을 앞두고 있을망정 지극히 고요하고 여유로운 세계가 되는 것은 당연한 것이다.

이 시기의 시세계가 가진 이러한 삶에 대한 달관이 기독교적 세계관으로부터 말미암은 것이기에, 그의 시세계를 논하는 자리에서 더욱 의미가 있다. 그것은 삶에 대한 포기가 아니라 기독교에서 말하는 영원한 세계에 대한 소망이 담긴 평안이고 하나님이 다스리는 나라인 천국에 대한 소망을 토대로 누리게 되는 평안이기 때문이다. 시인은 이 시기에 발표한 여러 편의 시에서 그러한 소망과 평안을 보여준다. 이 시기의 시편들 대부분에서 기쁨과 같은 정서가 발견된다는 것은 이러한 세계관과 무관하지 않다. 그의 후기 시세계를 물들이고 있는 바, 기독교 신앙이 제공하는 "너머"의 세계에 대한 소망이 그것을 가능하게 하는 것이다.

---

15) 로이드 존즈는 로마서의 "하나님 나라는 먹는 것과 마시는 것이 아니요 오직 성령 안에 있는 의와 평강과 희락이라(로마서 14:17)"는 구절을 설명하면서, 하나님 나라 혹은 기독교의 가장 중요한 특징은 의례나 도덕이 아니라 의로움과 평강과 기쁨이라고 지적한다. 마틴 로이드 존즈, 『하나님 나라』, 전의우 역 (서울: 복있는사람, 2011), 113-139.

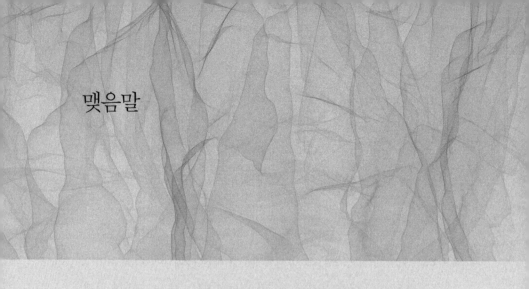

맺음말

김현승 시의 의미와 기독교

김현승의 시세계를 이해하는 일은 시인이 가진 기독교적 세계관을 전제로 하지 않으면 불가능한 일이라고 할 수 있을 것이다. 그는 부친이 목사로서 목회를 하는 기독교 가정에서 태어나 주로 기독교 계통의 학교에서 다니며 지속적으로 기독교적인 문화 속에서 성장했기에, 그의 시세계는 본질적으로 기독교적인 세계를 전제로 전개되고 있는 것을 볼 수 있다. 자신의 시세계에 대해 소개하는 글에서도 김현승 시인은 자신이 어릴 때부터 기독교적인 환경에서 자라왔으며, 그의 인생에서 언제나 기독교적인 요소를 생각하고 살았음을 지속적으로 고백하고 있는 것을 볼 수 있다. 그만큼 김현승 시인의 삶 속에서 기독교는 핵심적인 자리를 차지하고 있음이 분명하다.

일반적으로 한 시인이 하나의 종교를 가지고 있다고 해서 그 사람의 시세계에서까지 그 종교의 영향이 짙게 나타나는 경우는 우리 현대 시사에서 그리 많지 않다. 시인 스스로 시의 세계와 자신이 지닌 종교의 세계를 분리하여 생각하는 경우도 많았기 때문이다. 그런데 김현승 시인은 자신이 지닌 기독교적 세계관을 철저하게 자신의 시세계 속에 녹여내는 것을 확인할 수 있다. 그러므로 그를 한국 현대 시사에서 얼마 되지 않는 기독교적인 시인이라고 할 수 있다.

그의 시에서 기독교는 기본적인 주제의 자리를 차지하기도 하고, 각종 이미지들을 지배하는 사유의 틀이 되기도 하며, 상상력의 근원으로서 자리 잡고 있기도 하다. 심지어 스스로 기독교를 떠났다고 이야기하고 있는 중기의 "고독"을 주제로 다루고 있는 시들조차 엄밀한 의미에서 보면 기독교적인 세계 인식의 틀로부터 벗어나지 않고 있었음을 알 수 있다. 그러므로 그의 시세계를 이해하는 과정에서 기독교적인 세계관을 대입해 보는 것은 가장 핵심적인 요소가 될 수밖에 없다.

이 책은 그래서 김현승의 시세계에 나타난 기독교적 세계관을 본격적으로 추적해 보는 것을 목표로 삼았다. 초기에서부터 후기에 이르기까지 그의 시세계 속에서 기독교적인 세계관이 어떠한 방식으로 작동하고 있었으며, 그것이 단순한 이미지에서부터 주제, 그리고 창작의 방법에 이르기까지 어떠한 영향을 미치고 있는지를 살펴보고자 한 것이다.

그가 등단한 시기부터 시집 『김현승 시초』와 『옹호자의 노래』에 이르는 시기까지의 시들을 초기 시로 분류할 수 있다. 이러한 초기의 시세계는 해방 전의 발표작에서 발견할 수 있는 모더니즘적인 시와 함께, 두 편의 시집에 실린 시들이 보여주는 신의 축복을 누리는 자연 이미지와 함께 신을 찾는 메마른 자아가 특징적인 시기라고 할 수 있다. 1934년에 등단한 이래 해방 전에 발표한 시편들은 기독교적인 세계관보다는 모더니즘적인 이미지의 사용이 특징적인 시들이 중심이 되어 있다.

그리고 『김현승의 시초』(1957)와 『옹호자의 노래』(1963)에는 기독교적인 세계관에 입각한 그만의 독특한 자연과 자아 이미지가 형상화되어 있는 것을 확인할 수 있었다. 이 시들에서 자연 이미지는 풍성하고 여유로운 이미지로 형상화되는 특징을 지니고 있는데, 이것은 이 자연 사물들이 주로 하늘로 표상되는 기독교적인 신의 세계와 연결되어 있기 때문에 가능한 형상화였다. 이러한 자연 이미지들은 자아와 동행하기도 하고 위로자의 역할을 하기도 하는데, 그 과정에서 신의 축복을 전달하는 통로가 되는 것을 볼 수 있다.

이에 비해 이 시기의 자아는 신을 찾는 메마른 자아로 형상화된다. 기독교적인 문화 속에서 자라난 시인은 어린 시절부터 당연하게 여겨져 왔던 기독교의 가장 중요한 요소인 하나님에 대한 신앙을 이 시기에 굳건하게 보여주기는 하지만, 시적 자아가 살아가고 있는 현실적인 세계는 지극히 메마르고 건조하며 힘겨운 세계로 상정하고 있음을 볼 수 있다. 그러한 세계 속에서 자아는 신을 찾지만, 아직까지 자아는 신이 베푸는 풍성한 은혜의 세계를 경험하지는 못하고 있는 것을 확인할 수 있었다.

이러한 시세계가 중기로 넘어오면 상당히 중요한 변화를 보인다. 시인 스스로 밝히고 있는 바와 같이 김현승 시세계에서 중기는 기독교적인 신앙을 버리고 신을 떠난 자아가 추구하는 "고독"이라는 주제가 중심에 서 있는 시기이다. 여러 가지 내적인 이유 때문에 스스로 신을 떠나서 신과의 관계 단절을 경험하는 시인은 그의 시세계 속에서 "고독"이라는 주제를 집중적으로 추구하는데 시집 『견고한 고독』과 『절대고독』 두 권에서 이러한 시세계를 발견할 수 있다. 이는 어린 시절부터 기독교적인 사유와 문화에 익숙해 있던 사람이 신을 떠난 이후에 느낄 수밖에 없는 존재론적인 문제와 고민들을 여실하게 드러내고 있다고 하겠다.

이 시기의 시세계에서 가장 핵심적인 자리에 서는 것이 바로 "고독"이라는 주제이다. 시인 스스로의 표현을 빌자면, 이 시기의 "고독"은 '신을 잃은 고독'이라는 것이다. 그는 이 시기에 강렬한 종교적 회의를 경험하는데, 이를 통해 어린 시절부터 당연하게 여겨왔던 기독교적인 모든 것을 부정하고 내면적으로는 신으로부터 떠나는 자리에 서게 된다. 그리고 이러한 기독교 신앙에 대한 부정은 "고독"이라는 주제를 통해 시세계 속에 형상화되는 것이다. 이러한 고독은 우선적으로 신과의 관계의 단절을 불러올 뿐만 아니라, 시인에게 있어서는 타자와의 관계의 단절까지도 불러오는 심각한 양상으로 자리 잡는다. 이러한 관계의 단절은 그의 시세계 속에서 생명력이 상실된 자연 이미지들을 생산하게 되는데, 이러한 자연 이미지들은 풍요로움과 여유로움의 원천인 신의 세계와 단절된 상태에서 메마르고 건조한 자아와 서정적 동일성을 형성하는 특징을 지니고 있다.

이와 함께 이 시기의 시세계에 특징적인 요소 중의 하나는 이 고독을 형상화해 내는 자아의 이미지이다. 신과의 관계의 단절로부터 촉발된 고독 속에서 자아는 메마르고 건조하며 생명력이 상실된 존재로 형상화되는데, 이러한 이미지가 이 시기 그의 시세계 전체를 지배하는 경향으로 나타나는 것이다. 이러한 자아는 타자와의 소통도 불가능할 뿐만 아니라, 메마르고 건조한 존재로 형상화된다. 게다가 이러한 자아의 이미지는 이 시기의 자연 이미지에도 강한 영향을 미치는데, 자연이 자아의 건조하고 메마른 이미지에 의해 지배되는 것을 확인할 수 있다. 이 시기의 자연 이미지는 신의 세계를 지향하는 것이 아니라 자아를 지향함으로써 자아와 서정적 동일성을 형성하게 되는데, 그 결과 건조하고 메마른 자연 이미지가 지배적으로 형상화되는 것이다.

그러나 고독의 시편들이 주류를 이루는 이 시기의 시들 중에서 일부는 이러한 고독을 극복하는 데 필요한 요소들을 내포하고 있다. 불완전하고 부정적인 자아의 이미지는 그대로이지만, 그러한 자아 자체를 인정하는 시편들이 일부 발견될 뿐만 아니라, 초기의 자연 이미지와 같은 자연에 대한 상찬을 보이는 시편들이 일부 나타나는 것이다. 이러한 요소들은 후기로 이어지는 신앙 회복의 단계를 일정부분 준비하는 것으로 볼 수 있다.

자아와 자연의 이러한 특징들은 그의 기독교 신앙의 상실과 깊이 연관되어 있는 것이다. 시인이 기독교 신앙에 대하여 깊이 회의하는 이 시기의 시에서 이러한 양상이 나타났다는 것은 그의 세계관과 시세계가 일치하고 있음을 보여주는 것이기도 하다. 그런데 여기서 주목해야 할 것 중의 하나는 이러한 시세계가 기독교적 세계관을 완전히 부정한 것은 아니라는 점이다. 김현승 시인이 신을 부정하는 방법은 상당히 독특하다. 시인은 그의 시세계를 통해 신의 존재 자체를 부정하고 그로부터 완전히 떠나는 것이 아니라, 신과 자신과의 관계를 부정하는 것에 그치고 있는 것이다. 그것도 신은 완전하고 거대하기 때문에 작고 하찮은 인간인 자아는 그와 관계를 맺기 어렵다고 생각하면서, 그러한 신으로부터 떠나는 것이다. 이러한 그의 사유의 독특성은 그가 이 시기에도 기독교적인 세계관을 완전히 버리지는 않았음을 보여주는 증거라고 할 수 있다.

이러한 양상은 그의 후기 시에 오면서 신앙을 회복하는 과정에서 상당한 변화를 보인다. 그의 후기 시세계는 주로 1970년대 이후의 시들이 보여주는 세계를 말한다. 1974년도에 발간된 『김현승 시전집』 중 『날개』 부분에 해당하는 시들과 그가 타계하고 난 후에 출간된 유고시집인 『마지막 지상에서』에 실린 시들이 이에 해당한다. 그는 1973년에 지병인 고혈압으로 쓰러져 거의 한 달 정도를 의식 없이 지내는데, 이 시기의 경험을 '죽음'에 대한 경험으로 받아들이는 것을 볼 수 있다. 이 경험 이후에 그는 기독교적인 신앙을 완전히 회복하는데, 이러한 신앙의 회복은 그의 시세계에 커다란 변화를 가져오는 것을 볼 수 있다.

무엇보다 먼저 풍성한 자연 이미지를 다시 회복할 뿐만 아니라, 신의 세계에 대한 강렬한 추구를 보여준다. 중기의 고독을 주제로 하는 시에서 자연은 메마르고 건조한 자아와 서정적 동일성을 형성함으로써 자연 또한 생명력을 상실한 채 메마르고 건조한 이미지를 지닌 것으로 형상화되었는데, 이 시기에 오면서 자연은 풍성하고 여유로운 이미지를 회복하는 것을 볼 수 있다. 그런데 특이한 것은 이 시기의 자연 이미지가 초기의 자연 이미지와는 달리, 신의 세계를 지향하고 신의 세계와 서정적 동일성을 형성하는 것이 아니라, 자아와 서정적 동일성을 형성하고 있다는 점이다. 그럼에도 불구하고 자연 이미지가 풍성하고 여유로운 이미지를 지니게 되는 이유는 이 시기의 자아 이미지가 변화했기 때문이다. 이 시기의 자아는 중기 시의 자아와는 달리 기독교적인 신앙을 완전히 회복함으로써 신의 세계가 소유하고 있던 풍요롭고 여유로운 세계를 함께 누리는 존재가 된 것이다. 그러므로 이러한 자아와 동일성을 형성하는 자연 이미지 또한 그렇게 변화한 것이다.

중기에서 후기의 시세계로 넘어오는 변화의 과정 중간에서 그 변화의 양상을 보여주는 것이 『날개』에 실린 시편들이다. 여기에 실린 시들은 주로 1960년대 말과 70년대 초에 발표된 시들인데, 중기의 고독의 시편들이 보여주는 메마르고 건조한 자아와 자연 이미지의 세계와 후기의 풍성하고 여유로운 자아와 자연 이미지 사이의 변이 과정을 잘 보여준다. 이 시기의 시들에는 고독과 신앙 사이의 흔들림을 보여주는 시들이 많음을 볼 수 있다. 이것은 신앙의 회복과 그것을 형상화한 그의 후기 시세계가 단순히 시인의 병에 대한 경험 때문이 아니라, 그 이전부터 조금씩 준비되어온 변화임을 보여주는 것이라고 하겠다. 이러한 변화의 징후는 그가 고독의 시를 주로 발표하던 중기의 시세계에서 그 싹이 보였고, 『날개』에 와서는 그러한 징후가 더욱 선명해졌으며, 심각한 병을 경험한 이후에는 완전히 신앙이 회복된 세계로 옮겨 앉았다고 할 수 있는 것이다.

이 책은 김현승의 시세계를 기독교적인 세계관과의 연관 관계 속에서 읽고자 노력하였다. 그것을 특히 기독교에서 가장 핵심적인 자리에 서는 신과의 관계 속에서 읽어보고자 하였고, 그 구체적인 양상들을 자아와 자연 이미지 속에서 찾고자 하였다. 이러한 작업을 통해 이 책은 그의 시 세계가 처음부터 끝까지 기독교적인 세계관 속에서 형성되고 있었으며, 그것이 곧 그의 시세계를 이해하는 핵심적인 것임을 다시 한 번 확인할 수 있었다. 이러한 논의가 그의 시세계의 본질을 밝히는 데 작은 기여나 마 할 수 있기를 기대한다.

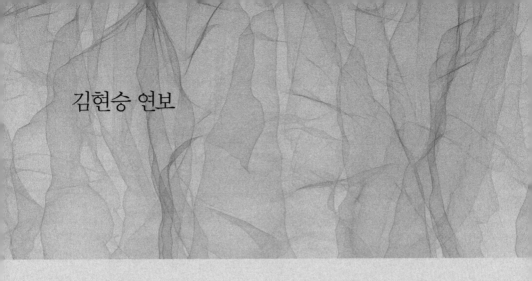

김현승 연보

1913년 부친 김창국과 모친 양응도 사이에서 부친의 유학지인 평양에
        서 출생하다.

1919년 전남 광주의 미선계 학교인 숭일학교 초등과에 입학하여 1926
        년 졸업하다.

1927년 평양에 있는 숭실중학교에 입학하다.

1932년 숭실전문학교 문과에 입학하다.

1933년 위장병이 악화되어 휴학하고, 전남 광주에서 휴양하다.

1934년 숭실전문학교에 복학하고, 시작에 열중하다. 당시 그 학교 문과
        의 교수로 있던 양주동의 소개로 「동아일보」에 두 편의 시를 발
        표하고 등단하다.

1936년 졸업을 앞두고 위장병이 다시 악화되어 광주로 귀향하다. 모교
        인 숭일학교에서 교편을 잡다.

1937년 교회 내의 사건이 신사참배 문제로 확대되어 광주 경찰서에 사
        상범으로 몇 개월간 옥고를 치르다.

1938년 기독교 장로의 딸 장은순과 결혼하다. 이 해에 복학을 위해 다시
        평양의 숭실전문학교를 찾아갔으나, 학교가 신사참배 문제로
        일제의 탄압을 받아 문을 닫은 관계로 다시 광주로 내려가다.

1945년 광복과 함께 광주 소재의 호남신문사 기자로 취직하였으나 곧
       그만두다.

1946년 숭일중학교 교감으로 취임하였다가 1949에 사임하다.

1951년 조선대학교 문리과대학 교수로 취임하다.

1957년 첫 번째 시집 『김현승 시초』를 발간하다.

1960년 숭실대학교 교수로 취임하다.

1963년 제2시집 『옹호자의 노래』를 발간하다.

1968년 제3시집 『견고한 고독』을 발간하다.

1969년 장남 김선배, 목사 안수를 받다.

1970년 제4시집 『절대고독』을 발간하다.

1973년 3월에 고혈압으로 쓰러졌으나 다행히 병세가 호전되다.

1974년 『김현승 시 전집』을 발간하다.

1975년 숭전대학교 채플시간에 기도하다가 지병인 고혈압으로 쓰러져
       자택으로 옮겨졌으나 별세하다. 시집 『마지막 지상에서』가 유
       고시집으로 발간되다.